Michelle Shocklee
JEDE NACHT HAT IHRE STERNE

Michelle Shocklee

Jede
Nacht
hat ihre
Sterne

Über die Autorin:

Michelle Shocklee ist als Autorin in mehreren Genres unterwegs, brennt jedoch vor allem für historische Romane. Sie hat ihre Jugendliebe geheiratet und ist Mutter von zwei erwachsenen Söhnen. Aufgewachsen in New Mexico, lebt sie heute in Tennessee, nicht weit von den Schauplätzen ihrer Bücher.

🌐 www.michelleshocklee.com
📷 Michelleshocklee
📘 Author Michelle Shocklee

Bibliografische Information der Deutschen Nationalbibliothek
Die Deutsche Nationalbibliothek verzeichnet diese Publikation in der Deutschen Nationalbibliografie; detaillierte bibliografische Daten sind im Internet über https://dnb.de abrufbar.

ISBN 978-3-96362-408-7
Originally published in English in the U.S.A. under the title:
Count the Nights by Stars, by Michelle Shocklee
Copyright © 2022 by Michelle Shocklee
German edition © 2024 by Francke-Buch GmbH
35037 Marburg an der Lahn
with permission of Tyndale House Pubishers. All rights reserved.
Deutsch von Silvia Lutz
Umschlagbilder: © shutterstock / yaalan;
© Trevillion Images / ILINA SIMEONOVA
Umschlaggestaltung: Francke-Buch GmbH / Marion Schramm
Satz: Francke-Buchhandlung GmbH
Druck und Bindung: CPI books GmbH, Leck

www.francke-buch.de

Für meine Schwester, Kim.
Wir sind leibliche Schwestern und
Schwestern in Christus.

Du aber tritt für die Leute ein,
die sich selbst nicht verteidigen können!
Schütze das Recht der Hilflosen!
Sprich für sie und regiere gerecht!
Hilf den Armen und Unterdrückten!
Sprüche 31,8-9

Prolog

Mein Liebling,

niemand hätte Luca Moretti vorwerfen können, ein Feigling zu sein.

An dem Tag, an dem ich dich in der Lobby des Maxwell House Hotels sah, kamst du mir forsch und arrogant vor. Du hast die anderen Männer in ihren maßgeschneiderten Anzügen überragt und dich nicht weggeduckt, weil die Ellbogen deines Mantels abgenutzt waren und ein Messingknopf fehlte. Du hast die Schultern zurückgeworfen und dich nicht einschüchtern lassen, obwohl die Männer dich behandelten, als wären sie irgendwie besser als du. Einen solchen Mut habe ich nie zuvor gesehen. Er hat mich fasziniert.

Jetzt weiß ich, dass du nicht forsch oder arrogant warst. Du hast einfach von einer Welt, die dich nicht als gleichwertig ansah, das Recht eingefordert, als gleichwertig behandelt zu werden.

Was wäre, wenn wir alle so für uns selbst einstehen würden wie du?

Was wäre, wenn ich irgendwo tief in meinem Inneren wenigstens einen kleinen Funken dieses Mutes finden würde?

Dann würden sie zuhören müssen, nicht wahr?

Peaches

1

Elvis Presleys schmachtende Stimme erfüllte das leere Foyer des Maxwell House Hotels und hallte von den Marmorböden und Holzvertäfelungen wider, denen eine gründliche Reinigung gutgetan hätte.

»*Are you lonesome tonight? Do you miss me tonight? Are you sorry we drifted apart?*«

Wenn das Radio nicht so weit weg gestanden hätte – mindestens sechs lange Schritte –, hätte ich Elvis gesagt, dass er mich in Ruhe lassen solle, und die Musik ausgeschaltet. Stille war eine bessere Gesellschaft als die melancholische Stimmung, die seine Worte – *Bist du heute Nacht einsam? Vermisst du mich? Bereust du, dass wir nicht mehr zusammen sind?* – verbreiteten.

Aber ich rührte mich nicht vom Fleck. Ich blieb dort sitzen, wo ich seit einer Stunde saß – hinter dem Rezeptionstresen am hinteren Ende der riesigen Empfangshalle –, und langweilte mich zu Tode.

So sah das aufregende Leben der Tochter eines Hotelmanagers aus.

Ein frustriertes Seufzen kam über meine Lippen.

Es war nicht fair, dass Dad von mir verlangte, samstags an der Rezeption zu arbeiten. Erst letzte Woche hatte er versprochen, einen Ersatz für Bea Anderson einzustellen, die jetzt glücklich verheiratet war und sich auf spannende Jahre mit ihrem Mann in Texas freute. Beas geflüsterte Worte, als sie mich zum Abschied umarmt hatte, klangen immer noch falsch. »*Du wirst die Nächste sein.*« Sie wusste genauso gut wie ich, dass ich seit über einem

Jahr mit niemandem mehr ausgegangen war. Seit Mamas unerwartetem Tod und Dads Beinahezusammenbruch.

Eine Ausgabe der Zeitschrift *Life*, die ein Gast vergessen hatte, lag noch auf dem Tresen. Mit wenig Enthusiasmus zog ich sie zu mir heran. Ein Foto von der Schauspielerin Sophia Loren blickte mir entgegen. Nichts gegen Ms Loren, aber ich hatte keine Lust, etwas über die »tigeräugige Verführerin« zu lesen. Hollywood und sein ganzer Glamour waren von Nashville und dem grauen Alltag, in dem ich seit einiger Zeit feststeckte, Lichtjahre entfernt.

Mit einem frustrierten Stöhnen warf ich die Zeitschrift beiseite und mein Blick wanderte durch ein großes Fenster am anderen Ende der Lobby. Der Haupteingang des Noel-Hotels auf der gegenüberliegenden Straßenseite der Fourth Avenue nahm fast mein ganzes Sichtfeld ein. In der Innenstadt von Nashville herrschte nachmittags viel Betrieb. Autos, Busse und Straßenbahnen rollten vorbei. Menschen, die den Samstag für einen Einkaufsbummel nutzten, steuerten auf die Geschäfte zu. Vor den Backsteinmauern des Hotels ging das Leben weiter, aber für mich schien die Zeit stillzustehen.

Ich stützte das Kinn auf meine Handfläche und starrte vor mich hin, während meine Gedanken wie so oft zu meiner Mutter wanderten.

Es ist sonderbar, wie das Leben eines Menschen so vollständig mit dem eines anderen verwoben sein konnte, ohne dass es einem der beiden bewusst war. Mama und ich waren nicht so gewesen wie die meisten Mütter und Töchter, die ich kannte. Mamas Welt hatte sich nicht um mich gedreht, sondern um meinen Bruder, Emmett. Die beiden waren unzertrennlich gewesen; wenigstens hatte es für mich immer so ausgesehen – als Außenstehende, die ihr Kichern, ihre Geheimnisse und ihre gemeinsamen Freudenmomente von außen beobachtet hatte. Ich glaubte nicht, dass mich Mama absichtlich ausgeschlossen hatte. Neben ihrer alles verzehrenden Hingabe für Emmett und in ihrer Sorge um ihn war einfach kein Platz für mich gewesen. Selbst jetzt, ein Jahr nach ihrem plötzlichen Tod, sprach Emmett noch mit ihr, als säße sie direkt neben ihm. Dad sagte, trotz seiner siebzehn Jahre habe Emmett den Verstand eines fünfjährigen Kindes und könne die Bedeutung des Todes nicht begreifen. Vielleicht würde er das nie können. War das vielleicht sogar eine bessere Art zu leben als unter der schweren Decke der Trauer und Schuldgefühle, die ich jeden Tag mit mir herumschleppte?

Ich seufzte erneut und nahm den Roman zur Hand, den ich vor einer Stunde weggelegt hatte. Vielleicht konnte mich das Lesen von dem traurigen Zustand meines Lebens ablenken. Das Buch *Wer die Nachtigall stört* von der Autorin Harper Lee war in aller Munde, aber mir gelang es nur schwer, Zugang zu der Geschichte zu finden. Dennoch hatte ich es heute dabei und war fest entschlossen, weiter als bis zu Kapitel fünf zu kommen und zu erfahren, ob der mysteriöse Nachbar Boo Radley tatsächlich sein Haus verließ.

Ich hatte gerade zur ersten Seite von Kapitel sechs geblättert, als sich die Eingangstür des Hotels öffnete. Die Nachmittagssonne spiegelte sich so stark auf dem Messing und Glas, dass ich den heimkehrenden Gast nicht erkennen konnte. In der Gewissheit, dass er an mir vorbeigehen und auf die Fahrstühle zusteuern würde, las ich weiter. Da das Maxwell House inzwischen hauptsächlich von Dauergästen bewohnt und nicht mehr wie früher das Zentrum von Nashvilles sozialem und politischem Leben war, wurde die Rezeptionistin im Grunde nur gebraucht, wenn ein Gast eine klemmende Kommodenschublade nicht aufbekam oder eine Maus durch den Flur huschen sah.

Schritte bewegten sich durch die Lobby, gleichzeitig klingelte das Telefon auf dem Tresen. Ich nahm den Hörer ab, die größte körperliche Anstrengung seit heute Mittag.

»Hier ist Audrey Whitfield. Was kann ich für Sie tun?«

Am anderen Ende der Leitung kicherte eine Frauenstimme. »Audrey, hier ist Lucille.«

»Entschuldige. Ich dachte, es wäre ein Gast.« Lucille Clark war unsere Telefonistin.

»Mach dich bereit.« Ihre Stimme war ganz leise.

»Worauf?«

»Er steuert geradewegs auf dich zu«, flüsterte sie; dann legte sie auf.

Ich warf einen Blick zu Lucilles kleinem Büro in der Nähe des Haupteingangs. Ich konnte Lucille nicht sehen, aber jetzt bemerkte ich, von wem sie sprach. Ein junger Mann marschierte mit einem Koffer in der Hand langsam über die große Fläche aus schwarz-weißem Marmor auf die Rezeption zu; sein Blick galt jedoch nicht mir, sondern der Galerie in der ersten Etage über uns. Auch wenn das Hotel seine ruhmreichen Tage längst hinter sich hatte, musste ich zugeben, dass es einem Gast bei seinem ersten Besuch den Atem verschlagen konnte.

Salons und ein elegantes Foyer, Mahagonischränke, vergoldete Spiegel und funkelnde Kronleuchter erinnerten an die Zeiten, als vor einem Ball oder dem berühmten Weihnachtsdinner des Hotels Südstaatenschönheiten in modischen Reifröcken von der Galerie auf Männer in eleganten Anzügen herabgeblickt hatten.

Während der Fremde immer noch einige Schritte von der Rezeption entfernt war, setzte die Countrysängerin Patsy Cline zu ihrem neuesten Hit an und ihre sinnliche Stimme hallte durch das Foyer. Ich machte einen schnellen Satz auf das Radio zu und schaltete es ab, bevor Patsy vor unserem neuen Gast völlig verschmachtete.

Der Fremde kam bei der Rezeption an.

Jetzt verstand ich Lucilles kurze Botschaft.

Er sah unbeschreiblich attraktiv aus. Gut gekleidet mit frischem, langärmeligem Hemd, einem sportlichen weißen Tennispullunder und einer lässigen Baumwollhose – so als wäre er geradewegs dem Titelblatt eines Modekatalogs entstiegen.

»Guten Tag. Was kann ich für Sie tun?«, zwang ich mich, mit derselben Stimme zu fragen, die ich auch bei Mr Hanover mit seinem Dachshund Copper oder Mrs Ruth benutzte, die seit dem Tod ihres Mannes in der vierten Etage wohnte.

»Hallo. Ich bin Jason Sumner. Ich habe ein Zimmer reserviert.« Ich blinzelte. Dann runzelte ich die Stirn. Eine neue Reservierung? Warum hatte Dad das nicht erwähnt?

»Selbstverständlich, Mr Sumner.« Ich lächelte, als würde mich seine unerwartete Anwesenheit auf der anderen Seite des langen, polierten Tresens nicht völlig überrumpeln. »Warten Sie bitte einen kurzen Moment. Ich sehe nach, welches Zimmer für Sie vorbereitet ist.«

Ich eilte durch den schmalen Flur hinter der Rezeption zum Hotelbüro. Dad hatte das Hotel nach dem Mittagessen verlassen, um mit dem Sachbearbeiter vom Finanzamt irgendwelche Diskrepanzen zu klären. Er würde bestimmt nicht so schnell zurückkommen, deshalb musste ich in den Papieren auf dem Schreibtisch kramen, bis ich fand, was ich suchte: eine Rechnung, die in Dads unverkennbarer Handschrift mit dem Datum vor drei Tagen versehen war und eine überraschende Reservierung für die nächsten vierzehn Tage enthielt. Obwohl es nur wenige Wochen vor Weihnachten war, kamen nicht viele neue Gäste. Die Leute bevorzugten eher das Hermitage-Hotel in der Sixth Avenue, wenn sie während ihres Aufenthalts Luxus und etwas von Nashvilles Geschichte erleben wollten.

Ich schnappte mir das Blatt und marschierte zur Rezeption zurück.

Dad hatte jedes Recht, neue Reservierungen anzunehmen, aber es wäre wirklich hilfreich gewesen, wenn er mich darüber informiert hätte. Hatte er ein Zimmermädchen beauftragt, alles für Mr Sumners Ankunft vorzubereiten? Das bezweifelte ich.

In den letzten vierzehn Monaten hatte sich so vieles verändert; auch Dads Geschäftssinn und die Leidenschaft für seine Arbeit. Dazu kam, dass das Hotel mitten in unserer Trauerzeit verkauft worden war. Der neue Eigentümer, Mr Edwin, schien ein netter Mann zu sein und hatte Dad erlaubt, sich einige Zeit freizunehmen, aber vor ein paar Wochen hatte er ihm mitgeteilt, dass er im neuen Jahr größere Veränderungen plane. Er wolle das Hotel modernisieren und ihm neues Leben einhauchen, hatte er gesagt. Was das genau bedeutete, wussten wir nicht, aber ich spürte, dass mein Vater beunruhigt war.

Wie würden sich die Veränderungen auf die vielen Langzeitbewohner auswirken?

Wie würden sie sich auf unsere Familie auswirken?

Ich bog um die Ecke und setzte ein Lächeln auf. »Hier habe ich Ihre Reservierung, Mr Sumner.«

Er verzog die Lippen zu einem schiefen Grinsen. »Gut. Ich dachte schon, es könnte ein Problem geben. Ich wollte schon immer einmal im Maxwell House wohnen.«

»Ich musste nur kurz nachschauen.« Während ich seinen Namen und seine Adresse ins Gästebuch eintrug, fiel mir auf, dass er in Charleston, South Carolina, wohnte. Sein relativ langer Aufenthalt in Nashville so kurz vor den Feiertagen weckte meine Neugier, aber eine der obersten Regeln im Hotelservice, die mir Dad schon als Jugendliche eingeimpft hatte, als ich zum ersten Mal an der Rezeption arbeitete, lautete: *Stelle keine Fragen!* Lass den Gast aus seinem Leben erzählen, was er preisgeben möchte, und belasse es dabei.

Ich hob den Blick. »Möchten Sie täglich oder wöchentlich zahlen?«

»Wöchentlich.« Er zog seine Brieftasche heraus und legte die Banknoten für sieben Tage auf den Tresen. »Ich bin beruflich hier«, ergänzte er.

Ich war schwer versucht, Dads strenge, unumstößliche Regel zu brechen und mich nach seinem Beruf zu erkundigen, aber in diesem Moment klingelte das Telefon. Ich warf einen Blick zu Lucilles Büro, wo sie im Türrahmen stand und mir bedeutete, den Anruf entgegenzunehmen.

»Bitte entschuldigen Sie mich einen Moment.«

Mr Summer nickte und betrachtete die kunstvoll geschnitzten

Balustraden, die den offenen Raum auf der Galerie umgaben und die Marmortreppe säumten.

Ich nahm ab und drehte Mr Sumner den Rücken zu. »Hier ist Audrey. Ich habe einen Gast.«

»Ich weiß. Ich störe dich wirklich nur ungern.« Lucilles neckischer Tonfall von vorhin war verschwunden. »Mrs Ruth hat gerade angerufen. Emmett benimmt sich hysterisch. Er sagt, mit Miss Priscilla stimme etwas nicht.«

Eine Gänsehaut lief mir über den Rücken. Miss Priscilla Nichols, unsere betagte, zurückgezogen lebende Hotelbewohnerin. Die alte Dame hatte mich bei den seltenen Gelegenheiten, wenn ich Dad zu ihrer Suite begleitet hatte, immer ein wenig eingeschüchtert. Emmett, der auf jeden offen zuging, gehörte hingegen zu den wenigen Menschen, zu denen sie gern Kontakt hatte. Ich wusste nicht, wie alt sie genau war oder wie es um ihre Gesundheit stand, aber wenn mein Bruder aufgewühlt war, war das kein gutes Zeichen.

»Danke. Ich kümmere mich darum.«

Ich legte den Hörer wieder auf die Gabel und erwiderte den neugierigen Blick unseres neuen Gastes. »Entschuldigen Sie bitte. Ich hole sofort den Schlüssel für Ihr Zimmer.«

Ich sperrte einen Schrank an der Wand hinter mir auf, in dem sich die Zimmerschlüssel befanden, von denen jeder mit einem ovalen Metallanhänger versehen war, auf dem der Name des Hotels, eine Zimmernummer und ein Aufkleber *Postentgelt bezahlt* standen. Wie in den ruhmreichen Tagen des Hotels konnte ein Gast, wenn er den Schlüssel versehentlich mit nach Hause genommen hatte, ihn einfach in einen Briefkasten werfen und die Post schickte ihn ans Hotel zurück. Wir hatten im Laufe der Jahre zwar viele verlorene Schlüssel gehabt, aber nur sehr wenige waren mit der Post zurückgekommen.

Dad hatte für Mr Sumner ein Zimmer im vierten Stockwerk reserviert, aber bei der ganzen Unruhe, die dort oben mit Emmett und Miss Nichols herrschte, hielt ich es für besser, ihn lieber in der zweiten Etage unterzubringen.

Er griff nach dem Messingschlüssel. »Danke, Miss …?«

Bei dem Interesse, mit dem mich seine blauen Augen ansahen, schoss eine spürbare Wärme in mein Gesicht. »Whitfield. Audrey Whitfield.«

»Es freut mich, Sie kennenzulernen.« Er reichte mir die Hand.

Ich hatte schon viele Hände geschüttelt, aber jetzt hatte ich das Gefühl, dass meine Hand perfekt in seine Hand zu passen schien. Bildete ich mir das nur ein?

»Mein Vater ist der Hotelmanager«, platzte ich heraus, mehr als Erklärung, warum ich in einem alten Hotel arbeitete, das seinen Charme verloren hatte, und weniger als Information, die er für seinen Aufenthalt brauchte.

Er lächelte gut gelaunt. »Gut zu wissen.«

In dem Moment, in dem er sich bückte, um seinen Koffer aufzuheben, gingen die Fahrstuhltüren auf. Emmett stürmte heraus, gefolgt von der betagten Ruth Simmons, die Mühe hatte, mit ihm Schritt zu halten.

»Audrey, Audrey!« Emmetts Jammern hallte von der zurückgesetzten Decke der Galerie in der ersten Etage wider. »Miss Priscilla wacht nicht mehr auf. Komm schnell, Audrey!«

Ich warf einen schnellen Blick auf Mr Sumner und hoffte, er würde sich beeilen und die Lobby verlassen, bevor Emmett völlig hysterisch wurde. Aber der junge Mann machte keine Anstalten zu gehen. Mit besorgter Miene blickte er Emmett entgegen.

Mir blieb keine andere Wahl, als mich meinem Bruder zuzuwenden, der jetzt auf der anderen Seite des Tresens ankam. Sein rundes Gesicht war mit hektischen roten Flecken übersät und Tränen hingen an seinen dichten Wimpern. Mein Herz wurde weich.

»Alles ist gut, Emmett.« Ich versuchte, ihn so zu beruhigen, wie Mama es immer gemacht hatte. »Ich schaue nach Miss Nichols. Es ist bestimmt alles in Ordnung. Geh du in unsere Wohnung und warte dort auf mich.«

Ich warf einen verstohlenen Blick auf Mrs Ruth und erwartete, dass sie zwinkern oder mir anderweitig zu verstehen geben würde, dass alles in Ordnung war, aber sie schüttelte den Kopf und wirkte genauso aufgewühlt wie mein Bruder.

Lucille trat zu uns. Sie hatte den Kopfhörer mit Mikrofon immer noch auf dem Kopf und ein loses Kabel baumelte über ihren Rücken. »Ich übernehme die Rezeption.«

»Komm mit mir, Emmett, mein Lieber.« Mrs Ruth nahm meinen Bruder sanft am Arm. »Du kannst mir das neue Comicbuch zeigen, das dir dein Vater gestern mitgebracht hat.«

Emmett, der es normalerweise nicht erwarten konnte, jemandem die neueste Ergänzung seiner ansehnlichen Comicsammlung zu zeigen, schüttelte den Kopf. Seine Augen schauten mich verzweifelt an.

»Mama ist auch nicht mehr aufgewacht, Audrey«, flüsterte er mit Panik in der Stimme. Tränen schossen in seine Augen und in diesem Moment begriff ich, dass sich Dad irrte. Emmett begriff mehr über den Tod, als wir dachten.

»Geh mit Mrs Ruth in die Wohnung. Ich komme bald zu dir.«

Ein zittriges Lächeln trat auf sein Gesicht. »Ich liebe dich, Audrey.«

»Ich liebe dich auch.«

Ich schaute zu, wie das ungewöhnliche Paar durch den Flur zum hinteren Teil des Hotels und zu unserer Wohnung ging. Wenn nur Dad hier wäre! Er wüsste, was zu tun war. Aber er wäre erst in einigen Stunden zurück. So lange konnte ich nicht warten.

Als ich mich umdrehte, schauten mich Lucille und Mr Sumner mit ernsten Augen an.

»Glaubst du …?« Lucille sprach ihre Frage nicht ganz aus und schaute mich mit geweiteten Augen an.

Allein schon bei diesem Gedanken lief ein Schauer über meinen Rücken. »Keine Ahnung. Aber das werde ich bald herausfinden.«

Ich überließ Lucille meinen Platz und steuerte auf den Fahrstuhl zu. Als ich den Fahrstuhlknopf drückte, näherten sich Schritte hinter mir. Die Türen gingen auf.

»Miss Whitfield, ist Ihr Vater im Haus?«

Ich drehte mich um und entdeckte Mr Sumner, der nur wenige Meter hinter mir stand. Seine besorgte Miene hatte sich zu einem beunruhigten Stirnrunzeln vertieft.

»Ich finde, eine junge Frau sollte nicht … nun ja, Sie wissen schon ... allein sein für den Fall …« Er beendete seinen Satz nicht.

Die Fahrstuhltüren begannen, sich zu schließen, deshalb sprang ich schnell hinein. Zu meiner Überraschung folgte mir Mr Sumner. Obwohl mich bei der Aussicht, in Miss Nichols' Zimmer das schlimmste Szenario anzutreffen, ein eisiges Grauen erfüllte, gefiel mir seine Andeutung nicht, dass ich diese Angelegenheit nicht allein klären könnte, nur weil ich eine Frau war.

»Danke für Ihre Sorge, Mr Sumner, aber ich bin sehr wohl in der Lage, diese Situation zu regeln.« Meine mutigen Worte klangen in meinen Ohren unecht, aber hoffentlich konnte ich ihn täuschen.

Sein kurzes Nicken verriet mir, dass er nicht überzeugt war, aber er schwieg, während der Fahrstuhl bei unserer langsamen Fahrt nach oben an jedem Stockwerk klingelte.

Schließlich blieb der Fahrstuhl stehen und die Türen öffneten sich vor dem schwach beleuchteten Flur in der vierten Etage. Obwohl sich das Hotel rühmte, weit über zweihundert Fenster zu besitzen, bekamen die Gänge von dem natürlichen Licht nicht viel ab.

Miss Nichols wohnte seit über zwanzig Jahren in Zimmer 504. Soweit ich wusste, hatte sie kein einziges Mal Besuch bekommen, und lebte sehr zurückgezogen. Mrs Ruth hatte mir einmal erklärt, dass Miss Nichols – Priscilla sagte Mrs Ruth zu ihr – nicht sonderbar sei. Die Frau lege nur viel Wert auf ihre Privatsphäre.

Als wir an der Tür mit der richtigen Messingnummer ankamen, stand sie leicht offen. Obwohl ich mich vor wenigen Momenten noch geärgert hatte, weil Mr Sumner zu mir in den Fahrstuhl gestiegen war, war ich jetzt für die Anwesenheit eines lebenden, atmenden Menschen sehr dankbar, auch wenn er ein Fremder war.

Ich schob die Tür langsam auf.

Der leichte Geruch eines Rosenparfums begrüßte uns, eine Erinnerung, dass Miss Nichols immer diesen altmodischen Duft trug. Ich spähte in den verdunkelten Raum hinein und stellte fest, dass die dicken Vorhänge an den Fenstern zugezogen waren und die strahlende Nachmittagssonne aussperrten. Das gedämpfte Licht einer einzelnen Lampe auf dem Nachttisch zeigte jedoch, was ich befürchtet hatte.

Miss Nichols würde nicht mehr aufwachen – genau, wie Emmett es gesagt hatte.

Mr Sumner trat vor, aber meine Füße blieben wie angewurzelt auf dem Teppich im Flur stehen. Hatte sich Dad so gefühlt, als er herausgefunden hatte, dass Mama im Schlaf in den Himmel gegangen war? Ich war zum Studium fort gewesen, aber ich werde nie den Schmerz in seiner Stimme vergessen, als er mich angerufen hatte, um mir die schmerzlichste Nachricht meines Lebens zu überbringen.

Mr Sumner prüfte, ob er einen Puls finden würde, dann beugte er sich nach unten, um zu horchen, ob ihr Herz schlug. Als ich schon damit rechnete, dass er mir bestätigen würde, was ich bereits wusste, drehte er den Kopf schnell zu mir herum.

»Sie atmet, aber sehr schwach. Wir brauchen einen Krankenwagen.«

Ich holte scharf Luft. Ich war mir sicher gewesen, dass sie …

Ich eilte ins Zimmer, nahm den Telefonhörer von der Gabel und wählte die Null.

»Lucille, wir brauchen einen Krankenwagen. Schnell! Und bitte versuch, meinen Vater zu erreichen. Er ist zum Finanzamt gefahren und hat dort einen Termin mit einem Mr James.«

Als ich aufgelegt hatte, warf ich einen vorsichtigen Blick auf Miss Nichols' blasses Gesicht. Ihre durchscheinenden Augenlider waren geschlossen und ihre bläulichen Lippen bewegten sich nicht. Ich konnte kein Lebenszeichen bei ihr entdecken. Aber wenn Mr Sumner sagte, dass sie noch lebte, wollte ich ihn beim Wort nehmen.

Er überprüfte noch einmal ihren Puls, nickte und schaute mich dann an. »Wir sollten ihre Familie benachrichtigen.«

»Ich glaube, sie hat keine«, flüsterte ich.

Eine tiefe Sorge trat in seine Augen. »Gar keine?« Als ich den Kopf schüttelte, runzelte er die Stirn. »Das ist sehr traurig.«

Das Mitgefühl in seiner Stimme berührte etwas in mir und Tränen schossen in meine Augen.

Ich kannte Miss Nichols nicht gut. Sie verbrachte ihre Tage, Wochen, Jahre allein in ihrem Zimmer. Bei den seltenen Gelegenheiten, wenn sie das Hotel verließ, machten Lucille und ich Witze über ihre altmodische Kleidung, ihre langen grauen Haare und ihr sonderbares Erscheinungsbild. Über diese Witze schämte ich mich jetzt.

Während wir auf den Krankenwagen warteten, blickte ich mich im Zimmer um. Miss Nichols wohnte schon fast mein ganzes Leben lang in diesem winzigen Zimmer. Hin und wieder bot Dad ihr eine der größeren Suiten zur gleichen Monatsmiete an, aber sie lehnte regelmäßig ab.

Jetzt hatte ich das Gefühl, eine Zeitreise in die Vergangenheit zu machen. Altmodische Möbel füllten jeden verfügbaren Winkel. Bücherregale waren mit unzähligen abgegriffenen Büchern vollgestopft und die Wände waren mit gerahmten Plakaten von der *Tennessee Centennial Exposition* bedeckt. Ich erinnerte mich, dass ich im Geschichtsunterricht einiges über diese Ausstellung gehört hatte, aber ich konnte mich nicht an das genaue Jahr erinnern, in dem sie stattgefunden hatte. Irgendwann Ende der 1890er-Jahre, wenn ich mich nicht irrte.

Bald heulten unten auf der Straße Sirenen. Ich schaute aus dem Fenster und sah zwei Polizeiautos und einen Krankenwagen vor dem Hoteleingang in der Fourth Street vorfahren. Dad war direkt hinter ihnen und lief ins Haus.

Als ich einige Minuten später den Fahrstuhl auf dem Gang klingeln hörte, eilte ich ihm schnell entgegen.

»Es tut mir leid, Liebes.« Er nahm mich in die Arme. »Ich hätte hier sein sollen.«

Allein schon seine väterliche Umarmung gab mir neue Kraft. Schniefend löste ich mich aus seinen Armen. »Es hat mich einfach an Mama erinnert. Jetzt geht es mir wieder gut.«

Wir traten zur Seite, als zwei Sanitäter in weißen Uniformen durch den Gang eilten, die eine Trage auf Rädern zwischen sich schoben. Polizeibeamte folgten den beiden. Sie verschwanden in Miss Nichols' Zimmer und ich hörte Jason Sumners Stimme, die ihnen erklärte, was wir vorgefunden hatten.

»Wo ist Emmett? Lucille hat gesagt, er hat Priscilla bewusstlos aufgefunden.«

»Mrs Ruth hat ihn in die Wohnung gebracht.«

Dad warf einen Blick ins Zimmer. »Ich muss hierbleiben. Würdest du dich bitte um deinen Bruder kümmern? Ich kann mir vorstellen, dass er sehr durcheinander ist.«

Nachdem ich Dad noch einmal umarmt hatte, ging ich zu unserer Wohnung. Mrs Ruth saß mit Emmett auf dem Sofa und las ihm laut aus seinem neuen Comicbuch vor, als ich eintrat. Er sprang auf die Beine und lief zu mir.

»Ist Miss Priscilla aufgewacht?«

Sein unschuldiger Eifer berührte mein Herz. Ich wollte ihm nicht die Wahrheit sagen, aber Mama hätte es nie geduldet, dass ich ihn anlüge, auch nicht, um ihn zu schützen.

»Nein.« Ich nahm seine Hand. »Aber wir hoffen, dass sie bald wieder aufwacht. Sie muss ins Krankenhaus, damit die Ärzte ihr helfen können.«

Seine Schultern sackten nach unten und Tränen traten in seine Augen. »Ich werde sie vermissen.«

Obwohl mein Bruder viel schwerer war als ich, nahm ich ihn in die Arme und wünschte plötzlich, ich könnte ihn vor der Welt mit ihrem ganzen Schmerz und aller Traurigkeit abschirmen.

War es Mama so gegangen, als sie diesen jungen Mann aufgezogen hatte, der immer ein kleiner Junge bleiben würde?

»Das weiß ich, aber alles wird gut werden.«

Diese beruhigenden Worte hatte Mama oft gesagt, egal, was passiert war. Sie hatte fest geglaubt, dass Gott immer die Kontrolle hat, egal wie die Dinge vielleicht aussehen oder wie wir uns fühlen. Ihr Glaube hatte sie durch viele schwere Zeiten getragen bis zu dem Moment, in dem sie diese Erde verlassen hatte, um in ihr himmlisches Zuhause zu gehen.

Heute musste ich für meinen Bruder stark sein. Heute musste ich glauben, dass alles gut werden würde.

Aber irgendwo tief in meinem Inneren wusste ich, dass nicht alles gut werden würde.

Das konnte ich einfach nicht glauben.

2

»Meine Güte, Priscilla! Schau dir nur die vielen Leute an! So eine große Menschenmenge habe ich noch nie gesehen!«

Ich konnte Mutters Ausruf über den ohrenbetäubenden Lärm der quietschenden Räder des Zuges hinweg, der nach unserer stundenlangen Fahrt aus Chattanooga langsam zum Stehen kam, kaum verstehen. Auf dem Bahnsteig vor unserem Waggon, der in den überfüllten Bahnhof einfuhr, herrschte ein lautes Stimmengewirr und der Schaffner schrie praktisch, um uns auf das Offensichtliche hinzuweisen: Wir hatten unser Ziel, Nashville in Tennessee, erreicht.

Hunderte Fahrgäste strömten auf unzähligen Gleisen aus den Eisenbahnwaggons und waren alle aus demselben Grund hier: um die *Tennessee Centennial Exposition* zu besuchen, eine spektakuläre Ausstellung, die in zwei Tagen zur Feier des hundertsten Bestehens des Bundesstaates Tennessee eröffnet werden würde.

Ich hielt die Hand an meine Stirn, um meine Augen gegen die Spätnachmittagssonne abzuschirmen, und verfolgte das Geschehen vor dem Fenster mit offenem Mund. Auch ich hatte noch nie zuvor so viele Menschen an einem Ort gesehen. Wie sollten wir Papa in diesem Gedränge finden? Er war schon Anfang der Woche mit dem Präsidenten und anderen führenden Vertretern der Eisenbahn nach Nashville gefahren, um sicherzustellen, dass ihr Gebäude auf dem Ausstellungsgelände für die Millionen Besucher, die im Laufe der nächsten sechs Monate durch die Tore strömen würden, bereit war.

Die Handvoll Fahrgäste in unserem Privatwaggon – Ehefrauen, Kinder und Freunde von wichtigen Eisenbahninvestoren – begannen, ihre Sachen einzupacken und auszusteigen. Draußen vermischten sich ihre aufgeregten Stimmen mit dem ohrenbetäubenden Stimmengewirr auf dem Bahnsteig.

»Priscilla, pass auf deine Handtasche auf. Ich dachte, es wäre eine kluge Entscheidung, unseren Schmuck selbst mitzunehmen, aber jetzt bin ich mir nicht so sicher.« Mutter entfuhr ein Kreischen, als ein junger Mann ans Fenster klopfte und etwas rief, das wir nicht verstehen konnten. Als sie ihn wegjagte, lachte er nur. »Schau dir das nur an! Dein Vater hätte doch sicher dafür sorgen können, dass wir an einer Stelle eintreffen, die nicht so öffentlich ist.«

Ich schmunzelte. Mutter war ein unverbesserlicher Snob. »Nur weil Papa ein Investor bei der *Nashville, Chattanooga und St. Louis-Eisenbahn* ist, heißt das nicht, dass uns eine Sonderbehandlung zusteht. Wir sind nicht wichtiger als irgendjemand von diesen Leuten da draußen.« Ich deutete auf die vielen Menschen hinter der Scheibe. »Sie sind hier, um Tennessees Geburtstag zu feiern, genau wie wir.«

Mutter bedachte mich mit einem langen, gequälten Seufzen. Dieses Seufzen ihrer Enttäuschung hatte ich in den fünfundzwanzig Jahren meines Lebens als einzige Tochter von Cora und Eldridge Nichols schon sehr oft zu hören bekommen.

»Du weißt genauso gut wie ich, dass dein Vater und dein Großvater einen wichtigen Beitrag zum Bau dieser Eisenbahn geleistet haben. Du musst mehr Stolz auf dein Erbe zeigen. Dein Vater ist immer noch verletzt, weil du uns ursprünglich nicht nach Nashville begleiten wolltest. Du hättest es verpasst, den Erfolg seiner ganzen Anstrengungen zu sehen, die Eisenbahn zu einer der großen Attraktionen auf der Ausstellung zu machen.«

Ich wusste, dass es am besten war, den Mund zu halten, wenn Mutter sich genötigt sah, mir einen Vortrag zu halten. Es tat mir zwar wirklich leid, dass ich die Gefühle meines Vaters verletzt hatte, aber ich hatte eigentlich nicht nach Nashville fahren wollen, wo ein Spektakel riesigen Ausmaßes zu erwarten war, wenn man dem ganzen Tamtam um die Ausstellung Glauben schenken konnte.

Eine riesige Wippschaukel? Ein Nachbau des Parthenon? Achtzig Hektar voll mit Unterhaltungsangeboten und Attraktionen?

Du meine Güte!

Die Vorfreude auf die Jubiläumsfeier des Bundesstaats Tennessee – die genau genommen mit einem Jahr Verspätung gefeiert wurde – hatte in den letzten Monaten vor der Eröffnung am 1. Mai geradezu fieberhafte Ausmaße angenommen. Es war das einzige Gesprächsthema, über das alle, besonders meine Familie, sprachen. Unzählige Male waren Papa und seine Geschäftspartner mit ihrem mit Flaggen geschmückten Sonderwaggon unterwegs gewesen. Die Leute waren von weit her gekommen, um zu bejubeln, wie die Männer winkten und Reden hielten, in denen sie die Attraktionen der Ausstellung rühmten.

Trotzdem hatte ich keine Lust gehabt herzukommen. Tennessee feierte zwar, dass es seit hundert Jahren ein Bundesstaat war, aber den Frauen, die hier wohnten, wurde nach wie vor das Recht verweigert, an den Wahlen für die Abgeordneten, die besagten Bundesstaat regierten, teilzunehmen. Das Frauenwahlrecht war im ganzen Land ein stark umstrittenes Thema. Dass die Hälfte der Bürger von Tennessee in ihren Rechten beschnitten wurde, war meiner Meinung nach kein Grund zu feiern.

»Dort ist dein Vater.«

Mutters Stimme riss mich aus meinen Gedanken. Es würde mir nicht weiterhelfen, die Diskussion, die ich in den letzten Wochen vergeblich zu gewinnen versucht hatte, zu wiederholen. Meine Anwesenheit in diesem Zug verkündete laut und deutlich, wer als Sieger hervorgegangen war.

Papa bahnte sich einen Weg durch die Menge und stieg in unseren Waggon. Da die anderen Frauen mit ihren Kindern bereits ausgestiegen waren, waren wir die letzten Fahrgäste, die sich noch im Waggon aufhielten.

»Entschuldigt bitte meine Verspätung.« Er zog ein Taschentuch aus der Brusttasche seiner Jacke und tupfte sich die Stirn ab. »Ihr werdet es kaum glauben, aber fast sechzig Züge werden noch bis zum Ende des Tages erwartet. Heute sind viel mehr Menschen im Bahnhof als in der ganzen vergangenen Woche.«

Mutter schnaubte und rückte ihren Hut zurecht. »Genau aus diesem Grund hätten wir schon mit dir fahren sollen. Du weißt, wie sehr ich es verabscheue, mich durch ein Menschengedränge schieben zu müssen.«

Während Papa Mutter besänftigte, packte ich meine Sachen zusammen und konnte es nicht erwarten, aus dem Zug zu kommen und mir die Beine zu vertreten. Trotz meines unablässigen Murrens wegen der *Tennessee Centennial Exposition* und der Fahrt hierher wurde ich jetzt auch von einer gewissen Vorfreude angesteckt, die mich fast herausforderte, die nächsten vier Wochen, die wir uns in der Stadt aufhalten würden, zu genießen.

»Ihr werdet euch freuen zu hören, dass Kenton mich begleitet hat.« Papa warf ein befriedigtes Lächeln in meine Richtung. »Er sorgt dafür, dass unsere Kutsche in der Nähe des Bahnhofseingangs steht.«

Da mich meine beiden Eltern ansahen, zwang ich mich zu einem Lächeln. »Das ist nett von ihm.«

Ich folgte ihnen die steilen Stufen des Waggons hinab auf den Bahnsteig, aber die aufkeimende Freude von vor wenigen Momenten stand nun in Gefahr, erstickt zu werden. Jetzt hatte *ich* das Bedürfnis, ein frustriertes Seufzen auszustoßen.

Kenton Thornley, der Mann, von dem mein Vater hoffte, dass er bald sein Schwiegersohn wäre, war wahrscheinlich der einzige Mensch in dieser riesigen Menge, auf den ich gern verzichtet hätte.

Während ich wartete, bis Mutter ihre Röcke zurechtgerückt hatte, ließ ich meinen Blick über die Masse an Reisenden wandern und suchte den blonden Mann, den ich seit meiner Kindheit kannte. Kentons Familie und meine waren schon lange befreundet und unsere Väter waren beide erfolgreich im Eisenbahngeschäft tätig. Zugegeben, der Stammbaum der Thornleys war wesentlich beeindruckender als unserer, aber beide Elternpaare hielten es für eine grandiose Idee, ihre Freundschaft und Geschäftsbeziehungen mit einer Ehe ihrer Kinder zu vertiefen. Kenton fügte sich bereitwillig ihren Wünschen, obwohl zwischen uns nicht die geringste Anziehungskraft bestand, aber ich hatte ihm auf seinen Heiratsantrag noch keine Antwort gegeben. Eine moderne Frau brauchte keinen Mann, um auf der Welt etwas zu bewirken, fand ich. Und ganz gewiss keinen Mann, der nicht die geringste Zuneigung zu ihr empfand. Aber würde sich eine neue Gelegenheit ergeben zu heiraten und eine Familie zu gründen, wenn ich seinen Heiratsantrag ablehnte? Anders als manche Frauen in der Frauenwahlrechtsbewegung strebte ich nicht nach einem Leben als unverheiratete Frau.

Als wir den Schutz des Eisenbahnwaggons verließen, befanden wir uns sofort inmitten des Menschengedränges. Papa hielt uns fest an den Händen und zog uns inmitten von rufenden, pfeifenden und lachenden Stimmen weiter. Der Kohlenrauch und heiße Dampf, den die Lokomotiven ausstießen, lagen schwer in der Luft und machten das Atmen schwer. Wir waren völlig außer Atem, als Papa vor dem Bahnhof ankam und auf Kenton und die Kutsche zusteuerte.

»Es freut mich, dass Sie gut angekommen sind.« Kenton begrüßte Mutter mit einem leichten Kuss auf die Wange.

»Kenton, du hast ja keine Ahnung, wie erfreulich es ist, dein attraktives Gesicht zu sehen. Nicht wahr, Priscilla? Das Gedränge dieser Menschenmassen ist wirklich grauenhaft. Bring uns bitte auf dem schnellsten Weg zum Hotel.«

Mutter wartete nicht einmal, bis ihr jemand in die offene Kutsche half, was deutlich zeigte, wie aufgewühlt sie war. Kenton folgte ihr eilig, während Papa mit den Gepäckträgern sprach, die unsere Truhen und Kisten hinten auf das Fahrzeug luden. Ich wollte meine kleine Tasche vom Gepäckwagen nehmen, damit sie von den schwereren Gegenständen nicht zerdrückt wurde.

»Kann ich Ihnen helfen, *Signorina*?«

Als ich mich umdrehte, stand ein großer Mann hinter mir. Selbst wenn sein Akzent seine italienische Herkunft nicht verraten hätte, hätten seine dunklen Augen und rabenschwarzen Haare, die unter seiner Kappe hervorstanden, diese Vermutung nahegelegt.

»Nicht nötig.« Kenton trat neben mich, bevor ich dem Mann antworten konnte, und nahm ohne meine Erlaubnis meinen Ellbogen. »Kümmern Sie sich um die Pferde, Moretti. Für die Damen ist ein Gentleman zuständig.«

Ich war von Kentons Grobheit entsetzt und entzog ihm unwirsch meinen Arm. »Ein Gentleman hätte bessere Manieren.« Der Fremde – offensichtlich unser Fahrer – schien sich nur mühsam ein Grinsen zu verkneifen, statt wegen der unfreundlichen Zurechtweisung durch Kenton beschämt zu wirken. »Danke für Ihr Angebot, Sir, aber Mr Thornley wird mir helfen.«

Der Mann neigte den Kopf, aber als sich unsere Blicke wieder begegneten, jagte etwas, das in seinen Augen aufflackerte – vielleicht Bewunderung? –, ein unerwartetes Kribbeln durch meinen Körper.

»Priscilla, du wirst es nicht bereuen, dass du deine Meinung geändert hast und mit in den Westen gekommen bist«, sagte Papa, sobald ich ihm und Mutter gegenübersaß. Sein Gesicht war gerötet und strahlte vor Aufregung. »Der Ausstellungspark übertrifft alle unsere Erwartungen. Ist es nicht so, Kenton?«

Kenton, der neben mir saß, und Papa erzählten von den spannenden Vorbereitungen zu Tennessees Jubiläumsfeier, während wir langsam durch die überfüllten Straßen rollten. Meine Ohren schnappten trotzdem hier und da die Stimme unseres Fahrers auf, der etwas auf Italienisch zu seinem Pferd sagte. Aus einem unerklärlichen Grund musste ich bei dem Gedanken, dass das große Tier die fremden Worte verstand, lächeln.

»Siehst du, Priscilla«, Papa tätschelte mein Knie und lenkte meine Aufmerksamkeit wieder auf ihn, »das Lächeln in deinem Gesicht ist genau der Grund, warum ich darauf bestanden habe, dass du uns begleitest. Ich kann mit Fug und Recht behaupten, dass ihr jungen Leute beim Erkunden des Ausstellungsgeländes eine wunderbare Zeit verbringen werdet.«

Mutter lachte, offenbar war die ansteckende Aufregung der Menschenmenge auf dem Bahnhof auf sie übergesprungen. »Und was ist mit uns, Eldridge? Werden wir keine wunderbare Zeit hier verbringen, nur weil wir nicht mehr ganz so jung sind?«

Papa nahm ihre Hand und küsste durch ihren Handschuh ihren Handrücken. »Du bist noch genauso schön wie an dem Tag, an dem ich dich vor zweiunddreißig Jahren geheiratet habe, meine Liebe. Trotzdem gehe ich davon aus, dass wir uns die Ausstellung in einem deutlich langsameren Tempo ansehen werden.«

Sie setzten ihr lebhaftes Gespräch fort, bis die Kutsche im Herzen Nashvilles, wie ich vermutete, stehen blieb. Einspänner, Reiter und Fußgänger drängten sich auf den Straßen und Gehwegen und erinnerten an die Menschenmassen am Bahnhof. Ich hoffte, Mutter würde sich nicht wieder beklagen, denn dieses Problem könnte auch Papa nicht beheben.

Ich verdrehte mir fast den Hals, um mir einen Eindruck zu verschaffen. Ich war neugierig darauf, das berühmte *Maxwell House Hotel* mit eigenen Augen zu sehen. Papa schwärmte seit Jahren davon und behauptete, es sei das edelste Hotel, in dem er bei seinen Reisen je abgestiegen war; nicht einmal die Hotels in New York City und Boston boten so viel Luxus. Das Maxwell House, das für seine eleganten Herren- und Damensalons bekannt war, war immer Papas erste Wahl, wenn er nach Nashville kam.

Das Erste, was mir ins Auge stach, waren die massiven Säulen, von denen die Gäste am Hoteleingang in der Cherry Street begrüßt wurden. Acht Säulen, die bis zum ersten Stockwerk reichten, trugen einen schmalen Säulengang im Südstaatenstil. Fünf Stockwerke mit Rundbogenfenstern, die alle einen Blick auf die Stadt boten, verliefen rund um das eindrucksvolle Hotel. Selbst wenn jemand noch nichts von den großen und eleganten Zimmern im Inneren des Hotels gehört hatte, brauchte er es nur von der Straße aus zu sehen, um zu erahnen, was sich in diesem riesigen Gebäude befand.

»Wenn es euch lieber ist, kann uns der Fahrer zum Eingang in der Church Street bringen, der direkt zu den Damensalons führt. Dort fühlt ihr euch vielleicht wohler als beim Herreneingang.«

Papa hob die Hand, um dem Kutscher entsprechende Anweisungen zu erteilen, aber Mutter hielt seine Hand fest. »Das ist nicht nötig, Eldridge. Priscilla und ich sind nicht so zart besaitet, dass wir diesen Eingang nicht benutzen könnten. Wir sind endlich angekommen und können es nicht erwarten, unsere Zimmer zu beziehen. Schau dort hinüber: Ich sehe mehrere elegante Damen, die ihre Männer ins Hotel begleiten.«

Einen Moment später öffnete der Fahrer die Kutschentür. Nach einem schnellen Blick auf Papa, der bestätigend nickte, hielt er Mutter seine Hand hin. »*Signora.*«

Mutter raffte ihre Röcke, stieg aus und schwärmte von der eindrucksvollen Eleganz des Hotels. Kenton stieg als Nächster aus, da es unangemessen gewesen wäre, wenn ich über ihn geklettert wäre. Ich ließ Papa den Vortritt und ergriff als Letzte die Hand des Fahrers, um mir auf den Gehweg helfen zu lassen.

»Danke.« Ich strich meine Röcke glatt, obwohl mich die Falten nach dem langen Reisetag nicht sonderlich interessierten.

»*Signorina.*« Seine Mundwinkel hoben sich. »Es ist mir eine Ehre, einer so schönen Frau zu helfen.«

Das eingeübte Kompliment brachte vielleicht die Wangen anderer Frauen zum Erröten, aber von mir prallten schmeichelnde Worte ab. Als einzige Tochter von Eldridge Nichols hatte ich, schon bevor ich volljährig geworden war, mehr als genug schöne, bedeutungslose Worte von Möchtegernverehrern gehört.

»Sir, mein äußeres Erscheinungsbild sollte keinen Einfluss darauf haben, ob Sie sich geehrt fühlen, mir zu helfen oder nicht. Das ist schlicht und ergreifend Ihre Aufgabe.«

Ich rechnete mit einer gewissen Zerknirschtheit auf meine Zurechtweisung hin. Doch er schmunzelte nur und auf seinen Wangen tauchten kleine Grübchen auf.

»Sie haben recht, *Signorina*. Aber meine liebe *Mamma* – Gott schenke ihrer Seele die ewige Ruhe – hat mich gelehrt, dass ein Mann jede Gelegenheit ergreifen sollte, um einer Frau zu sagen, wie schön sie ist. Jede Frau, hat sie gesagt, ist eine einmalige Schöpfung unseres Herrn und sollte daran erinnert werden.«

Bevor ich etwas erwidern konnte, verbeugte er sich und kehrte hinter die Kutsche zurück.

»Priscilla, warum trödelst du so lange? Komm endlich!«

Mutters Ruf vom Hoteleingang zwang mich, zu ihr zu gehen, aber ich konnte es mir nicht verkneifen, einen letzten Blick zur Kutsche zu werfen. Der Fahrer half dem Gepäckträger des Hotels, unser Gepäck auszuladen, doch als er sah, dass ich mich zu ihm umdrehte, unterbrach er seine Arbeit und zog seinen Hut, bevor er sie wieder aufnahm.

Während ich meinen Eltern in das berühmte Hotel folgte, hatte ich das sonderbare Gefühl, dass mir bei meinem kurzen Wortwechsel mit dem Mann etwas entgangen war.

Etwas Wichtiges.

3

Ich stand eine geschlagene Minute vor der Tür zu Zimmer 504, bevor ich den Mut aufbrachte, den Türgriff zu drehen.

Drei Tage waren vergangen, seit Miss Nichols einen Schlaganfall erlitten hatte. Dad fuhr jeden Tag ins Krankenhaus, aber er kam mit keinen guten Nachrichten zurück. Sie konnte nicht sprechen und ihr rechter Arm und ihr rechtes Bein schienen gelähmt zu sein. Laut dem Stationsarzt war es höchst unwahrscheinlich, dass Miss Nichols je wieder ins Hotel zurückkehren könnte. Sie wäre in Zukunft auf Pflege angewiesen.

Nachdem der Krankenwagen sie ins Krankenhaus gebracht hatte, hatte Dad ihren Anwalt, einen arroganten Mr Richards, informiert. Der Mann war am nächsten Tag gekommen und hatte die Sachen in ihrem Zimmer durchgesehen. Ihr Testament, hatte er uns mitgeteilt, während er die altmodischen Sachen mit offensichtlicher Verachtung betrachtet hatte, erwähnte mit keinem Wort, was aus dem Sammelsurium an persönlichen Sachen geschehen sollte. Angesichts ihrer düsteren Prognose plante er, jemanden damit zu beauftragen, alles einfach zu entsorgen. Als Dad ihm entgegnet hatte, dass unter den Sachen Erinnerungsstücke sein könnten, die Miss Nichols vielleicht wichtig waren und die sie möglicherweise behalten oder Freunden geben wollte, hatte der Mann nur die Achseln gezuckt und erklärt, dass die Sachen damit Dads Problem seien. Dann war er gegangen.

Als ich die Tür öffnete, begrüßte mich der bekannte Rosenduft. Es war ein sonderbares Gefühl, allein in Miss Nichols' Zimmer zu sein. Ich war nie hier gewesen, ohne dass die alte Frau an ihrem kleinen Schreibtisch oder in dem abgewohnten geblümten Sessel neben dem Fenster gesessen hatte. Dad hatte mir die Aufgabe übertragen, ihre persönlichen Sachen durchzusehen; bei der

Entscheidung, was aus den größeren Möbeln werden sollte, würde er mir später helfen. Vor der gleichen schmerzlichen Aufgabe hatten wir vor weniger als einem Jahr schon einmal gestanden, als wir Mamas Sachen durchgesehen und aussortiert hatten. Dad konnte es vermutlich nicht verkraften, das schon wieder machen zu müssen. Ich hätte auch gerne darauf verzichtet, aber es gab sonst niemanden, der dafür infrage kam.

Als Erstes zog ich die dicken Vorhänge zurück und schob trotz der kalten Dezemberluft das Fenster nach oben. In der Innenstadt von Nashville herrschte viel Betrieb: dröhnende Busse, hupende Autos und bepackte Passanten, die auf der Suche nach den perfekten Geschenken für ihre Lieben durch die Straßen eilten. Der Weihnachtsschmuck in den Fenstern des Noel-Hotels auf der gegenüberliegenden Straßenseite erinnerte mich daran, dass ich das Foyer unseres Hotels noch nicht dekoriert hatte.

Die Sonne spähte über das große Gebäude und wärmte mein Gesicht; in den hellen Sonnenstrahlen lag ein Versprechen von Vertrautheit und tröstlicher Routine. »Nach jeder Nacht kommt ein neuer Morgen«, hatte Mama immer gesagt, besonders nach einer anstrengenden durchwachten Nacht mit Emmett. Sie hatte uns müde angelächelt und uns daran erinnert, dass jeder neue Tag voller Segensgeschenke steckte, die nur darauf warteten, entdeckt zu werden.

Ich atmete die kühle Luft tief ein, dann drehte ich mich zu der Herausforderung herum, die vor mir lag.

War in diesem Wirrwarr aus altmodischen Habseligkeiten irgendwo ein Segensgeschenk versteckt?

Ein Blick durch das vollgestopfte Zimmer verriet mir, dass ich viel mehr Pappkartons brauchen würde, als ich vermutet hatte. Jetzt, da ich nicht mehr steif an der Tür warten musste wie bei den seltenen Gelegenheiten, wenn ich Dad bei seinen Besuchen begleitet hatte, sah ich Dinge, die mir vorher nie aufgefallen waren: Vitrinen voll mit kuriosen Sammelstücken. Ein Schrank, der mit Kleidung, Hüten und Schuhen fast zu bersten schien. Eine

Kommode und ein Schminktisch, die mit allem Möglichen, von Socken und Schals bis zu Schmuck und Geld, vollgestopft waren. Bücher über Bücher waren in die Regale gequetscht und stapelten sich auf dem Fußboden. Sogar unter dem Bett waren Kisten verstaut, auf denen sich eine dicke Staubschicht gebildet hatte.

Ich atmete schwer aus.

Es würde den ganzen Tag, vielleicht sogar die ganze Woche dauern, alles zu sichten und einzupacken.

Dad hatte schon oft mein Organisationstalent gelobt. Also setzte ich mich in den Sessel am Fenster und erstellte einen Plan. Ich würde mit den Wertsachen und den zerbrechlichen Dingen anfangen, danach wollte ich mit den Büchern und verschiedenen anderen Gegenständen weitermachen. Die Kleidung und die persönlichen Dinge kämen als Letztes.

Während das kleine Radiogerät in der Ecke auf WMAK eingestellt war, einen Sender, der hier aus dem Maxwell House sendete, ging ich an die Arbeit.

Ich hatte jedes Zeitgefühl verloren, als mich ein Klopfen an der offenen Tür aus meiner Arbeit riss. Auch wenn gelegentlich der eine oder andere neugierige Hotelbewohner stehen blieb, um sich zu erkundigen, was ich hier machte, hätte ich mich nicht wohl dabei gefühlt, bei geschlossener Tür in diesem Raum zu sein.

Ich erwartete, den alten Mr Hanover oder Mrs Ruth zu sehen, und war überrascht, dass Jason Sumner an der Tür stand. Sein gestärktes, weißes Hemd und seine dunkle Krawatte verrieten, dass er gerade von einem beruflichen Termin kam oder zu einem solchen Termin unterwegs war. Bei der ganzen Aufregung um Miss Nichols hatte ich immer noch nicht herausgefunden, warum dieser gut aussehende junge Mann in Nashville war und im Maxwell wohnte. Seit dem Tag, an dem er hier angekommen war, hatte ich ihn nur wenige Male gesehen und das auch nur im Vorübergehen.

»Hi.« Ein unsicheres Lächeln umspielte seine Lippen. »Lucille hat gesagt, dass Sie hier oben sind.«

Ich blieb, von Kartons und einem Stapel alter Zeitungen, die mir Dad zum Einpacken gebracht hatte, umringt, mit überkreuzten Beinen auf dem Fußboden sitzen. Ich war mir sicher, dass ich mit dem Tuch, das ich über meine Haare gebunden hatte, und in dem alten T-Shirt von Emmett, das mir über die Schultern hing, albern aussah.

»Hi.«

Einige Sekunden hörte man nur das Ticken der Uhr auf dem Nachttisch, bevor er ins Zimmer trat. Er sah sich um; dann kehrte sein Blick zu mir zurück.

»Ihr Vater hat erzählt, dass Miss Nichols über zwanzig Jahre hier gewohnt hat.« Aus seiner Stimme sprach Verwunderung, aber keine Verurteilung.

Ich nickte. »Das ist irgendwie traurig. Soweit wir wissen, hat sie keine Familie. Ich bin nicht sicher, was wir mit den ganzen Sachen hier machen sollen.«

Er schaute mich nachdenklich an. »Es gibt wohltätige Organisationen, die Kleider- und Möbelspenden annehmen. Ich kann Ihnen und Ihrem Vater gern einige Namen aufschreiben.«

»Das ist eine gute Idee. Danke für das Angebot.« Ich war zu neugierig, um das Gespräch zu beenden. Woher kannte er wohltätige Organisationen in Nashville? »Was machen Sie eigentlich beruflich?«

Er steckte die Hände in seine Hosentaschen. »Ich bin im letzten Jahr meines Jurastudiums. Ich hoffe, dass ich Bürgerrechtsfälle bearbeiten kann, wenn ich mein Examen bestanden habe.«

Mit einer solchen Antwort hatte ich absolut nicht gerechnet. »Wirklich? Wow.«

Er schmunzelte. »Ja. Mein Vater ist Anwalt, aber er arbeitet schon immer für große Unternehmen. Ich interessiere mich mehr dafür, Menschen zu helfen, die sonst vielleicht nicht fair behandelt werden.«

»Warum sind Sie in Nashville?«, wollte ich wissen und vergaß Miss Nichols' Sammlung aus ungewöhnlichen Salz- und Pfefferstreuern genauso wie Dads strenge Regel, nicht im Leben unserer Gäste herumzuschnüffeln.

»Ich wollte mit einigen Leuten sprechen, die an den Sitzstreiks in Restaurants, die letztes Jahr stattgefunden haben, beteiligt waren. Ich habe schon mit den Studenten in Greensboro gesprochen, die das Ganze ins Rollen brachten. Wussten Sie, dass über dreitausend Demonstranten verhaftet wurden, bevor die Rassentrennung in Restaurants endlich aufgehoben wurde? Viele von diesen Leuten wurden vor Gericht nicht fair behandelt.« Er zuckte leicht mit den Achseln. »Ich würde das in Zukunft gerne ändern, wenn ich kann.«

Ich war sprachlos.

Ich dachte an die ersten Monate des letzten Jahres zurück. Am Tag vor dem Valentinstag waren Gruppen afroamerikanischer Studenten zu Woolworth, Kress und McClellan's gegangen, hatten eingekauft und sich dann in die Restaurants, die nur für Weiße bestimmt waren, gesetzt. Als man sich geweigert hatte, sie zu bedienen, und sie aufgefordert hatte zu gehen, waren die Studenten respektvoll sitzen geblieben. Die Läden hatten die Restaurants nach zwei Stunden geschlossen und die Studenten waren gegangen, aber das war erst der Anfang gewesen. Leute, sowohl Schwarze als auch Weiße, hatten in Restaurants in der ganzen Stadt demonstriert und eine Aufhebung der Rassentrennung verlangt – eine Entscheidung, die erst am 10. Mai erfolgt war.

»Das ist wirklich ... bewundernswert.«

Er schaute mich neugierig an. »Waren Sie hier, als die Sit-ins stattfanden?«

»Ich war damals zum Studium in Chattanooga.« Mit einer gewissen Beschämung zuckte ich die Achseln. »Einige meiner Freunde nahmen an den Sitzblockaden dort teil, aber ...«

Ich sprach mein Geständnis nicht zu Ende aus.

Ich hatte einfach Angst gehabt, mich ihnen anzuschließen. Obwohl die Teilnehmer an den Sitzblockaden keine Gewalt angewandt und Regeln *wie gute Manieren zeigen* und *keine Beschimp-*

fungen oder lauten Rufe befolgt hatten, hatten Leute, die gegen eine Aufhebung der Rassentrennung waren, für Schwierigkeiten gesorgt. Das hatte schließlich zu Gewalt und zum Eingreifen der Polizei geführt.

»Das macht nichts. Nicht jeder ist dazu berufen, als Soldat an vorderster Front zu kämpfen.«

Ich erwiderte seinen Blick. »Soldat? Das klingt ja, als wäre es ein Krieg.«

Er nickte. »In gewisser Weise ist es so. Menschen kämpfen für Rechte, die eigentlich selbstverständlich sein sollten. Viele von den schwarzen und weißen Freiheitsfahrern, die im Mai gemeinsam mit Überlandbussen in die Südstaaten kamen, wurden geschlagen und die Busse wurden in Brand gesetzt, während die Polizei einfach wegschaute. Und das alles nur, weil diese Leute die Freiheit haben wollten, in Bussen ohne Rassentrennung zu fahren. Afroamerikaner kämpfen seit den Tagen der Sklaverei für ihre Rechte. Es ist richtig, sie bei ihrem Kampf zu unterstützen, wie Dr. Martin Luther King sagt.«

So hatte ich es bisher nicht gesehen.

»Aber ich sollte Sie jetzt nicht länger von Ihrer Arbeit abhalten.« Er wandte sich zur offenen Tür, schaute mich aber noch einmal an, bevor er das Zimmer verließ. »Morgen habe ich frei und könnten Ihnen helfen, falls Sie hier Hilfe brauchen.«

Ein warmes Kribbeln setzte in meinem Bauch ein und ich spielte unter seinem durchdringenden Blick nervös mit den Fingern. »Sehr gerne. Das wäre nett.«

Er lächelte mich erfreut an, bevor er auf dem Flur verschwand.

Ich widmete mich wieder meiner Arbeit, aber unser kurzes Gespräch ging mir nicht aus dem Kopf. Jason Sumner war definitiv ein interessanter Mann.

Nach einem Mittagessen aus Schinkenbroten und Kartoffelsalat mit Emmett und Dad packte ich den ganzen Nippes, die Teetassen und alles, was vielleicht wertvoll sein könnte, ein. Dann wandte ich mich den Bücherregalen zu. Miss Nichols war offenbar sehr belesen. Klassiker wie Shakespeare, Alcott, Dickens und Stowe nahmen viel Platz in den überfüllten Regalen ein. Es gab auch Gedichtbände, Bücher über Geschichte und zu meinem Erstaunen auch mehrere Romane auf Italienisch. Ich packte sie in einen Karton, achtete aber darauf, dass er nicht zu schwer wurde. Ich wollte nicht, dass Dad oder ich Rückenschmerzen bekämen.

Als es im Zimmer allmählich dunkler wurde, da die Sonne im Dezember schnell unterging, beschloss ich, noch eine letzte Kiste zu packen und dann Feierabend zu machen. Mrs Ruth hatte angeboten, nach dem Mittagessen bei Emmett zu bleiben, während Dad Vorstellungsgespräche für eine neue Managerassistentin führte, aber ich musste bald anfangen, das Abendessen zu kochen.

Ich griff nach dem nächsten Gegenstand im Regal – ein großes, quadratisches Buch, das wohl eine Art Album war. Sein blauer Lederumschlag war schön verziert, aber an den Rändern war das Buch stark abgegriffen und abgenutzt. Ich wollte es schon in den Karton stecken, als etwas zwischen den Seiten herausrutschte. Als ich es aufhob, stellte ich fest, dass es eine alte, vergilbte Postkarte war. Ein Bild von dem berühmten Parthenon in Nashville zierte die Vorderseite, viel interessanter waren jedoch die anderen Gebäude, die daneben abgebildet waren, unter anderem ein Gebäude, das wie eine ägyptische Pyramide aussah.

Ich war schon zigmal beim Parthenon gewesen. Diese anderen Gebäude gab es nicht.

Ich drehte die Karte um.

Eine saubere Handschrift füllte die Rückseite, aber ich fand auch winzige gedruckte Buchstaben, die mir verrieten, dass das Bild bei der *Tennessee Centennial Exposition* von 1897 aufgenommen worden war.

Mein Blick wanderte zu den gerahmten Plakaten an den Wänden. Ich hatte ihnen bisher nicht viel Beachtung geschenkt, aber jetzt betrachtete ich sie und fand eines, das sehr viel Ähnlichkeit mit dieser Postkarte hatte.

Neugierig las ich den handgeschriebenen Text.

Mein liebster Luca,

ich bin heute zum Parthenon gegangen. Die Abenddämmerung war nahe und ich wollte die Lichter sehen, wie du und ich sie an dem Abend gesehen haben, den wir dort zusammen verbrachten. Die Leute haben mich angestarrt, als ich stumme Tränen weinte, aber das war mir gleich. Das Bild, das sich auf dem Watauga-See spiegelte, sah genauso aus wie damals, als wir uns an den Händen hielten und am Seeufer spazieren gingen.
Ach, hätten wir uns an diesem verhängnisvollen Tag nur anders entschieden!
Bereust du es genauso sehr wie ich?

Peaches

Die gequälten Worte fesselten mich.

Wer war Peaches? Welche Entscheidung hatten sie und ihr unbekannter Freund getroffen?

Ohne mir über die Privatsphäre der geheimnisvollen Peaches – oder Miss Nichols – Gedanken zu machen, schlug ich das Album auf.

Meine Kinnlade fiel herunter.

Bunte Erinnerungsstücke aus früheren Zeiten füllten die Seiten. Postkarten und Bilder von der Expo. Schleifen, getrocknete Blumen, Knöpfe, Bleistiftskizzen, entwertete Eintrittskarten und so weiter. Jede einzelne Seite war ein schönes, einmaliges Kunstwerk.

Hatte Miss Nichols dieses schöne Buch gestaltet?

Ich suchte ihren Namen oder irgendeinen Hinweis darauf, dass sie das Album zusammengestellt hatte, aber nichts wies darauf hin, dass es der alten Frau gehörte, die jetzt einige Straßen weiter in einem Krankenhaus lag.

Während ich im Dämmerlicht vorsichtig die Seiten umblätterte, erinnerte ich mich an das Album meiner Mutter aus ihrer Studienzeit. Es hatte zwar einen emotionalen Wert, aber es war kein Vergleich zu diesem kunstvollen, filigran gestalteten Erinnerungsbuch.

Das Klingeln des Fahrstuhls auf dem Flur machte mich einige Minuten später darauf aufmerksam, dass ein Gast zurückkehrte. Plötzlich wurde mir bewusst, wie erschöpft und müde ich war. Es wurde Zeit, Feierabend zu machen.

Als ich aufstand und mich dehnte, steckte Mrs Ruth ihren grauhaarigen Kopf durch den offenen Türrahmen. »Meine Güte, Sie waren wirklich sehr fleißig.«

»Ja, Ma'am, ich habe einiges geschafft.« Ich blickte mich um. Vor mir lag immer noch viel Arbeit, bis ich alles eingepackt hatte, aber die vielen Stunden, die ich heute gearbeitet hatte, hatten ihre Spuren hinterlassen. »Ich mache morgen weiter. Danke, dass Sie bei Emmett geblieben sind.«

Als ich sie ansah, stellte ich fest, dass ihr Blick nicht dem Chaos im Zimmer galt, sondern dem Album in meinen Händen.

»Was haben Sie da, meine Liebe?«

Ich hielt das ledergebundene Album hoch. »Das ist ein Album.« Ein wenig verlegen gestand ich: »Ich habe einen Blick hineingeworfen. Es sind hauptsächlich Bilder von der *Tennessee Centennial Exposition.*«

Mrs Ruth nickte. »Priscilla liebt diese längst vergangenen Tage.« Ihre Augen wanderten zu den vielen Plakaten an der Wand. »Ich war ein kleines Mädchen, als die Expo stattfand, und erinnere mich nicht an diese aufregende Zeit, aber wenn ich Priscilla richtig verstanden habe, hat sie als junge Frau viel Zeit auf dem Ausstellungsgelände verbracht.« Sie trat zum Nachttisch und strich mit den Fingern über den zerschlissenen Einband einer alten Bibel, die ich noch nicht eingepackt hatte. Ihr Blick wurde traurig. »Es ist so eine Schande mit anzusehen, wie ihre Sachen eingepackt werden. Ich hoffe, Ihr Vater wirft nicht alles weg, wie dieser Anwalt vorgeschlagen hat.«

»Bestimmt nicht. Wenigstens nicht ohne vorher mit Miss Nichols zu sprechen und sie zu fragen, was mit den Sachen geschehen soll.«

Mrs Ruth wünschte mir eine gute Nacht und ging in ihr Zimmer. Sie war vor Jahren ins Hotel gezogen, nachdem ihr Mann gestorben war. Die wöchentliche Miete war billiger als für eine kleine Wohnung; aus diesem Grund wohnten die meisten der sechzig Bewohner lieber in einem alten Hotel, das seine besten Tage längst hinter sich hatte. Aber im Gegensatz zu Miss Nichols hatte Mrs Ruth zwei Töchter und Enkelkinder, die sie besuchten. Trotzdem musste es schwer sein, mit anzusehen, wie das Leben einer Freundin und Nachbarin mit einer solchen Endgültigkeit eingepackt wurde.

Ich wollte das Album schon zu den anderen Büchern in den Karton stecken, aber etwas an dem Einband, mit den Eselsohren, der eine so außergewöhnliche Schönheit enthielt, faszinierte mich.

Ich biss unentschlossen auf meine Unterlippe.

Miss Nichols hätte doch bestimmt nichts dagegen, wenn ich das Album mit in unsere Wohnung nahm, um es sicher aufzubewahren. Es wäre schade, wenn es in einer Kiste mit Bücherspenden oder im Müll landen würde, besonders wenn dieses Buch tatsächlich von Miss Nichols gestaltet worden war. Vielleicht gaben die Postkarten Hinweise darauf, wer Peaches und Luca waren. Das wäre besonders hilfreich, falls einer der beiden zufällig mit Miss Nichols verwandt sein sollte.

Mit dem Album in der Hand trat ich auf den Flur hinaus und schloss die Tür hinter mir.

4

Schallendes männliches Gelächter begrüßte mich, als ich am Freitag-morgen die imposante Marmortreppe in der Nähe des Herrensalons im Maxwell House hinabstieg.

Mutter war in unserer Hotelsuite geblieben, da sie wie so oft unter starken Kopfschmerzen litt, die zweifellos von dem langen Reisetag und der ganzen Aufregung gestern herrührten. Papa hatte schon am Morgen das Hotel verlassen, um sich mit seinen Geschäftspartnern zu treffen und letzte Details zu ihrem Gebäude auf dem Ausstellungsgelände sowie zu ihrer Teilnahme an den ambitionierten Eröffnungsfeierlichkeiten morgen früh durchzugehen.

Das bedeutete, dass ich den größten Teil des Tages für mich hatte.

Mit einem Lächeln erinnerte ich mich an das nette Mädchen, das, kurz nachdem ich aufgestanden war, mit einem Frühstückstablett in den Händen und einem scheuen Lächeln auf den Lippen in mein Zimmer gekommen war. Sie hatte sich als Gia vorgestellt und war für die Dauer unseres Aufenthalts im Hotel meine Zofe. Ihr Akzent erinnerte mich an unseren Kutscher vom Vorabend, ihr Auftreten war scheu, aber sie war sehr hilfsbereit. Mit ihrem dunklen Haar und ihren dunklen Augen war sie eine exotische Schönheit und ich wusste, dass viele Frauen in mei-nen Kreisen sie als Bedrohung betrachten würden, obwohl sie nur ein Zimmermädchen war. Ich verstand mich jedoch wunderbar mit ihr. Trotz ihrer Jugend war ich mit der kunstvollen Frisur, die sie aus meinen Haa-ren machte, sehr zufrieden. Angekleidet und zu einem interessanten Tag bereit, an dem ich meine Umgebung erkunden wollte, hatte ich Gia zum Abschied gewinkt und sie und ein anderes Zimmermädchen, das sich um Mutter kümmerte, in unserer Suite zurückgelassen.

Im Erdgeschoss blieb ich stehen und bewunderte erneut die prunk-volle Eleganz des Maxwell House, die die unzähligen Gäste, die jeden Winkel des Hotels füllten, in Staunen versetzte. Ein eindrucksvoller Kronleuchter, der mit Tausenden Kristallen, die in der Gasbeleuchtung funkelten, verziert war, hing wie eine riesige Krone von der Decke. Der Fußboden war ein Meer aus schwarzem und weißem Marmor, der, so weit das Auge reichte, kunstvoll in einem Diamantmuster verlegt war. Edle Holzvertäfelungen, in der Farbe und Struktur auf die geschnitzten Geländer und Balustraden abgestimmt, die in der ersten Etage die Galerie umgaben, säumten die Wände, Tresen und Schränke und verliehen dem Raum trotz seiner immensen Größe und hohen Säulen eine einladende Wärme. Gemütliche Sitzgruppen aus Sofas und Sesseln in einem tiefen Rostbraun waren in der offenen Empfangshalle großzügig verteilt und boten den Gästen Gelegenheit, sich zu setzen und die Eleganz auf sich wirken zu lassen.

Ich stand eine ganze Weile da und beobachtete die Männer, Frauen und Kinder, die sich durch das beeindruckende Foyer bewegten. Eine aufgeregte Vorfreude lag in der Luft und steckte auch mich an. Ich war am Tag vor Tennessees Hundertjahrfeier in Nashville und wohnte in dem weltberühmten Maxwell House Hotel. Wie sollte mich das unberührt lassen?

Ich ließ meinen Blick durch den Raum schweifen und überlegte, wohin ich zuerst gehen wollte. Im Erdgeschoss des Hotels waren zahlreiche Läden untergebracht, obwohl die Geschäfte in der Nähe des Männereingangs auf männliche Kunden ausgelegt waren und Barbiere, Schneider und dergleichen beherbergten. Ich müsste mich auf die andere Seite des Hotels begeben, um Geschäfte zu finden, die meinem weiblichen Geschmack eher entsprachen.

Ich hatte mich gerade in diese Richtung umgedreht, als jemand meinen Namen rief.

Kenton Thornley und zwei Freunde von ihm winkten mir von einem Türrahmen aus zu, durch den Klaviermusik und Zigarrenrauch in das Foyer drangen.

Oh nein!

Ich hätte so tun sollen, als hätte ich ihn nicht gehört. Ich hatte mich so sehr auf einige freie Stunden gefreut.

Ich bahnte mir einen Weg durch die vielen Menschen, bis ich bei den drei Männern ankam.

»Guten Morgen, Priscilla«, sagte Kenton lächelnd. »Du siehst sehr gut aus.«

»Guten Morgen, die Herren.« Ich nickte in Richtung des Dameneingangs auf der anderen Seite der Hotellobby. »Ich wollte mir gerade einige Läden in der Stadt ansehen.«

Eastman Davies, dank der Eisenbahninvestitionen seines Vaters Erbe eines Vermögens, schnaubte. »Was für eine Überraschung! Eine Frau, die einkaufen gehen will.«

Ich ließ meinen Blick vielsagend über die makellosen Jacken, Hosen und Krawatten der drei wandern, die aus den edelsten Stoffen genäht waren. »Ich nehme an, Ihre Kleidung taucht einfach in Ihrem Kleiderschrank auf.« Ich lächelte Eastman knapp an. »Was für ein Glück, dass sie Ihnen wie angegossen passt.«

Kenton und der andere Mann versteckten ein Grinsen hinter ihren Händen, aber Eastman verbeugte sich kapitulierend. »Touché, Miss Nichols.«

»Leiste uns doch beim Mittagessen Gesellschaft, Priscilla.« Kenton trat neben mich und legte den Arm um meine Schultern. »Wir brauchen jemanden, der dafür sorgt, dass wir ehrlich bleiben.«

Ich schüttelte den Kopf. »Ich habe andere Pläne.«

»Komm schon. Sei nicht so schüchtern. Wir versprechen, dass wir uns benehmen, nicht wahr, Freunde?«

Während ihm die anderen beiden zustimmten, hörte ich, dass sich hinter uns jemand räusperte, der offenbar versuchte, unsere Aufmerksamkeit zu erregen.

»Miss Nichols?«

Als ich mich umdrehte, entdeckte ich den Kutscher vom Vorabend, der mit einigen Schritten Abstand vor mir stand. Er nickte mir höflich zu; dann wanderten seine dunklen Augen mit einer Kühnheit, die nur wenige Bedienstete besaßen, über die drei Männer.

»Ihre Kutsche ist bereit, *Signorina*.«

Seine Worte überraschten mich. Ich hatte keine Kutsche bestellt. Als ich ihn darauf aufmerksam machen wollte, dass hier ein Missverständnis vorliegen müsse, sah er mich mit einem leichten Grinsen an, das nur als verschwörerisch beschrieben werden konnte.

»Ihr Vater hat mich für die Dauer des Aufenthalts Ihrer Familie in Nash-ville engagiert.« Er deutete zum Eingang am anderen Ende des schier endlosen Marmorbodens. »Wenn ich richtig verstanden habe, möchten Sie einige Geschäfte besuchen. Ich stehe ganz zu Ihren Diensten.«

Woher wusste er von meinen Plänen für diesen Tag?

Bevor ich aus diesem sonderbaren Gespräch schlau werden konnte, baute sich Kenton zwischen dem Kutscher und mir auf.

»Die Dame hat es sich anders überlegt, Moretti. Verschwinden Sie.« Nach dieser groben Abweisung drehte er dem Mann den Rücken zu.

Ich bedachte Kenton mit einem wütenden Blick, der ihm hoffentlich meinen Ärger über seine Einmischung deutlich machte. »Ich habe es mir nicht anders überlegt, Mr Thornley. Im Gegenteil«, sagte ich mit einem Blick auf den Kutscher, der ein Stück zur Seite getreten war, wo ich ihn wieder sehen konnte, während mir neue Möglichkeiten für die nächsten Stunden durch den Kopf schossen. »Ich beabsichtige, heute den größten Teil des Tages in der Stadt zu verbringen.«

Kentons Blick wanderte von mir zu dem Kutscher und dann wieder zu mir. Dass er über meine Entscheidung nicht glücklich war, war nicht zu übersehen. »Begleitet dich deine Mutter?«

»Sie hat sich hingelegt.« Mein Kinn erhob sich ganz von alleine. »Ich bin sehr wohl in der Lage, mich ohne sie in der Stadt zurechtzufinden. Das mache ich in Chattanooga die ganze Zeit.«

Seine Stirnfalten vertieften sich. »Nashville ist nicht Chattanooga. Ganz zu schweigen von den Tausenden Besuchern, die zu den Feier-lichkeiten hier sind. Du kannst nicht den ganzen Tag ohne Anstands-begleitung mit diesem Mann allein in einer so großen Stadt wie Nash-ville herumfahren. Dein Vater würde das nie billigen, und das weißt du auch.«

Ich kochte innerlich, denn ich wusste, dass er in Bezug auf die An-standsbegleitung und die Reaktion meines Vaters recht hatte.

»Ihre Zofe, *Signorina*. Sie ist meine Schwester. Sie begleitet Sie be-stimmt gerne.«

Die Stimme des Kutschers drang in die angespannte Atmosphäre und meine Überraschung über seine Worte munterte mich wieder auf. Jetzt wusste ich, warum mich Gia an ihn erinnerte. Als ich seinen Blick erwiderte, verbeugte er sich.

»Halten Sie sich hier heraus, Moretti.« Kenton bedachte den Mann mit einem finsteren Blick. »Sie haben keine Ahnung, was von einer Dame wie Miss Nichols erwartet wird.«

Der Kutscher gab ihm keine Antwort und wartete mit einer Geduld und Ruhe, für die ich dankbar war, auf meine Entscheidung.

Ich stand vor der Wahl: im Hotel bleiben und hoffen, dass ich mich von Kenton und seinen Freunden loseisen könnte, oder einem Fremden vertrauen, der mir seltsamerweise wie ein Komplize erschien.

»Gia begleitet mich«, erklärte ich. »Das dürfte den Wunsch meines Vaters nach einer Anstandsbegleitung erfüllen.«

Auf beiden Wangen des Kutschers tauchten Grübchen auf. »Wie Sie wünschen, *Signorina*. Ich werde meiner Schwester Ihre Pläne mitteilen.« Er marschierte los und nahm mit seinen langen Beinen immer zwei Stufen auf einmal.

Kenton schaute dem Kutscher nach, bevor er seinen Blick wieder mir zuwandte. »Dein Vater hat Moretti engagiert, damit er uns zum Ausstellungsgelände und wieder zurück zum Hotel bringt. Nicht um deine Unabhängigkeit zu fördern. Eldridge wird nicht erfreut sein, wenn er davon hört.«

»Dann schlage ich vor, dass du es ihm nicht erzählst. Ich spreche heute Abend selbst mit ihm.«

Wir starrten einander an und wogen im Stillen die Folgen dieser Meinungsverschiedenheiten ab. Wir waren nie wirklich Freunde gewesen. Kentons arrogante Haltung, die er schon früher bei albernen Kinderspielen gezeigt hatte und die bei den jüngsten Diskussionen über das Frauenwahlrecht wieder deutlich zutage getreten war, machte es mir schwer, seine Gesellschaft zu genießen. Obwohl er manchmal charmant und freundlich sein konnte, ließ er diese Eigenschaften nur sehr selten aufblitzen. Papa beharrte darauf, dass ich lernen könnte, Kenton zu lieben, aber ich glaubte nicht, dass man ein Herz zwingen konnte, einen Menschen zu lieben. Die Leidenschaft zwischen einem Mann und einer Frau barg sicher mehr Geheimnisvolles und reichte viel tiefer, als man um eines größeren Wirtschaftsimperiums willen erzwingen konnte.

»Du bist eine eigensinnige Frau, Priscilla.« Er hob kapitulierend die Hände. »Wie du willst. Brich zu deinem Abenteuer auf, aber beschwere dich später nicht, wenn du in einem verruchten Stadtviertel strandest. Leute wie Moretti sind als faule Trunkenbolde bekannt.«

Ich bedachte ihn mit einem geduldigen Lächeln. »Vielleicht solltest du deine Bedenken bei Papa vorbringen, da *er* Mr Moretti engagiert hat.«

Ich konnte es mir nicht verkneifen, über seine finstere Miene zu schmunzeln, als ich wegging, denn ich wusste, dass ich ihn mit seinen eigenen Waffen geschlagen hatte.

☙

Der Morgen verlief nicht so, wie ich geplant hatte.

Emmett wachte schlecht gelaunt auf und weigerte sich, irgendetwas von dem, was ich sagte, zu tun. Mama hatte ihn immer beruhigt, wenn er so durcheinander gewesen war. Sie hatte seine Lieblingslieder gesungen, ihm den Rücken gestreichelt und Geheimnisse in sein Ohr geflüstert, die ihm ein Kichern entlockt hatten. Bei ihr war er immer bald wieder der gewohnt fröhliche Junge gewesen.

Aber ich war nicht Mama und ich hatte nicht so viel Geduld mit meinem Bruder.

»Emmett, hör auf«, knurrte ich mit zusammengebissenen Zähnen.

Er wollte Pfannkuchen zum Frühstück, aber ich hatte ihm nur eine Schüssel Haferbrei gemacht. Wir hatten keinen Fertigteig und mir fehlte die Zeit, selbst einen Teig anzurühren. Ich hatte vor, Jason um 9 Uhr in Miss Nichols' Zimmer zu treffen, und ich hatte immer noch keine Idee, was ich mit meinen Haaren machen sollte. Die moderne toupierte Beehive-Frisur oder auch nur eine weniger aufwendige Frisur würde mehr Zeit in Anspruch nehmen, als ich an diesem Morgen hatte.

Emmett schob die Schüssel wieder über den Tisch. »Mr Louis macht gute Pfannkuchen. Du machst keinen guten Haferbrei.«

Ich nahm die Schüssel und konnte mich nur mühsam beherrschen, um sie nicht wieder auf den Tisch zu knallen. »Mr Louis muss das Frühstück für die Gäste zubereiten. Du weißt, dass wir den Chefkoch nicht bei der Arbeit stören sollen.« Ich setzte ihm den inzwischen kalten Haferbrei wieder vor. »Wenn du den Haferbrei nicht isst, gibt es bis zum Mittagessen nichts anderes.«

Ein schneller Blick auf die Uhr über dem Herd verriet mir, dass ich noch genau zwölf Minuten Zeit hatte, um meine Locken zu bändigen, eine Aufgabe, für die ich normalerweise mindestens dreißig Minuten brauchte.

Emmett wollte die Schüssel wieder wegschieben, aber ich hinderte ihn daran.

»Iss das!«, schimpfte ich und schob sie ihm energisch wieder hin.

»Nein!«, schrie er und wehrte die Schüssel mit beiden Händen ab.

Ehe ich michs versah, rutschte mir die Schüssel aus der Hand und flog über unseren kleinen Frühstückstisch. Sie landete krachend auf dem blau und weiß karierten Linoleumboden und zerschellte in zig Stücke.

»Schau, was du getan hast!« Ich sah ihn wütend und finster an. »Ich putze das nicht auf. Das machst du.«

Vor Wut schossen mir Tränen in die Augen und ich wandte ihm den Rücken zu.

Ich sollte mich nicht um meinen Bruder kümmern müssen. Das war Mamas Aufgabe. Solange sie gelebt hatte, hatte ich ein eigenes Leben gehabt. Eine Zukunft. Das war einfach nicht fair.

»Es tut mir leid, Audrey.« Ich fühlte, wie er meine Hand nahm. »Ich esse deinen Haferbrei.«

Ich drehte den Kopf und sah echte Zerknirschtheit in seinem Gesicht. Emmett konnte so etwas nicht spielen.

Mein Ärger verflog und ich seufzte resigniert. Es war nicht

seine Schuld, dass Mama nicht mehr da war. Es war nicht seine Schuld, dass er sich nie selbst versorgen könnte.

»Du kannst ihn jetzt nicht mehr essen.« Ich begann, die Scherben und den Brei vom Boden aufzuwischen. »Wenn Mrs Ruth kommt, bitte ich sie, mit dir ins Restaurant zu gehen. Dann bekommst du Pfannkuchen.«

Sein rundliches Gesicht strahlte. »Ich mag Pfannkuchen.«

Ich nickte. »Ja, ich weiß.«

Eine Dreiviertelstunde später kam ich im vierten Stock an. Der Streit am Morgen hatte mir die Vorfreude darauf geraubt, mit Jason Sumner an seinem freien Tag das Zimmer von Miss Nichols aufzuräumen. Um 9 Uhr wollten wir uns treffen. Ich hatte sorgfältig geplant, was ich anziehen wollte – *keine* ausgewaschene Jeans und *kein* altes T-Shirt von Emmett. Eine marineblaue eng anliegende Hose mit einem dazu passenden gestreiften Oberteil erschien mir für diese Arbeit angemessen, diese Kleidung war aber trotzdem modisch. Da ich keine Zeit hatte, um den Frisierstab aufzuwärmen und meine Locken zu glätten, flocht ich mein Haar zu einem französischen Zopf und ließ einige Strähnen um mein Gesicht fallen.

Die Tür zu Zimmer 504 stand offen. Ich musste gestern Abend vergessen haben, sie abzuschließen. Obwohl bei uns nur selten etwas aus einem Zimmer wegkam, würde ich heute gut darauf achten, die Tür abzuschließen, wenn ich das Zimmer verließ.

Die Strahlen der Morgensonne und eine leise Musik drangen auf den Flur.

Jason stand auf der anderen Seite des kleinen Zimmers und betrachtete ein Plakat von der Riesenwippe bei der *Tennessee Centennial Exposition*.

In diesem Moment schoss mir ein unerwarteter Gedanke durch den Kopf.

Wie viel Spaß würde es machen, als Liebespaar die Ausstellung zu besuchen und in dieser Wippe zu schaukeln! Das war bestimmt sehr aufregend gewesen! Dass mir ein solcher Gedanke kam, während ich mich darauf vorbereitete, den Morgen mit einem attraktiven jungen Mann zu verbringen, war ein wenig beunruhigend, aber er jagte mir auch einen angenehmen Schauer über den Rücken, bevor ich ins Zimmer trat.

»Hi.« Ich zuckte entschuldigend die Schultern, als er sich zu mir umdrehte. »Tut mir leid, dass ich zu spät komme. Emmett ... na ja, wir hatten einige Probleme, die wir klären mussten, bevor ich gehen konnte.«

Er nickte. »Das macht nichts.« Er steckte die Hände in seine Hosentaschen, eine Gewohnheit, die mir gestern schon aufgefallen war. »Es muss schwer sein, seit deine Mutter nicht mehr da ist und sich um ihn kümmern kann.«

Mein Gesicht verriet offenbar, dass es mich überraschte, woher er über unsere Familiensituation Bescheid wusste, denn er sprach erklärend weiter.

»Dein Vater hat mir das neulich erzählt. Er sagte, dass du dein Studium abbrechen und nach Hause kommen musstest, um ihn zu unterstützen.« Er lächelte leicht. »Das finde ich wirklich bewundernswert. Nicht jeder würde so selbstlos handeln.«

Nach meinem Wutausbruch heute Morgen wegen etwas so Belanglosem wie Pfannkuchen oder Haferbrei lösten seine Worte bei mir eher Schuldgefühle als Dank für sein Lob aus.

»Danke, aber glaube mir, ich bin keine Heilige. Ich habe nicht Mamas Geduld. Sie wusste immer, was sie tun musste, um ihm zu helfen, wenn er durcheinander war oder Kopfschmerzen hatte.« Ich seufzte. »Ich bin nur ein schlechter Ersatz.«

Jason sah mich nachdenklich an. »Du solltest dein Licht nicht unter den Scheffel stellen. Dein Vater hat erzählt, dass du ihn nicht nur bei deinem Bruder unterstützt, sondern auch im Hotel.«

Ich schaute ihn verblüfft an. Solche ermutigenden Worte hatte schon lange niemand mehr zu mir gesagt. Nicht einmal Dad. Ihn hatte Mamas unerwarteter Tod so schwer getroffen, dass ich befürchtet hatte, er würde sich nicht mehr davon erholen. Der Arzt hatte von einem emotionalen Zusammenbruch aufgrund von Trauer gesprochen und uns versichert, dass sich Dad mit der Zeit wieder erholen würde. Mich interessierte nicht, welchen Namen es dafür gab. Ich wollte einfach meinen Vater zurück. Mamas Schwester, Tante Dorothy, war aus Kalifornien gekommen und eine Weile bei uns geblieben, aber irgendwann hatte sie zu ihrer Familie zurückfahren müssen. Ich war seitdem wieder allein und musste mich um zwei emotional leidende Männer kümmern, während ich mich selbst durch einen dicken Nebel aus Schock und Trauer kämpfte.

Jasons Worte erfrischten meine ausgetrocknete Seele, ähnlich wie der Frühlingsregen die Landschaft benetzt.

Zum ersten Mal an diesem Morgen lächelte ich. »Danke. Das tut gut.«

Er nickte. Dann folgte ein unsicheres Schweigen.

»Also«, sagten wir gleichzeitig und lachten dann.

»Ich habe mir gerade diese Plakate angesehen.« Er deutete auf die gerahmten Bilder von der Ausstellung. »Sie sind in einem sehr guten Zustand. Ich weiß nicht, wie viel sie wert sind, aber ich denke, ein Sammler von Erinnerungsstücken der *Centennial Exposition* könnte sich dafür interessieren.« Sein Blick wanderte wieder zu mir. »Das heißt, falls Miss Nichols bereit ist, sie zu verkaufen.«

Das war eine gute Idee. »Auf diesen Gedanken bin ich bis jetzt nicht gekommen, aber du hast recht.« Ich warf einen Blick auf die Kartons, die ich bereits gefüllt hatte. »Ich überlege, ob ich eine Liste mit den wertvolleren Gegenständen, die sie hat, erstellen soll. Dann hätte Miss Nichols, wenn sich ihr Zustand bessert und sie etwas verkaufen will, eine Aufstellung mit allem, was sie besitzt.«

»Ein guter Gedanke.«

Wir gingen an die Arbeit, sortierten die Gegenstände in den Kartons und notierten alles, was sich verkaufen ließe. Während wir arbeiteten, unterhielten wir uns über unsere Kindheit, unser

Studium, über Nashville und zig andere Themen. Ich war nie mit Jungen befreundet gewesen, aber mit Jason konnte ich über vieles ganz offen sprechen.

Um 13 Uhr waren wir müde und hatten Hunger.

»Du kannst gerne zum Mittagessen mit zu uns kommen.« Ich spürte, wie mein Gesicht bei dieser kühnen Einladung rot anlief. Damit er mich nicht für zu aufdringlich hielt, fügte ich hinzu: »Ich habe unter Miss Nichols' Sachen ein altes Album über die *Tennessee Centennial Exposition* gefunden. Ich wollte nicht, dass es im Müll landet. Deshalb habe ich es mitgenommen. Es ist wirklich ziemlich bemerkenswert. Du könntest es dir während des Essens ansehen.«

Ein Lächeln trat in seine Augen. »Ich nehme die Einladung gern an. Sowohl zum Essen als auch dazu, das Album anzusehen.«

Er folgte mir hinaus auf den Gang und zum Fahrstuhl.

»Dad und Emmett haben wahrscheinlich schon gegessen«, gestand ich, während wir auf das Klingeln warteten, das die Ankunft des Fahrstuhls ankündigen würde. Hatte er damit gerechnet, dass uns die beiden beim Mittagessen Gesellschaft leisten würden?

Sein Lächeln blieb unverändert. »Das macht nichts. Dann bleibt uns mehr.«

Ich grinste.

Mir gefiel Jason Sumner, stellte ich fest. Sehr sogar.

Und wenn ich mich nicht irrte, gefiel ich ihm auch.

5

Zu meiner Überraschung leistete uns Dad bei unserem späten Mittagessen Gesellschaft.

»Ich habe eine gute Nachricht für dich: Ich denke, ich habe einen Ersatz für Bea Anderson gefunden.«

Emmett war in seinem Zimmer, wir saßen also nur zu dritt an unserem kleinen Esstisch. Ich hatte zwei Dosen Tomatensuppe aufgewärmt und Sandwiches mit Käse gegrillt, von denen Jason erklärte, dass sie die besten seien, die er je gegessen habe.

»Das ist ja wunderbar.« Ich wusste nicht, ob ich vor Jason nach Details fragen sollte, aber Dad hatte offenbar keine Scheu, in Anwesenheit eines Gastes über Berufliches zu sprechen.

»Betty Ann Williams hat in mehreren angesehenen Hotels in New Orleans gearbeitet. Sie ist vor Kurzem wieder nach Nashville zurückgezogen und scheint sich darauf zu freuen, im alten Maxwell House zu arbeiten.«

Das war wirklich eine gute Nachricht. »Wann kann sie anfangen?«

Dad lachte und schaute Jason an. »Meine Tochter ist von der Arbeit im Hotel nicht besonders begeistert. Sie kann es nicht erwarten, von hier wegzukommen.«

Ich warf Dad einen stirnrunzelnden Blick zu. Jason sollte nicht schlecht von mir denken, auch wenn Dads Aussage ins Schwarze traf. »Ich helfe gern aus.« Ich zuckte leicht die Achseln, da ich wusste, dass mich Jason ansah. Ich rührte meine bereits abgekühlte Suppe um und suchte nach den richtigen Worten, um die Situation zu erklären, ohne wie ein verwöhntes Kind zu klingen, das seinen Willen nicht durchsetzen konnte. »Ich vermisse einfach meine Uni und meine Freunde.«

Nach einem schweigenden Moment beugte sich Dad herüber

und legte die Hand auf meine. »Das weiß ich, Liebes. Vielleicht kannst du ja bald wieder zurück.«

Als sich unsere Blicke begegneten, sah ich die Traurigkeit, die immer noch in seinen Augen stand. Tatsache war: Ich wusste, dass er mich brauchte. Um ihm bei Emmett zu helfen. Um im Hotel zu helfen. Und um ihm zu helfen, wenn der Tod meiner Mutter ihn zu erdrücken drohte. Plötzlich kam ich mir egoistisch vor, weil ich mich freute, dass er eine neue Angestellte für die Rezeption gefunden hatte.

Als wir gegessen hatten, half mir Jason, das Geschirr zu spülen, während Dad in sein Büro zurückkehrte. Wir waren gerade in der Küche fertig, als Emmett im Türrahmen erschien.

»Hi, Jason!«

Als ich mich umdrehte, sah ich, dass sich die beiden die Hand reichten.

»Hey, Emmett. Das ist eine schöne Baseballkappe. Bist du ein Cubs-Fan?«

Emmett zuckte die Schultern. »Dad schaut gern Baseball.« Er hielt ein dünnes Buch hoch. »Willst du mein Comicbuch sehen?«

»Unbedingt.« Jason nahm das Angebot an und blätterte in dem Buch. »Ich habe selbst auch ein paar Comicbücher.«

Während Emmett Jason mit Fragen löcherte, welche Bücher er besaß, beobachtete ich die beiden stumm. Mir war nicht bewusst gewesen, wie vertraut mein Bruder und Jason miteinander geworden waren. Als ich jetzt Emmetts Begeisterung sah, wurde mir warm ums Herz. Seine einzigen Freunde waren die betagten Hotelbewohner. Miss Nichols' Abwesenheit hatte ihn in den letzten Tagen unruhig und einsam gemacht. Ich freute mich, ihn jetzt lächeln zu sehen.

Als Emmett in sein Zimmer eilte, um ein weiteres Buch zu holen, sah ich mich genötigt, mich zu entschuldigen. »Es tut mir leid, wenn er dich belästigt. Er zeigt gern jedem seine Sammlung.«

»Das ist keine Belästigung.« Jason wurde ernst. »Ich habe einen Cousin, der mit einer geistigen Behinderung geboren wurde.

Mein Onkel und meine Tante haben noch fünf andere Kinder, und sie waren mit Rays besonderen Bedürfnissen überfordert. Er lebt jetzt in einer Einrichtung bei Charlottesville.« Sein Gesicht verriet sein Bedauern. »Diese Einrichtung ist ein furchtbarer Ort, Audrey. Ich weiß, dass es bestimmt nicht leicht ist, sich um Emmett zu kümmern, und es klingt so, als hättest du nach dem Tod deiner Mutter vieles aufgeben müssen, aber ich kann dir sagen, dass es das wert ist.«

Seine Worte weckten eine Erinnerung.

Als ich jünger gewesen war, hatte ich meine Eltern diskutieren gehört, ob sie Emmett in eine Einrichtung geben wollten oder nicht. Er war noch ein Kind gewesen, nicht älter als fünf Jahre, aber seine Wutausbrüche und Eskapaden waren beängstigend gewesen. Mama war in Tränen aufgelöst gewesen und hatte sich geweigert, ihren Sohn wegzugeben, während Dad versucht hatte, sie davon zu überzeugen, dass dies die beste Lösung wäre.

Diesen Vorfall hatte ich völlig vergessen. Offenbar hatte sich meine Mutter durchgesetzt, aber jetzt fragte ich mich: Hatte Dad Emmett wirklich weggeben wollen?

Mein Bruder stürmte um die Ecke, bevor ich Jason antworten konnte, und wedelte mit seinem neuesten Comicbuch. »Schau dir das an, Jason! Es sind die *Fantastic Four.*

»Wow, von dem Buch habe ich gehört, aber ich habe es noch nicht gesehen.« Die beiden blätterten aufgeregt in den Seiten und redeten über Superhelden und große grüne Monster.

Ich trat zurück und beobachtete die beiden. Nicht zum ersten Mal fragte ich mich, wie Emmetts Leben aussähe, wenn er so wäre wie andere Jungen. *Warum?*, fragte ich Gott wahrscheinlich zum millionsten Mal. Warum hatte er meinen Bruder so geschaffen?

Emmett gähnte laut. »Ich gehe jetzt in mein Zimmer.« Er nahm sein Buch. Genauso plötzlich wie er aufgetaucht war, verschwand er jetzt wieder auf dem Gang und ließ Jason und mich allein.

»Er ist ein guter Junge.«

Ich nickte. »Danke für das, was du vorhin gesagt hast: dass es die

Sache wert ist. Einige Tage sind wirklich schwer, besonders jetzt. Dad hat mit dem Hotel alle Hände voll zu tun. Außerdem spricht der neue Eigentümer davon, dass er nächstes Jahr alle möglichen Veränderungen vornehmen will. Aber Mrs Ruth ist eine sehr große Hilfe. Ich wüsste nicht, was ich ohne sie tun sollte.«

Ich warf einen Blick auf die Uhr. Es war schon nach zwei. Das Mittagessen mit Dad und dann Emmetts Auftauchen hatten mehr Zeit gekostet, als ich erwartet hatte. Eine spürbare Enttäuschung machte sich in mir breit. Ich hatte Jason das Album wirklich gern zeigen wollen.

»Wir sollten wieder an die Arbeit gehen. Natürlich nur wenn du Zeit hast. Ich will nicht deinen ganzen Tag verplanen, falls du etwas anderes zu tun hast.«

»Wie ich schon sagte: Ich habe heute frei. Aber …« Er zögerte. »Du hast etwas von einem Album gesagt?«

Ich grinste und freute mich, dass wir den gleichen Gedankengang hatten. »Möchtest du es jetzt sehen?«

»Unbedingt.«

Wir setzten uns aufs Sofa und saßen so nahe nebeneinander, dass sich unsere Knie berührten, während ich das Buch auf seinem und meinem Schoß ausbreitete.

»Das Album stand im Bücherregal in Miss Nichols' Zimmer.« Ich schaute ihn an. »Ich habe es wirklich nur mitgenommen, damit es nicht verloren geht.« Ich berichtete ihm, dass Miss Nichols' Anwalt gesagt hatte, wir sollten alles entsorgen, was mich immer noch wütend machte.

»Miss Nichols ist dir bestimmt für alles, was du für sie tust, sehr dankbar. Ich würde nicht wollen, dass meine Sachen ohne meine Erlaubnis verkauft oder weggeworfen werden.«

Ich klappte den abgegriffenen Umschlag auf. »Es scheint sich hauptsächlich um die *Tennessee Centennial Exposition* zu handeln, aber hinten sind noch einige andere Dinge eingeklebt. Zeitungsartikel und verschiedene andere Sachen. Es gibt sogar einen Teil mit Bildern aus Italien.«

Jason betrachtete aufmerksam die bunten Seiten, während ich langsam umblätterte.

»Junge, das ist wirklich gut gemacht.« Er deutete auf ein Schwarz-Weiß-Bild vom Parthenon. »Ich war noch nicht dort, aber ich habe davon gehört.«

»Ich kann ihn dir gern zeigen.«

Er schaute mich an. »Das wäre sehr schön.«

Wir betrachteten weiter die schönen Seiten und kommentierten hier und da ein Bild.

Als ich zur nächsten Seite umblätterte, entfuhr mir ein Keuchen. »Das ist das Maxwell House Hotel.« Ich beugte mich weiter vor, um das verblasste Bild besser erkennen zu können.

Es war von der Ecke gegenüber der Fourth Street aufgenommen worden, die früher Cherry Street geheißen hatte. Es zeigte beide Eingänge zum Hotel. Passanten gingen auf den Gehwegen, während Pferde mit Kutschen die Straßen säumten. Acht hohe Säulen, die es inzwischen nicht mehr gab, begrüßten Gäste beim Herreneingang zum Hotel.

»Meine Eltern haben nach ihrer Hochzeit in den 30er-Jahren im Maxwell House gewohnt«, erzählte Jason, ohne den Blick von dem Bild abzuwenden. »Sie hatten Geld für ihre Hochzeitsreise gespart, was angesichts der damaligen Wirtschaftskrise nicht leicht war.« Er hob den Blick und lächelte mich an. »Ich kann dir gar nicht sagen, wie viele Geschichten ich über das Maxwell House Hotel gehört habe. Und wie nicht anders zu erwarten, kauft meine Mutter keinen anderen Kaffee als von der Marke ›Maxwell House‹.«

Wir lachten und erzählten uns, was wir über die Geschichte des Kaffees wussten. Wir überlegten, ob Teddy Roosevelt tatsächlich gesagt hatte, dass dieser Kaffee »bis zum letzten Tropfen gut« sei, als er bei einem Besuch in der *Hermitage*, dem Anwesen des früheren Präsidenten Andrew Jackson in der Nähe von Nashville, eine Tasse Maxwell-House-Kaffee getrunken hatte.

»Wolltest du aus diesem Grund hier wohnen?«, fragte ich und

richtete meine Aufmerksamkeit wieder auf das Bild von dem Hotel. »Weil deine Eltern hier ihre Hochzeitsreise verbracht haben?«

Er nickte. »Außerdem liebe ich Geschichte. Ich wollte also nicht in einem der neueren Hotels absteigen.«

»Erfüllt das alte Mädchen deine Erwartungen?«

»Und ob. In manchen Dingen«, sagte er mit einem Blick, bei dem ich Schmetterlinge im Bauch bekam, »hat es meine Erwartungen sogar weit übertroffen.«

Wir blätterten das Album weiter durch und tauschten uns über jede der exquisit gestalteten Seiten aus. Immer wieder tauchte eine Postkarte zwischen Schleifen, getrockneten Blumen und anderen Erinnerungsstücken auf. Ich zeigte Jason den Text auf der Rückseite der Postkarte, die sich am Vortag von der Seite gelöst hatte.

»Ich wüsste gern, wer Peaches ist«, sagte er, nachdem er die wenigen Sätze gelesen hatte.

Ich zuckte die Achseln. »Ich habe nie gehört, dass jemand Miss Nichols so genannt hätte.«

Wir fanden noch mehrere andere Postkarten in dem Buch. Alle bis auf eine klebten fest auf den Seiten.

Jason nahm die Karte, auf der eine riesige Statue von einer griechischen Göttin abgebildet war. »Die hier ist auch mit Peaches unterschrieben. ›Niemand könnte Luca Moretti vorwerfen, er wäre ein Feigling‹«, las er laut.

»Ich würde gern auch die Rückseiten der anderen Postkarten lesen«, sagte ich, als er die Karte vorgelesen hatte. »Aber wenn wir versuchen, die Karten von den Seiten zu lösen, beschädigen wir womöglich etwas.«

Er legte die zwei losen Postkarten auf den Tisch und wir blätterten weiter in dem Buch. Der Rand eines Zeitungsausschnitts schaute aus dem hinteren Teil des Albums heraus und weckte unser Interesse. Er blätterte weiter und wir fanden noch mehr Zeitungsausschnitte, die nur lose eingesteckt waren.

»›Der Stadtrat von Nashville befasst sich mit dem dunklen

Punkt Prostitution‹«, las er laut. »Das ist aber ein sehr ernstes Thema.«

Das sah ich auch so. Wir überflogen die Überschriften der anderen Zeitungsausschnitte und stellten fest, dass sie sich mit ähnlichen Themen befassten. Ich konnte mir nicht vorstellen, warum Miss Nichols solche deprimierenden Artikel aufgehoben hatte.

Als wir am Ende ankamen, klappte Jason das Album zu. »Ich würde sagen, deine Miss Nichols hat einige Geheimnisse. Ich könnte mir vorstellen, dass sie viele interessante Geschichten erzählen könnte.«

Wenn das jemand vor einer Woche gesagt hätte, hätte ich gelacht. Aber nachdem ich zwei Tage in Miss Nichols' Zimmer gearbeitet und ihr Album durchgeblättert hatte, wurde mir immer mehr bewusst, dass Jason recht hatte.

»Es sieht ganz so aus.« Ich nahm das Buch und dachte an die Frau, die ich fast mein ganzes Leben lang immer wieder gesehen, aber nie wirklich kennengelernt hatte. »Ich habe sie immer für eine schrullige, einsame alte Frau gehalten. Ich habe vergessen, dass sie auch einmal jung und voller Leben gewesen ist.«

»Hast du heute Abend Zeit? Ich würde mir das Album gern noch einmal ansehen und mir dann vielleicht ein wenig mehr Zeit dafür nehmen.«

»Sehr gerne.«

Das war kein Date, aber es kam einer Verabredung doch so nahe, dass mein Magen kribbelte.

Wir verließen die Wohnung und kehrten in Miss Nichols' Zimmer zurück. Als ich eintrat und meinen Blick über die Kartons und Gegenstände wandern ließ, die immer noch eingepackt werden mussten, hatte ich das sonderbare Gefühl, dass die Frau, die hier gewohnt hatte, ganz anders war, als ich gedacht hatte. Ich erkannte immer mehr, dass sie eine Frau gewesen sein könnte, die ich gern kennengelernt hätte.

6

»Was für ein herrlicher Tag!«

Mr Moretti – Luca, wie ich von seiner Schwester heute erfahren hatte – half mir aus der Kutsche. Kentons düstere Vorhersagen hatten sich nicht bewahrheitet – weder was den Ausflug in die Stadt noch was Lucas Benehmen anging – und ich konnte mich nicht erinnern, wann ich das letzte Mal so viel Spaß gehabt hatte. Das eindrucksvolle Maxwell House ragte vor uns weit zum Himmel hinauf, ein willkommener Anblick nach der interessanten Erkundung der Geschäfte und Sehenswürdigkeiten der Stadt.

Luca nickte und schien sich zu freuen. »Es freut mich, dass Ihnen der Tag gefallen hat, *Signorina*.« Er ließ meine Hand los und half seiner Schwester aus der Kutsche.

Gia sah genauso frisch und hübsch aus wie vor drei Stunden, als wir vom Hotel losgefahren waren. Sie hatte ihre Aufgabe als Zofe perfekt gemeistert, während ich mir zwei neue Kleider und einen neuen Hut ausgesucht hatte. Normalerweise graute mir vor Besuchen bei Schneiderinnen und Hutmacherinnen, die ich nicht kannte, aber Gias scheue Vorschläge und ihr offenbar angeborener Modegeschmack hatten die Einkäufe zu einem angenehmen Erlebnis gemacht. Ich war dank ihr mit meinen Errungenschaften überaus zufrieden.

»Ich bringe Ihre Pakete in Ihr Zimmer, Miss. Wollen Sie sich vielleicht vor dem Abendessen ein wenig ausruhen?«

Als ich bejahte, machte sie einen Knicks und verschwand in der Menge, die sich vor dem Dameneingang tummelte.

Die Stadt schien tatsächlich bis auf den letzten Quadratzentimeter mit Menschen gefüllt zu sein. Ich war sicher, dass die Bewohner von Nashville noch nie zuvor so viele Besucher in ihrer schönen Stadt genossen oder erlitten hatten, je nachdem wie man es sah. Nach meinen Einkäufen hatte uns Luca an dem breiten Cumberland River und an dem Park vorbeigefahren, in dem die Ausstellungsobjekte bis morgen streng abgeriegelt waren. Ich hatte gehört, dass über viertausend Leute auf dem Gelände hinter dem Zaun noch letzte Arbeiten erledigten, um sicherzustellen, dass am morgigen großen Tag alles reibungslos funktionierte. Wir hatten durch die Bäume nur die Spitze der Riesenwippe sehen können, aber Gia und ich hatten sofort erklärt, dass wir auf jeden Fall damit fahren wollten.

Ich wurde aus meinen Gedanken gerissen, als mich jemand von hinten anrempelte und fast zu Boden warf. Starke Hände stützten mich schnell, bevor ich auf dem Pflaster landete.

»Hey, pass auf, wohin du gehst!«, rief Luca mit wütender Stimme, aber der Schuldige setzte seinen Weg fort, ohne sich umzudrehen. Luca murmelte etwas auf Italienisch, bevor er mich losließ. »Haben Sie sich verletzt, *Signorina*?«

»Nein, aber danke, Mr Moretti.« Ich hob die Hand, um meinen Hut zurechtzurücken. »Mir geht es gut.«

»Darf ich Sie zu Ihrem Zimmer begleiten, *Signorina*? In der Lobby ist sehr viel Gedränge.«

Ich hob den Blick und sah seine besorgte Miene. Aus irgendeinem Grund freute es mich, dass er sich um mein Wohlergehen sorgte.

»Ich will noch nicht gleich in mein Zimmer gehen.« Ich erinnerte mich, heute Morgen eine Eisdiele und Confiserie in der Nähe eines Damensalons im Erdgeschoss des Hotels gesehen zu haben. Gia und ich hatten im Hutsalon Kekse angeboten bekommen, aber bis zum Abendessen würden noch mehrere Stunden vergehen. »Ich habe Appetit auf etwas Süßes.«

Sobald unser Ziel feststand, führte mich Luca ins Hotel und bahnte mir einen Weg durch die Menschenmenge. Er hielt eine Hand schützend an meinen linken Ellbogen und benutzte seinen anderen Arm zur Abwehr, falls sich uns irgendjemand in den Weg stellen sollte. Zu meiner Überraschung war es sehr angenehm, diesen großen, starken Mann als Beschützer zu haben. Papa ging nur sehr selten mit mir in die Stadt, und obwohl Kenton bei Dinnerpartys und ähnlichen Veranstaltungen als mein Begleiter fungierte, war es nie nötig gewesen, dass er für mich in die Rolle des Helden schlüpfte.

Köstliche Düfte wehten uns aus dem Süßwarenladen entgegen. An der Theke war erfreulicherweise ein Platz frei und Luca brachte mich genauso zielstrebig dorthin, als würde er sein Pferd in eine Box führen. Ich musste über die sichtliche Erleichterung in seinem Gesicht fast lachen, als er sich wie ein Leibwächter neben mir aufbaute, sobald ich Platz genommen hatte.

»Mr Moretti« sagte ich mit belustigter Stimme, »ich glaube, Sie haben vor Stress angefangen zu schwitzen.«

Seine dunklen Augen schauten mich bei meiner wenig damenhaften Bemerkung überrascht an, doch dann funkelten sie amüsiert. »Miss Nichols, ich habe jahrelang in New York City gewohnt. Ich bin Menschenmassen also gewohnt. Ich habe keine Angst um mich selbst, aber ich denke, Ihr Vater würde mich ins Gefängnis werfen lassen, wenn Ihnen etwas zustoßen sollte.«

Ich freute mich über seine Ehrlichkeit. »Die riesigen Menschenmassen, die hier sind, um Tennessees Hundertjahrfeier beizuwohnen, sind wirklich erstaunlich. Ich kann mir vorstellen, dass morgen bei der Ausstellungseröffnung ein sehr großes Gedränge herrschen wird.«

»Aus diesem Grund werde ich nicht von Ihrer Seite weichen, *Signorina*.«

Die leisen, beruhigenden Worte waren nur für meine Ohren bestimmt und erzeugten ein angenehmes Gefühl in meinem Bauch.

Ich wandte mich ab und machte mir bewusst, dass er mein Fahrer war und nicht mein rettender Prinz in leuchtender Rüstung. Er wurde dafür bezahlt, mich durch die Stadt zu fahren und für meine Sicherheit zu sorgen.

Trotzdem ... hatte ich das Gefühl, dass er das auch machen würde, wenn er kein Geld dafür bekäme.

Als ich mich entscheiden musste, welche Süßigkeiten ich bestellen wollte, fiel mir die Wahl zwischen Pfirsichen mit Sahne und den zig reizvollen Leckereien, die die Regale hinter der Verkäuferin füllten, schwer. Schließlich entschied ich mich für das Obst, da ich es für die bessere Wahl hielt, um mich bis zum Abendessen über Wasser zu halten. Als ich den ersten Bissen nahm, schloss ich die Augen und genoss die sahnige Köstlichkeit.

»Oh, wie herrlich! Das erinnert mich an die Sommer im Haus meiner Großeltern in Georgia.« Ich lächelte Luca an. »Sie haben einen Pfirsichgarten. Dort habe ich mich als kleines Mädchen oft versteckt und so viele Pfirsiche von den Bäumen gegessen, dass ich Bauchschmerzen bekam.«

Luca schmunzelte. »Das klingt, als wären Sie ein wenig eigensinnig gewesen.«

»Das war ich. Und das bin ich immer noch«, antwortete ich lachend. Ich nahm einen weiteren Bissen, dann blickte ich auf. »Möchten Sie auch etwas? Ich kann Ihnen eine Portion bestellen.«

»Nein danke, *Signorina*. Mir genügt es, Ihnen zuzusehen, wie Sie das Obst genießen.«

Plötzlich befangen, wandte ich mich ab. »Was isst Gia gerne? Ich würde ihr als Dank für ihre Hilfe heute gerne etwas mitbringen.«

Als ich ihn fragend ansah, trat ein sanftes Lächeln in sein Gesicht.

»Das ist sehr nett, Miss Nichols. Darüber würde sie sich bestimmt freuen.«

Plötzlich regte sich in mir der Wunsch, ihn mit persönlichen Fragen zu löchern. Zum Beispiel, wie groß der Altersunterschied zwischen Gia und ihm war. Er wirkte deutlich älter als sie, vielleicht sogar älter als ich. Er hatte erwähnt, dass er in New York City gewohnt hatte, eine Stadt, die ich gerne sehen würde. Wann und warum war er von dort weggezogen und wie war er in Tennessee gelandet? Wo waren seine und Gias Eltern? Lebten sie noch in Italien?

Mindestens ein Dutzend weitere Fragen gingen mir durch den Kopf, aber natürlich sprach ich keine laut aus. Das würde sich nicht ziemen.

Kurze Zeit später hatte ich einen Beutel Pfefferminzstangen für Gia in meiner Handtasche und verließ den Laden. Luca bahnte mir erneut einen Weg durch die vielen Menschen und bestand darauf, mich zu meinem Zimmer in der zweiten Etage zu begleiten.

Als wir auf dem Flur ankamen, war er angenehm menschenleer und ruhig. Nicht einmal unsere Schritte waren auf dem weichen Teppich zu hören.

An der Tür verbeugte er sich. »Ich wünsche Ihnen einen schönen Abend, *Signorina*. Ich hoffe, Sie können sich gut erholen. Ihr Vater hat

Anweisungen gegeben, dass ich Sie morgen zum Ausstellungsgelände bringen soll, nachdem ich ihn und Mrs Nichols vor dem Park abgesetzt habe. Ich erwarte Sie also um 7:30 Uhr in der Lobby, wenn Ihnen das recht ist. Die Tore öffnen um 8 Uhr.«

Papa gehörte zu den Honoratioren, die bei der Eröffnungsfeier im Auditorium eine Rede hielten. Mutter plante, gleich am frühen Morgen mit ihm dort zu sein, aber ich zog es vor, später nachzukommen. »Das halte ich nicht für nötig. Ich kann die Straßenbahn nehmen. Alle fünfzehn Minuten fährt eine Straßenbahn vom Hotel ab.«

Seine Enttäuschung war nicht zu übersehen. »Die Straßenbahnen werden noch überfüllter sein als heute, *Signorina*. Ihrem Vater geht es bestimmt nur um Ihre Sicherheit; genauso wie ich nur auf Ihre Sicherheit und die Sicherheit meiner Schwester bedacht bin.«

Die Erinnerung an die überfüllten Straßenbahnen, an denen wir heute vorbeigekommen waren, bestätigte seine Worte. Vielleicht wäre es am besten, wenn wir uns von ihm zur Ausstellung bringen ließen, da wir entschieden hatten, dass mich Gia begleiten würde. Die Freude des Mädchens war nicht zu übersehen gewesen.

»Wie Sie meinen, aber ich habe keine Lust, mich von übereifrigen Ausstellungsbesuchern niedertrampeln zu lassen, die unbedingt als Erste die Tore passieren wollen. Wir treffen uns um 9 Uhr in der Lobby. Gute Nacht, Mr Moretti.« Ich wandte mich um und trat in mein Zimmer.

Die Tür war schon fast zu, als ich seine leise Stimme auf dem Gang hörte.

»*Buonanotte, Signorina.*«

℅

Ich spülte nach dem Abendessen das Geschirr so eilig ab, dass ich nicht ganz sicher war, ob es wirklich sauber war. Egal. Jason wäre in einer Viertelstunde hier und ich musste vorher noch das Wohnzimmer aufräumen.

»Emmett schläft schon.« Dad trat in unsere kleine Küche. Er nahm ein Geschirrtuch und begann, einen Teller abzutrocknen.

»Ich glaube, Mr Hanovers kleiner Hund, Copper, hat ihn müde gemacht. Sie haben fast eine ganze Stunde lang auf der Galerie im ersten Stock Fangen gespielt.«

Ich drehte mich überrascht zu ihm um. »Du erlaubst nie, dass jemand im Hotel läuft.« Er räumte den Teller weg und ich reichte ihm die Pfanne, die ich gerade abgespült hatte. »Ich kann dir gar nicht sagen, wie oft du mit mir geschimpft hast, wenn ich das gemacht habe. Und in den öffentlichen Bereichen erlaubst du auch keine Hunde. Wirst du mit dem Alter weicher?«

Er schmunzelte. »Ich würde achtundvierzig nicht als *alt* bezeichnen, obwohl ich mich manchmal so fühle. Mr Hanover war heute zufällig in der Lobby. Ihm rutschte Coppers Leine aus der Hand und der Hund nutzte die Gelegenheit und raste die Treppe hinauf. Emmett hat ihn verfolgt.« Er lachte belustigt. Ich hatte ihn im letzten Jahr viel zu selten lachen gehört. »Sie sahen so komisch aus und hatten so viel Spaß, dass ich ihnen die Freude nicht verderben wollte. Mr Hanover und ich haben uns in die Lobby gesetzt, uns nett unterhalten und viel gelacht, während wir warteten, bis die beiden von dem Spiel müde waren.«

Ich lächelte bei der Vorstellung, wie mein Bruder und der kleine Hund Fangen spielten. »Er wird traurig sein, weil er Jasons Besuch verpasst.«

Dad nickte, dann schaute er mich prüfend an. »Es war nett von Jason, dir heute zu helfen, aber ich muss sagen, dass ich ein wenig überrascht war, als du sagtest, dass er heute Abend kommt. Gibt es irgendetwas, das ich wissen sollte?«

Ich verdrehte die Augen und zog den Stöpsel aus dem Spülbecken, damit das Seifenwasser ablaufen konnte. »Nein, Dad. Er interessiert sich für Geschichte. Miss Nichols' Album ist voll mit Bildern und interessanten Sachen von der Ausstellung. Wir hatten heute nach dem Mittagessen nicht genug Zeit, um es uns richtig anzusehen. Er will es nur noch einmal anschauen. Das ist alles.«

Er hängte das feuchte Geschirrtuch an einen Haken und bedachte mich dann mit einem ernsten Blick. »Ich weiß, dass das letzte Jahr schwer war. Es gab Tage, an denen ich nicht sicher war, ob wir alles überstehen würden, aber wir haben es geschafft.« Er streichelte meine Wange. »Ich freue mich, dass du einen neuen Freund gefunden hast. Jason scheint ein netter junger Mann zu sein.« Er drückte einen Kuss auf meine andere Wange und verschwand dann in seinem Zimmer.

Ich hatte gerade das kleine Wohnzimmer fertig aufgeräumt, als an der Tür, die ins Hotel führte, ein Klopfen ertönte. Ich eilte zur Tür, atmete tief ein und strich den Glockenrock meines karierten Kleides glatt. Ich war keine Jackie Kennedy, was Mode betraf. Hätte ich lieber Schuhe mit Pfennigabsätzen statt Sattelschuhe mit weißen Söckchen anziehen sollen?

Dafür war es jetzt zu spät.

»Hi«, lächelte Jason, als ich die Tür aufmachte. Er hatte sich ebenfalls umgezogen und sah in seiner Jeans und seinem gestreiften Pullover gut aus.

»Komm herein.« Ich trat zur Seite, um ihn in die Wohnung zu lassen.

Wir setzten uns aufs Sofa, vor dem ein Krug mit Eistee und ein Teller mit Schokokeksen, die Mrs Ruth heute Morgen gebacken hatte, standen. Das Album lag neben den Keksen auf dem Sofatisch.

»Wo sind Emmett und dein Vater?«

Von seiner Frage überrascht und beunruhigt, schaute ich ihn an. Hatte er gehofft, mein Vater und Bruder wären auch da?

Wie die Luft aus einem Ballon entweicht, wenn er sich in einem Dornbusch verfängt, verflog meine Vorfreude auf diesen Abend. »Emmett ist schon schlafen gegangen und Dad ist in seinem Zimmer und liest.« Ich biss mir auf die Lippe. »Soll ich ihn holen? Ich glaube nicht, dass ihn das Album sonderlich interessiert, aber er leistet uns bestimmt gern Gesellschaft.«

Er lachte leise und schüttelte dann den Kopf. »Meinetwegen brauchst du ihn nicht zu stören. Ich war nur neugierig. Ich freue mich, dass wir nur zu zweit sind.«

Ich lächelte.

Der Ballon füllte sich wieder mit Luft.

»Ich habe über die Zeitungsartikel nachgedacht, die Miss Nichols aufgehoben hat.« Er nahm sich einen Keks. »Wenn du nichts dagegen hast, würde ich gern zuerst die Artikel durchsehen. Ich recherchiere gern.«

Meine Schultern sackten ein wenig nach unten.

Recherchieren. Oh, Mann.

»Klar.« Ich nahm das Album und schlug es im hinteren Teil auf, während ich den Satz *Dies ist kein Date … Dies ist kein Date* wie eine Schallplatte, die einen Kratzer hat, im Geiste ständig wiederholte.

Jason schob sich den Rest seines Kekses in den Mund, dann beugte er sich vor, um die Zeitungsausschnitte zu lesen.

Er roch gut, stellte ich fest. Wie eines der neuen Rasierwasser, die Lucille und ich letzte Woche im Kaufhaus getestet hatten. Sie hatte einen anderen Duft als Weihnachtsgeschenk für ihren Freund ausgewählt, aber mir hatte der würzige Duft des Rasierwassers gefallen, den Jason offensichtlich trug.

»Das ist interessant«, sagte er und lenkte damit meine Aufmerksamkeit wieder auf das Album.

Er deutete auf einen kurzen Artikel, der in schmalen, winzigen Buchstaben gedruckt war. »Er stammt vom 14. Mai 1897. Das war nur zwei Wochen nach der Ausstellungseröffnung.« Er überflog die kurze Notiz. »Hier steht, dass ein gewalttätiger Gefangener aus dem Krankenhaus geflohen ist, aber die Polizei geht davon aus, dass er sich nicht mehr in Tennessee aufhält.«

»Sonderbar, dass sie einen solchen Artikel aufgehoben hat.« Ich deutete auf den nächsten. »Worum geht es hier?« Ich beugte mich auch näher, obwohl ich gestehen musste, dass mein Interesse nicht allein dem Artikel galt.

»Hier steht, dass mindestens sechs junge Frauen – alle Einwanderinnen – während der Ausstellung verschwanden, aber niemand ging von einem Verbrechen aus. Die Polizei nahm an, dass die Frauen mit einem Mann, den sie kennengelernt hatten, durchgebrannt waren. Es gab keine Ermittlungen.«

Ich griff nach dem vergilbten Papier und die Frage, ob dies ein Date war oder nicht und welches Rasierwasser Jason benutzte, war vergessen. »Wie konnte die Polizei so etwas annehmen? Sechs oder noch mehr Frauen sollen einfach so verschwunden sein? Ihre Familien oder Freunde machten sich offensichtlich Sorgen und meldeten sie als vermisst. Sonst hätte die Zeitung die Geschichte nicht aufgegriffen.«

»Ich frage mich, was passiert wäre, wenn die vermissten Mädchen Amerikanerinnen gewesen wären. Hätte die Polizei dann die gleichen Vermutungen angestellt?«

Mein Blut kochte über, wenn ich nur daran dachte.

Ich konnte Unrecht nicht ertragen. Ich hatte im Laufe der Jahre genug unfaire Reaktionen auf meinen Bruder und unsere Familie erlebt. Emmett war oft mit furchtbaren Namen beschimpft worden, wenn er das Hotel verlassen hatte, besonders als er für kurze Zeit zur Schule gegangen war. Es war eine Katastrophe gewesen, da Emmetts Gefühlsausbrüche und Kopfschmerzen in dieser Zeit extrem zugenommen hatten. Schließlich hatten ihn meine Eltern wieder von der Schule genommen – sehr zur Häme des Rektors. Als wir das Schulhaus verlassen hatten, hatte der Mann Dad und Mama süffisant daran erinnert, dass er ihnen von Anfang an geraten hatte, Emmett in ein Heim zu stecken. Vielleicht würden sie jetzt auf ihn hören, hatte er uns nachgerufen. Mama hatte meinen Bruder, so gut sie konnte, abgeschirmt, aber mir hatte dieses Erlebnis schon sehr früh die Augen für die traurige Wahrheit geöffnet, dass einige Menschen anscheinend Spaß daran haben, andere zu unterdrücken, die ihren persönlichen Ansprüchen nicht genügen.

Eine andere Erinnerung tauchte auf … und mein Ärger verpuffte.

Ich hatte mich mit Emmett nicht in der Öffentlichkeit zeigen wollen, besonders als ich an die Highschool gekommen war. In meinem ersten Jahr an der Highschool hatte ein beliebtes Mädchen aus meiner Klasse mich mit meiner Mutter und meinem Bruder in Harveys Warenhaus gesehen, wo wir gewartet hatten, damit Emmett den Weihnachtsmann sehen konnte. Meine Klassenkameradin und ich hatten uns kurz unterhalten, bevor das Mädchen seinen Einkaufsbummel fortgesetzt hatte. Am nächsten Tag hatte sie mich in der Schule beiseitegezogen.

»Waren das deine Mutter und dein Bruder?«, hatte sie gefragt und schien allein bei diesem Gedanken entsetzt gewesen zu sein. »Was stimmt mit ihm nicht?«

Ich hatte sie einen langen Moment stumm angesehen. Obwohl ich gewusst hatte, was ich sagen sollte, hatte mir mein Mund nicht gehorcht.

»Natürlich nicht.« Meine Stimme hatte ihre Abscheu widergespiegelt. »Sie sind Gäste im Hotel. Mein Vater hat mich gebeten, sie zu Harveys zu begleiten.«

Auch jetzt, mehrere Jahre später, wollte ich bei der Erinnerung an meine feige Reaktion am liebsten vor Scham im Erdboden versinken. Vielleicht war ich genauso schlimm wie dieser Rektor und meine Klassenkameradin. Sich über Unrecht zu ärgern, war eine gute Sache, aber Worte, die nicht durch Taten unterstrichen wurden, waren wertlos.

»Dieser Artikel ist vom April 1900.« Jason nahm einen weiteren Zeitungsausschnitt in die Hand. Die Überschrift lautete: »Die Polizei untersucht prominente Bürger mit Verbindungen zum Rotlichtmilieu«. Mit einem Funkeln in den Augen schaute er mich an. »Stell dir das nur einmal vor! Diese Zeitung wurde am Anfang eines neuen Jahrhunderts gedruckt. Menschen wie Miss Nichols hatten keine Ahnung, was die neue Ära bringen würde. Verkehrsflugzeuge. Raumfahrt. Fernsehen. Sie konnten sich unmöglich vorstellen, welche Fortschritte in den nächsten sechs Jahrzehnten gemacht werden würden.«

Während er den Kopf beugte, um den Artikel zu lesen, dachte ich über seine Worte nach.

So viele Veränderungen hatten stattgefunden, seit Miss Nichols eine junge Frau gewesen war. War die Welt, die sich ständig verändert hatte, für sie beängstigend oder aufregend gewesen? Dass sie seit fast zwanzig Jahren die meiste Zeit sehr zurückgezogen im Maxwell House lebte, ließ Ersteres vermuten.

Was war passiert?

Ich warf einen Blick auf das Album.

Würden wir auf seinen bunten Seiten die Antwort auf diese Frage finden?

7

Nach einer kalten, feuchten Nacht brach der Eröffnungstag der *Tennessee Centennial Exposition* grau und düster an und ein zäher Nebel tränkte am frühen Morgen die Luft. Flaggen und andere Dekorationen, die in der Innenstadt von Nashville die Straßen säumten und auf die lange ersehnte Parade warteten, hingen, von Feuchtigkeit durchzogen, schwer nach unten und ähnelten einer Braut, die auf dem Weg zur Kirche in einen Teich gefallen war. Ein kollektives Stöhnen sowohl von den Stadtbewohnern als auch von den Besuchern begrüßte den ersten Maitag, während die gemurmelten Gebete der Ausstellungsverantwortlichen um Sonnenschein auf dem Weg zu Gottes Thronsaal zweifellos den Wassern vom Himmel begegneten.

Aber trotz des unangenehmen Wetters strotzte die Atmosphäre in unserer Hotelsuite vor aufgeregter Aktivität. Zimmermädchen brachten Tabletts, die mit Essen und Tassen beladen waren, in denen der berühmte Maxwell-House-Kaffee dampfte. Papas Stimme polterte durch den Flur, als sein Kammerdiener die Krawatte nicht finden konnte, von der Papa steif und fest behauptete, sie eingepackt zu haben, und dann wieder, als der arme Mann Papas Jacke falsch zuknöpfte.

Ich warf einen Blick zum Bett, wo meine Kleidung für den Tag bereitlag. Gia war mit meinem Haar bereits fertig und hatte es in eine kunstvolle Frisur verwandelt, die ich fasziniert bewunderte. Ich hatte sie in ihr Zimmer geschickt, damit sie sich für unseren großen Tag ebenfalls fertig machen konnte, und wartete jetzt auf ihre Rückkehr.

An der Tür ertönte ein entsetztes Keuchen.

»Priscilla, warum bist du noch nicht angekleidet?«

Mutter rauschte in einem Kleid, das sie eigens für diesen Tag hatte nähen lassen, in mein Zimmer. Die Farbe, ein tiefes Dunkelblau, war die inoffizielle Farbe der Ausstellung und repräsentierte laut Aussage vieler in Tennessee die Liebe zu ihrer Heimat. Mutter hatte mich überreden wollen, ebenfalls Blau zu tragen, aber zu meinem Teint passten hellere Farben besser. Ich hatte ein mintgrünes Kostüm mit Puffärmeln und schmaler Taille gewählt. Es war nicht ganz so elegant wie Mutters Kleidung, aber ich würde auch nicht wie sie und Papa auf der Tribüne sitzen.

»Gia kommt rechtzeitig zurück, um mir beim Anziehen zu helfen.« Ich lächelte. »Du siehst wirklich atemberaubend aus, Mutter. Du wirst Mrs Stephens zweifellos in den Schatten stellen.«

Sie bedachte mich mit einem triumphierenden Grinsen. »Ich kann doch nicht zulassen, dass die Frau des Gouverneurs von Missouri denkt, sie könne mir die Schau stehlen, auch wenn sie und Gouverneur Stephens die Ehrengäste des früheren Vizepräsidenten Stevenson sind. Wir müssen der Welt zeigen, dass wir in Tennessee nicht die hinterwäldlerischen Bauerntölpel sind, für die man uns gerne hält.«

Über diese Beschreibung musste ich schmunzeln. »Ich bin mir sicher, dass die Welt das nicht von allen in Tennessee denkt. Wird Nashville nicht das ›Athen des Südens‹ genannt? Es ist ein Kompliment, mit Athen verglichen zu werden.«

»Ja, vermutlich.« Sie rückte vor dem Spiegel ihren Rüschenkragen zurecht. »Ich würde mir wirklich wünschen, dass du es dir anders überlegst und mit uns kommst. Mir gefällt der Gedanke nicht, dass du allein zum Park fährst.«

»Ich werde nicht allein sein. Gia begleitet mich.«

Sie bedachte mich mit einem Blick, den ich nur allzu gut kannte. »Du weißt, dass ich das anders gemeint habe. Kenton hat keine Zeit, dich zu begleiten, und es ziemt sich nicht, dass eine unverheiratete junge Frau eine Veranstaltung wie die Eröffnungsfeier ohne männlichen Begleiter besucht.«

Die gleiche Diskussion hatten wir gestern Abend nach dem Essen auch schon geführt. Gott sei Dank sah Papa keinen Grund, warum ich nicht später nachkommen und mich zu ihnen gesellen sollte, wenn die offizielle Zeremonie vorbei war.

»Ich bezweifle ernsthaft, dass das irgendjemand bemerken wird, Mutter. Ich habe gehört, dass im Auditorium sechstausend Menschen

Platz haben.« Ich schmunzelte. »Die Leute werden so eng zusammenge-pfercht sein, dass niemand wissen wird, wer mit wem da ist.«

Sie runzelte die Stirn. »Ein Grund mehr, warum du bei uns auf der Tribüne sein solltest. Also wirklich, Priscilla, wie kannst du es ertragen, dich so nahe unter Fremde zu begeben? Ich muss sagen, dass ich allein schon bei dieser Vorstellung entsetzt bin.«

Ich rückte ihren Kragen zurecht. »Mir wird nichts passieren. Verspro-chen.«

Als ich zurücktrat, war ihre Stirn immer noch gerunzelt. »Dein Vater hat angewiesen, dass dich die Kutsche zum Park bringt. Der Fahrer – die-ser Ausländer, der uns vom Bahnhof abgeholt hat – hat uns versichert, dass er für deine Sicherheit sorgen wird.« Sie runzelte die Stirn. »Es ge-fällt mir nicht, dich dem Schutz eines Fremden, der für diese Aufgabe bezahlt wird, zu überlassen, aber versprich mir bitte, dass du an seiner Seite bleibst.«

Ich konnte nur mühsam ein Grinsen unterdrücken. Forderte sie mich tatsächlich auf, an Lucas Seite zu bleiben?

Ich hatte meinen Eltern nichts von meinem Ausflug mit Luca und Gia am Vortag erzählt. Mutters Kopfschmerzen hatten sie fast den ganzen Tag ans Bett gefesselt und Papa war erst zum Abendessen ins Hotel zurückgekehrt. Als Mutter gefragt hatte, wie ich meinen Tag verbracht hatte, hatte ich ihr meine Einkäufe gezeigt. Sie hatte nicht wissen wol-len, wie ich zu den Geschäften gekommen war, und ich hatte ihr diese Informationen nicht ungefragt gegeben.

»Versprochen, aber wie ich schon sagte: Die Dinge haben sich geän-dert, Mutter. Es dauert keine drei Jahre mehr, dann bricht ein neues Jahr-hundert an. Die Frauen heute sind nicht mehr so sehr auf einen Mann angewiesen wie deine Generation. Wir sind sehr wohl in der Lage, eine Veranstaltung wie die Eröffnungsfeier allein zu besuchen.«

Sie wirkte nicht überzeugt.

Papa trat zu uns und sah in seinem Frack und Mantel beeindruckend aus.

»Es wird Zeit, nach unten zu gehen, meine Liebe.« Er schaute mich besorgt an. »Bist du sicher, dass du nicht mit uns kommen willst, Priscilla? Ich weiß nicht, ob du auf der Tribüne einen Platz bekommst, aber mit uns kämst du ungehindert ins Auditorium und müsstest nicht mit den Menschenmassen warten, bis sich die Tore des Parks öffnen.«

»Es hat keinen Sinn, Eldridge«, sagte Mutter, die ihren Widerspruch aufgegeben hatte und jetzt ihren Umhang anzog. »Ich habe sie schon gefragt, aber sie ist fest entschlossen, später nachzukommen. Wir werden nach dir Ausschau halten, wenn die Öffentlichkeit eingelassen wird, Liebes.« Sie küsste mich auf die Wange und folgte Papa in den kleinen Salon, der an unsere Zimmer grenzte.

»Wir sehen uns nach der Feier«, rief ich.

Einen Moment später war ich allein.

Ich war sicher, dass Mutter die Sache ein wenig sorgfältiger durchdacht hätte, wenn sie nicht so sehr durch das große Abenteuer der Ausstellung und Papas Rolle im Gebäude der Eisenbahnausstellung abgelenkt gewesen wäre. Obwohl ich fünfundzwanzig war – weit über das Alter hinaus, in dem ich die Erlaubnis meiner Eltern brauchte –, war ich doch unverheiratet. Und auch wenn sich die gesellschaftlichen Gepflogenheiten hinsichtlich der Rolle von Frauen tatsächlich langsam änderten, war es zu ihrer Gleichberechtigung noch ein weiter Weg.

Gia kam und half mir, mich anzukleiden. Ich betrachtete mich im Spiegel und war sehr zufrieden mit dem Rock, der meine Taille schmaler wirken ließ. Ich hielt mich für keine überwältigende Schönheit, aber ich hatte Mutters honigfarbenes Haar und Papas grüne Augen geerbt, eine Kombination, die ein attraktives Gesamtbild ergab. Ich hatte im Laufe der Jahre schon einige Verehrer gehabt, aber ich konnte nie sicher sein, ob ihr Interesse tatsächlich mir galt oder nur dem Geld meines Vaters.

Als mein Hut festgesteckt war, klemmte ich meinen Schirm unter meinen Arm und begab mich mit Gia zur Treppe. Noch bevor wir in der ersten Etage ankamen, drang schon der Lärm aus dem Erdgeschoss an unsere Ohren.

Auf der Galerie im ersten Stockwerk blieben wir stehen und staunten mit offenem Mund über die vielen Menschen unter uns. Männer in dunklen Mänteln und Frauen in farbenfrohen Kostümen und Blusen nahmen jeden Quadratzentimeter des Foyers ein. Die Rufe von Gepäckträgern und Hotelpagen, die versuchten, Ordnung in die Menge zu bringen, waren zu hören, aber niemand schien sie zu beachten. Kinder liefen hin und her und spielten kreischend Fangen, während Eltern erfolglos versuchten, sie zu bändigen. Als Beschreibung für diese Szene fiel mir nur *spannungsgeladenes Chaos* ein.

»Dort ist die Schlange der Leute, die für die Straßenbahnen anstehen.« Gia deutete zu der Reihe aus zig Menschen, die vor einem Tresen mit einem bereits erschöpft aussehenden Portier warteten. Wo die Schlange endete, war nicht zu sehen.

»Meine Güte, ich bin wirklich froh, dass uns dein Bruder zum Park bringt.«

Als wir im Erdgeschoss ankamen, ergriff Gia meine Hand und hielt sie fest, damit wir nicht auseinandergerissen wurden. Ich überlegte gerade, wie wir Luca in diesem Gedränge finden sollten, als er plötzlich vor uns stand.

»Meine Kutsche ist ganz in der Nähe«, rief er und deutete zum Herreneingang.

»Aber wir werden die Parade verpassen«, überschrie ich das Stimmengewirr.

»Ich kenne einen Platz abseits von der Menschenmenge, von dem aus Sie die Parade verfolgen können.«

Ich nickte und wir brachen auf.

Mit der Hand an meinem Ellbogen führte er uns auf die Straße, wo seine Kutsche mit unzähligen anderen wartete. Mehrere Passanten fragten, ob sie mit uns fahren könnten, aber zu ihrem Unmut wies Luca sie ab. Als Gia und ich in der Kutsche Platz genommen hatten, schwang er sich auf den Kutschbock. Ich war überrascht, als der Junge, der das Pferd gehalten hatte, zu ihm hinaufkletterte, aber mir blieb keine Zeit, um mich nach ihm zu erkundigen, da Luca die Kutsche bereits in Bewegung setzte.

Die Straßen von Nashville waren mit Fußgängern, Pferden, Kutschen, Straßenbahnen und sogar Automobilen gefüllt. Erfreut stellte ich fest, dass sich die Wolken aufgelöst hatten und ein Nordwind die Dekorationen entlang der Paradestrecke trocknete.

Gias Gesicht war vor Aufregung ganz gerötet. »Ich habe noch nie so viele Menschen auf einmal gesehen, Miss.«

»Ich auch nicht.« Es sah tatsächlich so aus, als wäre das ganze Land gekommen, um Tennessees Jubiläum zu feiern.

Wie versprochen, lenkte Luca das Pferd durch Straßen und Gassen und brachte uns von den überfüllten Hauptstraßen weg. Als er die Kutsche in der Nähe einer Pension zum Stehen brachte, stiegen wir aus und legten den kurzen Weg zur West End Avenue zurück, wo die Parade bereits im Gang war. In Kutschen und Wagen, die mit Blumen, Schleifen und Bannern geschmückt waren, saßen schöne Frauen und attraktive Männer mit Zylindern. Gia und ich jauchzten entzückt, als wir eine weiße Kutsche entdeckten, die von vier Schimmeln gezogen wurde. Die Insassen der Kutsche trugen weiße Kleidung und einer war sogar gekleidet wie ein Engel. Als die letzte Kutsche an uns vorbeirollte, waren wir vor Vorfreude ganz aufgeregt und konnten es nicht erwarten, in den Park zu kommen.

Die Fahrt zum Ausstellungspark dauerte doppelt so lang wie geplant. Straßenbahnen rollten auf dem Weg von und zu den Haltestationen, die in der Nähe der Eingänge eingerichtet waren, klappernd an uns vorbei, während wir in einer langen Schlange mit anderen Pferdekutschen warteten.

Als wir endlich an der Reihe waren und aussteigen konnten, reichte Luca dem Jungen die Zügel.

Er bemerkte meinen fragenden Blick. »Carmelo bringt die Kutsche in den Stall zurück. Ich habe ihn angewiesen, uns um drei wieder abzuholen.«

Ich freute mich über seine umsichtige Vorplanung. »Sie haben wirklich an alles gedacht, nicht wahr?«

»Ich stehe Ihnen für diesen Tag zur Verfügung, *Signorina*.« Er machte eine galante Verbeugung und stieß sich dabei versehentlich den Hut vom Kopf.

Gia kicherte und ich wandte den Blick ab, da ich ihn nicht in Verlegenheit bringen wollte.

Wir mischten uns unter die fröhlichen Besucher, die zu dem eindrucksvollen Eingang – einem palastähnlichen Säulengang mit über einem Dutzend Säulen – geführt wurden. Eine riesige Minerva-Statue, die Göttin der Weisheit, stand auf dem Dach und begrüßte die Besucher. Am Tor zahlten wir fünfzig Cent Eintritt pro Person, wobei Luca darauf bestand, den Eintrittspreis für Gia und sich zu zahlen, und ich darauf bestand, meinen Eintritt zu zahlen. Wir passierten etwas, das der Mitarbeiter als Drehkreuz bezeichnete, und folgten der Menge in den Park.

Mir fiel sofort auf, wie frisch und neu alles aussah. Auf der linken Seite begrüßte uns ein hübscher kleiner See, umgeben von Blumen in jeder Farbe, Büschen in verschiedenen Größen und einladenden Bänken, auf denen Besucher saßen und das Spektakel verfolgten. Ein altmodisches, moosbewachsenes Wasserrad drehte sich am hinteren Ende des Sees und ein Springbrunnen in der Mitte vervollständigte die pittoreske Szenerie. Jemand in meiner Nähe erwähnte, dass dieser See Lake Katherine heiße, und mir fiel ein, was Mutter erzählt hatte: Der See war nach »Bonny Kate« Sevier, der zweiten Frau des ersten Gouverneurs von Tennessee, benannt.

Vor uns tauchten mehrere weißgraue Gebäude auf. Es war wirklich erstaunlich, dass vor etwas über einem Jahr noch keines dieser Gebäude gestanden hatte. Nachdem die Pläne für die Ausstellung bekannt gegeben worden waren, hatte Papa erklärt, dass die Gebäude nur vorübergehend hier stehen würden. Nach dem Vorbild früherer Weltausstellungen wie der Ausstellung in Chicago vor vier Jahren war Baumaterial benutzt worden, das nicht dafür geschaffen war, dem Zahn der Zeit standzuhalten. Die Gebäude wurden nur für die sechs Monate während der Ausstellung gebraucht. Wenn die Ausstellung im Oktober zu Ende war, würden die meisten wieder eingerissen werden, was ich für eine große Verschwendung hielt.

Wir kamen zu einem großen, einladenden Gebäude rechts von uns, vor dem ein Schild verkündete, dass es das Gebäude für Bodenschätze und Forste war. Mit seinen Säulen und gemeißelten Giebeln war es nach römischem Vorbild gebaut. Das Gebäude der US-amerikanischen Regierung auf unserer linken Seite war genauso beeindruckend, es war jedoch in einem traditionelleren Stil gebaut und Männer in Militäruniformen standen auf den Stufen Wache. Papa hatte nicht erwähnt, welche Ausstellungsobjekte in diesen Gebäuden untergebracht waren, aber ich freute mich darauf, sie in den kommenden Tagen zu besichtigen.

»Anscheinend strömen alle zu dem Gebäude mit dem Turm dort vorne.«

Ich warf einen Blick auf Luca, der die meisten Leute um uns herum um einige Zentimeter überragte, was ihm einen eindeutigen Vorteil einbrachte. »Das muss das Auditorium sein, in dem die Eröffnungsfeier stattfindet.«

Tatsächlich tauchte der massive Glockenturm, der das Auditorium zierte, bald in unserem Blickfeld auf. Erst heute Morgen hatte Papa verraten, dass nach der Beendigung der heutigen Zeremonie die Glocken läuten würden, und mir lief vor Vorfreude ein Schauer über den Rücken.

Als wir schließlich auf dem Gelände des großen Gebäudes ankamen, warf ich einen Blick auf meine Uhr. Wir hatten für den Weg hierher viel länger gebraucht, als ich vermutet hätte. Wenn wir drei der sechstausend zur Verfügung stehenden Plätze ergattern wollten, durften wir nicht trödeln. Die Sehenswürdigkeiten könnten wir später bewundern. Jetzt, da wir auf dem Ausstellungsgelände waren, wurde mir bewusst, dass es viele Tage dauern würde, die zig Gebäude und Ausstellungsobjekte zu besichtigen, ganz zu schweigen von den Unterhaltungsangeboten auf dem Jahrmarkt. Die *Centennial Exposition* war einfach zu groß und viel zu interessant, um alles an einem Tag sehen zu können.

Je näher wir zu den Türen kamen, umso mehr drängten und schoben sich die Leute. Luca nahm meinen Ellbogen und ich nahm Gias Hand, während wir in einer Menschenwelle mitgezogen wurden, aus der es kein Zurück gab, selbst wenn wir das gewollt hätten. Der Geräuschpegel von Stimmen sowie der Klang von Musikinstrumenten, die gestimmt wurden, wurden mit jedem Schritt lauter, was bewies, dass sich das Auditorium rasch füllte, obwohl die Feier erst in einer halben Stunde beginnen würde.

Mir stockte der Atem, als wir den großen Saal betraten.

Eine große Bühne stand vorne, mit Bannern geschmückt und von zwei riesigen amerikanischen Flaggen flankiert. Doch der Blickfang war die eindrucksvolle Orgel in der Mitte. Musik aus einem so beeindruckenden Instrument versprach den Expo-Besuchern sicher viele genussvolle Stunden. Rechts und links vom Podium waren Stühle aufgestellt und ich versuchte, Papa und Mutter zu finden, jedoch ohne Erfolg.

»Oh, Miss, das ist alles so schön.« Gias atemloses Flüstern drang trotz des Lärms, der uns umgab, an meine Ohren. Ich drückte bestätigend ihre Hand.

Die Plätze für das Publikum füllten sich schnell und wir wollten gerade drei Plätze im hinteren Teil des Raums einnehmen, als plötzlich Kenton Thornley auftauchte.

»Priscilla, du hast es geschafft! Deine Mutter hat sich schon Sorgen gemacht.« Er warf einen finsteren Blick auf Luca. »Wir haben dich schon vor einer Stunde erwartet.«

»Wir haben uns die Parade angesehen und sind dann hierhergekommen. Du kannst dir gar nicht vorstellen, wie lang wir in der Schlange warten mussten, bis wir aus der Kutsche aussteigen konnten.« Ich warf einen Blick zur Tribüne. »Wo sind Papa und Mutter?«

»Sie sind im Bereich hinter der Bühne, der für die Würdenträger eingerichtet wurde. Ich begleite dich zu ihnen.« Er bot mir seinen Arm an.

»Danke, aber ich will mir die Zeremonie von hier aus ansehen und gehe danach zu ihnen. Das habe ich mit Mutter so vereinbart.«

Er runzelte die Stirn. »Warum in aller Welt willst du das machen? Wir haben Plätze in der vordersten Reihe. Jetzt komm.«

»Aber ich will Mr Moretti und Gia nicht im Stich lassen.«

»Das ist kein Problem, *Signorina*«, sagte Luca. »Wir warten nach der Feier draußen auf Sie, wenn Sie wünschen.«

Frustriert drehte ich mich zu ihm herum. Ich hatte keine Lust, mich zu Kentons Gruppe vorne im Saal zu gesellen, aber nach seiner Einladung gab es keinen vernünftigen Grund, warum ich mich zu Luca und Gia setzen sollte. Immerhin waren sie nur bezahlte Dienstboten.

Etwas von meiner Begeisterung für diese Veranstaltung erstarb, als ich mich widerstrebend fügte. »Also gut.«

Kenton legte meine Hand auf seinen Arm, aber sein Blick folgte Gia, die mit Luca weiter nach hinten ging.

»Wer ist das bei Moretti?«, fragte er, nachdem wir in den vorderen Bereich des Saals gegangen waren und unsere Plätze in der Nähe des Orchestergrabens eingenommen hatten.

»Seine Schwester. Gia, meine Zofe.«

Kenton zog die Brauen hoch. »Seine Schwester?« Er warf einen Blick hinter sich, wo Luca und Gia viele Reihen hinter uns Plätze gefunden hatten. »Soso. Sehr interessant.«

Die Bellstedt-Ballenberg-Militärkapelle stimmte in diesem Moment eine patriotische Melodie an und beendete damit dieses sonderbare Gespräch. Warum sich Kenton für Gia interessierte, war mir unbegreiflich. Er war nicht der Typ, der Dienstboten beachtete, und eine Zofe brauchte er ganz gewiss nicht.

Während die Menschen im Saal zur Melodie mitsangen, läutete in meinem Kopf eine Alarmglocke. Ich hatte keine Ahnung, wovor sie mich warnen wollte, aber ich verdrängte sie für den Moment und wollte mich später genauer damit befassen.

8

Ich hatte Jason den ganzen Tag nicht gesehen.

Die neue Mitarbeiterin, Betty Ann Williams, hatte an diesem Morgen ihre neue Stelle angetreten und ich war den ganzen Tag damit beschäftigt gewesen, sie herumzuführen und ihr alles zu zeigen. Aber ganz wie Dad erklärt hatte, hatte sie viel mehr Hotelerfahrung als ich. Es ging also hauptsächlich darum, sie mit dem Maxwell und den Abläufen hier im Haus vertraut zu machen.

Als er sie mir vorgestellt hatte, war ich ein wenig überrascht gewesen. Ich hatte eine jüngere Frau erwartet, ungefähr im gleichen Alter wie Bea Anderson und Lucille, aber Betty Ann musste schon über vierzig sein. Mit ihrem blonden Haar, das sie in einem gelockten Bubikopf trug, ihrem breiten Lächeln und ihren strahlend grünen Augen, die hinter einer Katzenaugenbrille funkelten, erinnerte sie mich an die Schauspielerin Doris Day. Von Doris Day und ihrem beliebten Filmpartner Rock Hudson sollte einige Tage vor Weihnachten ein neuer Film ins Crescent-Kino kommen. Wäre es nicht witzig, mit einer Frau, die so viel Ähnlichkeit mit Doris Day hatte, ins Kino zu gehen und diesen Film anzusehen?

Während wir im Hotelrestaurant zu Mittag aßen – auf Dads Kosten –, erzählte sie mir ein wenig aus ihrem Leben in New Orleans. Sie war als junge Frau verheiratet gewesen, aber ihr Mann war im Krieg gefallen. Sie hatten keine Kinder gehabt und Betty Ann hatte danach nie wieder geheiratet. Sie hatte jahrelang ihre Eltern gepflegt, aber jetzt, da beide in ihr himmlisches Zuhause gegangen waren, hatte sie beschlossen, ihr Leben umzukrempeln.

»Erzählen Sie mir ein wenig von der Geschichte des Maxwell House Hotels«, bat mich Betty Ann, als wir nach dem Mittagessen das Untergeschoss besichtigten. Heutzutage wurde es als

Lagerraum benutzt, aber in der großen Zeit des Hotels hatten Zimmermädchen, Diener, Kellner und andere Mitarbeiter hier unten gewohnt.

»Soweit ich weiß, war das Maxwell die Grande Dame von Nashville.« Ich schmunzelte, als mir bewusst wurde, dass ich genauso klang wie Dad. Seit ich alt genug gewesen war, um den Unterschied zwischen unserem Hotel und dem Noel auf der anderen Straßenseite zu begreifen, hatte er mir die Geschichte des Maxwell eingetrichtert. »Als Mr Overton 1859 mit dem Bau begann, nannten die Leute es ›Overtons Wahnsinn‹, weil es so riesig war. Niemand glaubte, dass Nashville ein so großes Hotel brauchen würde.«

»Ich muss zugeben, dass es größer ist, als ich mir vorgestellt hatte.«

»In Dads Büro hängt eine Zeitungsannonce aus der Zeit, als das Hotel eröffnet wurde. Da wird mit großen Buchstaben geworben: ›240 Zimmer, elegant möbliert und geräumig, mit Dampfheizung, Gasbeleuchtung und einem Badezimmer in jedem Stockwerk.‹ Die Zimmer kosteten vier Dollar am Tag inklusive Vollpension.« Wir schlenderten zum Fahrstuhl. »Als der Bürgerkrieg begann, war erst ein Teil des Hotels fertiggestellt. Es diente den Konföderierten als Kaserne, aber als Nashville unter die Kontrolle der Unionstruppen kam, wurde es als Gefängnis und Lazarett benutzt.«

Betty Ann staunte über diese Informationen. »Das hätte ich nie vermutet. Dieses alte Mädchen hat tatsächlich eine sehr interessante Geschichte.«

Ich lachte und genoss es, dass ich mich so ungezwungen mit ihr unterhalten konnte. Seit Mamas Tod tat Mrs Ruth ihr Möglichstes, um die Leere zu füllen, von deren Existenz ich lange nichts geahnt hatte. Frauen brauchen Frauen, mit denen sie reden können, sagte sie immer wieder und ermutigte mich, ihr zu erzählen, was ich dachte und fühlte. Ich machte es ein paarmal, aber so nett Mrs Ruth auch war, sah ich in ihr eher eine Großmutter als eine

Freundin und Vertraute. Bei Betty Ann hingegen hatte ich das Gefühl, dass wir gute Freundinnen werden könnten.

Wir kehrten zur Rezeption zurück. Eine Nachricht, auf der mein Name stand, lag neben dem Telefon.

»Entschuldigen Sie mich bitte.« Mit dem Zettel in der Hand entfernte ich mich einige Schritte, um die Nachricht ungestört lesen zu können.

Sie war von Jason. Er wollte mit mir über etwas sprechen und lud mich zum Abendessen ein.

Ich unterdrückte ein entzücktes Kreischen, faltete den Brief wieder zusammen und steckte ihn in die Tasche meines weiten Glockenrocks. Einen Moment später tauchte Dad in der Lobby auf.

»Und, wie seid ihr beide miteinander klargekommen?«

Sein Lächeln wirkte ein wenig strahlender als sonst, fiel mir auf. Vielleicht hatte er sich mehr Sorgen wegen der unbesetzten Stelle gemacht, als ich vermutet hatte. Das Maxwell war zwar kein reines Hotel mehr wie andere Häuser in der Stadt, aber seine Leitung erforderte trotzdem viel Arbeit und Wissen. Ich hoffte, die Pläne des neuen Eigentümers, dem alten Mädchen wieder neues Leben einzuhauchen, würden Dad jetzt, da er wieder mehr er selbst war, nicht zu sehr unter Druck setzen. Ich wusste, dass er sich Sorgen machte, wie sich die kommenden Veränderungen auf unsere Bewohner auswirken würden, aber solange wir Mr Edwins Pläne nicht kannten, mussten wir darauf vertrauen, dass eine gute Lösung für alle gefunden würde.

»Wunderbar.« Ich trat neben ihn, während Betty Ann ihren Platz hinter dem Schreibtisch einnahm. »Wir haben uns über die Geschichte des Hotels unterhalten.«

Dad nickte zufrieden. »Hin und wieder stellen Gäste Fragen zur Geschichte des Maxwell, es ist also immer gut, sich die Fakten wieder in Erinnerung zu rufen.« Er wandte sich mir zu. »Ich muss mit dem Küchenchef noch einmal das Menü für das Weihnachtsdinner durchgehen, bevor er die Lebensmittel bestellt. Würdest du bitte bei Emmett bleiben? Ich denke, wir können die Arbeit an der Rezeption bedenkenlos Betty Ann überlassen.«

Das war Musik in meinen Ohren. »Selbstverständlich.«

»Ich habe schon vom Weihnachtsdinner im Maxwell House gehört.« Betty Ann setzte sich auf den hohen Stuhl, den ich in letzter Zeit viel zu regelmäßig eingenommen hatte. Ich freute mich, jetzt sie auf diesem Stuhl zu sehen. »Wurde nicht irgendwann einmal die Keule eines Cumberland-Bären serviert?«

Während Dad und Betty Ann über dieses exotische Essen und andere Weihnachtstraditionen im Maxwell sprachen, verschwand ich auf dem Gang. Ich fand Emmett in Dads Büro, wo er vor dem Bildschirm eines kleinen Fernsehers saß. Offenbar kam jetzt Tom Tichenor, ein Marionettenspieler aus Tennessee, mit seinen lustigen Puppen. Dad hatte neulich einen Artikel im *Time Magazine* gelesen, in dem behauptet wurde, dass es bald in jedem Haus einen Farbfernseher geben würde. Der Gedanke, dass mein Bruder seine Lieblingssendungen dann in Farbe sehen könnte, entlockte mir ein Lächeln.

Als er mich sah, sprang er auf und kam angelaufen. »Audrey, können wir uns dein Buch ansehen?«

Ich schaute ihn verständnislos an. »Welches Buch?«

»Miss Priscillas Buch.«

Das Album. Ich hätte nicht gedacht, dass er sich dafür interessierte. »Klar.«

»Dann komm.« Er nahm meine Hand genau so, wie er früher Mamas Hand genommen hatte, wenn er ihr etwas hatte zeigen wollen. Diese Geste trieb mir Tränen in die Augen.

Wir gingen in unsere Wohnung, setzten uns aufs Sofa und legten das Album auf unseren Schoß. Als wir es aufschlugen, verriet ein knisterndes Geräusch, dass sich der alte Klebstoff löste. Ich wand mich innerlich. Da wir so oft in dem Buch blätterten, lösten sich immer mehr eingeklebte Bilder und Karten. Wir mussten sorgsam mit dem Album umgehen, um die Bilder nicht zu ruinieren.

Ich versuchte, Emmett zu erklären, was die Bilder und die interessanten Sammelstücke darstellten, aber ich wusste, dass er nicht alles begriff. Daten und Zeiten – das alles hinterließ bei ihm keinen bleibenden Eindruck.

Als ich umblätterte, fiel mir eine weitere Postkarte entgegen, aber dieses Mal war sie von einer getrockneten Blume begleitet, die zwischen uns landete. Emmett hob die Sachen auf, reichte mir die Karte, behielt aber die Blume, um sie genauer zu betrachten.

Mein Interesse richtete sich auf das Bild von einem See und einer Brücke, die mir vage bekannt vorkam. Großbuchstaben oben auf der Karte erklärten, dass es die Rialtobrücke über dem Watauga-See war. Da wusste ich, woher ich sie kannte. Die Brücke auf der Karte war ein kleinerer, aber trotzdem gut gemachter Nachbau der echten Rialtobrücke in Venedig, von der ich in der Schule Fotos gesehen hatte. Laut dem klein gedruckten Text am unteren Rand des Bildes hatten sich auf der Brücke Geschäfte befunden, in denen man Souvenirs von der Ausstellung hatte kaufen können.

»Was ist das, Audrey?«

»Das ist eine Postkarte. Ein Brief ohne Umschlag. Man schreibt auf die Rückseite eine Nachricht an einen Freund und schickt sie ihm dann mit der Post.«

»Hat diese Karte jemand an Miss Priscilla geschickt?«

Ich suchte eine Briefmarke, fand aber keine. »Ich glaube nicht.«

Ich drehte die Karte um. Die gleiche elegante Handschrift wie auf den anderen Karten füllte die Rückseite. Mein Blick wanderte zu der Unterschrift.

Peaches.

Ich atmete aufgeregt ein. Hatte Miss Nichols alle diese Postkarten geschrieben? Wenn ja, wem hatte sie die Karten geschrieben und warum waren sie nie abgeschickt worden?

»Was steht da?«

»Die Karte ist an jemand geschrieben, der Luca heißt.«

»Wer ist Luca?«

Ich schüttelte den Kopf. »Keine Ahnung.«

Emmetts Aufmerksamkeit kehrte zu der Blume zurück, während ich die Nachricht in meiner Hand las.

Mein liebster Luca,

es ist spät am Abend und ich bin müde, aber du bist in meinen Gedanken und in meinem Herzen. Ich habe heute den ganzen Tag auf der Centennial Exposition verbracht. Ich war in jedem Gebäude und bei jeder Ausstellung, die wir gemeinsam besucht haben. Ich habe unsere Gespräche Revue passieren lassen und mich erinnert, wie zuvorkommend du mich behandelt hast. Auf der Rialtobrücke habe ich eine weitere Miniaturnachbildung des Parthenon gekauft. Die Figur, die du mir gekauft hast, steht auf meinem Nachttisch, aber ich möchte dir eine schenken, wenn wir uns wiedersehen.

Ich hielt inne und versuchte, mich zu erinnern, ob ich unter Miss Nichols' Sachen eine winzige Nachbildung des Parthenon gesehen hatte. Ich war mir sicher, dass keine in ihrem Zimmer gewesen war.

Jedes Mal, wenn ich an dem See vorbeigehe, an dem wir zum Mittagessen saßen, werde ich traurig. Wenn wir nur ins Maxwell House Hotel zurückgekehrt wären! Aber jetzt ist es zu spät und wir können unsere Entscheidung nicht mehr rückgängig machen. Ich kann nur beten, dass du und unser Mädchen in Sicherheit seid.

Peaches

»Wen meint sie wohl mit ›unser Mädchen‹?«, überlegte ich laut. Soweit ich wusste, hatte Miss Nichols keine Kinder. Vielleicht waren Peaches und sie doch nicht dieselbe Person.

Emmett stand auf und hielt mir die Blume hin. »Ich will mir

dein Buch nicht mehr ansehen«, verkündete er und verschwand in seinem Zimmer.

Ich konnte meinem Bruder keinen Vorwurf daraus machen, dass er sich langweilte, aber im Gegensatz zu ihm faszinierte mich dieses Rätsel, zu dem ich immer mehr Puzzleteile entdeckte. Die Wahrheit aufzudecken, war vielleicht genau die Herausforderung, die ich brauchte, besonders da Betty Ann jetzt die Arbeit an der Rezeption übernehmen würde.

So viele Fragen gingen mir durch den Kopf. Ich konnte es nicht erwarten, Jason diese neue Entdeckung zu zeigen. Wir planten, nach dem Abendessen in unsere Wohnung zu gehen und uns weiter mit dem Album zu befassen. Als ich das Dad erzählt hatte, hatte er genickt, aber ich hatte ihm angesehen, dass ihn etwas anderes beschäftigte.

»Hältst du es für eine gute Idee, dich mit einem jungen Mann anzufreunden, der in einem anderen Bundesstaat lebt? Er ist nur für zwei Wochen bei uns und wird dann zu seinem Studium zurückkehren.«

»Ich weiß«, hatte ich erwidert und mich gelassen gegeben. »Wir sind nur Freunde, Dad.« Ich gab nicht zu, dass ich die gleichen Bedenken hatte wie er. Ein gebrochenes Herz würde mir gerade noch fehlen. Aber Jasons Gesellschaft war so angenehm, dass ich mich unweigerlich auf unsere gemeinsame Zeit freute, selbst wenn sie noch so kurz war.

Ich drehte die Karte um und betrachtete das Bild noch einmal. Die Rialtobrücke führte an einer Stelle über den Watauga-See, an der mehrere Gondeln trieben, die ebenfalls den Originalen in Venedig nachgebaut waren. Frauen in langen Kleidern und mit großen Hüten und Männer in Mänteln und mit Krawatten saßen in der Mitte der langen Boote, während ein italienisch gekleideter Gondoliere das Boot steuerte. Was für eine romantische Szene! Ich hatte mich früher nicht sehr für die Geschichte der Ausstellung interessiert, aber jetzt wünschte ich, sie wäre immer noch da. Die Orte, die auf den Postkarten abgebildet waren, zu sehen und dort spazieren zu gehen, wo Peaches und Luca gegangen waren, würde ihre Geschichte bestimmt zum Leben erwecken.

Widerstrebend legte ich das Buch weg. Ich musste mich bei Betty Ann melden und mich erkundigen, wie sie zurechtkam, bevor ich begann, mich für mein Date … ähm, mein Abendessen mit Jason anzukleiden.

Als ich auf den Flur trat, der von unserer Wohnung in das Foyer führte, entdeckte ich Dad. Er lehnte lässig am Rezeptionstresen, während Betty Ann auf der anderen Seite saß. Das Lachen der beiden hallte in der leeren Empfangshalle wider. Betty Ann sagte etwas zu ihm, und obwohl ich sein Gesicht nicht sehen konnte, verriet Betty Anns Miene, dass sie sich über seine Antwort freute.

Flirtete unsere neue Angestellte gerade mit meinem Vater?

Und flirtete er mit ihr?

In diesem Moment bemerkte mich Dad. »Audrey, wir haben gerade von dir gesprochen. Ich habe Betty Ann erzählt, dass du als kleines Mädchen gern Verstecken hier im Foyer gespielt hast.«

Von dem, was ich gesehen hatte, und von den Gefühlen, die dieser Anblick bei mir ausgelöst hatte, verwirrt, trat ich zu ihnen.

»Mama und Emmett haben mich dann immer gesucht.« Ich beobachtete, ob die Erwähnung von Mama Schuldgefühle bei ihm auslöste.

Nein.

Vielleicht war ich nur übertrieben empfindlich. Dad war immerhin Witwer und Betty Ann war Witwe. Trotzdem war mir bis zu diesem Moment nie in den Sinn gekommen, dass er vielleicht eines Tages wieder heiraten würde. Ich konnte mir so etwas nicht vorstellen und ich hoffte egoistisch, dass es nie dazu käme.

»Ich habe heute Miss Nichols besucht«, erzählte er. »Sie wird morgen in ein Pflegeheim verlegt. Leider rechnet der Arzt nicht damit, dass sich ihr Zustand wesentlich bessert. Sie kann weder gehen noch sprechen, obwohl wir uns mit Gesten ein wenig unterhalten haben. Der Arzt sagt, die Folgen ihres Schlaganfalls sind dauerhaft. Ein Pflegeheim ist also ihre einzige Option.«

Da ich durch das Durchsehen von Miss Nichols' persönlichem Besitz, einschließlich ihres Albums, einen kleinen Einblick in ihr Leben bekommen hatte, fühlte ich mich mit der alten Frau verbunden, auch wenn das vielleicht sonderbar anmutete, da ich in den ganzen Jahren, die wir unter einem Dach gewohnt hatten, nie viel mit ihr zu tun gehabt hatte.

»Das tut mir leid«, erwiderte ich ehrlich. »Was sollen wir mit ihren Sachen machen?«

»Ich habe ihr erklärt, dass wir sie hier im Hotel lagern, bis sie sich im Pflegeheim eingewöhnt hat. Im Untergeschoss ist viel Platz. Falls sie etwas von ihren Sachen haben will, können wir es ihr bringen.«

»Das ist sehr nett von dir, Dan.« Betty Ann lächelte ihn herzlich an. »Sie ist für dein Mitgefühl bestimmt sehr dankbar.«

Dan?

Bea hatte meinen Vater nie geduzt oder mit *Dan* angesprochen. Für alle Angestellten im Maxwell House war er Mr Whitfield.

Erneut regte sich ein unangenehmes Gefühl in meinem Bauch.

»Um wie viel Uhr triffst du dich mit Jason?«

Dads Stimme riss mich aus meinen Gedanken. »Um sieben.« Ich warf einen Blick auf Betty Ann und ihr freundliches Lächeln. Benahm ich mich etwa lächerlich und die Sache war völlig belanglos?

»Ich denke, ich lade Emmett zu einem Hamburger bei Henry's ein. Er liebt die Pommes dort.«

Wir wünschten Betty Ann einen schönen Abend, dann ging Dad in sein Büro und ich kehrte in die Wohnung zurück. Ich rollte meine Haare auf dicke Lockenwickler und bügelte die Falten aus meiner rostbraunen Wollweste, die ich zu einem farblich darauf abgestimmten Faltenrock tragen wollte, der mir knapp über die Knie reichte. Dad war von dem neuen Stil der Röcke, deren Saum über den Knien endete, nicht begeistert und bis jetzt hatte mich das auch nicht interessiert. Aber falls mich Jason noch einmal zum Abendessen einladen sollte, würde ich vielleicht in

Harveys Warenhaus einen anprobieren, nur um zu sehen, wie viel kürzer diese Röcke tatsächlich waren.

Als ich Emmett von Dads Essenplänen mit ihm erzählte, konnte er seine Begeisterung kaum zügeln. Ich schaute ihm lächelnd zu, wie er durchs Wohnzimmer tanzte.

Die beiden waren noch nicht lange fort, als jemand an unsere Tür klopfte. Bevor ich sie öffnete, holte ich tief Luft. Jason sah nett aus. Er trug nichts Ungewöhnliches – er war immer gut gekleidet und ordentlich frisiert –, aber etwas an seinem Aussehen heute Abend verriet mir, dass er sich bei seiner Kleidung auch besondere Mühe gegeben hatte.

»Du siehst chic aus«, lächelte er.

»Danke. Ich habe in letzter Zeit nicht mehr viele Gelegenheiten, mich schön anzuziehen.« Sobald ich diese Worte ausgesprochen hatte, wurde mir bewusst, dass sie mich bedauernswert und einsam darstellten. »Ich meine, seit meine Mutter gestorben ist«, fügte ich mit einem Achselzucken hinzu.

Er nickte und ließ dieses Thema zum Glück auf sich beruhen. »Ich hoffe, du hast nichts dagegen, aber ich dachte, wir könnten in einem Restaurant einige Straßen weiter essen. Ein Partner der Kanzlei, in der ich arbeite, hat es mir empfohlen. Wir können mit meinem Auto hinfahren, wenn du nicht zu Fuß gehen willst.«

Ich war angenehm überrascht und grinste. »Wir können gern zu Fuß gehen. Ich hole nur meinen Mantel.«

Wir verließen das Hotel durch den Eingang an der Church Street und schlenderten in Richtung Westen los. Die Dezemberluft war kühl, aber nicht so kalt, dass der Spaziergang unangenehm gewesen wäre. Das sahen wohl viele Leute so, denn auf den Gehwegen und Straßen waren viele unterwegs, die ihre Weihnachtseinkäufe erledigten. Das erinnerte mich, dass ich meine Einkaufsliste auch noch nicht abgearbeitet hatte.

Weihnachtsschmuck leuchtete in jedem Schaufenster und bunte Lichterketten schmückten die Straße über uns. Wir kamen an einem Paar vorbei, das viktorianisch gekleidet war und Spenden für eine wohltätige Einrichtung sammelte. Während Jason ihnen einige Münzen gab, sagte er, dass sie auf das Titelblatt der *Saturday Evening Post* gehörten. Sie lachten und bedankten sich sowohl für das Kompliment als auch für die Spende. Ein Stück weiter standen die Türen der presbyterianischen Kirche offen und die Stimmen des Chors, der »Stille Nacht« übte, erinnerten mich an den eigentlichen Sinn von Weihnachten.

»Ich liebe die Weihnachtszeit in der Stadt.« Ich atmete den unverwechselbaren Dezembergeruch ein. Es war noch kein Schnee angekündigt, aber der Geruch von Holzrauch und Kiefern war charakteristisch für die kalten Winternächte in Tennessee. »Alles ist so fröhlich und festlich.«

»Wirklich? Denn ich dachte … Ach, vergiss es.«

Ich schaute ihn von der Seite an und fragte mich, was er damit meinte. »Nein, sprich weiter. Was wolltest du sagen?«

Er zuckte leicht die Achseln. »Mir ist nur aufgefallen, dass im Hotel und in der Wohnung deiner Familie kein Weihnachtsschmuck zu sehen ist.«

Er hatte recht. Das war mir bei allem, was in den letzten Wochen los gewesen war, kaum aufgefallen. Ich war durch Beas Hochzeit, die neue Mitarbeiterin und den Schlaganfall der armen Miss Nichols abgelenkt gewesen.

»Bea Anderson war in den letzten Jahren immer für den Weihnachtsschmuck zuständig, aber sie hat vor Kurzem geheiratet und ist nach Texas gezogen. Jetzt muss Dad jemand anderen finden, der diese Arbeit übernimmt.«

»Warum machst du das nicht?«, fragte er mit einem ehrlichen Lächeln. »Ich könnte dir helfen.«

Der Gedanke, das ganze Hotel zu schmücken, war erdrückend. »Ich weiß nicht recht«, sagte ich. Trotz der Aussicht, dadurch mehr Zeit mit Jason verbringen zu können, war ich nicht sicher, ob ich dieser Aufgabe gewachsen war.

»Entschuldige, Audrey.« Er blieb stehen und schaute mich an.

»Nach dem Tod deiner Mutter steht dir bestimmt nicht der Sinn danach, das Hotel zu dekorieren.«

Ich war ihm für sein Verständnis dankbar. »Du hast nichts Falsches gesagt«, erklärte ich, während wir auf dem Gehweg weitergingen. »Es wird unser zweites Weihnachten ohne Mama. Letztes Jahr haben wir nicht viel gemacht. Nicht einmal die Hotelbewohner waren in Weihnachtsstimmung, da sie Mama so sehr geliebt hatten. Aber du hast recht. Wir müssen das Hotel in diesem Jahr schmücken.«

»Falls du dich entscheidest, diese Aufgabe zu übernehmen, helfe ich dir gern.«

Wir schlenderten einen Häuserblock weiter und ich freute mich sehr, als uns unser Spaziergang zu Corsinis italienischem Restaurant in der Seventh Avenue führte.

»Du kannst dir gar nicht vorstellen, wie gern ich schon immer einmal in Corsinis Restaurant gegangen wäre.« Meine Stimme quietschte vor Aufregung, aber das Grinsen auf Jasons Gesicht verriet, dass ihn das nicht störte. »Bea und Lucille haben oft davon geschwärmt.«

Eine leise Geigenmusik begrüßte uns, als wir das kleine Restaurant betraten, und ich entdeckte in einer Ecke einen altmodischen Phonografen für Tonaufnahmen. Stuckwände zeigten Szenen aus Italien mit sanften grünen Hügeln, Weinbergen und einem alten Dorf, während weiße Tischdecken und eine Kerze, die in einer leeren Weinflasche steckte, jeden der kleinen Tische zierten.

Ich war entzückt.

Der Kellner führte uns an einen Tisch vor einem Fenster. Auf der anderen Straßenseite war das Schaufenster eines Optikergeschäfts mit Schaufensterpuppen dekoriert, die einen Weihnachtsmann und zwei Elfen darstellten, die moderne Katzenaugenbrillen trugen. Eine dritte Elfe, die keine Brille trug, hatte sich in einer roten Schleife verheddert und benötigte augenscheinlich eine Brille. Das war nicht die fröhlichste Schaufensterdekoration, die ich in dieser Adventszeit gesehen hatte, aber mir gefiel, wie sich die meisten Geschäfte in der Innenstadt bemühten, eine weihnachtliche Atmosphäre zu schaffen.

Der Kellner brachte jedem eine Speisekarte und ein Glas Wasser. Ich hatte keine Ahnung, was ich wählen sollte; alles, was auf der Speisekarte angeboten wurde, klang köstlich. Als der Kellner zurückkehrte, bestellte Jason Ravioli, während ich mich für das Hähnchenschnitzel entschied.

»Ich habe noch nie in einem italienischen Restaurant gegessen.« Ich war nicht sicher, ob mich dieses Geständnis hinterwäldlerisch klingen ließ, aber es war die Wahrheit.

»Dann bin ich sehr froh, dass wir hierher gegangen sind.« Er lehnte sich, sichtlich entspannt, auf seinem Stuhl zurück. »Wie war dein Tag? Dein Vater hat erzählt, dass heute die neue Angestellte ihren Dienst angetreten hat.«

Ich nickte. »Betty Ann. Sie scheint nett zu sein.« Ich wollte nicht mehr sagen, damit er nichts in meiner Stimme hörte, was etwas anderes aussagte. Sie *war* nett, aber ich müsste sie und Dad im Auge behalten. »Und du?«, fragte ich, um das Thema zu wechseln. »Was hast du heute gemacht?«

»Ich interviewe immer noch Studenten, die bei den Sitzblockaden im letzten Jahr verhaftet wurden. Ich schreibe ihre Geschichten auf und lasse mir von Beteiligten, die das alles selbst miterlebt haben, berichten, was geschehen ist.« Ein aufgeregtes Funkeln trat in seine Augen. »Morgen habe ich einen Termin mit Stadtrat Looby.«

Ich zog eine Braue hoch. »Der Anwalt, dessen Haus im letzten Jahr in die Luft gejagt wurde?« Als das passiert war, war ich noch zum Studium in Chattanooga gewesen, aber ich erinnerte mich, dass mir Dad am Telefon von diesem beängstigenden Vorfall erzählt hatte. Leider war es nur einer von vielen Bombenanschlägen in den Südstaaten im Laufe der letzten paar Jahre gewesen.

»Ich fühle mich geehrt, dass er sich Zeit für mich nimmt.« Jason schüttelte den Kopf und wurde ernst. »Es ist unfassbar, dass

jemand seinen Tod wollte. Einer der Anwälte, bei denen ich arbeite, sagte, wenn das Dynamit durch das Fenster im Inneren des
Hauses gelandet wäre, wie es der Attentäter höchstwahrscheinlich geplant hatte, wäre das ganze Haus in die Luft geflogen. Es
ist ein Wunder, dass Mr Looby und seine Frau bei dem Anschlag
nicht verletzt wurden.«

»Wurde der Verantwortliche gefunden und verhaftet?«

»Nein, auch wenn es Gerüchte gibt, dass sich jemand zu dem
Anschlag bekannt haben soll. Aber die Polizei hat ihm nicht geglaubt. Höchstwahrscheinlich endet dieser Fall genauso wie das
Bombenattentat auf die Hattie-Cotton-Grundschule am Tag,
nachdem schwarzen Schülern erlaubt worden war, diese Schule zu
besuchen. Es gibt zu viele Verdächtige und innerhalb des Systems
ist man nicht wirklich bemüht, die Schuldigen zu finden.« Ich sah
die Frustration in seinen Augen. »Mr Looby wurde angegriffen,
weil er ein Schwarzer ist, der für die Rechte von anderen schwarzen Männern und Frauen kämpft. Ich habe dir ja gesagt, dass der
Kampf für Bürgerrechte fast mit einem Krieg zu vergleichen ist.«

Ich nickte und fühlte mich unbehaglich, weil ich so wenig
darüber wusste, was die schwarzen Bürger in meiner eigenen
Stadt erleiden mussten. Hinter den Zeitungsartikeln, die ich las,
standen Menschen – Ehemänner, Ehefrauen, sogar Kinder –, die
einfach nur die gleichen Freiheiten genießen wollten wie meine
Familie und ich. Ich konnte mir kaum vorstellen, wie viel Mut Mr
Looby haben musste, um nach dem, was er durchgemacht hatte,
unbeirrt weiterzukämpfen.

Nach Jasons ernsten Worten hingen wir einige Momente
schweigend unseren Gedanken nach.

»Ich glaube, ich werde nie verstehen, warum einige Menschen
andere hassen, nur weil sie anders sind als sie selbst«, sagte ich
und musste an Emmett denken und daran, wie oft er von Fremden schlecht behandelt wurde.

»Dieses Problem ist wahrscheinlich so alt wie die Mensch-
heitsgeschichte.«

Der Kellner kam mit unserem Essen und wir gingen zu weniger aufwühlenden Gesprächsthemen über.

»Gibt es etwas Neues von Miss Nichols?«, erkundigte er sich.

Ich erzählte ihm, dass Miss Nichols bald in ein Pflegeheim verlegt werden würde und dass wir ihre Sachen vorerst im Untergeschoss des Hotels aufbewahren wollten. »Es ist traurig, dass sie keine Familie hat, die ihr jetzt helfen könnte.«

»Ich habe heute mit einem Partner in der Kanzlei über ihre Situation gesprochen. Er ist auf Nachlassplanung spezialisiert.«

»Oh?«

»Keine Sorge. Ich habe weder ihren Namen noch sonstige Details genannt. Ich habe ihm erzählt, dass ich eine ältere Frau kenne, die einen Schlaganfall erlitten hat, und dass sie keine Familie hat. Ich habe ihn gefragt, was mit ihrem Eigentum geschehen sollte, besonders mit den Sachen, die wertvoll sein könnten.«

»Was hat er geantwortet?«

»Wenn in ihrem aktuellen Testament nicht steht, was mit ihrem Eigentum geschehen soll, schlägt er vor, dass sie ihr Testament entsprechend ändern sollte, wenn sie noch bei klarem Verstand ist, selbst wenn sie körperlich eingeschränkt ist. Er war ziemlich entsetzt, als ich ihm erzählte, dass ihr Anwalt alles einfach entsorgen wollte.« Er schwieg einen Moment. »Wenn sie seit zwanzig Jahren im Maxwell House wohnt, hat sie wahrscheinlich kein hohes Einkommen. Der Verkauf einiger ihrer Erinnerungsstücke von der *Centennial Exposition* könnte eine kleine Summe einbringen. Dazu müsste man jedoch erst ihre Erlaubnis einholen.«

Ich lehnte mich erstaunt zurück. »Du warst ja wirklich sehr fleißig.«

Er schmunzelte. »Meine Mutter sagt immer, wenn ich mir etwas in den Kopf setze, bin ich wie ein Hund, der sich an etwas festbeißt.«

Ich lächelte. »Es ist wirklich nett von dir, dich so für Miss Nichols' Wohl einzusetzen, obwohl du sie nicht einmal kennst.«

»Wenn ich meine Zulassung als Anwalt habe, will ich Menschen wie Priscilla Nichols helfen. Menschen, die keine Fürsprecher haben. Menschen, die vergessen werden.«

Ein älterer Herr, der in der Nähe saß, trat an unseren Tisch und stützte sich auf einen Gehstock.

»*Scusami*«, sagte er und seine italienische Herkunft war unverkennbar zu hören. »Ich habe unabsichtlich gehört, wie Sie den Namen einer Frau erwähnt haben, die ich vor langer Zeit kannte. Priscilla Nichols. *Sì?*«

Jason stand auf und warf mir einen vorsichtigen Blick zu. »Ja, Sir. Sie kennen Priscilla Nichols?«

»Ja, ich kannte sie vor vielen Jahren.« Sein Blick wanderte von Jason zu mir. »Können Sie mir sagen, ob es ihr gut geht?«

Jason zog einen leeren Stuhl heraus und half dem Mann, sich zu setzen. »Darf ich fragen, woher Sie sie kennen, Mr …?«

»Corsini. Carmelo Corsini. Dieses Restaurant gehört meinem Cousin. Ich habe viele Jahre hier gearbeitet, bevor ich in Rente ging. Jetzt komme ich nur, um die gute italienische Küche zu genießen.«

Jason nickte. »Leider ist Miss Nichols im Moment im Krankenhaus.«

Ein trauriger Ausdruck trat auf das sonnengegerbte Gesicht des Mannes. »Das tut mir leid. Sie kam hin und wieder hierher, aber sie war immer allein. Das hat mich traurig gemacht.«

»Haben Sie Miss Nichols hier im Restaurant kennengelernt?«, fragte ich.

»Nein, nein«, antwortete er und schüttelte seinen kahlen Kopf. »Ich habe Miss Nichols am Eröffnungstag der *Tennessee Centennial Exposition* 1897 kennengelernt. Ich habe für den Mann gearbeitet, der ihre Kutsche fuhr.«

9

»Stell dir das nur einmal vor!«, sagte Mutter, während wir uns unter die Menschen mischten, die nach dem Ende der Eröffnungsfeier aus dem Auditorium strömten. »Präsident McKinley hat im Weißen Haus in Washington einen Knopf gedrückt und die Maschinen hier auf der Ausstellung erwachten zum Leben. Diese neuen Erfindungen sind wirklich unglaublich, findest du nicht auch, Priscilla?«

Erst als sie meinen Namen aussprach, konzentrierte ich mich wieder auf sie. Ich hatte ihrer Schilderung von den glanzvollen Eröffnungsfeierlichkeiten nur mit halbem Ohr zugehört, da ich versuchte, in der Menge Luca und Gia ausfindig zu machen. Kenton stand noch neben der Bühne und unterhielt sich mit seinen Eltern und ihren Freunden, aber Mutter hatte erklärt, dass sie dringend frische Luft brauche.

»Ja, es ist wirklich erstaunlich.« Ich hoffte, meine vage Antwort würde ihr genügen.

»Dein Vater besteht darauf, dass wir zuerst das Ausstellungsgebäude der Eisenbahn besuchen. Er kann es nicht erwarten, dass wir die Früchte seiner schweren Arbeit sehen.«

Ich setzte ein Lächeln auf, obwohl ich nur mühsam ein Stöhnen unterdrücken konnte. Obwohl ich mich wirklich darauf freute, die Ausstellungsobjekte im Eisenbahngebäude zu sehen und Papas Leistungen zu würdigen, gab es weitaus spannendere Angebote, die mich viel mehr interessierten, allen voran der Jahrmarkt.

Wir hatten den Ausgang schon fast erreicht, als ich Luca entdeckte, der aufgrund seiner Größe aus der Menge herausragte. Sein Blick war auf mich gerichtet und mir wurde bewusst, dass er mich schon lange vorher gesehen haben musste. Ich deutete zu den Türen, die ins Freie führten, und er nickte. Ich konnte Gia nicht sehen, aber ich nahm an, dass sie bei ihm war.

»Wer ist das?«, fragte Mutter und verdrehte sich den Hals, um in die Richtung der beiden zu blicken.

»Unser Fahrer und meine Zofe. Du erinnerst dich, dass ich mir in ihrer Begleitung die Ausstellung ansehen wollte, während du und Papa anderweitig beschäftigt seid.«

Sie runzelte die Stirn. »Ich kann mir nicht vorstellen, dass es jemanden stören sollte, wenn du uns beim Essen und beim Empfang Gesellschaft leistest. Dein Vater ist einer der Ehrengäste.«

»Mutter, du weißt doch besser als jeder andere, dass ich das nicht kann. Ich wurde nicht in die Einladung einbezogen.«

Meine Antwort missfiel ihr unübersehbar, aber sie wusste, dass ich recht hatte. »Also gut. Der Empfang findet im Damengebäude statt. Wir treffen uns dort um halb drei, ja?«

Das gab mir nur wenige Stunden, um die Ausstellung auf eigene Faust zu erkunden, aber es war besser als nichts. »Genieße das Mittagessen, Mutter. Und mach dir um mich keine Sorgen.«

Ich küsste sie auf die Wange. Dann marschierte ich los, bevor sie es sich anders überlegen konnte, und bahnte mir einen Weg durch die Menge zum Ausgang. Ich fühlte mich wie die aufgeregten Kinder, die ich heute Morgen im Foyer des Maxwell House gesehen hatte, und freute mich, den wachsamen Augen meiner Eltern zu entkommen.

Die Sonne schien hell, als ich aus dem überfüllten Gebäude ins Freie trat, und ich atmete die Luft, die nach Blumen duftete, tief ein. Trotz des feuchten Morgens war es ein herrlicher Tag geworden. Da der größte Teil des Publikums in Richtung Damengebäude strömte, wo Gouverneur Taylor Mrs Kirkman, der Präsidentin des Frauengremiums, einen riesigen Springbrunnen präsentierte, steuerte ich auf die Nordseite der großen Säulenhalle zu.

Hier saßen Luca und Gia auf den Steinstufen und warteten auf mich.

»*Signorina.*« Luca schien sich zu freuen, mich zu sehen.

Gia rappelte sich auf die Beine. »Miss.« Sie machte einen Knicks.

»Hat Ihnen die Eröffnungsfeier gefallen?«

»Ja, sehr.« Luca lächelte auf Gia hinab. »Meine Schwester kann zu meinem Erstaunen den Text von *The Star-Spangled Banner* auswendig.«

Eine leichte Röte trat in Gias Wangen. »Vor einigen Wochen war ein Gast im Hotel, der im Herrensalon Klavier spielte. Dieses Lied gefiel ihm wohl besonders gut, denn er sang es immer wieder.«

Wir beschlossen, mit unserer Besichtigungstour im Gebäude für Bodenschätze und Forste zu beginnen, das dem Auditorium genau gegenüberlag. Wir hatten jedoch kaum die Stufen erreicht, als Kenton Thornley schon wieder bei uns auftauchte.

»Priscilla, ich habe dich überall gesucht.« Sein Blick wanderte zu Gia, bevor er ihn wieder auf mich richtete. »Deine Mutter hat mir mitgeteilt, dass du nicht am Mittagessen und am anschließenden Empfang teilnimmst. Ich habe angeboten, dich zu begleiten, bis deine Eltern wieder Zeit haben. Ich habe im Moment sowieso keine anderweitigen Verpflichtungen. Wir können uns die Sehenswürdigkeiten gemeinsam ansehen.« Er reichte mir seinen Arm, aber sein Lächeln galt Gia. »Wollen wir?«

Ich warf einen Blick auf Luca. Seine Miene verriet nicht, was er dachte, aber seine entspannte Haltung war verschwunden.

Obwohl ich auf Kentons Gesellschaft nicht besonders erpicht war, wusste ich, dass es grob wäre, ihn abzuweisen. Mit wenig Begeisterung legte ich die Hand auf seinen Arm. »Wir wollten gerade zum Gebäude für Bodenschätze und Forste gehen.«

»Ausgezeichnet.« Er übernahm die Führung und erzählte von der Eröffnungsfeier, von Präsident McKinleys Auftritt und von der Musikkapelle. Er richtete seine Worte an mich, aber seine Aufmerksamkeit wanderte immer wieder zu Gia, die hinter uns ging.

Das beunruhigende und warnende Gefühl, das ich vorher schon gespürt hatte, regte sich erneut in mir, aber ich wusste nicht, wie ich es deuten sollte. Ich wusste, dass ich nicht eifersüchtig war, auch wenn sich manche Frauen von Gias frischer Schönheit bedroht fühlen würden. Dass Kenton sie offenbar attraktiv fand – denn einen anderen Grund konnte sein Interesse an einer Zofe nicht haben –, spielte keine Rolle. Trotzdem löste diese Beobachtung ein starkes Unbehagen bei mir aus. Denn trotz ihrer weiblichen Reize war Gia noch sehr jung und unschuldig und ich wollte auf keinen Fall, dass ihr das Herz gebrochen wurde.

Wie betraten das Gebäude und staunten über die eindrucksvolle Größe des Raums. Kenton ließ mich los und wir bewegten uns im Strom der Menge und betrachteten jedes Ausstellungsobjekt. Gesteinsmuster und Bergbautechniken waren zwar nicht so aufregend wie vermutlich einige andere Ausstellungsobjekte, aber es war interessant zu sehen, wie Tennessees natürlicher Reichtum der Welt präsentiert wurde.

»Was meinen Sie, Mr Moretti?«, fragte ich, während wir einen anderen Teil des Gebäudes betraten. »Kann irgendein anderes Land von sich behaupten, so viele nützliche Produkte zu erzeugen? Ich hatte wirklich keine Ahnung, dass in Tennessee ein so schöner Marmor abgebaut wird.«

»Der Bundesstaat Tennessee ist wirklich reich gesegnet, *Signorina*.« Sein schiefes Grinsen ließ ein Grübchen auf seine Wange treten. »Aber ich glaube nicht, dass er mit Italiens Reichtum konkurrieren kann. Wir exportieren auch Marmor, aber daneben auch Olivenöl, Seide und natürlich ausgezeichnete Weine. Sie sollten irgendwann einmal die Weinberge der Toskana besuchen.«

Der Stolz auf sein Geburtsland war seiner Stimme deutlich anzuhören.

»Was soll das, Moretti? Niemand will etwas von Italien hören.« Kentons harsche Zurechtweisung hallte von den hohen Decken wider. »Wenn das Land so wunderbar ist, warum sind Sie dann nach Amerika ausgewandert und nehmen den Amerikanern ihre Arbeitsplätze weg?«

Mein Gesicht errötete vor Verlegenheit und Wut. »Es besteht kein Grund, so grob zu sein. Wir sprechen nur über den Reichtum der beiden Länder.«

»Mir geht es darum«, ließ Kenton nicht locker, »dass ein Ausländer, der von der Großzügigkeit unseres herrlichen Landes lebt, keine Lobeshymnen auf ein Land singen sollte, für das er offensichtlich keine Liebe empfindet. Sonst wäre er ja nicht hier, sondern dort.«

Mehrere Leute warfen neugierige Blicke in unsere Richtung, was mein Unbehagen noch erhöhte. »Können wir bitte einfach unseren Rundgang fortsetzen? Die Leute schauen uns schon neugierig an.«

Kenton warf einen letzten finsteren Blick auf Luca, dann wandte er sich ab und marschierte davon.

»Das tut mir leid. Bitte entschuldigen Sie.« Ich hob den Blick und sah, dass mich Lucas freundliche Augen ansahen, aber ihre dunklen Tiefen verrieten nicht, ob er sich verletzt fühlte. »Ich habe das Gefühl, mich ständig für Kentons schlechtes Benehmen entschuldigen zu müssen.«

Nach einem kurzen Schweigen sagte er: »Sie brauchen sich nicht für ihn zu entschuldigen, *Signorina*, aber ich danke Ihnen trotzdem. In gewisser Weise hat er recht. Meine Familie ist tatsächlich aus Italien weggegangen, aber nicht, weil sie unsere Heimat nicht geliebt hätte.«

Während wir weitergingen, erzählte er mir die Geschichte seiner Familie. »Ich war erst zwei Jahre alt, als wir nach Amerika kamen. Arme Bauern wie meine Eltern hatten in Italien keine Perspektive. Nach jahrelangen Unruhen im Land gab es immer noch viel Gewalt und eine erschreckende Armut. Der Cousin meines Vaters schrieb von dem neuen Leben, das er auf der anderen Seite des Atlantiks gefunden hatte, und Papa konnte dem Traum, auch selbst in Amerika ein gutes Leben zu finden, nicht widerstehen.«

Vor dem nächsten Ausstellungsstand mit Harthölzern blieben wir stehen, aber ich wollte mehr von Lucas Geschichte hören. »Es war sehr mutig, alles zu verlassen, was sie kannten, und hierherzukommen.«

Er nickte, jedoch ohne das geringste Lächeln. »Leider galt das Versprechen auf Reichtum und Chancen nicht für jeden. Wir kamen mit Tausenden anderen aus Italien – und Irland – in New York City an, aber es gab nicht genug Arbeitsplätze. Männer kämpften erbittert um die schlechtesten Jobs. Wir wohnten in einer überfüllten Mietskaserne mit der Familie von Papas Cousin und zwei anderen Familien zusammen.«

Er warf einen Blick auf Gia, die ein Stück von uns entfernt stehen geblieben war. Kenton war umgekehrt und unterhielt sich jetzt mit ihr.

»Gia wurde zwei Tage nach meinem zwölften Geburtstag geboren. *Mamma* arbeitete zu viel und hatte einen starken Husten, aber sie konnte sich nicht ausruhen. Wir brauchten das Einkommen, das sie als Lumpensammlerin verdiente.« Er seufzte schwer und senkte das Kinn. »Bald nach Gias Geburt holte Gott sie zu sich heim.«

Meine Kehle schnürte sich zusammen. »Das tut mir sehr leid«, flüsterte ich. Ich warf einen Blick auf das schöne Mädchen. »Haben Sie noch andere Geschwister?«

100

Luca schüttelte den Kopf. »Keines, das überlebt hätte.«

Meine Eltern hatten meinen einzigen Bruder verloren, bevor ich zur Welt gekommen war; das hatten wir also gemeinsam.

»Und Ihr Vater? Ist er hier in Nashville?«

Wieder wurde sein Gesicht traurig. »Er starb fünf Jahre nach *Mammas* Tod an Cholera.«

»Wer hat Gia aufgezogen?«, fragte ich und war traurig, dass sie so früh ihre Eltern verloren hatten.

Ein leichtes Lächeln umspielte seine Lippen. »Ich.«

Ich starrte ihn an und war nicht sicher, ob ich ihm das glauben sollte. Da ich ihn erst seit kurzer Zeit kannte, wusste ich nicht, ob er über so etwas Scherze machte.

Ich hätte ihm gern meine tiefe Bewunderung für ein solches Opfer ausgesprochen, aber das wäre nicht angemessen gewesen. »Soweit ich es beurteilen kann, Mr Moretti, haben Sie diese Aufgabe ausgezeichnet gemeistert.«

Gia und Kenton steuerten jetzt auf uns zu. Mir entging nicht, dass Gias Wangen stark gerötet waren. Was hatte Kenton zu ihr gesagt, um diese Reaktion bei ihr auszulösen?

Wieder regte sich großes Unbehagen in mir. Ich kannte Kenton schon fast mein ganzes Leben lang. Er konnte arrogant, grob und egoistisch sein und das Zusammensein mit ihm und seiner Familie empfand ich immer als anstrengend. Doch das ungute Gefühl, das sich plötzlich in mir regte und mich zur Wachsamkeit mahnte, diese Unruhe, war neu und alarmierend.

War Kenton zu einem unangemessenen Verhalten gegenüber einem so jungen Mädchen wie Gia fähig?

Diese Frage hatte ich mir bis zu diesem Moment noch nie stellen müssen.

»Wollen wir zum Damengebäude gehen?«, schlug er vor und schien mit sich sehr zufrieden zu sein. »Ich gehe davon aus, dass das Mittagessen inzwischen längst beendet ist. Dein Vater kann es vermutlich nicht erwarten, zum Ausstellungsgebäude der Eisenbahn zu kommen.«

Luca räusperte sich. »Wenn Sie uns nicht mehr brauchen, *Signorina,* verabschieden Gia und ich uns jetzt. Ich habe Carmelo aufgetragen, um 15 Uhr mit der Kutsche zurückzukommen.«

Ich hatte unsere gemeinsame Zeit genossen und war enttäuscht, dass sie schon zu Ende war. »Natürlich. Das ist bestimmt die beste Lösung.«

Gia konnte ihre Traurigkeit nicht verhehlen, aber ich war nicht sicher, ob das nicht mehr mit Kenton zu tun hatte als damit, dass sie die Ausstellung jetzt schon verlassen sollte.

Während ich den beiden nachblickte, fragte ich mich unwillkürlich, wie diese Geschwister alles, was sie durchgemacht hatten, überlebt hatten und trotzdem offensichtlich gute und anständige Menschen geworden waren.

Ich warf einen Blick auf Kentons selbstgefällige Miene, mit der er den beiden nachsah. Der Reichtum und die Privilegien, mit denen er gesegnet war, hatten ihm zweifellos nicht gutgetan.

Während wir uns in die andere Richtung begaben, regte sich eine beunruhigende Frage in meinem Herzen.

War ich genauso schuldig wie Kenton?

Ich profitierte vom Reichtum meines Vaters und von seiner angesehenen Stellung bei der *Nashville, Chattanooga und St. Louis Eisenbahn*. Ich führte seit meiner Geburt ein Leben in Komfort und Luxus. Hatte das meinen Blick auf die Welt um mich herum gefärbt?

Die Erinnerung an meine hochnäsigen Worte zu Luca an dem Tag, an dem wir in Nashville angekommen waren, ging mir durch den Kopf. Er hatte mir ein Kompliment gemacht und ich hatte ihn vor den Kopf gestoßen.

»Mein äußeres Erscheinungsbild sollte keinen Einfluss darauf haben, ob Sie sich geehrt fühlen, mir zu helfen oder nicht. Das ist schlicht und ergreifend Ihre Aufgabe.«

Während ich mich von Kenton zum Damengebäude führen ließ, brachte ich vor Scham kein Wort über die Lippen.

☙

»Ich kann unser Glück, dass wir Mr Corsini getroffen haben, immer noch kaum fassen.«

Jason und ich setzten uns in zwei gemütliche, aber abgenutzte Sessel im Foyer des Hotels. Es war schon nach 21 Uhr und ich wollte Dad und Emmett nicht stören und lud deshalb Jason nicht in unsere Wohnung ein. Wir waren viel länger in Corsinis Restaurant geblieben, als wir beabsichtigt hatten, aber Mr Corsini hatte uns so faszinierende Geschichten von der Ausstellung und seiner Begegnung mit Miss Nichols erzählt, dass wir uns nicht hatten losreißen können. Er hatte versprochen, morgen Nachmittag ins Hotel zu kommen, damit wir unsere Unterhaltung fortsetzen könnten.

»Das war wirklich großes Glück«, schmunzelte Jason, doch dann fügte er hinzu: »Besser gesagt, es war Vorsehung. Ich glaube nicht an Glück.«

»Wie auch immer du es nennen willst, es ist auf jeden Fall erstaunlich, dass wir die Gelegenheit hatten, uns mit ihm zu unterhalten.«

»Allerdings ist es schade, dass er nicht mehr über Miss Nichols' Leben weiß. Anscheinend hat sie schon damals ein sehr zurückgezogenes Leben geführt, genauso wie jetzt.«

Ich lehnte mich an die gepolsterte Rückenlehne zurück und ging die Dinge, die uns Mr Corsini erzählt hatte, noch einmal durch. »Am meisten enttäuscht mich, dass er sich nicht erinnern konnte, ob sie Peaches genannt wurde. Natürlich hätte es damals ein Angestellter nie gewagt, sie anders als mit Miss Nichols anzusprechen. Aber wenn Peaches ihr Spitzname war, hätte er ihn doch bestimmt gehört. Einen solchen Namen vergisst man nicht so leicht.«

Das Bild von Dad und Betty Anns Gespräch am Abend, bei dem sie »Dan« zu ihm gesagt hatte, ging mir durch den Kopf. Es war natürlich etwas ganz anderes, als wenn Mr Corsini »Priscilla« oder »Peaches« zu Miss Nichols gesagt hätte, aber es gab definitiv Grenzen, die in einem Dienstverhältnis nicht überschritten werden sollten.

»Es war herrlich, dass er sich so detailliert an den Eröffnungstag der *Centennial Exposition* erinnern konnte. Diese Ausstellung war bestimmt sehenswert gewesen. All die Nachbauten von berühmten Gebäuden der Weltarchitektur. Die Seen. Der Jahrmarkt. Besucherströme aus der ganzen Welt.«

Ich schaute ihn an. »Warst du schon beim Parthenon?«

Er lächelte mich mit funkelnden Augen an. »Ich hatte gehofft, du würdest mich begleiten.«

In meinem Bauch wurde es warm. »Dad hat samstags seinen freien Tag, dann ist er bei Emmett zu Hause. Wenn du Zeit hast, könnten wir am Samstag hingehen.«

»Das klingt perfekt.«

Er richtete sich auf, dann bot er mir seine Hand an. Ich legte meine Hand in seine und genoss das Gefühl, als sich seine warmen Finger um meine legten.

»Es war ein schöner Abend«, sagte ich, als wir zu unserer Wohnungstür gingen. Ich wusste, dass er mich nicht küssen würde, da es kein Date gewesen war, aber es wäre trotzdem sehr schön gewesen.

»Ja, das finde ich auch. Ich habe meinen Termin mit Mr Looby morgen Vormittag und müsste also rechtzeitig zurück sein, um mich am Nachmittag mit dir und Mr Corsini zu treffen. Hast du dich schon entschieden, ob du ihm das Album zeigen willst?«

Ich zuckte die Achseln. »Ich denke, ich werde meinen Vater nach seiner Meinung fragen. Ich glaube nicht, dass Miss Nichols etwas dagegen hätte, wenn es ein alter Freund sieht, aber ich darf nicht vergessen, dass dieses Album nicht mir gehört.«

Als wir uns eine gute Nacht gewünscht hatten – ohne Kuss –, trat ich leise in die Wohnung. Zu meiner Überraschung war Dad noch auf und schaute im Fernsehen einen Film an.

»Hattest du einen schönen Abend?« Er gähnte, streckte sich und stand auf, um den Fernseher auszuschalten.

»Ja, aber du hättest nicht aufbleiben und auf mich warten müssen.«

Er schaute mich einen langen Moment an und aus seinen Augen sprach eine tiefe väterliche Liebe. »Doch. Ehe ich michs versehe, ziehst du aus und heiratest. Ich habe im letzten Jahr gelernt, dass kein Mensch weiß, was morgen kommen wird.«

Er sprach selten über Mamas Tod. Aber während er heute Abend auf mich gewartet hatte, hatte er offenbar Zeit gehabt, in Erinnerungen zu versinken.

»Bitte fang nicht an, meine Hochzeit zu planen. Jason und ich hatten noch nicht einmal ein offizielles Date.«

Er schmunzelte. »Wird zur Kenntnis genommen.«

»Dad, kann ich dich etwas fragen, bevor du schlafen gehst?«

»Klar.«

Wir setzten uns aufs Sofa, vor dem das Album auf dem Tisch lag. »Wir haben heute Abend in Corsinis Restaurant einen alten Freund von Miss Nichols getroffen. Carmelo Corsini. Er hat sie als junge Frau gekannt. Ich denke, er muss mehrere Jahre jünger sein als sie. Er war damals wahrscheinlich vierzehn oder fünfzehn. Er war Kutscher und brachte sie am Eröffnungstag zur Ausstellung.«

»Das ist ja interessant! Wie habt ihr ihn gefunden?«

»Wir haben ihn nicht gesucht. Er war im Restaurant und hörte zufällig, wie wir ihren Namen erwähnten. Wir haben ihn eingeladen, morgen Nachmittag ins Hotel zu kommen und uns mehr zu erzählen.« Ich nahm das Album und strich über das abgegriffene Deckblatt. »Ich würde ihm dieses Buch gern zeigen, aber ich bin nicht sicher, ob ich das tun soll. Es gehört mir nicht. Jason hat es gesehen, aber das ist etwas anderes, da er mir hilft, Miss Nichols' Sachen einzupacken.«

Dad nickte nachdenklich. »Ich verstehe dein Dilemma. Ich habe mir das Album nicht angesehen und weiß also nicht, ob darin persönliche Dinge stehen, von denen Priscilla nicht wollen würde, dass sie andere sehen.«

»Das glaube ich nicht. Es sind hauptsächlich nur Andenken an die Expo. Es sind einige Postkarten an einen gewissen Luca von einer Frau namens Peaches dabei, aber ich bin nicht einmal sicher, ob sie etwas mit Miss Nichols zu tun haben.«

»Dann sehe ich keinen Grund, warum du ihm das Album nicht zeigen solltest. Vielleicht freut er sich, die Erinnerungen an die Ausstellung zu sehen.«

»Das habe ich mir auch gedacht.«

Wir schalteten das Licht aus und gingen durch den Flur.

»Ach, bevor ich es vergesse«, sagte er, als ich an meiner Schlafzimmertür stehen blieb. »Betty Ann und ich haben über die Weihnachtsdekoration gesprochen. Da Bea Anderson nicht mehr da ist, hat Betty Ann angeboten, diese Aufgabe zu übernehmen. Ich habe ihr gesagt, dass sie morgen mit dir sprechen soll. Der Hausmeister kann euch den Schmuck aus dem Keller hochtragen.«

Ich wusste, dass ich eigentlich erleichtert sein sollte, weil ich mir keine Sorgen mehr wegen des Dekorierens machen musste, aber ich hatte mich fast darauf gefreut, das Hotel mit Jasons Hilfe zu dekorieren. »Wir können gleich morgen früh anfangen.« Ich schaute ihn an. »Dad, was hältst du von Betty Ann? Glaubst du, sie ist die Richtige?«

Er schmunzelte. »Sie hat erst einen Tag hier gearbeitet, Liebes. Es ist noch ein wenig zu früh, um das sagen zu können, aber …« Er zögerte einen langen Moment. »Ich mag sie. Ich hoffe, dass sie die Richtige ist.« Er beugte sich vor, um mich auf die Wange zu küssen. »Gute Nacht.«

Ich schaute ihm nach, wie er in sein Zimmer auf der anderen Seite des Flurs ging und leise die Tür schloss. Ein ungewohnter Beschützerinstinkt regte sich in mir. Dad hatte im letzten Jahr so viel durchgemacht. Er fing gerade erst an, wieder er selbst zu sein.

Als ich in mein Zimmer trat, blieb ich im Dunkeln stehen und erinnerte mich an die furchtbaren Tage nach seinem Zusammenbruch und wie verloren er in diesen langen Monaten ohne Mama gewesen war.

Ich schluckte die Tränen hinunter und schaltete das Licht ein. Eines stand fest:

Ich würde nicht zulassen, dass ihn jemand verletzte.

10

Musik und gedämpfte Stimmen erfüllten das eindrucksvolle Restaurant in der ersten Etage des Maxwell House Hotels, als wir am Dienstagabend pünktlich um 19 Uhr zum Abendessen Platz nahmen. Wände mit Fresken. Funkelnde Kronleuchter. Polierte Kristallgläser.

Das alles zeigte mir das gesegnete Leben, das ich führte, besonders seit ich die Geschichte der Morettis gehört hatte.

Darüber hatte ich mir in den letzten drei Tagen viele Gedanken gemacht, während Mutter und ich gemeinsam die Ausstellung besichtigt und unsere gemeinsame Zeit genossen hatten, was nicht selbstverständlich war. Wir hatten das Damengebäude, das afroamerikanische Gebäude und die Kunstausstellungen im Parthenon gesehen. Wir waren sogar ins Gebäude des Bezirks Memphis-Shelby gegangen, hauptsächlich weil es in der Form einer ägyptischen Pyramide gebaut war und weniger wegen einer Affinität zu der Stadt, die sich darin präsentierte. Papa leistete uns jeden Tag zum Mittagessen Gesellschaft, einschließlich eines Picknicks am Lake Katherine, obwohl er nie lange blieb. Im Clubhaus, in dem er und seine Geschäftspartner einen großen Teil ihrer Zeit verbrachten, schien es immer etwas Interessanteres zu geben.

Heute Abend hatte Mutter die Thornleys und mehrere andere einflussreiche Eisenbahninvestoren zu einem gemeinsamen Essen eingeladen und mir deshalb auf keinen Fall erlaubt, mir das Abendessen aufs Zimmer bringen zu lassen.

Unser Tisch stand unter einem riesigen Kronleuchter, der von der zurückgesetzten Decke hing, und die Gaslampen erzeugten einen optischen Wasserfall aus vielen Regenbögen, die sich auf unseren Tisch ergossen. Elegant gekleidete Kellner balancierten große Tabletts, die mit allem Möglichen, von Champagnergläsern bis zu Austern und gegrillten Wachteln, beladen waren, und stellten den guten Ruf der berühmten Küche des Maxwell House Hotels unter Beweis. Eine Musikkapelle in der

Ecke spielte »Belle of Nashville«, das eigens für die Jahrhundertfeier geschrieben worden war, und einige Leute sangen das Lied mit.

»Du siehst heute Abend sehr hübsch aus, Priscilla.«

Kenton saß rechts neben mir – das hatte Mutter so arrangiert – und nippte an einem kleinen Glas mit einer bernsteinfarbenen Flüssigkeit. Sein Vater saß auf dem Platz links von mir, wodurch ich effektiv zwischen zwei Männern eingekeilt war, mit denen ich wenig gemeinsam hatte. Ein Gespräch mit den anderen Frauen am Tisch war angesichts des Geräuschpegels im Raum und der Entfernung unmöglich. Ich konnte es kaum erwarten, dass der Abend zu Ende ging.

»Danke.« Mein Kleid war neu, nach der neuesten Mode geschnitten, aber bei den Anproben hatte ich kein einziges Mal daran gedacht, ob es Kenton gefallen würde. Ein weiterer Beweis, dass ich nicht seine Braut werden würde, auch wenn sich das alle wünschten.

Ich warf einen Blick auf die Frauen, die an den Nachbartischen saßen. Alle trugen elegante Abendkleider und waren üppig mit Edelsteinen geschmückt, die fast genauso sehr funkelten wie der Kronleuchter.

»Ich hoffe, wir müssen uns nicht während unseres ganzen Aufenthalts hier so formell kleiden. Denn dafür habe ich leider nicht genug Abendkleider eingepackt.«

Kenton kippte den Rest seines Getränks hinunter. Ein Kellner tauchte an seinem Ellbogen auf und nahm das leere Glas schnell weg. »Dieses Problem lässt sich bestimmt leicht beheben. Meine Mutter plant, nächste Woche einen ganzen Tag damit zu verbringen, Nashvilles Ladenbesitzer glücklich zu machen. Du könntest dich ihr anschließen. Dann hättet ihr auch Zeit, um über die Hochzeit zu sprechen.«

Wenn er nicht so ernst gewesen wäre, hätte ich gelacht. »Muss ich dich daran erinnern, dass wir nicht verlobt sind?« Ich senkte die Stimme, als meine Mutter von der anderen Seite des runden Tisches einen neugierigen Blick auf mich warf. »Ich glaube, ich habe meinen Standpunkt zu diesem Thema klargestellt. Wir stehen kurz vor dem Anbruch eines neuen Jahrhunderts. Du stimmst mir sicher zu, dass es in der heutigen Zeit bei der Ehe um mehr als um einen Geschäftsvertrag gehen sollte.«

»Ich stimme dir darin überhaupt nicht zu.« Er machte eine Handbewegung in Richtung des Kellners, der sofort verschwand, zweifellos um Kenton ein neues Glas zu bringen. »Ich kann dir gar nicht sagen, wie viele junge Frauen mich mit Begeisterung heiraten würden, aber ich bin eitel genug, um keine Frau zu wollen, die mich nur wegen meines Geldes heiratet. Unsere beiden Familien kennen sich schon lange; die Motive sind also kein Geheimnis. Wir geben ein gutes Paar ab, ganz einfach.«

Alle etwaigen Zweifel, ob ich nicht doch einwilligen sollte, Kenton zu heiraten, die sich vielleicht noch in meinem Hinterkopf geregt hatten, waren augenblicklich ausgeräumt.

»Ausnahmsweise sind wir uns in einem Punkt einig, Kenton. Denn ich will auch keinen Mann, der mich nur wegen der Geschäftsbeziehungen unserer Familien heiratet. Ich will eine Ehe, die auf Liebe und gegenseitigem Respekt gegründet ist.«

»Und du glaubst nicht, dass ich dich liebe?«

Ich betrachtete ihn, um herauszufinden, ob der Alkohol seine Zunge gelöst hatte oder ob er diese Worte ernst meinte. »Nein, das glaube ich nicht.«

Er beugte sich näher zu mir und schaute mich durchdringend an. »Wenn wir ein wenig Zeit allein verbringen würden, könnte ich dir zeigen, dass du dich irrst.«

Ich starrte ihn an und war jetzt sicher, dass er eindeutig zu viel getrunken hatte. Ich wandte mich angewidert ab. »Ein solcher Vorschlag bestätigt mich nur in meinem Standpunkt.«

»Ach, Priscilla.« Er lachte. »Wie du selbst gesagt hast: Bald beginnt ein neues Jahrhundert. Altmodische Vorstellungen gelten bald nicht mehr. Außerdem bist du eine fünfundzwanzigjährige Frau. Deine Heiratsaussichten schwinden mit jedem Tag. Meine Freunde fragen sich, warum ich mich nicht um eine der jüngeren, schöneren Frauen bemühe, die um meine Aufmerksamkeit buhlen, aber ich habe ihnen versichert, dass ich mit dir zufrieden bin.«

Ich schaute ihn an, ohne mir Mühe zu geben, meinen Ärger über seine Beleidigung zu verbergen. »Ich bin sicher, dass irgendeine der jüngeren, schöneren Frauen, von denen du sprichst, einen Vater hat, der mindestens genauso reich ist wie meiner. Fühlen Sie sich frei, eine von ihnen zu umwerben, Mr Thornley, denn ich bin mit Ihnen nicht zufrieden.«

Mutter starrte uns entsetzt an und selbst Papa wirkte überrascht. Die anderen am Tisch, einschließlich Kentons Eltern, taten so, als würden sie uns nicht zuhören.

Ich stand auf und musste vor Entrüstung und Verlegenheit schwer schlucken. »Es tut mir leid. Ich fühle mich nicht gut. Bitte entschuldigen Sie mich.«

Die Männer am Tisch hatten kaum Zeit, sich zu erheben, bevor ich mich schwungvoll umdrehte und eilig den Raum verließ. Ich schaute nicht zurück, denn ich wusste genau, dass mir der finstere Blick meiner Mutter folgte. Zweifellos beschämte mein Wutausbruch sie vor ihren Freunden, und so etwas konnte sie unmöglich dulden.

Scharen von gut gekleideten Leuten standen vor den Restauranttüren und warteten darauf, dass ein Tisch frei wurde. Der Kellner warf mir einen fragenden Blick zu, als ich an ihm vorbeieilte, aber bevor er mir folgen und fragen konnte, was nicht stimmte, wurde er von einem anderen Gast mit Beschlag belegt.

Ich eilte auf die andere Seite der Galerie und blieb stehen, um Luft zu schnappen. Unter mir schlenderten Menschen über den Marmorboden im Foyer und die Luft war von Stimmengewirr und Musik erfüllt. Es würde Stunden dauern, bis Mutter und Papa in unsere Suite zurückkehrten, aber ich hatte keine Lust, nach oben zu gehen. Ich platzte fast vor Wut wegen Kentons gedankenloser, grausamer Worte und brauchte eine Ablenkung. Vielleicht würde mir ein Spaziergang um den Block helfen. Ich dachte kurz daran, nach oben zu gehen und meinen Umhang zu holen, aber das Wetter war so mild, dass ich auch so nicht frieren würde.

Mein Plan stand fest und ich folgte dem polierten Geländer, das die Treppe säumte, nach unten ins Erdgeschoss des Hotels. Es wäre nicht schicklich, das Hotel ohne Begleiter durch die Herrenseite zu verlassen, deshalb wandte ich mich in die Richtung, die zum Eingang für Frauen führte. Als ich an der Confiserie vorbeiging, erinnerte mich mein leerer Magen, dass ich vor meinem wenig damenhaften Abgang aus dem Restaurant noch gar nichts gegessen hatte. Ich könnte mir ein Tablett mit Essen aufs Zimmer bringen lassen, wenn ich zurück war, aber die unerfreuliche Situation mit Kenton hatte mir den Appetit verdorben. Vielleicht genügte mir etwas Süßes, um bis zum Morgen durchzuhalten.

Ich betrat das einladende Geschäft und stellte fest, dass die Kunden hauptsächlich Kindermädchen mit ihren Schützlingen waren. Zweifellos waren ihre Eltern oben und genossen Hummer und französische Pasteten.

Ich setzte mich an die Theke. Die Verkäuferin, eine junge Frau, lächelte. »Was kann ich Ihnen bringen, Miss?« Ihr Akzent und ihr rotbraunes Haar ließen eine irische Herkunft vermuten.

Ich stand vor der gleichen Entscheidung wie bei meinem ersten Besuch in diesem Geschäft. Wollte ich mir etwas Süßes gönnen oder etwas Sättigenderes essen, da es sich höchstwahrscheinlich um mein Abendessen handelte?

»Pfirsiche und Sahne bitte.«

Die Verkäuferin nickte und verschwand in einem Hinterzimmer.

Ich lehnte mich zurück und stellte fest, dass mein Körper nach dem ausgefüllten Tag erschöpft war, aber die Anspannung, die jetzt von meinen Schultern wich, hatte Kenton mit seinen Worten ausgelöst. Was für ein unerträglicher Mann! Warum konnten Mutter und Papa nicht sehen, wie elend ich mich fühlen würde, falls sie mich zwingen sollten, ihn zu heiraten? Selbst wenn ich ihnen von seinem unanständigen Vorschlag erzählen würde, fänden sie eine Möglichkeit, ihn zu verteidigen. Sein Vater war ein wichtiger Mann in Tennessee und Kenton hatte in den Augen eines potenziellen Schwiegervaters eine strahlende Zukunft vor sich.

Die junge Frau kehrte mit einer Schüssel mit geschnittenen Pfirsichen zurück, die von einer dicken Schicht Schlagsahne bedeckt waren. Mir lief das Wasser im Mund zusammen und ich aß den ersten Bissen. Ich schloss genauso wie neulich die Augen und genoss den köstlichen Geschmack.

»Stellen Sie sich gerade einen Pfirsichgarten in Georgia vor, *Signorina*?«

Lucas leise Stimme ließ mich herumfahren. Er stand nur wenige Schritte von mir entfernt und hatte grinsend einen Mundwinkel hochgezogen.

»Mr Moretti. Was für eine Überraschung, Sie hier zu treffen!«

»Ich bin draußen vorbeigegangen und habe Sie gesehen.« Er schaute sich in dem lärmerfüllten, kleinen Raum um. »Ist Ihre Familie in der Nähe?«

Ich rang mit mir, ob ich ihm die Wahrheit sagen sollte. Ein wenig fühlte ich mich wie eines der Kinder, die sich in diesem Raum tummelten. Ich war ungehorsam und mein Kindermädchen müsste mich eigentlich streng zurechtweisen. »Ich bin weggelaufen, wenn Sie es unbedingt wissen müssen.« Zu meiner Verteidigung zuckte ich die Achseln. »Ich wollte einfach allein sein.«

»Verstehe.«

Ich war mir sicher, dass er mich tatsächlich verstand. »Ich dachte, ich esse einen Happen und mache dann einen Spaziergang. Es ist ein warmer Abend.«

Seine Stirn legte sich in Falten. »Wenn ich das sagen darf, *Signorina*, ich halte es für keine gute Idee, als Frau allein in der Stadt unterwegs zu sein, und schon gar nicht am Abend. Auf den Straßen herrscht immer noch ziemlich viel Betrieb.«

»Warum glauben alle, ich könnte nicht auf mich aufpassen?« Meine Unzufriedenheit brach sich unkontrolliert Bahn, aber es war nicht fair, meine Frustration an Luca auszulassen. Ich seufzte tief. »Entschuldigen Sie, Mr Moretti. Ich sollte meine schlechte Laune nicht an Ihnen auslassen.«

»Ich bin nicht beleidigt.« Er schmunzelte. »Von meiner Schwester höre ich fast jeden Tag das Gleiche. Sie sagt, ich benehme mich wie eine Glucke.«

Ich lächelte. »Gia wünscht sich mehr Unabhängigkeit?«

»Allerdings. Sie will reisen und die Welt sehen. Ich erinnere sie immer wieder daran, dass ein Arbeitsplatz in einem ehrbaren Hotel wie dem Maxwell House ein Segen ist, aber sie sieht es anders.«

Ich betrachtete ihn und dachte über das Leben nach, das er und seine Schwester führten. Es war so anders als der Luxus und die Privilegien, die ich genoss und zugegebenermaßen für selbstverständlich hielt. Papa arbeitete schwer für alles, was er erreicht hatte, aber es war eine andere Art von Arbeit als das, was Luca und Gia kannten. Ich hingegen kannte vom Leben nichts anderes als die Seite des verwöhnten einzigen Kindes von Eldridge und Cora Nichols. Und wenn es nach ihnen ginge, würde ich mit einem Ehemann, den sie aussuchten, dieses Leben so weiterführen.

»Ich hoffe, ihre Träume werden eines Tages wahr.« Ich winkte der Verkäuferin. »Bitte bringen Sie meinem Freund auch eine Schüssel mit Pfirsichen.«

Ich war nicht sicher, wer über meine Bestellung überraschter war, Luca oder die junge Frau, aber sie eilte davon, um meinem Wunsch nachzukommen. Es war vermutlich ziemlich kühn, einem Mann, der ein Angestellter war, etwas zu bestellen. Aber, wie ich zu Kenton gesagt hatte, die Zeiten änderten sich. Wenn ich für den Rest meines Lebens eine alte Jungfer bleiben sollte, konnte ich genauso gut jetzt schon anfangen, Leute mit meinem unkonventionellen Verhalten zu schockieren.

»Das ist nicht nötig, Miss Nichols. Ich bin nur gekommen, um zu fragen, ob ich Ihnen heute Abend irgendwie behilflich sein kann.«

»Ich bestehe darauf. Ich würde mich über Ihre Gesellschaft freuen. Es sei denn, Sie werden anderswo gebraucht.«

Er wirkte einen Moment unentschlossen, doch dann willigte er ein. »Mit dem größten Vergnügen.« Er setzte sich auf einen Hocker und grinste. »Ich verrate Gia lieber nichts davon, denn sonst wird sie grün vor Neid.«

Die Verkäuferin brachte eine zweite Schüssel mit Pfirsichen und setzte sie Luca vor. Mir fiel auf, dass seine Portion deutlich größer war als meine.

»Danke, Matilda«, sagte er.

Sie bedachte ihn mit einem scheuen Lächeln, bevor sie einen Blick auf mich warf, wieder ernst wurde und wegtrat, um den nächsten Kunden zu bedienen. In diesem Moment wurde mir bewusst, dass sich die beiden kannten und dass Matilda möglicherweise an Luca interessiert war.

»Wie lang leben Sie und Gia schon in Nashville?«, fragte ich nach einigen unsicheren schweigsamen Momenten.

Er bewegte den Löffel durch seine Sahne, aber er hatte noch nichts gegessen. »Wir sind vor einem Jahr hierhergekommen. Ein Freund schrieb von Nashvilles Plänen einer Hundertjahrfeier und sagte, dass wir hier Möglichkeiten finden würden, die es in New York nicht gab. Mein Freund war während der Weltausstellung in Chicago und verdiente dort sehr gut.«

Ich wusste, dass es nicht höflich war, aber meine Neugier drängte mich zu meiner nächsten Frage. »Womit haben Sie in New York Ihren Lebensunterhalt verdient? Waren Sie dort auch Kutscher?«

Er blickte nicht von seinem Essen auf. »Nein, *Signorina*. Die einzige Arbeit, die ich finden konnte, war die eines Schuhputzers, genauso wie mein Vater vor mir.« Nach einem Moment schaute er mich mit Stolz statt mit Beschämung in den Augen an. »Aber ich habe viel gearbeitet und Geld für Gia und mich gespart. Ich habe die Fahrkarten nach Nashville gekauft und als wir hier ankamen, traf ich einen Mann, der sein Pferd und seine Kutsche verkaufen wollte. Signor Murphy war schon älter, deshalb überließ er mir für einen Anteil an meinen Gewinnen sein Geschäft. Ich danke Gott jeden Tag dafür, dass er uns mit allem versorgt, was wir brauchen.«

Ich konnte nur nicken. Seine Geschichte, die so völlig anders war als meine eigene, sprach von schwerer Arbeit und schmerzlichen Herausforderungen. Trotzdem schien dieser Mann den Frieden gefunden zu haben, der mir fehlte.

Schließlich schob er einen Löffel voll Pfirsiche in seinen Mund. »Ah, jetzt verstehe ich, warum Sie die so gerne essen.« Er grinste. »Ich kann mir fast vorstellen, wie Sie als kleines Mädchen durch den Obstgarten Ihres Großvaters laufen. Vielleicht sollten Sie sich Peaches nennen und nicht Priscilla.«

Ich lachte überrascht. Seine Bemerkung war völlig unangemessen, aber trotzdem erfrischend und nett. »Also wirklich, Mr Moretti, Sie sind ganz schön frech.«

Wir aßen unsere Schüsseln leer und verließen den Laden. Matildas hellgrüne Augen folgten Luca, als er zur Tür hinausging.

»Auch wenn es wahrscheinlich unangebracht ist, das zu sagen: Aber ich glaube, diese junge Frau hat Sie sehr gern.«

Eine leichte Röte trat in sein Gesicht. »Matilda ist Signor Murphys Nichte. Wir sind nur Freunde.«

Für mich bestand kein Zweifel daran, dass Matilda das sehr gern ändern würde, aber ich hatte ohnehin schon mehr gesagt, als ich sollte.

»Wollen Sie immer noch spazieren gehen?« Sein Tonfall verriet, dass ihm diese Idee nicht gefiel.

Ich wusste, dass er sich verpflichtet fühlen würde, mich zu begleiten, falls ich das Hotel verließ, und ich wollte nicht noch mehr von seiner Zeit in Anspruch nehmen. Wenn unsere Familie seine Dienste nicht brauchte, konnte er mit seiner Kutsche andere Kunden fahren. Und nachdem ich seine Geschichte gehört hatte, wusste ich, dass er die zusätzlichen Einnahmen gut brauchen könnte.

»Ehrlich gesagt habe ich es mir anders überlegt. Ich glaube, ich gehe lieber in mein Zimmer.«

Meine Antwort freute ihn augenscheinlich. »Wie Sie wünschen, *Signorina*. Darf ich fragen, um wie viel Uhr ich Sie morgen zum Ausstellungsgelände bringen soll?«

»Sehr früh.« Ich wusste, dass weder Mutter noch Kenton das Hotel vor dem Mittag verlassen würden. Somit hätte ich mehrere Stunden Zeit, um die Expo mit Luca und Gia zu genießen. Bei der Aussicht auf einen schönen Vormittag musste ich lächeln.

»Sehr gut.« Er verbeugte sich leicht. »Ich wünsche Ihnen eine gute Nacht.«

Auf halber Höhe der breiten Treppe blieb ich stehen, um einen Blick hinter mich zu werfen.

Genauso wie ich vermutet hatte, stand Luca unten und ließ mich nicht aus den Augen. Vielleicht, um sicherzustellen, dass ich unbeschadet mein Ziel erreichte. Vielleicht, um sich zu vergewissern, dass ich nicht über mein Kleid stolperte und mich zum Narren machte.

Mein rasender Herzschlag sagte mir jedoch, dass ich hoffte, es würde viel mehr bedeuten.

11

Mr Corsini war pünktlich um 14 Uhr da.

Ich hatte am Morgen mit Emmetts Hilfe Schokokekse gebacken – er hatte Teig genascht, während ich alles andere gemacht hatte – und hatte einen Teller mit Keksen vorbereitet und eine Kanne Kaffee gekocht, als der alte Mann an die Tür klopfte. Jason, der wenige Minuten vorher eingetroffen war, saß auf dem Sofa und unterhielt sich mit Dad. Als er sein Gespräch mit Mr Looby erwähnte, hatten seine Augen vor Aufregung geleuchtet und ich konnte es nicht erwarten, alles darüber zu hören. Zu meiner Überraschung hatte Betty Ann angeboten, Emmett im Auge zu behalten, der in Dads Büro fernsah, wodurch es Dad möglich war, uns Gesellschaft zu leisten. Ich hoffte, mein Bruder bereitete ihr keine Schwierigkeiten.

»Danke, dass Sie gekommen sind, Mr Corsini.« Ich nahm seinen Mantel und Hut und stellte ihm Dad vor.

»Ich spreche gern über früher.« Er schmunzelte. »In meiner Familie will meine Geschichten niemand mehr hören. Deshalb ist es nett, neue Gesprächspartner zu haben, mit denen ich mich unterhalten kann.«

Er nahm im Sessel Platz. Ich zog einen Stuhl vom Esstisch heran, aber Jason stand auf und bestand darauf, dass ich mit ihm die Plätze tauschte. Wir unterhielten uns eine Weile über dies und das, tranken Kaffee und aßen Kekse. Mr Corsini stellte Dad Fragen nach dem Hotel, ein Thema, über das mein Vater immer gern sprach. Dann lieferte er zu unserer Überraschung geschichtliche Details, die Dad nicht gekannt hatte, für die er aber natürlich sehr dankbar war. Als Mr Corsini erwähnte, dass er letztes Jahr in der Zeitung vom Verkauf des Hotels gelesen hatte, und laut überlegte, ob der neue Eigentümer Veränderungen plane, gab ihm Dad nur vage Antworten. Tatsache war, dass er selbst nicht sicher war, wie die Zukunft des Maxwell House aussah. Würde Mr Edwin das Hotel neu erfinden und seine ruhmreichen Tage mit edlen Möbeln und höheren Zimmerpreisen wiederbeleben, die sich die meisten unserer Dauerbewohner nicht leisten konnten? Uns blieb nichts anderes übrig, als abzuwarten.

Als der Keksteller leer war und der Kaffee in unseren Tassen abkühlte, griff ich nach dem Album.

»Ich habe hier etwas, das ich Ihnen gern zeigen würde. Es gehört Miss Nichols, aber wir denken, dass sie nichts dagegen hätte, wenn Sie es sich ansehen.«

Ich reichte ihm das Buch. Er zog eine Lesebrille aus seiner Brusttasche und betrachtete die abgegriffenen Buchdeckel. Seine verwirrte Miene verriet mir, dass er keine Ahnung hatte, was er damit anfangen sollte.

»Sie hat ein Album mit Erinnerungen an die *Tennessee Centennial Exposition* zusammengestellt.« Ich schlug das Album auf der ersten Seite auf, wo ein vergilbter Prospekt eingeklebt war, der die Eröffnung der Ausstellung ankündete.

Mr Corsini keuchte. »*Che meraviglia!* Wie wunderbar! An dieses Plakat erinnere ich mich gut. Es hing in allen Schaufenstern. Ich war damals Botenjunge und hörte, wie sich die Ladenbesitzer aufgeregt mit den Kunden darüber unterhielten. Sobald die Pläne für die Ausstellung bekannt wurden, sprachen die Leute in Nashville über fast nichts anderes.«

Er betrachtete das Bild vom Parthenon, über dem Engel die Enden eines langen Banners hielten, auf dem angekündigt wurde, dass die *Tennessee Centennial Exposition* am 1. Mai 1897 eröffnet werden und sechs Monate dauern sollte.

»Damals herrschte eine gespannte, erwartungsvolle Atmosphäre in Nashville. Ich war erst vierzehn, aber ich arbeitete viel. Ich bekam eine Stelle als Hilfskutscher und fuhr in jenem Sommer viele Leute zur Ausstellung und wieder in ihre Hotels zurück. Es waren so viele Fahrgäste, dass ich Ihnen absolut nichts über sie sagen könnte.« Ein leichtes Lächeln umspielte seine Lippen. »Mit Ausnahme von Miss Nichols. Ich erinnere mich gut an sie, denn sie war am Eröffnungstag unser erster Fahrgast. Sie wollte die Parade sehen, bevor sie zu ihrer Familie in den Park ging. Ich kann die Festzugswagen und die Musikkapellen immer noch vor mir sehen …« Er schien in Gedanken eine Zeitreise zu machen.

»Sie haben gestern Abend gesagt, dass Sie auch Miss Nichols' Eltern gefahren haben. Wie waren sie?« Jason stützte die Ellbogen auf seine Knie und hörte gespannt zu, um kein Wort von Mr Corsini zu verpassen. Ich konnte ihn mir gut als Anwalt vorstellen, der im Leben seiner Mandanten grub, um ihnen zu ihrem Recht zu verhelfen.

»Soweit ich mich erinnere, hatte ihr Vater eine wichtige Stellung bei der Eisenbahn. Ich glaube, er hatte mit der Eisenbahnausstellung auf der *Centennial Exposition* zu tun, aber ich habe es nie geschafft, mir dieses Ausstellungsgebäude anzusehen.« Er zuckte leicht die Achseln. »Sie wissen ja, wie Jungen sind. Ich interessierte mich viel mehr dafür, die Unterhaltungsangebote auf dem Jahrmarkt zu genießen, als zu erfahren, wie die Eisenbahn nach Tennessee gekommen war.«

»Ich glaube mich zu erinnern, dass Miss Nichols vor einigen Jahren eine Bemerkung über die Arbeit ihres Vaters gemacht hat«, sagte Dad, den das, was Mr Corsini erzählte, genauso interessierte wie Jason und mich. »Sie hat nicht oft über ihre Familie gesprochen, aber hin und wieder erwähnte sie doch etwas.«

»Mr Nichols hat unsere Kutsche für einen Monat gemietet, deshalb habe ich ihn und Mrs Nichols auch oft gefahren, aber hauptsächlich Miss Nichols. Ich brachte sie und ihre Zofe am Morgen zum Ausstellungsgelände und holte sie am Nachmittag wieder ab.«

»Ihre Zofe?«, fragte ich. »Es klingt ungewöhnlich, dass sie ihre Zofe mit zur Ausstellung genommen hat.«

Mr Corsini widersprach mir. »In jenen Tagen ging eine unverheiratete Frau nicht ohne Begleitung in die Öffentlichkeit. Die feinen Damen wurden in der Stadt oft von ihren Zofen begleitet.«

Dad schaute mich an. »Die Zeiten haben sich wirklich geändert. Was würdest du davon halten, wenn du bis zu deiner Hochzeit ständig eine Begleiterin hättest?«

Mein Gesicht begann zu glühen. Ich weigerte mich, Jason anzusehen. »Die Antwort auf diese Frage weißt du ganz genau.«

Mr Corsini blätterte in dem Album weiter und äußerte sich begeistert zu Bildern, Prospekten und anderen Souvenirs, die bei ihm angenehme Erinnerungen weckten.

Als er zu einer Postkarte mit Bildern vom Jahrmarkt kam, wurde er jedoch nachdenklich. »Ich erinnere mich an den Tag, als ich Miss Nichols zum letzten Mal fuhr. Sie und ihre Zofe hatten vor, den Jahrmarkt, das Vergnügungsgelände des Parks, zu besuchen.«

»Wie war er?«, fragte ich und versuchte, mir einen Jahrmarkt Ende des 19. Jahrhunderts vorzustellen. Als Mama noch gelebt hatte, hatten wir einige Jahrmärkte besucht. Dad und ich waren von den Fahrgeschäften begeistert gewesen, während Mama und Emmett uns beim Fahren zugesehen hatten. Leider hatten diese Ausflüge normalerweise damit geendet, dass Emmett einen Anfall bekommen hatte und wir gezwungen gewesen waren, frühzeitig nach Hause zu gehen. Mama hatte erklärt, dass der Lärm und die Lichter für ihn zu viel waren, aber zu meiner Schande muss ich gestehen, dass mich das nicht interessiert hatte. Jedenfalls damals nicht. Als Teenager hatte ich nur das Gefühl gehabt, mein Bruder verderbe mir den ganzen Spaß.

»Der Jahrmarkt war mit nichts zu vergleichen, was ich je zuvor gesehen hatte. Genau genommen habe ich so etwas danach auch nicht mehr gesehen.« Mr Corsini betrachtete die Postkarte sehr lange. »Dieses Gebäude …« Er deutete auf ein großes, rundes Gebäude mit Zinnen und schlossähnlichen Türmchen. »… war faszinierend. Es wurde ›Cyclorama der Schlacht von Gettysburg‹ genannt. Im Inneren waren auf den Wänden rundherum Szenen von der Schlacht dargestellt.« Seine Aufmerksamkeit konzentrierte sich auf die kleinen Bilder auf der Karte. »Hier fanden die Tiervorführungen von Gorman und Boone statt. Sie hatten dressierte Löwen, Tiger, Bären, Pferde und Affen. Das war wirklich aufsehenerregend. Sie waren vor ihrem Auftritt in Tennessee sogar in Europa aufgetreten. Ja, der Jahrmarkt war wirklich spannend.« Er rieb sich das Kinn, das von kurzen grauen Bartstoppeln bedeckt war. »An dem Tag, an dem Miss Nichols den Jahrmarkt besuchen wollte, habe ich sie das letzte Mal gesehen. Es sollten viele Jahre vergehen, bis ich sie wieder traf.«

Jason schaute mich an und ich sah die Neugier in seinen Augen. »War ihr etwas zugestoßen?«

Mr Corsini lehnte sich in seinem Sessel zurück und kniff nachdenklich die Augen zusammen. »Es war alles sehr seltsam. Wir sollten eigentlich nur die Kutsche fahren, aber Mr Moretti begleitete Miss Nichols immer in den Ausstellungspark.«

»Mr Moretti?«, fragte ich und richtete mich aufmerksam auf. Der Name kam mir bekannt vor. »Wer war das?«

»Mr Moretti war mein Arbeitgeber. Ihm gehörten die Kutsche und das Pferd. Er und mein Vater waren Freunde. Als Mr Moretti erwähnte, dass er für die Dauer der Ausstellung einen Jungen einstellen wollte, der ihm bei der Arbeit helfen sollte, habe ich angeboten, diese Arbeit zu übernehmen.«

»Moretti. Ich weiß, dass ich diesen Namen vor Kurzem gelesen habe, aber ich kann mich nicht erinnern, wo das war.« Ich zermarterte mir das Gehirn, aber es fiel mir nicht ein.

»Warum hat Mr Moretti Miss Nichols in den Park begleitet?«, fragte Jason.

»Vermutlich dachte er, sie bräuchte zusätzlichen Schutz. Auf dem Ausstellungsgelände waren Tausende Menschen unterwegs. Miss Nichols' Familie war oft anderweitig beschäftigt. Sie war nicht verheiratet und hatte nur ihre Zofe bei sich.«

»Also haben Mr Moretti *und* ihre Zofe Miss Nichols auf die

Ausstellung begleitet. Aber Sie sagten, das wäre seltsam gewesen. Warum?«

»Na ja, Frauen ihrer Gesellschaftsschicht hatten keinen Kontakt zu Männern wie Mr Moretti. Wenigstens war das nicht üblich.« Er zuckte die Achseln. »Er war ein netter Mann. Und er sah auch gut aus. Viele junge Frauen, die im Maxwell House arbeiteten, hatten ein Auge auf ihn geworfen.« Sein Blick kehrte zu der Postkarte vom Jahrmarkt zurück. »Aber der Tag, an dem ich Miss Nichols das letzte Mal sah, war auch der letzte Tag, an dem ich für Mr Moretti arbeitete. Sein Pferd und seine Kutsche standen danach fast eine Woche im Mietstall und wurden schließlich verkauft. Daran erinnere ich mich gut, denn ich verlor meine Arbeit. Zum Glück brauchte ein anderer Kutscher einen Gehilfen, aber er arbeitete von einem anderen Hotel aus. Ich war danach nie wieder im Maxwell House. Ich habe es heute zum ersten Mal seit vierundsechzig Jahren wieder betreten.«

»Sie haben nie erfahren, was aus Mr Moretti wurde?«, fragte Dad.

Mr Corsini schüttelte den Kopf und gab mir das Album zurück. »Nein. Es gab Gerüchte, er wäre in ein Verbrechen verwickelt, aber mein Vater hat das nicht geglaubt. Mr Moretti war ein gottesfürchtiger, ehrlicher Mann. Er hätte nichts Ungesetzliches gemacht.«

Jason hatte noch mehr Fragen zu dem Jahrmarkt an Mr Corsini, aber meine Gedanken kreisten um das Rätsel, zu dem wir immer mehr Puzzleteile entdeckten.

Moretti.

Wo hatte ich diesen Namen gelesen?

Ich tippte mit dem Fingernagel auf das Album. Plötzlich erstarrte ich.

Die Postkarte! Die Karte mit der Statue einer griechischen Göttin.

Ich schlug das Buch eilig auf und blätterte die Seiten um, bis ich die Karte fand, die ich mit Tesafilm wieder festgeklebt hatte.

Vorsichtig löste ich den Klebestreifen, dann drehte ich die Karte um.

Niemand könnte Luca Moretti vorwerfen, er wäre ein Feigling.

»Luca Moretti.«

Die Männer unterbrachen ihr Gespräch und schauten mich fragend an.

»Was hast du gesagt, Audrey?« Mein Vater runzelte verwirrt die Stirn.

»Luca Moretti.« Ich hielt die Postkarte hoch. »Ich wusste, dass ich diesen Namen erst vor Kurzem gelesen habe. Diese Postkarte ist an ihn geschrieben.« Ich sah Mr Corsini an, der sehr erstaunt war.

Ich reichte ihm die Postkarte. Als er die kurze Nachricht gelesen hatte, schaute er mich mit großen Augen an. »*Mamma mia.*«

»Glauben Sie, das könnte derselbe Mr Moretti sein, den Sie kannten?« Ich wartete mit angehaltenem Atem auf seine Antwort.

»Das kann ich nicht mit Bestimmtheit sagen, aber er hieß tatsächlich Luca«, sagte er und wirkte sehr verblüfft. »Aber der Tag, an dem ich ihn und Miss Nichols zum Jahrmarkt brachte, war der letzte Tag, an dem ich für ihn arbeitete. Danach war er einfach verschwunden.«

☙

Strahlender Sonnenschein fiel durch das Fenster meines Hotelzimmers und kündigte einen herrlichen Tag an. Ich saß am Ankleidetisch, in einen warmen Morgenmantel gehüllt, und meine Haut roch nach meinem angenehmen Bad in der Wanne nach Rosen.

»Wollen Sie heute das neue Ausgehkleid anziehen, Miss? Die Näherin hat es gestern persönlich gebracht, während Sie fort waren.«

Gia stand am Kleiderschrank und sah meine Kleider durch. In den letzten Tagen hatte sie ihre Scheu immer mehr abgelegt und war sehr gut in die Rolle der Zofe geschlüpft. Wir hatten bei unseren gemeinsamen Ausflügen auf dem Ausstellungsgelände viel Spaß gehabt und ich freute mich darauf, den Tag mit ihr und Luca auf dem Jahrmarkt zu verbringen.

»Ja.« Ich trat neben sie. »Das Blau passt heute sehr gut. Der Stoff ist leichter als bei meinen anderen Kleidern. Da das Wetter immer wärmer wird, ist das sehr gut.«

»Wie Sie wünschen, Miss. Soll ich jetzt Ihre Haare frisieren?«

Ich kehrte zum Ankleidetisch zurück und ließ mir meine zerzausten Locken ausbürsten. »Wo hast du gelernt, Haare zu frisieren?«

Ihre dunklen Augen begegneten im Spiegel meinem Blick. »Bevor wir hierherkamen, haben wir bei der Cousine meiner Mutter in New York gewohnt. Sie hat ihre Töchter und mich die neusten Frisuren gelehrt.« Sie wandte den Blick ab. »Ich glaube, sie hatte gehofft, dass sie mich davon abhalten kann, eine Lumpensammlerin wie meine Mutter zu werden.«

Beschämung sprach aus ihren Worten.

Ich wusste nicht viel über das Leben, das ihre Familie in New York City geführt hatte, aber aus den wenigen Bemerkungen, die Luca und sie fallen ließen, schloss ich, dass es nicht angenehm gewesen war.

»Sie hat dich gut unterrichtet. Ich bin mit deiner Arbeit sehr zufrieden.«

Ein Lächeln trat an die Stelle ihrer Traurigkeit. »Danke, Miss.« Sie hielt inne. »Sie finden das vielleicht albern, aber ich träume davon, eines Tages einen Haarsalon zu betreiben wie Mrs Harper.«

Ihre Worte überraschten mich. »Wer ist Mrs Harper?«

Eine leichte Röte trat auf ihre Wangen. »Natürlich habe ich Mrs Harper nie persönlich getroffen, Miss, aber meine Cousine hat mir von ihr erzählt. Sie war ein Zimmermädchen wie ich und arbeitete viele Jahre für einen Arzt. Ihr schönes Haar reichte bis zum Boden und er zeigte ihr, wie sie es mit einem besonderen Tonikum, das er herstellte, pflegen konnte. Als er starb, hinterließ er ihr das Rezept. Sie begann, das Tonikum herzustellen und zu verkaufen. Bald eröffnete sie ihren eigenen Haarsalon in Rochester und inzwischen hat sie Salons in vielen Städten. Alle Salons werden von Frauen betrieben. Das muss man sich einmal vorstellen!«

»Das ist wirklich eine erstaunliche Geschichte.« Wir lächelten uns an. »Wenn du deinen eigenen Haarsalon eröffnest, bin ich deine erste Kundin.«

Ihr Lächeln verblasste. »Ich fürchte, das wird immer nur ein Traum bleiben, Miss. Dafür bräuchte man eine große Summe Geld, die ich nicht habe. Luca hat jahrelang gespart, bis er seine Kutsche und sein Pferd kaufen konnte.«

Während sie mein Haar zu einer kunstvollen Frisur hochsteckte, dachte ich über den Einfallsreichtum dieser Geschwister nach. Ich konnte nur vermuten, dass sie diese Stärke von ihren Eltern gelernt hatten, auch wenn ihnen nur sehr wenig Zeit auf dieser Erde mit ihnen vergönnt gewesen war. Sein Heimatland auf der Suche nach einem besseren Leben in Amerika zu verlassen, musste viel Mut erfordert haben. Dass Luca und die liebe Gia beide so fleißig arbeiteten und ehrgeizige Pläne hatten, bewies, dass ihre Eltern sie gut erzogen hatten.

Kurze Zeit später stiegen wir die Marmortreppe hinab. Die Menschenmenge im Foyer war nicht mehr so erdrückend wie an den letzten Tagen, was verriet, dass die anfängliche Aufregung wegen der Ausstellung einem natürlicheren Rhythmus gewichen war. Die Leute fanden sich damit ab, dass es viele Tage, wenn nicht sogar Wochen dauern würde, alles zu sehen, was es auf dem Ausstellungsgelände zu besichtigen gab. Es war ratsam, mit seinen Kräften zu haushalten.

»Da ist Luca.« Gia winkte ihrem Bruder, der am Fuß der Treppe stand. Sein Lächeln löste ein unerwartetes Kribbeln bei mir aus.

»Guten Morgen.« Er neigte den Kopf. »Wenn ich mir die Bemerkung erlauben darf: Sie sehen heute Morgen sehr schön aus. Und du auch, Gia.«

Gia kicherte und hakte sich bei ihrem Bruder unter. »Danke. Ich habe Miss Nichols von Mrs Harpers Haarsalon erzählt und ihr Haar wie auf einem der Bilder frisiert, die ich in einer Zeitschrift gesehen habe.«

Luca tat, als mustere er meine Frisur, obwohl mein Hut den größten Teil meiner Haare bedeckte.

Er tätschelte seiner Schwester die Hand. »Gut gemacht. Bald wirst du Königin Victorias Haare frisieren.«

Falls uns ein Fremder zuhörte, würde er denken, Luca mache einen Scherz, aber ich hörte den Stolz in seiner Stimme.

Gia verzog das Gesicht. »Ach, sie ist zu alt. Ich bezweifle, dass sie noch viele Haare auf dem Kopf hat. Ich will Damen wie Miss Nichols frisieren. Ihre Haare sind dicht und schön.«

Als Lucas Aufmerksamkeit wieder zu meinem Kopf wanderte, spürte ich, wie mir die Wärme in die Wangen stieg. »Wir sollten gehen.« Ich trat um die beiden Geschwister herum.

Die Kutsche wartete vor dem Dameneingang. Derselbe Junge, den ich am ersten Tag gesehen hatte, an dem Luca uns zum Park gefahren hatte, saß auf dem Kutschbock und hielt die Zügel eines Pferdes.

»Miss.« Er tippte höflich an seine Kappe, während mir Luca in die Kutsche half.

»Carmelo bringt die Kutsche in den Stall zurück und kommt um 15 Uhr wieder, wenn Ihnen das recht ist, *Signorina*.« Lucas Worte waren an mich gerichtet, während er Gia in die Kutsche half.

»Ja, aber ...« Ich brach ab.

»Ja?«

Papa und Mutter waren heute Abend zu einem privaten Abendessen im Tulane-Hotel eingeladen. Als sie das gestern erwähnt und mich gefragt hatten, ob ich mitkommen wollte, hatte ich sie gebeten, ohne mich hinzugehen. Ich kannte den Eisenbahnmagnaten nicht, der zu der Feier eingeladen hatte, und mit den anwesenden Ehefrauen hatte ich auch nichts gemeinsam. Mutter hatte sich nicht aufgeregt, als ich die Einladung ausgeschlagen hatte, was ich als Zeichen verstand, dass ich die richtige Entscheidung getroffen hatte.

»Ich muss nicht ins Hotel zurück, um mich für das Abendessen umzukleiden.« Mein Blick wanderte von Luca zu Gia. »Ich habe überlegt, dass wir vielleicht auf dem Jahrmarkt zu Abend essen könnten. Ich lade Sie beide ein. Außerdem gibt Estella Louise Mann, eine meiner Lieblingsopernsängerinnen, heute Nachmittag ein Konzert. Sie wurde hier in Nashville geboren, lebt aber jetzt in New York City. Ich würde sie gern singen hören. Es heißt, dass sie eine der erfolgreichsten Opernsängerinnen unserer Generation werden soll.«

»Das wird bestimmt herrlich!« Gia klatschte wie ein aufgeregtes Kind in die Hände.

Ich lachte und warf dann einen Blick auf Luca. Sein Lächeln war zurückhaltender, aber er schien sich trotzdem zu freuen.

»Wie Sie wünschen, *Signorina*.« Er schwang sich auf den Kutschbock.

Als der Junge ihm die Zügel hinhielt, schüttelte Luca den Kopf. »Fahr du, Carmelo. Wenn du dir heute ein wenig Extrageld verdienen willst, kannst du Fahrten vom Hotel zur Ausstellung anbieten, während wir im Park sind. Aber achte darauf, dass du das Pferd nicht überanstrengst. Gib ihm genügend Wasser und Ruhepausen.«

Der Junge grinste. »Ja, Sir. Das mache ich sehr gerne.«

Die Fahrt zum Park ging heute viel schneller und Luca erklärte, dass immer mehr Leute die Straßenbahn nahmen, statt eine Kutsche zu mieten.

»Ich persönlich verstehe die Faszination an diesen Fahrzeugen nicht.« Luca schüttelte den Kopf, als sei er ehrlich verwirrt. »Mir ist das gleichmäßige Tempo eines Pferdes viel lieber als der klirrende Lärm einer elektrischen Bahn, die so viel ruckelt und schaukelt, dass man sich festklammern muss, um nicht auf die Straße geschleudert zu werden.«

Gia und ich grinsten uns an. Als er sich umdrehte und einen kurzen Blick auf uns warf, nickten wir beide ernst.

»Das finde ich auch.« Ich zwinkerte Gia zu, als Luca den Kopf wieder nach vorne drehte. »Meine neue Kleidung würde in einem solchen Gedränge bestimmt völlig verknittert werden. Wenn jemand gegen meinen Hut stoßen und Gias wunderbare Frisur zerstören würde, müsste ich bestimmt weinen.«

Gia kicherte hinter vorgehaltener Hand, aber Lucas trockener Blick verriet, dass er mich durchschaute und wusste, dass ich Witze machte.

Vor dem Eingang zum Park herrschte das gleiche Gedränge wie immer, aber man kam in den Warteschlangen relativ schnell voran. Einige Ausstellungsbesucher hatten sich Jahreskarten gekauft, auf denen ihr Gesicht abgebildet war, reichten den Mitarbeitern am Eingang nur einen Coupon und rauschten dann ungehindert durch das Drehkreuz.

Während wir auf unseren Einlass warteten, bemerkte ich mehrere kleine Stände, die vor den Toren am Straßenrand aufgestellt waren. Sie waren von Leuten umringt, die Prospekte von den Organisationen, die hier vertreten waren, lasen. Hinter dem Stand einer Organisation, die sich als *Abstinenzunion christlicher Frauen* bezeichnete, stand eine Reihe gut gekleideter Damen, die mit Ausstellungsbesuchern angeregte Diskussionen führten. Hinter einem anderen Stand sah ich ein älteres Paar, auch wenn ich von meinem Platz aus ihr Schild nicht lesen konnte. Die Frau lächelte freundlich, als sie einem Mädchen, dem es materiell offenbar nicht sehr gut ging, wie ich aus ihrem abgetragenen Kleid und ungepflegten Haar schloss, ein kleines Buch, vielleicht eine Bibel, reichte. Als das Mädchen den Kopf hängen ließ, legte die Frau so liebevoll die Hand auf die zitternde Schulter des Kindes, dass ich selbst aus dieser Entfernung ihre herzliche Fürsorge spürte.

Mir blieb keine Zeit, um mir die anderen Stände anzusehen, da wir jetzt vor dem Schalter, an dem die Eintrittskarten verkauft wurden, standen. Luca bot an, die fünfzig Cent für jeden von uns zu bezahlen, aber das ließ ich nicht zu. So edel das auch sein mochte, waren er und Gia doch nur meinetwegen hier. Ich sah ihm an, dass er über meine Entscheidung nicht glücklich war, aber er fügte sich. Als das geklärt war, reichte ich dem gelangweilt aussehenden jungen Mann am Schalter das entsprechende Kleingeld und wir traten unter die eindrucksvollen Bögen über dem Eingang in die »Neue weiße Stadt«, wie das Ausstellungsgelände inzwischen bezeichnet wurde.

Es lag eine spürbare Aufregung in der Luft, als wir unser Abenteuer begannen.

12

Luca, Gia und ich mischten uns unter den Menschenstrom, der sich über die gepflasterten Wege im Park schob. Obwohl die Massen seit dem Eröffnungstag etwas kleiner geworden waren, befanden sich immer noch Tausende Menschen auf dem Ausstellungsgelände, von denen jeder so viele faszinierende Ausstellungsobjekte sehen und aufregende Unterhaltungsangebote wie möglich nutzen wollte. Wir freuten uns, dass wir an diesem einmaligen Erlebnis teilhaben konnten.

Jedes Mal, wenn ich den inzwischen vertrauten Weg am Lake Katherine mit seinen Lilien, Farnen und Trauerweiden entlangging, staunte ich über die Unmenge an Arbeit, die für die bis ins kleinste Detail geplanten Vorbereitungen der Hundertjahrfeier geleistet worden war. Papa hatte erzählt, dass über zehntausend Männer monatelang rund um die Uhr beschäftigt gewesen waren, um alles zur Eröffnung fertig zu haben. Nur sehr wenige Ausstellungsobjekte waren am Eröffnungstag noch nicht fertiggestellt gewesen, aber inzwischen waren auch sie bereit und begrüßten die vielen Besucher, die von weit her kamen, um diese Ausstellung zu besichtigen.

Ich hatte in den letzten Tagen tatsächlich viele verschiedene Sprachen gehört, von denen ich die meisten nicht kannte, obwohl ich Französisch- und Deutschunterricht gehabt hatte. Die meisten Ausstellungsbesucher waren zwar englischsprachige Amerikaner, aber trotzdem mischten sich auch Gäste aus anderen Ländern fröhlich unter die pulsierende Menge. Der Jahrmarkt selbst war ein Fest der Nationalitäten und ich freute mich darauf, Dinge zu sehen und Speisen zu kosten, die ich in Chattanooga nie zu Gesicht bekäme.

»Miss, können wir uns die Laube mit den Flaschenkürbissen ansehen?« Gia wartete, bis ich sie und Luca eingeholt hatte, da ich aufgrund meiner Tagträume und abschweifenden Gedanken ein Stück zurückgeblieben war. »Ein Zimmermädchen aus dem Hotel hat begeistert davon erzählt und schwärmt, wie schön die Laube mit ihren Ranken und Blüten ist.« Sie seufzte verträumt.

»Ich habe davon auch gehört«, sagte ich und lächelte weniger wegen der Flaschenkürbisse als wegen der Freude, das Ausstellungsgelände mit Gias jungen Augen zu sehen. Obwohl Mutter und ich in den letzten Tagen einige Wege im Park zurückgelegt hatten, zog ich den Lageplan zu Rate, den ich in meinem Handtäschchen hatte. »Wir müssen zur Rückseite des Auditoriums gehen. Das Kindergebäude befindet sich am Ende der Laube. Wir könnten sie besichtigen, bevor wir zum Jahrmarkt weitergehen. Die Laube scheint nicht allzu groß zu sein, wir verlieren also kaum Zeit, wenn wir sie besuchen.«

»Das ist eine gute Idee.«

Luca nickte zustimmend. Mir wurde bewusst, dass ich noch nie mit so viel Respekt behandelt worden war wie von ihm. Weder von meinem Vater noch von irgendeinem anderen Mann, ob Dienstbote oder sonst jemand. Anfangs hätte ich das vielleicht seiner Stellung als bezahltem Kutscher zugeschrieben, aber seit ich ihn ein wenig besser kennengelernt hatte, war ich überzeugt, dass dieser Respekt echt war. Er brachte Gia trotz ihrer Jugend und Überschwänglichkeit die gleiche Achtung entgegen wie zum Beispiel meiner Mutter trotz ihres fortgeschrittenen Alters und ihrer arroganten Haltung. Erneut lobte ich im Stillen Mr und Mrs Moretti für die gute Arbeit, die sie als Eltern geleistet hatten.

Wir gingen am Gebäude für Bodenschätze und Forste vorbei und umrundeten das Auditorium. Vor uns erhob sich die lange, grün bewachsene Laube, die wie ein Bogengang den Weg zum Kindergebäude überdachte. Leute kamen aus der grottenähnlichen Öffnung hervor und andere tauchten gerade darin ein.

Als wir den schattigen Tunnel betraten, blieb Gia stehen und sog tief die Luft ein. »Riechen Sie die Blüten, Miss?«

Ich schloss die Augen und konzentrierte mich ebenfalls auf den Geruch. »Ein herrlicher Duft! Ich wüsste wirklich gern, welche Pflanzen das sind. Am liebsten würde ich sie in unserem Garten zu Hause auch anpflanzen.«

Die kühle Luft unter dem dichten Blätterdach war an diesem sonnigen

Vormittag sehr angenehm. Der Tag versprach warm zu werden. Ich hatte bereits mehrere Frauen gesehen, die ihre Sonnenschirme aufgespannt hatten, während sie über die schönen Wege spazierten. Wir täten gut daran, später am Nachmittag wieder hierherzukommen und die erfrischende Schönheit dieser Laube zu genießen.

Das Kindergebäude ließ mein Herz höherschlagen. Es war im Stil eines vornehmen Südstaatenhauses in Tennessee gebaut und der Garten war voll spielender Kinder, während die Mütter auf der überdachten Veranda auf Korbstühlen sitzen konnten. Rechts von ihnen befanden sich in einem umzäunten Gelände mehrere Rehe und Hirsche, die alle so zahm waren, dass die Kinder sie streicheln konnten.

Gia eilte zu ihnen hinüber, ohne um Erlaubnis zu fragen.

»Ich muss mich für meine Schwester entschuldigen, *Signorina*«, sagte Luca, ohne den Blick von seiner jüngeren Schwester abzuwenden. Ihr melodisches Lachen erfüllte die Luft, als ein Reh versuchte, ihr Gesicht abzuschlecken. »Sie ist in vielerlei Hinsicht noch ein Kind. Sie hatte bisher kein leichtes Leben. Sie musste schon kochen und putzen lernen, als sie kaum laufen konnte. Wir hatten nicht viele Gelegenheiten für unbeschwerte Stunden. In Little Italy, unserem Stadtviertel in New York, gab es leider keine Rehe.«

»Sie brauchen sich nicht zu entschuldigen, Mr Moretti.« Seine offensichtliche Liebe zu seiner Schwester berührte mich. »Im Gegenteil, ich hoffe, Gia erlebt heute einen wunderschönen Tag. Wenn sie möchte, kann sie mich gern wie eine ältere Schwester betrachten.«

Ich dachte, mein Angebot würde ihn belustigen, aber seine Stirn legte sich in Falten. Hatte ich ihn beleidigt? Immerhin war er Gias einziger Familienangehöriger. Ich wollte auf keinen Fall den Eindruck vermitteln, ich würde seine Bedeutung in ihrem Leben schmälern.

Doch bevor ich meine Worte zurücknehmen konnte, kam Gia wieder zu uns.

»Sind sie nicht lieb? Hast du das Reh gesehen, das versucht hat, mich zu küssen?«, fragte sie ihren Bruder.

Luca setzte scherzhaft eine finstere Miene auf. »Solange du nicht verheiratet bist, darf dich niemand küssen, nicht einmal ein Reh. *Capisci?*«

Gia verdrehte die Augen und ich versteckte ein Kichern hinter meiner Hand.

»Du bist wie eine alte Glucke, die ihr Küken beschützen will. Nicht hinter jeder Ecke lauern Füchse, Luca.«

Luca schmunzelte, doch dann wurde er ernst. Er tippte an ihr Kinn, damit sie ihn ansah. »Vielleicht mache ich mir mehr Sorgen um dich, als ich sollte, aber solange das kleine Küken nicht sicher in seinem eigenen Nest sitzt, muss es sich mit seinem großen Bruder abfinden. *Sì?*«

Gias Ärger verflog und die beiden Geschwister sahen sich liebevoll an. »*Sì?*«

Ich beobachtete die beiden, während sie vor mir zum Kindergebäude schlenderten. Luca hatte den Arm um Gias Schultern gelegt und ihr Arm schob sich um seine Taille. Gia müsste erst noch ein wenig erwachsener werden, um wirklich zu erkennen, wie glücklich sie sich schätzen konnte, Luca zu haben. Ich dachte nicht oft an den älteren Bruder, den ich nie gekannt hatte, aber jetzt fragte ich mich, wie es wohl gewesen wäre, mit ihm zusammen aufzuwachsen.

Als Nächstes besichtigten wir das Innere des Kindergebäudes. Ich fand es interessant, in ein echtes Klassenzimmer mit Lehrerin und Schülern zu blicken, wo man das neue Konzept von einem Kindergarten bestaunen konnte. Da ich zu Hause Privatunterricht bekommen hatte, verfolgte ich staunend, wie Kinder, die erst vier Jahre alt waren, in einem Klassenzimmer saßen und gemeinsam lesen lernten.

Als wir das Gebäude verließen, fragte ich mich, ob Luca oder Gia zur Schule gegangen waren. Diese Frage erschien mir jedoch zu persönlich, um sie laut auszusprechen. Auch wenn sich zwischen den Morettis und mir eine Freundschaft entwickelte, wusste ich, dass sie dafür bezahlt wurden, mich auf die Ausstellung zu begleiten. Uns verband keine echte Freundschaft, auch wenn wir unsere gemeinsame Zeit genossen.

Wir steuerten in Richtung Norden, vorbei am riesigen Gebäude für Wirtschaft und Handel, dem größten Gebäude auf dem gesamten Gelände. Die bloße Größe des Gebäudes verriet, dass ein Rundgang darin viel mehr Zeit in Anspruch nehmen würde, als ich heute dafür erübrigen wollte. Heute war unser Plan, jedes Vergnügen, das der Jahrmarkt zu bieten hatte, zu genießen, statt Ausstellungsobjekte zu besichtigen, die die Wirtschaftsbeziehungen von Tennessee widerspiegelten. Dieses Gebäude hob ich mir für einen anderen Tag auf, an dem mir der Sinn nach ernsteren Themen stünde.

Rechts von uns erhob sich der beeindruckende Parthenon, der bei mir jedes Mal das Gefühl weckte, von Nashville direkt zurück ins alte Athen versetzt worden zu sein. Der Parthenon war eine originalgetreue Nachbildung des echten Gebäudes auf der Akropolis und sah genau so aus wie eine Zeichnung, die ich einmal in einem Buch über Griechenland gesehen hatte. Die riesige Statue der griechischen Göttin Pallas Athena, die den Haupteingang bewachte, konnten wir im Moment nicht sehen, aber am Vortag waren wir mehrmals an der über zehn Meter großen Skulptur vorbeigegangen. Dass die Künstlerin aus Kentucky, Miss Enid Yandell, nur zwei Jahre älter war als ich, faszinierte mich und Gia stellte mehrere Fragen über sie, ihr Künstleratelier in Paris und den Louvre.

»Wäre es nicht herrlich, eines Tages Paris zu sehen?«, fragte sie mit einem sehnsüchtigen Blick in den Augen.

Ich stimmte ihr zu, erinnerte sie aber, dass wir zwar im Moment nicht mit dem Dampfer den Atlantik überqueren konnten, aber hier in Nashville Gelegenheit hatten, faszinierende Kunstwerke von Künstlern aus der ganzen Welt zu bewundern, die alle in dem schönen Gebäude im griechischen Stil ausgestellt waren.

»Priscilla! Priscilla Nichols!«

Ich drehte mich um, um zu sehen, wer meinen Namen rief … und hätte beinahe laut gestöhnt.

Kenton Thornley winkte und eilte die Stufen des Parthenon herab. Uns blieb keine andere Wahl, als an die Seite des Gehwegs zu treten und zu warten, bis er bei uns ankam. Ich machte mir sofort Sorgen um meine Mutter. Sie hatte wieder einmal Kopfschmerzen und war im Hotel geblieben. Papa war bereits auf der Ausstellung gewesen, als sie beschlossen hatte, dass sie im Bett bleiben und sich ausruhen wollte. Ich hatte halbherzig angeboten, ihr Gesellschaft zu leisten, aber sie hatte mein Angebot abgelehnt. Sie wollte mir nicht auch noch den Tag verderben.

Während ich jetzt auf Kenton wartete, wuchs meine Sorge, ich könnte mich falsch entschieden haben. Ich betete, dass er mir keine schlechten Nachrichten brachte.

Als er sich schließlich durch das Gedränge geschoben hatte und bei uns ankam, fragte ich ihn schnell: »Ist mit Mutter alles in Ordnung?«

Er wirkte einen Moment verwirrt. »Keine Ahnung. War sie krank?«

Ich seufzte erleichtert auf. »Nein, nein. Sie hat Kopfschmerzen und hat beschlossen, im Hotel zu bleiben. Ich dachte, du wüsstest vielleicht etwas Neues über ihren Zustand.«

Er schüttelte den Kopf. »Ich habe nichts von ihr gehört. Ich habe den Park nach dir abgesucht.«

»Nach *mir?* Warum?«

Sein Blick wanderte kurz zu Gia. Obwohl er sie nicht länger anschaute, liefen die Wangen des Mädchens knallrot an. »Ich dachte, wir könnten den Tag gemeinsam verbringen. Ich habe wegen unseres Missverständnisses gestern Abend ein schlechtes Gewissen und möchte es wiedergutmachen.«

Ich richtete mich etwas höher auf. »Das war kein Missverständnis, Kenton. Wir haben einander ganz genau verstanden.«

In seinen Augen blitzte Ärger auf, aber zu meiner Überraschung beherrschte er sich. »Ich schlage vor, dass wir die Waffen heute ruhen lassen und den Tag genießen. Ich habe deinen Vater bei der Eisenbahnausstellung gesehen. Er hat mich gebeten, dich im Auge zu behalten.« Er hob die Hand, als ich zum Widerspruch ansetzte. »Ich weiß ja, dass du niemanden brauchst, der auf dich aufpasst.« Er warf einen verächtlichen Blick in Lucas Richtung. »Du schaust dir die Ausstellungsobjekte doch sicher lieber mit mir an als mit einem bezahlten Pferdekutscher.«

Ich weigerte mich, auf seine Grobheit einzugehen. »Ich schaue mir die Ausstellung sehr gerne mit Mr Moretti und Gia an.«

»Vielleicht sollten Gia und ich ins Hotel zurückkehren, *Signorina.*«

Obwohl Luca diese Worte in einem normalen Tonfall sagte, entging mir sein angespannt vorgeschobenes Kinn keineswegs.

»Das ist nicht nötig, Mr Moretti.« Ich warf einen Blick auf Kenton. Ich würde mir von ihm nicht den Tag verderben lassen. »Wir sind auf dem

Weg zum Jahrmarkt. Du kannst uns gerne begleiten. Wenn du das nicht möchtest, sehen wir uns später im Hotel.«

Ich trat um ihn herum und hoffte, er wäre zu stolz, um mit einem »bezahlten Pferdekutscher« durch die Expo zu schlendern. Aber siehe da, er ging neben mir her, während uns Luca und Gia folgten.

»Du warst schon immer sehr unabhängig, Priscilla«, sagte er so leise, dass nur ich ihn hören konnte. »Aber in letzter Zeit übertreibst du es eindeutig. Ich will gar nicht so tun, als würde ich das billigen oder verstehen. Deinen Eltern geht es nicht anders. Wir wollen nur dein Bestes.«

Seine Worte ärgerten mich. »Ich will auch nur mein Bestes. Aber das, was ich will, und das, was andere für mich wollen, sind zwei völlig verschiedene Dinge.«

Er sah aus, als wollte er weitersprechen, doch dann kapitulierte er. »Also gut. Ich sage nichts mehr. Lass uns den Tag genießen, ja?«

Sein Lächeln war nicht ganz echt, aber es war besser, als zu streiten. »Meinetwegen, aber ich warne dich: Gia und ich haben vor, jedes Angebot auf dem Jahrmarkt auszuprobieren.« Ich drehte mich um und zwinkerte dem Mädchen zu.

»Dort ist die Riesenwippe«, rief sie und deutete zu einem Monstrum, das wie eine riesige Kinderwippe aussah, allerdings mit großen Passagierkabinen an jedem Ende. »Können wir damit fahren, Miss?«

»Die Wippe ist wirklich aufregend.« Kentons Worte richteten sich an Gia. »Von oben kann man nicht nur den ganzen Park sehen, sondern auch den Regierungssitz, das drei Kilometer entfernte State Capitol.«

Sie lächelte freudig.

Ich warf einen Blick auf Luca, um zu sehen, was er von diesem Abenteuer hielt, aber sein Gesicht hatte sich verfinstert. Da ich dachte, er mache sich Sorgen um die Sicherheit seiner Schwester, sagte ich: »Ist es Ihnen lieber, wenn wir die Wippe nicht ausprobieren?«

Seine Stirn glättete sich ein wenig. »Wenn ich Gia nicht erlaube, mit dieser Wippe zu fahren, kann ich mir einiges anhören, *Signorina*.«

Gia grinste. »Er hat recht.«

Als dies entschieden war, stellten wir uns in die Schlange mit mindestens hundert anderen Leuten, die auf eine Fahrt in dem riesigen Konstrukt warteten. Während wir uns langsam vorwärts bewegten, erzählte uns Kenton, was er über die Riesenschaukel wusste.

»Diese Wippe wurde von einer Firma hier in Nashville erfunden. Man hoffte, mit dem Riesenrad konkurrieren zu können, das bei der Weltausstellung in Chicago vorgestellt wurde.« Er lächelte Gia an. »Ich hatte Gelegenheit, unzählige Male mit dem Riesenrad zu fahren, als meine Familie die Weltausstellung in Illinois besuchte.«

Gias Augen leuchteten interessiert. »Das muss aufregend gewesen sein.«

»Oh ja. Ich bin nicht sicher, ob eine Riesenwippe genauso faszinierend ist wie das Riesenrad, aber sie ist trotzdem eine bewundernswerte bauliche Leistung.«

Wir schauten zu, wie sich die riesige Stahlstruktur langsam auf- und niederbewegte. In jeder der beiden Kabinen hatten bis zu zwanzig Personen Platz. Ich verfolgte staunend, wie hoch der Käfig in die Luft stieg, sobald sich der riesige Arm der Wippe nach oben bewegte. Schon beim bloßen Anblick wurde mir schwindelig.

Die Schlange bewegte sich langsam weiter, aber schließlich kamen wir vorne an. Kenton bestand darauf, die fünfundzwanzig Cent Eintritt für jeden von uns zu zahlen, was Luca überhaupt nicht gefiel. Er dankte Kenton, aber seine Worte waren steif.

Der junge Mann, der die Fahrgäste einsteigen ließ, trat näher. Sein Jeansoverall war mit einer Staubschicht bedeckt. »In dieser Kabine sind nur noch zwei Plätze frei. Die anderen müssen auf die nächste Kabine warten.«

Bevor ich überlegen konnte, wer mit wem fahren sollte, nahm Kenton Gia am Arm. »Miss Moretti und ich steigen hier ein. Dann kann ich ihr die interessanten Sehenswürdigkeiten zeigen.«

Luca trat einen Schritt vor. »Mir wäre es lieber, wenn meine Schwester bei mir bleibt.«

»Wollen Sie Ihre Pflichten gegenüber Miss Nichols vernachlässigen?«, fragte Kenton mit einem herausfordernden Blick. »Vielleicht ist das Vertrauen ihres Vaters in Sie doch nicht gerechtfertigt.«

Die zwei Männer starrten sich einen langen Moment finster an, bevor

Luca schließlich nachgab. »Also gut.« Er wandte sich an Gia. »Sei vorsichtig.«

Sie grinste. »Das bin ich.«

Wir schauten zu, wie sie in die überdachte Kabine stiegen. Nachdem der Mitarbeiter die Tür verriegelt hatte, setzte sich die Wippe in Bewegung und beförderte Kenton, Gia und die anderen Fahrgäste immer höher und höher in die Luft.

Ich musste lächeln, als uns Gia fröhlich zuwinkte. »Sie hat keine Angst.«

»Nein.« Lucas ernster Blick wich nicht von seiner Schwester. »Aber sie ist jung und naiv. Sie erkennt eine Gefahr nicht, selbst wenn sie ihr direkt vor Augen steht.«

Ich schaute ihn fragend an. Sprach er von der Fahrt mit der Riesenwippe oder von etwas anderem?

Bald kamen wir an die Reihe. Mein Magen zog sich ängstlich zusammen, als der junge Mann in seinem verstaubten Overall die Tür an unserer Kabine verriegelte. »Ach du meine Güte!«

»Bereit?« Luca lächelte mich an.

Ich nickte und klammerte mich an die Haltestange.

Die Kabine setzte sich in Bewegung und beförderte uns einen Moment später hoch in den Himmel hinauf.

»Oh, wie schön!«, freute ich mich und vergaß meine Angst. »Ich fühle mich wie ein Vogel. Schauen Sie, dort unten ist das Maxwell House Hotel.«

Luca deutete auf mehrere andere bekannte Wahrzeichen, unter anderem das State Capitol und den Cumberland River. Die grünen Hügel, die Nashville umgaben, und die kunstvoll angelegten Gärten und Seen der Ausstellung waren aus dieser Perspektive perfekt zu sehen.

Ich musste zugeben, dass es aufregend war, so hoch oben zu sein und das Gefühl zu haben, man könnte fast die Wolken berühren. »Ich könnte den ganzen Tag hier oben bleiben«, sagte ich und war enttäuscht, als sich die Kabine wieder langsam nach unten bewegte.

»Vielleicht sollten wir am Abend wiederkommen, wenn die Lichter der Stadt und im Park die Dunkelheit erhellen. Dann kann man vielleicht einen Stern vom Himmel holen.«

»Meine Güte, Mr Moretti«, sagte ich und mir gefiel sein Vorschlag. »Sie sind ja ein richtiger Poet.«

»Ich lasse mich von der Schönheit, die ich sehe, inspirieren.«

Einen kurzen Moment fragte ich mich, ob er von mir sprach.

Als wir ausstiegen, warteten Kenton und Gia schon.

»War das nicht aufregend?«, sagte Gia, als wir zu ihnen traten. Ihr Lächeln war genauso strahlend wie die Sonne. »Mr Thornley hat gesagt, ich kann mit der Wippe fahren, sooft ich möchte.«

Luca trat zu seiner Schwester und baute sich zwischen ihr und Kenton auf. »Wir wollen Mr Thornley keine Umstände machen. Wir beide können an unserem freien Tag in den Park gehen und dann kannst du damit fahren.«

Ihre Aufregung versiegte, aber sie nickte. »Ja, natürlich.«

Die beiden traten einige Schritte weg und sprachen leise miteinander. Kenton wollte ihnen folgen, aber ich hielt ihn zurück. »Muss ich dich erinnern, dass Gia meine Zofe ist? Außerdem ist sie ein junges Mädchen, das sich leicht beeindrucken lässt. Ich will nicht, dass sie deine Aufmerksamkeit falsch versteht.«

»Meine Aufmerksamkeit? Ich habe der Kleinen nur gesagt, dass sie so oft mit der Wippe fahren kann, wie sie will. Bist du eifersüchtig, Priscilla?«

Ich musste mich beherrschen, um über diese absurde Frage nicht laut zu lachen. »Bestimmt nicht, Kenton, aber ich mag Gia. Ich will nicht, dass sie verletzt wird.«

»Du sprichst, als wäre ich ein vagabundierender Halunke, der es darauf abgesehen hat, jungen Mädchen etwas anzutun.«

Seine Worte, die als Scherz gemeint waren, klangen eher unheilvoll als humorvoll. »So habe ich es nicht gemeint, und das weißt du. Aber ein vierzehnjähriges Mädchen kann den falschen Eindruck bekommen, wenn ein Mann wie du ihr anbietet, die Fahrkarten auf dem Jahrmarkt für sie zu zahlen. Außerdem glaube ich nicht, dass ihr Bruder damit einverstanden wäre.«

»Ob Moretti mit etwas einverstanden ist oder nicht, interessiert mich nicht im Geringsten. Ich lasse mich von den Launen eines Einwanderers bestimmt nicht beeindrucken. Ich bin ein Sohn Tennessees mit allen Rechten, die damit verbunden sind. Was ist er denn anderes als ein …?«

»Hör auf, Kenton!«, fiel ich ihm ins Wort, da ich mir gut vorstellen konnte, mit welchem hässlichen Wort er einen italienischen Einwanderer beschreiben wollte. Warum musste er sich so feindselig benehmen? »Beide Morettis sind fleißig und freundlich. Bitte begegne ihnen mit Respekt, sonst muss ich dich bitten, uns allein zu lassen.«

Kenton schaute mich mit zusammengekniffenen Augen finster an. »Nach deinem theatralischen Abgang aus dem Restaurant gestern wollte dein Vater wissen, was los war. Ich habe ihm ehrlich geantwortet. Du bist viel zu forsch geworden. Du bildest dir ein, eine Frau in deiner Position hätte in Bezug auf ihre Zukunft ein Mitspracherecht, aber das stimmt nicht. Dein Vater hat unserer Heirat zugestimmt. Es wird Zeit, dass du das endlich akzeptierst.«

Ich blickte ihm nach, wie er zu Gia und Luca stolzierte. Sie kicherte über etwas, das er sagte, und schaute ihn bewundernd an.

Mit einem hämischen Grinsen drehte er sich um, um sich zu vergewissern, dass mir das nicht entgangen war.

13

Betty Ann, Lucille und ich saßen auf dem schwarz-weißen Marmorboden des Foyers und waren von Bergen aus Weihnachtsschmuck umringt, während Ella Fitzgeralds beschwingte Version von »Let It Snow! Let It Snow! Let It Snow!« im Radio lief. Ich hatte nicht gewusst, dass wir so viele Schachteln mit Weihnachtsschmuck besaßen. Als Mr Hays, der Hausmeister, sie aus dem Keller geholt hatte, hatten Betty Ann und ich Lucille gebeten, mit uns zusammen alles zu sortieren. Tausende glitzernde Lamettafäden; zig mundgeblasene Schmuckstücke aus Glas in verschiedensten Formen, von denen viele mit Glitzerstückchen beklebt waren; Figurinen von Weihnachtsmännern und Schneemännern und viel zu viele bunte Lichter, die in einem riesigen Knoten verheddert waren.

Wir steckten noch mitten in diesem Chaos, als Jason auftauchte. Ich sah ihm an, dass er Neuigkeiten hatte.

»Ich komme gerade aus der Bibliothek.« Seine Stimme und seine blauen Augen sprühten vor Aufregung. »Du glaubst nie, was ich über Miss Nichols herausgefunden habe.«

Er hatte sofort meine ganze Aufmerksamkeit.

»Mach doch eine Pause, dann könnt ihr beide euch unterhalten«, schlug Betty Ann lächelnd vor. »Wir sortieren hier weiter und du kannst uns dann zeigen, wohin alles kommt.«

Ich stand auf und dehnte meine steifen Muskeln. »Danke. Ich bin bald zurück.«

Ich ignorierte Lucilles »Ich habe dir ja gesagt, dass er sich für dich interessiert«-Blick und folgte Jason auf die andere Seite des Foyers zu einer Sesselgruppe, wo wir uns ungestört unterhalten konnten.

Ich musste zugeben, dass Betty Ann wirklich eine sehr nette Frau war. In den wenigen Tagen, seit sie bei uns war, hatten mehrere Gäste ihre Hilfsbereitschaft und Höflichkeit gelobt. Emmett hatte sie auch sofort ins Herz geschlossen. Sie hatten sich gestern bestens verstanden, während Mr Corsini bei uns zu Besuch gewesen war.

»Ich weiß, dass es nicht ganz das Gleiche ist«, hatte sie später gesagt, als wir die muffig riechenden Pappkartons im Keller durchgesehen und alle, auf denen *Weihnachten* stand, für Mr Hays zur Seite gestellt hatten. »Aber nachdem ich meine Eltern bis zu ihrem Tod gepflegt habe, habe ich viel mehr Mitgefühl für Familien wie eure. Ich kann mir vorstellen, dass es nicht leicht war, aber deine Eltern haben Emmett ein wunderbares Leben ermöglicht, das er nicht hätte, wenn er in ein Heim gekommen wäre. Wenn du eine eigene Familie hast und dein Vater sich nicht mehr um ihn kümmern kann, kann immer noch der Tag kommen, an dem ein Heim die einzige Option ist. Aber egal, ob es dazu kommt oder nicht, sollst du wissen, dass ich für dich und deinen Vater bete.«

Ihre Worte beschäftigten mich auch dann noch, als ich mich schon längst unter meine Bettdecke gekuschelt hatte. Ich konnte Emmett in seinem Zimmer nebenan hören, wo er murmelnd Dinge aufräumte – seine abendliche Routine, wie Dad es bezeichnete.

Während ich im Bett lag und über Betty Anns lobende Worte für Dad, Mama und mich wegen der Opfer, die wir für Emmett brachten, nachdachte, erfüllte mich eine erdrückende Beschämung. Ich hatte den größten Teil meines Lebens eine Abneigung gegen Emmett gehabt. Ich liebte ihn, ja, aber mich störte, dass er anders war als die Brüder meiner Freundinnen. Dass er unserer Mutter ihre ganze Energie gekostet und mir nur sehr wenig Zeit mit ihr gelassen hatte.

Aber Betty Anns Bemerkungen machten mir bewusst, dass meine Eltern vor vielen Jahren eine schwere Entscheidung getroffen hatten. Dad sprach nie darüber, aber ich erinnerte mich an den Tag, an dem Mama weinend in ihrem Schlafzimmer gesessen hatte. Ich muss damals ungefähr zehn gewesen sein; Emmett war folglich fünf gewesen. Ein großer brauner Umschlag hatte neben ihr auf dem Bett gelegen und mehrere Blätter waren auf dem geblümten Bettbezug ausgebreitet gewesen.

Mama hatte sich die Augen gewischt und sich aufgesetzt. Sie hatte auf ihre Matratze gedeutet und ich hatte mich neben sie gesetzt.

»Warum weinst du, Mama?« hatte ich gefragt. Ich war neugierig gewesen, hatte mir aber keine Sorgen gemacht.

Sie hatte mich an ihre Brust gedrückt, einen Platz, den ich seit Emmetts Geburt nur selten eingenommen hatte. »Ich bin nur ein wenig traurig, Liebes. Daddy glaubt, dein Bruder sollte in einem Heim wohnen, wo sich Ärzte und Pflegekräfte um ihn kümmern könnten.«

Mein zehnjähriges Herz hatte bei der Aussicht, meine Mutter wieder für mich zu haben, aufgeregt gehämmert. Dazu war es natürlich nie gekommen. Ich konnte mich nicht erinnern, ob meine Eltern gestritten hatten oder was sie bewogen hatte, Emmett zu Hause zu behalten, aber Mama hatte sich bis zum Tag ihres Todes wunderbar um ihren Jungen gekümmert.

»Ihr drei Frauen habt wirklich sehr viel Arbeit.« Jason sank auf das weiche Samtpolster eines Sessels, der vor einem Fenster stand.

Müde von der Arbeit an diesem Vormittag, setzte ich mich ebenfalls. »Es ist wirklich schade, dass wir unsere Pläne ändern mussten. Heute ist eigentlich mein freier Tag.«

Wir hatten beabsichtigt, heute den Parthenon zu besuchen, aber das Wetter hatte sich verschlechtert; Regen vermischt mit Schnee fiel vom Himmel. Jason war deshalb zur Bibliothek gefahren, während Betty Ann, Lucille und ich die Weihnachtsdekoration in Angriff genommen hatten. Er hatte nicht erwähnt, warum er zur Bibliothek gefahren war, aber ich nahm an, dass es mit seiner Arbeit zu tun hatte. Jetzt war ich neugierig, welche Geheimnisse er über unsere zurückgezogene Hotelbewohnerin enthüllt hatte.

»Gib Bescheid, wenn ihr noch fachmännische Hilfe braucht«, grinste er.

»Ich kann gar nicht glauben, dass es schon Mitte Dezember ist und im Hotel noch kein einziger Weihnachtsschmuck hängt. Betty Ann ist fest entschlossen, diesen Zustand sofort zu ändern. Dein Name steht bestimmt schon auf ihrer Liste mit ›freundlichen‹ Helfern.« Ich wechselte das Thema. »Also, was hast du über Miss Nichols herausgefunden, das ich nicht glauben werde? Denn inzwischen würde ich fast alles glauben.«

Er zog einen kleinen Notizblock aus seiner Jackentasche. »Beim Jurastudium bringt man uns bei, in alten Zeitungen Hinweise auf die Vergangenheit zu suchen. Zu unserem Glück hat die öffentliche Bibliothek von Nashville Hunderte Ausgaben früherer Zeitungen auf Mikrofilm gespeichert.« Er schlug seinen Notizblock auf. »Mr Corsinis Geschichte hat meine Neugier in Bezug auf Miss Nichols geweckt. Ich fragte mich immer wieder, warum sie verschwunden war und Jahre später wieder hier im Maxwell auftauchte.«

Ich rutschte auf die Kante meines Sessels vor und hörte ihm wie gebannt zu. »Hast du herausgefunden, was aus ihr und Luca wurde?«

»Leider nicht.« Er warf einen Blick auf seinen Notizblock. »Aber ich habe einige ziemlich interessante Fakten über unsere Miss Nichols entdeckt.«

»Schieß los.«

»Offenbar war sie früher politisch sehr aktiv.«

»Miss Nichols war eine politische Aktivistin? Wofür hat sie sich eingesetzt?«

»Hauptsächlich für die Rechte von Frauen. Aber sie hat sich auch engagiert für … nun ja …« Er brach ab und schaute mich an. »Sagen wir einfach, sie hat sich vehement über die schlimmen Seiten der Prostitution geäußert. Ich habe mehrere Artikel über ihre Beiträge für den *Christlichen Frauenbund für Abstinenz* und seine Bemühungen, Änderungen herbeizuführen, gefunden.«

»*Christlicher Frauenbund für Abstinenz*«? Ging es dabei nicht mehr um Alkohol und die Prohibition? Was hat das mit … dem anderen zu tun?« Eine spürbare Wärme kroch an meinem Hals hinauf. Obwohl wir im Jahr 1961 waren, fühlte ich mich nicht wohl dabei, mit einem jungen Mann über Prostitution zu sprechen. Ich konnte mir nicht vorstellen, dass sich die introvertierte Miss Nichols Anfang des 20. Jahrhunderts als junge Frau in einer solchen Bewegung engagiert hatte. Damals hatten sich ehrbare Damen bestimmt nicht mit solchen Dingen befasst.

Er zog wieder seinen Notizblock zurate. »Laut einem Artikel war der *Christliche Frauenbund für Abstinenz* maßgeblich daran beteiligt, dass das Schutzalter …« Er brach ab und schaute mich an. »Du weißt, was das heißt, nicht wahr?«

Ich nickte, gleichzeitig verlegen und fasziniert.

»Jedenfalls wird Miss Nichols als eine der Anführerinnen bei diesem Kampf hier in Tennessee genannt. Mit viel Engagement setzten diese Frauen durch, dass das gesetzliche Schutzalter auf achtzehn angehoben wurde. Das geschah 1920.«

Ich nahm meinen ganzen Mut zusammen, um die naheliegende Frage laut auszusprechen. »Wo lag das Alter vorher?«

Ein trauriger Ausdruck trat auf sein Gesicht. »Es ist unglaublich, aber es lag bei zehn Jahren. Das war in jener Zeit leider im ganzen Land üblich.«

Diese Information verblüffte mich. »Und Miss Nichols hat dazu beigetragen, dass die Gesetze geändert wurden?«

Ich hörte selbst, wie ungläubig meine Stimme klang, aber es fiel mir wirklich schwer, mir die alte, sonderbare Miss Nichols bei einem solchen Kampf an vorderster Front vorzustellen, wo sie mit den Leuten, die die Gesetze machten, über etwas so … so … Ungehöriges diskutieren musste. Aber alle Hinweise zeigten, dass Miss Nichols fest entschlossen gewesen war, etwas zum Positiven zu verändern, ohne Rücksicht darauf, was die Gesellschaft oder die Gepflogenheiten diktierten.

Woher hatte sie den Mut genommen, den man brauchte, um

sich für ein so delikates Thema einzusetzen? Den Mut, um dieses Risiko einzugehen, obwohl sie ganz genau gewusst haben musste, dass sich ihr viele bestimmt entgegensetzen oder sie ablehnen würden? War sie einfach als tapfere Frau zur Welt gekommen oder hatten das Leben und die Umstände sie Lektionen gelehrt, die sie zu der Aktivistin gemacht hatten, die wir in den Zeitungsartikeln kennenlernten?

Das Leben hatte mich in letzter Zeit definitiv einige schwere Lektionen gelehrt. Aber wie sollte ich mit dem Gelernten umgehen? Wäre ich bereit, mich auf eine Sache einzulassen, an die ich glaubte, wie es Miss Nichols getan hatte? Wie es Jason mit seiner Arbeit für die Bürgerrechte machte?

Ich fand darauf keine schnelle Antwort.

»Es ist ziemlich beeindruckend«, sagte Jason und tippte mit dem Füller auf seinen Notizblock. »Damals hatten Frauen kein Wahlrecht und die Männer, die die Gesetze machten, fragten oft nicht nach dem Willen und den Wünschen der weiblichen Bevölkerung.«

Ich runzelte finster die Stirn. »Das war wirklich gemein.«

»Entschlossene Frauen wie Miss Nichols fanden jedoch einen Ausweg. Laut meinen Recherchen spielten Petitionen bei der Kampagne zur Änderung der Gesetze eine wichtige Rolle. Viele dieser Petitionen wurden von Anführerinnen des *Frauenbundes für Abstinenz* geschrieben und Miss Nichols wird als Beteiligte bei mindestens einer Petition genannt.« Er blätterte einige Seiten in seinem Notizblock weiter, dann nickte er. »Sie hat auch geholfen, Unterschriften zu sammeln und prominente Bürger um Unterstützungsschreiben zu bitten.«

»Ich bin wirklich sprachlos.« Jasons Entdeckungen waren verblüffend.

Er verzog den Mund zu einem schiefen Grinsen und schaute mich an. »Ich glaube, ich mag deine Miss Nichols. Ich hoffe, ich kann sie eines Tages kennenlernen. Ich würde gern ihre Geschichte hören.«

Ich seufzte schwer. »Leider hat sich ihr Zustand nicht gebessert. Dad hat sie heute Morgen besucht. Sie kann kaum sprechen, aber sie hat versucht, mit ihm zu kommunizieren. Er hat ihr versichert, dass alle ihre Sachen in Sicherheit sind, und das scheint sie beruhigt zu haben.«

»Vielleicht können wir sie irgendwann gemeinsam besuchen.«

»Ich würde ihr gern von unserem Gespräch mit Mr Corsini erzählen. Ob sie sich an ihn erinnert?«

»Und ich würde gern mehr über ihre politischen Aktivitäten erfahren. Was brachte sie dazu, sich so zu engagieren?«

Ich lächelte. »Du hast viele Gemeinsamkeiten mit ihr.«

Er lehnte sich zurück und wirkte sehr ernst und nachdenklich. »Das Leben ist sonderbar, nicht wahr? Miss Nichols war in unserem Alter, als sie die Ausstellung besuchte und Mr Corsini begegnete. Sie hatte vor, einen unbeschwerten Tag auf dem Jahrmarkt zu verbringen, doch dann ist etwas passiert. Etwas, das, soweit wir es beurteilen können, ihr ganzes Leben verändert haben könnte.«

»Aber was? Was ist passiert?«

»Ich habe keine Ahnung«, sagte er und schaute mich nachdenklich an. »Aber ich habe das Gefühl, dass die Antwort auf diese Frage der Schlüssel zu der Frage ist, warum sie seit über zwanzig Jahren allein hier im Maxwell House wohnt.«

☙

Trotz des grauen Schattens, den Kentons Anwesenheit auf diesen Tag warf, brachen wir auf, um uns auf dem Jahrmarkt zu amüsieren. Es gab so viele faszinierende Ausstellungsobjekte und Unterhaltungsmöglichkeiten, dass ich mich fragte, ob wir sie alle an einem einzigen Tag sehen könnten.

Köstliche Gerüche erfüllten die Luft, als wir auf unserem Weg zu zwei Blockhäusern, die aus den Bergen von Tennessee hierhergebracht worden waren – inklusive einer funktionierenden Schnapsbrennerei, die

Kenton faszinierte – am Restaurant Old Vienna vorbeikamen. Zwei andere berühmte Blockhäuser waren nachgebaut worden: Eines war das Geburtshaus von Präsident Abraham Lincoln und das andere das von Jefferson Davis, die beide aus Kentucky stammten. Besonders Luca fühlte eine Verbundenheit mit den beiden Männern, deren bescheidene Anfänge sie nicht davon abgehalten hatten, einen wichtigen Platz in der Geschichte einzunehmen.

Ein kleines Gebäude, das man eher in Arabien vermuten würde, mit echten Palmen im Hof und einer runden Dachkuppel erregte unsere Aufmerksamkeit.

Auf meinem Lageplan stand, dass sich hier die Thuss-Fotogalerie befand, wo W. G. und A. J. Thuss, die Männer, die Fotografien von der Ausstellung machen sollten, auch Bilder von interessierten – und zahlenden – Ausstellungsbesuchern aufnahmen. Zwei Männer in Anzug und Melone standen vor dem gewölbten Eingang und boten allen, die an ihnen vorbeikamen, ihre Dienste an.

Kenton, der ein paar Schritte vor mir ging, blieb stehen und drehte sich zu mir um. »Wollen wir uns fotografieren lassen, Priscilla? Dann können wir uns, wenn wir alt und grau sind, an die Zeit vor unserer Ehe erinnern.« Sein Grinsen verriet, dass es ihm Spaß machte, mich aufzuziehen.

Ich setzte ein steifes Lächeln auf. »Ich denke nicht. Dafür haben wir keine Zeit.« Ich ging an ihm vorbei und ärgerte mich über sein verhaltenes Schmunzeln, was er ganz genau wusste.

»Was ist mit Ihnen, Miss Moretti? Möchten Sie sich fotografieren lassen? Eine hübsche junge Frau wie Sie sollte sich unbedingt ablichten lassen.«

»Darf ich denn?«

Ihre kindlich begeisterte Stimme ließ mich abrupt stehen bleiben. Fast stieß ich mit Luca zusammen, der ebenfalls angehalten hatte. Ich wandte mich um und wollte schon einschreiten, doch Luca marschierte bereits zu Gia zurück, die neben Kenton stand.

»Komm, Gia. Wir haben kein Geld für eine Fotografie.« Er legte die Hand auf ihren Ellbogen, um sie wegzuführen.

»Ich bestehe darauf, die Fotografie zu bezahlen, Moretti.« Kenton zog eine dicke lederne Geldbörse aus seiner Tasche. Das Klimpern der Münzen darin war deutlich zu hören. »Ich glaube gern, dass ein Pferdekutscher nicht genug verdient, um sich solche Extravaganzen leisten zu können, deshalb mache ich Ihrer Schwester gern diese Freude.«

Lucas Gesichtszüge blieben unverändert, aber seine Schultern versteiften sich. »Danke, *Signor*, aber ich bin für meine Schwester verantwortlich. Wir können dieses großzügige Angebot nicht annehmen.«

Die zwei Männer schauten sich durchdringend an. Ich bewunderte Lucas Mut, aber ich wusste auch, dass ihm Kenton das Leben schwer machen konnte, wenn er wollte.

»Dein Angebot ist wirklich nett, Kenton«, sagte ich in der Hoffnung, die männlichen Egos zu beschwichtigen, bevor die Sache hässlich wurde, »aber wir sind dafür nicht richtig gekleidet. Vielleicht können wir ein anderes Mal wiederkommen.«

Mehrere Sekunden vergingen, bis Kenton schließlich nachgab. »Wie du meinst. Dann dieses Mal eben nicht.« Er steckte seine Brieftasche wieder ein und stolzierte weiter.

Gia riss sich vom Griff ihres Bruders los. »Könntest du aufhören, mich wie ein Kind zu behandeln? Ich hätte mich gern fotografieren lassen.«

Bei Lucas strengem Blick und leichtem Nicken in meine Richtung – zweifellos eine Erinnerung, dass sie immer noch als meine Zofe hier war – verflog ihr Ärger.

»Entschuldigen Sie, Miss.« Sie ließ den Kopf hängen. »Ich habe mich von der Aufregung hinreißen lassen.« Ihre dunklen Augen verrieten, dass sie diese Worte ernst meinte.

»Ich bin nicht verärgert. Vielleicht ziehen wir uns morgen besonders schön an und lassen uns fotografieren, damit ich für immer eine Erinnerung an die liebe Gia habe, die sich so gut um mich kümmert.« Ich warf einen Blick auf Luca und hoffte, er würde ihr diese Gelegenheit nicht verwehren.

Nach einem Moment nickte er. »*Grazie, Signorina.* Für Ihr Verständnis.«

Wir schlenderten auf dem breiten Weg weiter und fanden Kenton, der vor dem chinesischen Dorf auf uns wartete. Die Besucherströme auf den breiten Betonstufen vor einer großen Pagode rissen nicht ab. Mehrere ähnliche Gebäude standen links und rechts neben der Pagode.

»Ich kann mir nicht vorstellen, dass uns diese Ausstellung interessieren könnte.« Kentons Stimme triefte vor Verachtung. »China kann unserer modernen Gesellschaft nicht das Wasser reichen.«

»Ganz im Gegenteil.« Ich drehte mich zu der Treppe herum. »Da es unwahrscheinlich ist, dass jemand von uns je in diesen Teil der Welt reisen wird, haben wir hier Gelegenheit, etwas über die chinesische Kultur zu erfahren. Finden Sie nicht auch?« Ich richtete meine Frage an Luca und Gia, die beide zustimmend nickten. Ob sie das machten, weil sie für mich arbeiteten, oder ob sie das wirklich so empfanden, interessierte mich nicht. Ich weigerte mich einfach, mir von Kentons Arroganz den Tag verderben zu lassen.

Er rührte sich nicht vom Fleck. Seine steife Körperhaltung signalisierte seine Missbilligung. »Ich warte hier.«

Einen kurzen Moment empfand ich Mitleid mit ihm. Er war dazu erzogen worden, sich für etwas Besseres zu halten als Menschen, die weniger begünstigt oder anders waren als er. Sein Vater dachte genauso und auch sein Großvater, der vor dem Bürgerkrieg durch den Sklavenhandel gut verdient hatte. Es war nicht überraschend, dass Kentons eingebildete Haltung sich immer deutlicher zeigte, je älter er wurde.

Ich ging einige Schritte zurück und hielt ihm die Hand hin. Nicht aus Freundschaft oder Zuneigung, sondern als Friedensangebot aufgrund unserer gemeinsamen Kindheit. Er war Teil meines Lebens, im Guten und im Schlechten. »Komm mit, Kenton. Es ist bestimmt spannend zu sehen, wie Menschen auf der anderen Seite der Erde leben. Außerdem ...« Ich grinste. »... habe ich gehört, dass sich in diesem Gebäude eine echte Opiumhöhle befindet. Die willst du dir doch bestimmt nicht entgehen lassen, oder?«

Er zog die Brauen hoch. »Priscilla Nichols, was würde deine Mutter sagen, wenn sie dich so sprechen hören könnte?« Einen Moment später zuckte er die Achseln. »Also gut. Du hast gewonnen. Schauen wir uns dieses chinesische Dorf an. Aber ich warne dich: Wenn du mich mit der Opiumhöhle nur auf den Arm nimmst, werde ich dir das zehnfach zurückzahlen.«

14

Am Sonntag aßen wir im Hotelrestaurant, das sich im berühmten Saal in der ersten Etage befand. Auch wenn das Maxwell House seinen Platz als Grande Dame von Nashville seit einigen Jahren verloren hatte, zeugte dieser Raum mit seinen Säulen, eleganten Tapeten und Kronleuchtern von den ruhmreichen Tagen mit Präsidenten, Filmstars und allen möglichen berühmten – und berüchtigten – Gästen, die hier Kalbskarree mit Madeirasoße, Präriehuhn mit Johannisbeergelee und andere vom Chefkoch persönlich kreierte Delikatessen genossen hatten. Besonders das jährliche Weihnachtsdinner mit englischem Plumpudding, Torten und Orangen in Sherry hatte Gäste aus aller Welt angelockt.

Im Gegensatz dazu hatten wir heute eine einfachere Mahlzeit aus Schmorbraten und Kartoffelbrei genossen, ein Sonntagsessen, das bei den Bewohnern sehr beliebt war. Vermutlich erinnerte es sie an bessere Zeiten, als sie nicht mit Fremden in einem in die Jahre gekommenen Hotel gelebt hatten, sondern bei ihren Lieben zu Hause.

»Das war ein köstliches Essen. Danke, Mr Whitfield.« Mit perfekten Manieren legte Jason seine Leinenserviette auf den Tisch.

Er und Betty Ann hatten uns heute Morgen zum Gottesdienst in die Kirche, die einen Häuserblock vom Hotel entfernt war, begleitet. Da das Dezemberwetter wieder milder wurde, waren wir zu Fuß zum Gottesdienst gegangen und hatten den Sonnenschein und die Weihnachtsdekorationen genossen. Dad hatte in einem Anfall ungewohnter Ausgelassenheit beide zum Essen im Hotelrestaurant eingeladen und diese Einladung war von unseren Gästen gerne angenommen worden.

Ich hatte nichts dagegen. Ich mochte beide sehr, wenn auch natürlich aus unterschiedlichen Gründen.

Jason entwickelte sich schnell zu jemandem, mit dem ich gern meine Zeit verbrachte. Wir unterhielten uns über alles. Über ernste Themen wie die Bürgerrechte und die Rolle der US-Truppen in Vietnam, aber auch über leichtere Themen wie die neueste Musik, die im Radio lief, und die Frage, was besser zu Hamburgern passte: Pommes oder Zwiebelringe. Wir hatten sogar eine längere Diskussion über den Film *Frühstück bei Tiffany* geführt, der immer noch im Crescent-Kino in unserer Straße lief, obwohl er schon im Oktober in die Kinos gekommen war. Jason hatte gelesen, dass Truman Capote eigentlich Marilyn Monroe für die weibliche Hauptrolle gewollt hatte, aber wir waren uns beide einig, dass niemand die Rolle der Holly Golightly besser spielen könnte als Audrey Hepburn.

Und Betty Ann war die Freundin geworden, die ich mir gewünscht hatte, ohne es zu wissen. Trotz unseres Altersunterschieds hatten wir viel Spaß dabei, das Foyer und andere öffentliche Räume im Hotel zu dekorieren, um alles auf den Weihnachtstag in einer Woche vorzubereiten. Ich hatte Lucilles und Beas Gesellschaft vor ihrem Umzug nach Texas immer genossen, aber die Gespräche mit ihnen hatten hauptsächlich um Männer oder die neusten Frisuren gekreist. Während ich gestern mit Betty Ann die fünf Meter hohe Tanne geschmückt hatte, die Dad für das Foyer hatte liefern lassen, hatte sie mir erzählt, dass sie als junge Frau davon geträumt hatte, Lehrerin zu werden. Ihre Heirat und der Krieg hatten diesen Hoffnungen ein Ende gesetzt, aber ihr Eingeständnis hatte mich ermutigt, ihr zu gestehen, dass ich auch mit dem Gedanken spielte, Lehrerin zu werden. Allerdings hatte ich nicht verraten, dass ich mir nach Mamas Tod und der Zeit, die ich seitdem mit Emmett verbrachte, immer mehr Gedanken über die Kinder machte, die so waren wie mein Bruder. Sie brauchten Menschen, die sie verstanden.

Aber das war ein Geheimnis, das ich noch niemandem erzählt hatte. Der Gedanke, diese Überlegungen weiterzuverfolgen, jagte mir Angst ein, aber trotzdem ließ er mich nicht los.

Hatte ich den Mut, den ich bräuchte, um mich für die Emmetts dieser Welt einzusetzen? Besonders wenn Menschen mit viel mehr Erfahrung – wie die Rektorin der Schule – glaubten, Kinder wie Emmett gehörten nicht an eine allgemeine Schule? Ich hatte auf diese Frage noch keine Antwort gefunden, aber Mamas plötzlicher Tod lehrte mich, dass ich mich nicht von der Angst beherrschen lassen durfte, weil ich sonst eine Gelegenheit, etwas Sinnvolles zu tun, verpassen könnte.

»Können wir noch ein Eis essen?«, fragte Emmett, der aufgegessen hatte und jetzt unruhig auf seinem Stuhl herumrutschte. Mama hatte seine unkontrollierbaren Bewegungen »ruhelose Energie« genannt und hatte mit ihm lange Spaziergänge unternommen, damit er diese Energie ausleben konnte.

»Das klingt nach einer guten Idee«, sagte Dad, der so entspannt wirkte wie lange nicht mehr. Das überraschte mich, besonders, da in einer Woche bereits Weihnachten war. Es gingen immer noch Reservierungen für das Weihnachtsdinner ein und auch wenn wir nicht mehr den großen Andrang an Gästen wie um die Jahrhundertwende bewältigen mussten, würde Weihnachten ein ausgefüllter Tag werden.

Dads Blick wanderte in die Runde und blieb an Betty Ann hängen. »Habt ihr Lust mitzukommen? Die Eisdiele hat für die Feiertage einige neue Geschmacksrichtungen im Angebot.«

»Ich will Schokolade. Mit einer Kirsche.« Emmett schaukelte auf seinem Stuhl vor und zurück.

Jason schaute mich fragend an. Wir hatten geplant, die Zeitungsausschnitte in Miss Nichols' Album durchzugehen, um zu sehen, ob wir die Puzzleteile ihres Lebens zusammenfügen konnten. »Ich fürchte, ich bringe keinen Bissen mehr hinunter, aber …« Er sprach nicht weiter und schaute mich fragend an.

»Ich glaube, ich schaffe auch nichts mehr.« Ich lächelte Betty Ann an. »Geh doch du mit Dad und Emmett. Jason und ich können es nicht erwarten, das, was er in der Bibliothek gefunden hat, mit den Artikeln im Album zu vergleichen.«

»Ihr beide entwickelt euch ja zu richtigen Detektiven. Es ist wirklich schade, dass Miss Nichols euch eure Fragen nicht selbst beantworten kann.« Dads Blick kehrte zu Betty Ann zurück. »Emmett und ich würden uns freuen, wenn du uns Gesellschaft leistest.«

»Danke, Dan. Ich denke, ich komme tatsächlich mit.«

Wir standen auf und begaben uns zur Tür. Dad begrüßte auf dem Weg zum Ausgang mehrere Gäste und stellte einigen Bewohnern, die Betty Ann noch nicht gesehen hatten, die neue Mitarbeiterin vor. Mrs Ruth saß mit zwei anderen Damen an einem Tisch. Als Dad und Betty Ann stehen blieben, um die Damen zu begrüßen, nahm Mrs Ruth Betty Anns Hand.

»Ich denke, Sie sind genau die Richtige, die wir hier brauchen. Sehen Sie das nicht auch so, Mr Whitfield?«

Ich war sicher, dass alle außer Dad verstanden, was Mrs Ruth mit ihren Worten andeuten wollte. Auch wenn seit Mamas Tod über ein Jahr vergangen war, war ich nicht sicher, ob jemand von uns – Dad eingeschlossen – schon für solche Veränderungen, wie Mrs Ruth sie andeutete, bereit war.

Unsere Gruppe stieg die Marmortreppe hinab in das Foyer.

»Das sieht alles wirklich sehr festlich aus«, lobte uns Dad und war mit dem Ergebnis unserer Arbeit sichtlich zufrieden. Kränze, Girlanden, rote Schleifen und bunte Lichter verwandelten die Empfangshalle in ein Weihnachtswunderland. »Ihr habt wirklich ausgezeichnete Arbeit geleistet. Das Maxwell House ist jetzt für Weihnachten gerüstet.«

»Es hat Spaß gemacht.« Betty Ann und ich lächelten uns an. Zu meiner Überraschung war das die Wahrheit. Es hatte mir wirklich Spaß gemacht, mit ihr das Hotel zu dekorieren, obwohl mir vorher vor dieser Arbeit gegraut hatte.

Wir trennten uns und Emmett führte Dad und Betty Ann zu dem Gang, in dem sich die kleine Eisdiele befand. In den ersten Jahren des Hotels war dort eine Confiserie gewesen. Der Laden war auch heute noch mit den Originalbarhockern und der Originaltheke ausgestattet.

»Dein Dad hat recht«, sagte Jason, als wir die Tür zu unserer Wohnung erreichten. »Ich wünschte, wir könnten Miss Nichols fragen, was an dem Tag, an dem sie und Luca in den Park gingen, passiert ist.«

»Ich weiß, aber sie ist eine so zurückgezogene Frau.« Ich zuckte die Achseln, bevor ich die Tür aufsperrte. »Ich weiß nicht, was sie davon halten würde, wenn sie wüsste, dass wir in ihrem Privatleben herumschnüffeln.«

Jason folgte mir ins Wohnzimmer. »Darüber habe ich mir auch schon Gedanken gemacht. Natürlich tun wir das nicht aus höheren Motiven. Aber es wäre nett, wenn wir am Ende unserer Nachforschungen einen lange verlorenen Familienangehörigen oder jemanden, der sich für sie interessiert, finden würden.«

Ich grinste. »Du setzt dich wirklich sehr für die Gerechtigkeit ein, nicht wahr? Du willst allen helfen. Auch der alten Miss Nichols.«

Er schmunzelte. »Meine Mutter bezeichnet mich immer als barmherzigen Samariter.«

Wir setzten uns aufs Sofa und legten das Album auf unsere Knie.

»Stört es dich, wenn wir uns die Seiten noch einmal ansehen, bevor wir zu den Zeitungsartikeln kommen?«, fragte ich. »Ich finde diese Erinnerungsstücke immer wieder faszinierend.«

»Wir haben den ganzen Nachmittag Zeit.«

Ich blätterte die Seiten langsam um und betrachtete jeden Gegenstand auf jeder Seite. Wir wiesen einander auf Details hin, die uns vorher nicht aufgefallen waren. Eine abgerissene Eintrittskarte zum chinesischen Dorf auf dem Jahrmarkt. Ein gefalteter Lageplan des Parks. Selbst die Anordnung der getrockneten Blumen erschien uns nicht mehr so willkürlich. Rosafarbene Wasserlilien waren auf die Seite mit dem Bild vom Lake Katherine geklebt, während eine rote Rose auf die Speisekarte eines Restaurants gepresst war, das »Blaue Grotte« hieß.

Als ich die letzte Seite umblätterte, fiel mir auf, dass es in Wirklichkeit zwei Seiten waren, die zusammenklebten. »Ich will sie nicht zerreißen«, sagte ich, nachdem ich vergeblich versucht hatte, sie auseinanderzubringen.

»Wenn wir ein Messer zwischen die Seiten schieben, lösen sie sich vielleicht, ohne zu zerreißen.«

Nachdem ich ein dünnes Messer aus der Küche geholt hatte, versuchte ich ganz vorsichtig, die Spitze oben zwischen die zwei Seiten zu schieben. Es gelang mir. Zentimeter für Zentimeter begannen die Seiten, sich langsam voneinander zu lösen. »Ich komme mir vor wie ein Chirurg«, scherzte ich.

»Oder wie einer der Schafhirten, die die Schriftrollen am Toten Meer entdeckten.«

»Meine Güte, das ist aber ein steiler Vergleich.«

Er zwinkerte. »Ich habe dir doch gesagt, dass ich mich sehr für Geschichte interessiere.«

Mit großer Mühe gelang es mir, die Seiten voneinander zu lösen, ohne viel Schaden anzurichten. Nur eine Ecke wurde leicht eingerissen.

Zur Belohnung entdeckten wir zwei volle Seiten mit Bildern und einer Postkarte. Und etwas, womit wir überhaupt nicht gerechnet hatten.

Eine Fotografie.

»Ist das Miss Nichols?«, fragte Jason und beugte sich vor, um die Frau mit dem ernsten Gesicht besser sehen zu können, die auf dem Schwarz-Weiß-Foto abgebildet war. Sie schien Mitte zwanzig zu sein und trug einen großen Hut und eine Bluse mit hohem Kragen und Puffärmeln.

Ich beugte mich ebenfalls vor, um das Bild zu mustern. »Ich bin mir nicht sicher. Es ist schwer zu sagen.«

»Ich wüsste gern, ob auf der Rückseite etwas steht, das uns verraten könnte, wer diese Frau ist«, sagte Jason.

Ich biss auf meine Unterlippe. »Mir gefällt der Gedanke nicht, etwas loszulösen, das Miss Nichols vor vielen Jahren auf diese Seiten geklebt hat.«

Jason dachte über meine Worte nach. »Das stimmt, aber wenn wir dabei etwas entdecken, das Miss Nichols helfen könnte, wäre es die Sache doch wert, oder? Wir können das Bild ja jederzeit wieder festkleben. Damit schaden wir niemandem.«

Sein Vorschlag klang logisch. »Also gut.«

Ich nahm wieder das Messer. Genauso vorsichtig, wie ich die Seiten voneinander gelöst hatte, schob ich das Messer jetzt unter den Rand des Bildes. Der Klebstoff war hier nicht so dick und das Bild löste sich leicht.

Ich drehte es um, aber meine Schultern sackten enttäuscht nach unten. »Hier befindet sich nur ein Stempel mit den Worten »Thuss-Fotografie.«

»Vielleicht gibt uns die Postkarte einen Hinweis. Die anderen Karten hatten offenbar einen Bezug zu den Gegenständen, die auf die Seiten geklebt waren, auf denen wir sie fanden.«

Ich grinste. »Dad hat recht. Du würdest einen guten Detektiv abgeben, falls du irgendwann über einen Berufswechsel nachdenken solltest.«

Die Postkarte zeigte mehrere kleine Bilder von Gebäuden mit dem Titel »Die einzigartigen Objekte der Ausstellung«. Auf den Fotos war eine Nachbildung des *Alamo* – die ehemalige texanische Missionsstation in San Antonio – zu sehen, außerdem ein Gebäude, das sicher an ein indianisches Tipi erinnern sollte, sowie ein kleines Gebäude mit Kuppel und Palmen vor der Tür.

Die Karte löste sich problemlos von der Seite. Ich las die verblasste Handschrift auf der Rückseite laut vor:

»Liebster Luca, ich habe heute auf der Expo eine Fotografie von mir machen lassen. Ich habe Gia versprochen, dass wir uns zusammen fotografieren lassen, und das werden wir machen, wenn wir wieder alle zusammen sind. Bis dahin bewahre ich dieses Foto für dich auf. Mr Thuss hat versucht, mich zu einem Lächeln zu überreden, aber das konnte ich nicht. Ich kann erst

wieder lächeln, wenn du mich in deinen Armen hältst. Komm schnell zurück zu mir, mein Liebling. In Liebe, Peaches«

Mein Blick kehrte zu dem Bild von der Frau zurück. »Das ist Peaches.«

Jason nickte. »Ja, aber ist diese Frau auch Miss Nichols?«

Die Antwort auf diese Frage blieb ein Geheimnis.

Dad und Emmett kamen kurze Zeit später in die Wohnung zurück. Ich konnte es nicht erwarten, Dad das Bild zu zeigen.

»Das haben wir in dem Album gefunden.« Ich reichte ihm das Foto, noch bevor er Hallo sagen konnte.

Emmett verschwand auf dem Flur und ging in sein Zimmer. Seine Tür fiel krachend ins Schloss – eine schlechte Angewohnheit, die ihm Mama nie hatte abgewöhnen können.

Jason schaute mich besorgt an. »Ist mit ihm alles in Ordnung?«

»Ja. Das ist ganz normal.« Ich wandte mich wieder an Dad. »Glaubst du, die Frau auf dem Bild ist Miss Nichols? Oder vielleicht eine Freundin oder eine Verwandte?«

Dad nahm seine Brille mit dem dunklen Rahmen ab, um das Foto genauer zu betrachten. Nach einem langen Moment reichte er es mir zurück. »Das ist schwer zu sagen. Die Frau hat eine gewisse Ähnlichkeit mit Priscilla, besonders die Augen, aber mit Bestimmtheit kann ich es nicht sagen.«

Enttäuscht sank ich wieder aufs Sofa. »Auf der Postkarte, die wir dazu gefunden haben, steht, dass sich Peaches für Luca fotografieren ließ. Wir denken, dass es sich um dieses Foto handelt.«

»Das ist doch etwas. Hattet ihr Glück bei den Zeitungsartikeln?« Er schaute Jason und mich fragend an.

»Wir sind noch nicht dazu gekommen, sie durchzugehen.« Jason zuckte die Achseln. »Ich schätze, wir haben uns von dem Foto zu lange ablenken lassen.«

»Nun denn. Ich denke, ich werde ein wenig lesen. Viel Spaß bei eurer Schnitzeljagd! Ich glaube, ihr seid auf der richtigen Spur.« Er verschwand auf dem Flur, ging aber zuerst noch einmal in Emmetts Zimmer, um ihn zu ermahnen, nicht mehr mit den Türen zu knallen. Ich konnte die Antwort meines Bruders nicht hören, aber ich hatte nicht viel Zuversicht, dass es das letzte Türknallen in unserer Wohnung gewesen war.

Jason konzentrierte sich auf den hinteren Teil des Albums, wo die Zeitungsartikel aufbewahrt waren.

»Jetzt, da wir wissen, dass sich Miss Nichols für das Frauenwahlrecht und Frauenrechte engagierte, ergibt es mehr Sinn, dass sie Artikel über das Problem der Prostitution aufgehoben hat.« Er sortierte die Ausschnitte nach dem Datum, soweit eines zu finden war.

»Die ältesten Artikel berichten von den jungen Frauen, die vom Gelände der Ausstellung verschwunden sind.« Er brach ab und die Falten auf seiner Stirn vertieften sich. »Du glaubst doch nicht …« Er schüttelte den Kopf. »Nein, das kann nicht sein.«

Ich unterbrach sein Selbstgespräch nur ungern, aber ich wollte wissen, wovon er sprach. »Ich glaube was nicht? Und was kann nicht sein?«

Er blätterte die Artikel durch und zog einen heraus. »Hier steht, dass sich eine anonyme Person mit Informationen über die Entführung und den Verkauf junger Frauen gemeldet hat.« Er hob den Blick. »Du glaubst doch nicht, dass Miss Nichols eine dieser Frauen war, oder? Mr Corsini hat gesagt, dass sie an dem Tag verschwand, an dem er sie zum Park gefahren hat.«

Meine Augen weiteten sich. »Bestimmt nicht.«

»Warum ist sie dann verschwunden? Warum hat sie Zeitungsartikel über diese unerfreulichen Dinge aufgehoben?«

Darauf wusste ich keine Antwort. »Mr Corsini hat gesagt, sein Chef, Luca Moretti, ist ebenfalls verschwunden. Er wird in dem Zeitungsartikel nicht erwähnt, oder?«

Jason beugte den Kopf und murmelte etwas leise vor sich hin, bevor er den Kopf schüttelte. »In diesem Artikel wird er nicht erwähnt.« Er las die anderen Zeitungsausschnitte, überflog einige, andere las er ausführlicher. In keinem stand etwas von Luca Moretti.

Wir saßen lange schweigend da. Mein Verstand arbeitete auf

Hochtouren, während ich die Möglichkeit in Betracht zog, dass Miss Nichols eine schlimme Tragödie erlitten haben könnte und danach traumatisiert gewesen war und Angst gehabt hatte vor ... was? Vor Menschen? Vor der Liebe? Warum sonst hatte sie ihren Weg zurück ins Maxwell House Hotel gefunden, wo die Geschichte in dem Album begonnen hatte, um zwanzig Jahre allein hier zu wohnen?

»Ich weiß, dass es verrückt klingt, da die Ausstellung vor über sechzig Jahren stattgefunden hat, aber ich würde gerne ihre Wege nachvollziehen. Du weißt schon, dort gehen, wo sie ging, das sehen, was sie gesehen hat.« Jason trommelte mit den Fingern frustriert auf sein Knie.

Mir kam eine Idee. »Haben wir nicht hier im Album einen Lageplan vom Ausstellungspark gesehen?«

Sein Gesicht strahlte auf. »Denkst du das Gleiche wie ich?«

Ich lachte. »Ich weiß nicht, aber lass uns den Lageplan finden, dann sehen wir, ob wir recht haben ... vorausgesetzt, wir denken das Gleiche.«

Er blätterte in dem Album, bis er zu der Seite kam, auf der der Lageplan klebte. Dieses Mal brauchten wir das Messer nicht, da sich das vergilbte Papier löste, sobald wir leicht daran zogen.

Vorsichtig faltete Jason den Plan auseinander und breitete ihn auf dem Album aus. Der Lageplan in Schwarz-Weiß sah handgezeichnet aus und war später zweifellos in Massendruck gegangen. *Tennessee Centennial and International Exposition* stand in Großbuchstaben an der linken Seite. Kleine Quadrate, Rechtecke und Kreise waren mit winzigen Buchstaben beschriftet und alle waren mit Wegen und Straßen miteinander verbunden.

Aber das, was meine – und offenbar auch Jasons – Aufmerksamkeit erregte, waren die Notizen und Markierungen, die später hinzugefügt worden waren.

Jason schaute mich mit leuchtenden Augen an.

»Du hattest recht«, sagten wir gleichzeitig und mussten lachen.

»Gehen wir jetzt gleich?«, fragte er.

Ich zögerte keinen Moment. »Unbedingt.«

15

Genauso wie zig andere Expo-Besucher saßen wir im kühlen Schatten der Bäume, die den Watauga-See umgaben, im Gras und genossen köstliche Sandwiches aus Schweinefleisch und knusprigem Brot, die wir im kubanischen Dorf gekauft hatten. Ich hatte so interessante Gewürze und eine so leckere Soße noch nie gegessen und hätte nach dem letzten Bissen am liebsten einen Nachschlag gehabt.

»Wohin wollen wir jetzt gehen?« Ich warf einen Blick auf das pyramidenförmige Shelby-County-Gebäude in unserer Nähe. Es gab immer noch so viele interessante Sehenswürdigkeiten, die wir noch nicht erkundet hatten. Obwohl Kenton ständig murrte und nörgelte, war ich entspannt und glücklich, egal, welches Ausstellungsobjekt wir uns ansahen.

Kenton beklagte sich über die vielen Leute. Er beklagte sich über die Hitze. Seine groben Bemerkungen über die fremden Kulturen, die auf dem Jahrmarkt vertreten waren, ärgerten mich so sehr, dass ich mich nach einem Vorwand sehnte, um ihn loszuwerden. Vielleicht würde ich mich sogar heimlich davonschleichen, wenn er nicht aufpasste. Das Cyclorama von der Schlacht von Gettysburg war das einzige Ausstellungsobjekt, das ihm uneingeschränkt zugesagt hatte, trotzdem bedauerte er die unumstößliche Tatsache, dass der Sieg nicht an seinen geliebten Süden, sondern an den Norden gegangen war. Seine Bemerkungen hatte ein früherer konföderierter Soldat gehört und die beiden hatten sich eine ganze Weile sehr angeregt unterhalten.

»Die Ausstellung ›Straßen von Kairo‹ sieht interessant aus«, sagte Luca, der sich neben uns zurückgelehnt hatte und sich auf einen Ellbogen stützte.

Ich beneidete ihn um diese Freiheit und hätte mich lieber auf dem weichen Gras ausgestreckt und ein Nickerchen gemacht, statt in damenhafter Manier die Beine unter meinem Rock zu überkreuzen. Gia saß in einer ähnlichen unbequemen Haltung neben mir und schaute zum

Seeufer, wo Enten und Kinder spielten. Kenton hatte darauf bestanden, sich an einem Stand am See für zehn Cent einen Klappstuhl auszuleihen, und erklärt, dass er sich weigere, sich auf die Erde zu setzen, wo seine Hose Grasflecken bekommen könnte.

»Ja, ich würde mir gern eine Aufführung im ägyptischen Theater ansehen.« Ich erinnerte mich, dass wir auf dem Weg zum Mittagessen an dem kunstvollen orientalischen Eingang zur Kairo-Ausstellung vorbeigekommen waren, und wollte gern erkunden, was hinter den hohen Mauern verborgen war. »Die ungewohnte Musik ist auf dem ganzen Jahrmarkt zu hören.«

»Die ›Straßen von Kairo‹ sind bestimmt dreckig und laut.« Kenton warf sein Sandwich, von dem er kaum etwas gegessen hatte, auf den Boden und sein Gesichtsausdruck verriet, dass ihm das gewürzte Fleisch nicht geschmeckt hatte. »Diese widerlichen Kamele, auf denen man reiten kann, verschmutzen alles. Ich habe gehört, dass auf dem Ausstellungsgelände im Inneren nachts sogar Eselrennen stattfinden. Ich habe keine Lust, meine Schuhe schmutzig zu machen.«

Ich schloss die Augen und atmete tief ein, um mich zu beruhigen. Ein Besuch auf der *Centennial Exposition* mit Kenton glich einem Ausflug mit einem ungezogenen, verwöhnten Kind.

Als ich die Augen wieder aufschlug, lächelte ich ihn angespannt an. »Dann entscheide doch du, was wir uns als Nächstes ansehen.«

Mein Vorschlag schien ihn zu überraschen. »Wenn das dein Ernst ist, würde ich den Jahrmarkt am liebsten verlassen. Hier herrscht viel zu viel Gedränge. Wir könnten eine Runde durch das Gebäude für Transportwesen drehen. Dieses Gebäude haben wir noch nicht besichtigt.«

Gia warf einen Blick auf das imposante Gebäude hinter uns und ihre Schultern sackten leicht nach unten. Sie war von Kentons ernst gemeintem und lehrmeisterlichem Vorschlag offenbar genauso enttäuscht wie ich, aber ich konnte mein Angebot nicht zurücknehmen. Ich freute mich zwar darauf, die neuesten Errungenschaften des Eisenbahnverkehrs mit Speisewagen, bequemen Schlafwagen, Waggons und auch die Kutschen aus Europa und sogar Fahrräder zu sehen, aber heute hatte ich mich auf die unterhaltsamen Angebote eingestellt, die der Jahrmarkt zu bieten hatte.

»Wenn wir uns die Ausstellungsobjekte in diesem Gebäude angesehen haben, können wir danach vielleicht Karussell fahren. Es befindet sich direkt hinter dem Gebäude für Transportwesen.«

»Tatsächlich, Miss?« Gias Gesicht strahlte auf. Trotz ihrer weiblichen Figur und obwohl sie die Verantwortung einer Erwachsenen trug, war sie in vielerlei Hinsicht noch ein Mädchen.

Da unser nächstes Ziel feststand, beendeten wir unser Picknick. Ich sammelte das Papier zusammen, in das unsere Sandwiches eingepackt gewesen waren, während Gia mit den übrig gebliebenen Brotstücken die Enten fütterte, die sich am Seeufer aufhielten.

»*Signorina,* darf ich Ihnen helfen?«

Ich blickte auf und sah Luca, der vor mir stand und mir die Hände reichte, um mir auf die Beine zu helfen.

»Danke.« Ich ergriff seine Hände und fühlte seine Stärke. Mühelos half er mir aufzustehen. Als ich in seine Augen blickte, verlor ich mich beinahe in der Wärme, die ich darin entdeckte.

Wie viel Zeit verging, während wir uns gegenüberstanden und an den Händen hielten, konnte ich nicht sagen, aber ein Schrei vom Seeufer riss uns aus dem ungewohnten, wunderbaren Zauber.

Als ich mich in die Richtung umdrehte, aus der dieser Schrei ertönte, sog ich erschrocken die Luft ein. Gia saß auf der Erde, von kreischenden Enten und einem wütend aussehenden Schwan umringt, der seine riesigen Flügel weit ausgebreitet hatte.

Luca raste zu seiner Schwester. Kenton und ich folgten ihm eilig. Luca verscheuchte die Vögel mit lauten Rufen.

»Bist du verletzt?« Er kniete besorgt neben Gia nieder und untersuchte sie.

»Mein Knöchel.« Sie verzog schmerzhaft das Gesicht, als er ihr Bein berührte. »Ich bin gestürzt und habe mir den Knöchel verdreht. Dieser furchtbare Schwan hat mich angegriffen.«

Luca sah mich besorgt an. »Ich muss sie zur Krankenstation bringen.«

»Ich will keine Umstände machen.« Gia schaute mich und dann Luca an. »Hilf mir hoch, Luca. Ich kann bestimmt gehen.«

Gott sei Dank sah es nicht so aus, als hätte sie sich den Knöchel gebrochen, aber es war unübersehbar, dass sie nicht ohne Schmerzen weiter durch den Park spazieren konnte.

»Ich bringe sie am besten zum Hotel zurück«, sagte Luca und ich sah Bedauern vermischt mit Sorge in seinen Augen.

»Vielleicht sollten wir alle zum Hotel zurückkehren«, antwortete ich ein wenig enttäuscht.

»Nein, Miss.« Gia schaute Luca und mich flehend an. »Ich will Ihnen auf keinen Fall den Tag verderben, nur weil ich so dumm war und mir den Knöchel verdreht habe.«

Ich schätzte ihre Worte sehr, aber ich hatte keine Lust, allein in Kentons Gesellschaft im Park zu bleiben. »Es ist am besten, wenn wir alle zum Hotel zurückfahren.«

Als das geklärt war, begaben wir uns langsam zum Parkeingang, wobei Luca und ich Gia in unsere Mitte nahmen und sie stützten, während sie sich humpelnd vorwärts bewegte. Zu unserer Überraschung entdeckten wir Lucas Kutsche in einer Reihe mit anderen Kutschen, die auf eine Fahrt warteten. Als uns Carmelo entdeckte, sprang er vom Kutschbock und lief zu uns.

»Ich bin froh, dass du hier bist«, sagte Luca. »Gia hat sich den Knöchel verletzt und wir müssen zum Maxwell zurück.« Er half seiner Schwester in die Kutsche.

Ich wollte ihr gerade folgen, als mir Kentons ausgestreckter Arm den Weg versperrte.

»Warum bleibst du nicht hier, Priscilla? Miss Moretti hat recht: Es ist nicht nötig, dass uns allen der Tag verdorben wird. Es war doch dein Plan, heute alle Attraktionen auf dem Jahrmarkt zu besuchen, nicht wahr?« Er warf einen kurzen Blick auf Gia, bevor er sich wieder mir zuwandte. »Ich habe für heute genug von der Ausstellung und kann Miss Moretti ins Maxwell begleiten und dafür sorgen, dass sie von einem Arzt untersucht wird. Moretti kann bei dir auf der Expo bleiben und für deine Sicherheit sorgen.«

Sein Angebot überraschte mich, da er noch vor wenigen Tagen auf die Vorstellung, ich könnte mit Luca allein unterwegs sein, sehr entrüstet reagiert hatte. Doch bevor ich etwas erwidern konnte, nickte Gia eifrig.

»Ja, Miss, das ist ein wunderbarer Plan. Ich will nicht, dass Sie meinetwegen die Opernsängerin verpassen, von der Sie gesprochen haben. Ich komme schon klar, und mein Bruder wird gut auf Sie aufpassen, nicht wahr, Luca?«

»Dann ist ja alles geklärt«, sagte Kenton und stieg, ohne auf Lucas Antwort zu warten, in die Kutsche und nahm Gia gegenüber Platz. Ohne uns die Chance zu einer Widerrede zu geben, schloss er die Tür. »Wir sehen uns später im Hotel, Priscilla. Vielleicht können wir zusammen zu Abend essen.«

Ich schaute Luca fragend an. Seine Miene verriet, dass er über diesen Plan nicht glücklich war, aber da sich Kenton bereits in der Kutsche breitgemacht hatte, waren ihm mehr oder weniger die Hände gebunden.

»Ich schaue nach dir, wenn wir zurück sind. Bitte Mrs Smith, dir ein Tablett mit Essen zu bringen, damit du dein Bein schonen kannst.«

Gia nickte und warf dann einen scheuen Blick auf Kenton. Mir schoss der Gedanke durch den Kopf, dass Gia nicht enttäuscht war, weil sie mit ihm allein war. Dieser Gedanke gefiel mir überhaupt nicht.

Carmelo schwang sich auf den Kutschbock und ließ die Pferde lostraben. Wir blickten ihnen nach und Gia winkte uns ein letztes Mal zu.

Als sie aus unserem Blickfeld verschwunden waren, drehte ich mich zu Luca um, dessen Missfallen deutlich auf seinem Gesicht geschrieben stand. »Mr Moretti, jetzt, da wir allein sind und ohne Einmischung über die Situation sprechen können, will ich Ihnen sagen, dass ich gern mitkomme, wenn Sie lieber zum Hotel zurückfahren und bei Ihrer Schwester sein wollen.« Ich überlegte einen Moment. »Außerdem ist es nicht ganz schicklich, wenn wir beide ohne eine weitere Begleitperson allein hier sind.«

Er blickte in die Richtung, in der die Kutsche verschwunden war, bevor er seine Aufmerksamkeit wieder auf mich richtete. »Ich glaube, sie muss nur ihr Bein hochlegen, dann wird es bald wieder gut. Ich könnte im Hotel nichts für sie tun, da sie in den Frauenunterkünften im Keller wohnt«, sagte er mit einem leichten Achselzucken. »Ich stehe also gern zu Ihren Diensten, *Signorina*. Aber wenn Sie lieber zum Hotel zurückfahren möchten, können wir die Straßenbahn nehmen.«

Das Dilemma, vor dem wir standen – ohne Anstandsbegleitung auf der Ausstellung zu bleiben oder ins Hotel zurückzukehren –, wäre in einer anderen, vertraulicheren Umgebung vielleicht ein Problem gewesen, aber wer konnte uns etwas Unanständiges vorwerfen, da wir die ganze Zeit von Tausenden Menschen umgeben waren? Außerdem hätte ich vor dem gleichen Dilemma gestanden, wenn Kenton bei mir geblieben wäre. Ich wusste, dass mein Vater in der Nähe war; er hielt sich entweder im Ausstellungsgebäude der Eisenbahn oder im Clubhaus auf. Ich könnte jederzeit seine Zustimmung einholen, falls jemand kritisieren sollte, dass ich von einem unverheirateten Mann begleitet wurde.

Mit leichten Schuldgefühlen, die ich nicht ganz abschütteln konnte, sah ich Gias unglücklichen Unfall als eine Art Erfüllung meines Wunsches, Kenton loszuwerden. Ich hätte nie gewollt, dass sie sich verletzt, aber seit er fort war, hatte ich das Gefühl, dass dieser Tag noch einmal neu anfing.

»Wenn Sie sicher sind, dass Sie im Hotel nicht gebraucht werden, würde ich gern bleiben.«

Ein Lächeln breitete sich auf seinem Gesicht aus. »Wie Sie wünschen.«

Ich drehte mich im Kreis und kam mir vor wie ein Kind, das seinem dominanten Kindermädchen entkommen ist. Wir hatten jetzt die Freiheit, uns zu überlegen, wohin wir gehen und was wir uns ansehen wollten, ohne dass uns Kenton mit seinen Vorurteilen und seinem Nörgeln den Spaß verdarb.

»Wohin wollen wir jetzt gehen?«, fragte ich.

Ich schaute ihn an und wir mussten beide grinsen.

»Die ›Straßen von Kairo‹«, sagten wir wie aus einem Munde.

Luca zwinkerte. »Ich wollte schon immer auf einem Kamel reiten.«

Unser Gelächter zog die Blicke der Leute in unserer Nähe auf uns, aber das störte mich nicht.

Das störte mich überhaupt nicht.

☙

Der Centennial Park befand sich im Herzen von Nashville, nur einen Steinwurf von der Vanderbilt-Universität entfernt. Ich hatte dem Park nie besondere Beachtung geschenkt und wenig Grund gehabt, in diesen Teil der Stadt zu kommen. Wir hatten mit Mama mehrmals den Parthenon besucht und waren um den kleinen See spaziert, aber für mich war dieser Park nicht anders gewesen als die anderen Parks in der Stadt.

Heute jedoch hatte ich das seltsame Gefühl, die Geschichte würde zum Leben erwachen, als wir in Jasons sonnengelbem Ford Thunderbird, Baujahr 1957, durch die Church Street fuhren. Denselben Weg hatte Miss Nichols zurückgelegt, als sie in einer Kutsche, die Mr Corsini als Jugendlicher gelenkt hatte, vom Maxwell House zum Park gefahren war.

Als wir an einer Kreuzung warteten, fiel mir auf, dass mehrere junge Männer Jasons Auto bewunderten. »Ich glaube, die Jungs dort drüben wünschen sich, dass ihnen der Weihnachtsmann ein solches Auto bringt«, scherzte ich.

Jason wirkte ein wenig verlegen. »Mein Vater hat es mir vor einigen Jahren zum Geburtstag geschenkt. Ich habe ihm erklärt, dass ein Bürgerrechtsanwalt nicht in einem T-Bird vor den Wohnungen seiner Mandanten vorfahren sollte, aber das hat ihn nicht interessiert. Ich glaube, er hofft, ich würde meinen Traum aufgeben und nach meinem Studienabschluss als Anwalt für Gesellschaftsrecht in seine Kanzlei einsteigen. Er hat Angst, dass ich mich in einen Gammler oder so etwas verwandle, wenn ich mich auf Bürgerrechte spezialisiere.«

Ich betrachtete ihn, während wir durch die breite Straße fuhren, vorbei an den weihnachtlich dekorierten Schaufenstern der Warenhäuser Cain-Sloan und Harveys. Jedes Jahr konkurrierten die beiden Geschäfte darum, wer den anderen bei der Dekoration und den Verkäufen übertreffen konnte. Ich persönlich bevorzugte Harveys, aber das lag wahrscheinlich daran, dass ich als Kind dort im zweiten Stockwerk Karussell gefahren war und angenehme Erinnerungen damit verband.

»Was hat dich inspiriert, dieses juristische Fachgebiet einzuschlagen?«, fragte ich und erinnerte mich, wie aufgeregt er gewesen war, als er mir von seinem Gespräch mit Mr Looby erzählt hatte. Der jahrelange Verfechter von Bürgerrechten hatte bei Jason einen bleibenden Eindruck hinterlassen.

Er wurde nachdenklich. »Ich habe einen Freund, der schwarz ist. Noah und ich sind miteinander aufgewachsen, aber nicht so, wie man denken könnte. Er ist der Sohn unserer Haushälterin. Lange sah ich zwischen uns keinen anderen Unterschied als unsere Hautfarbe. Aber das war ein Irrtum. Wir konnten nicht dieselbe Schule besuchen, im selben Restaurant essen oder auch nur nebeneinander im Kino sitzen.« Er schaute mich an. »Das war nicht richtig, aber keiner von uns konnte etwas dagegen tun. Ich möchte mich dafür einsetzen, dass sich in der Gesellschaft etwas ändert.«

Ich bewunderte seine Leidenschaft. »Ich finde, dass das, was du machst und in Zukunft tun willst, wirklich großartig ist. Die Welt braucht mehr Menschen, die bereit sind, für das einzutreten, was richtig und gut ist.«

Er lächelte. »Genau das Gleiche hat Mr Looby neulich auch gesagt. Ich habe ihm erklärt, dass ich mich als Weißer manchmal unwürdig fühle, mich an der Seite von Schwarzen im Kampf um ihre Bürgerrechte einzusetzen. Was weiß ich schon davon, was sie durchmachen?«

Ich nickte, da ich genau verstand, was er meinte. Dieses Gefühl kannte ich sehr gut.

»Aber Mr Looby hat gesagt, dass Bürgerrechte für jeden wichtig sind, egal welche Hautfarbe man hat. Er hat mich daran erinnert, wie Hitler Menschen jüdischer Herkunft angegriffen hat. Sein Hass auf sie hatte nichts mit Hautfarbe zu tun.«

Erneut ging mir der Gedanke, mit Kindern wie Emmett zu arbeiten, durch den Kopf. War das meine Berufung, ähnlich wie der Einsatz für Bürgerrechte Jasons Berufung war? Wie der Kampf um die Rechte von Frauen und die Änderung von ungerechten Gesetzen Miss Nichols' Berufung gewesen war? Ich hatte Betriebswirtschaft studiert, bevor ich mein Studium hatte abbrechen müssen. Nachdem Mama gestorben war und ich Dad im letzten Jahr im Hotel geholfen hatte, reizte mich die Vorstellung, meine Zeit mit Kassenbüchern und Bilanzen zu verbringen, überhaupt nicht mehr. In der Welt gab es viele Buchhalter, aber Emmett hatte nur eine einzige Schwester.

Doch ich war nicht mutig oder klug wie Jason und Miss Nichols. Angst und Zweifel waren meine ständigen Begleiter. Könnte ich dazu beitragen, dass sich die Situation für Emmett und andere Menschen mit Behinderung besserte?

Darauf wusste ich keine Antwort.

Jason fuhr auf den Parkplatz neben dem Parthenon und stellte den Motor ab.

»Ich glaube, deshalb finde ich Miss Nichols' Geschichte so faszinierend.« Er nahm den Lageplan vom Ausstellungsgelände, den wir in ihrem Album gefunden hatten, und klopfte damit aufs Lenkrad. »Nach den wenigen Artikeln, die ich über ihr Engagement gelesen habe, glaube ich, dass sie ein Mensch war, dem es ähnlich ging wie uns. Sie gab sich nicht mit einer passiven Zuschauerrolle zufrieden. Sie stand auf und unternahm etwas gegen die Ungerechtigkeiten, die sie sah. Die Welt wäre wahrscheinlich besser, wenn wir alle unseren Beitrag leisten würden, meinst du nicht auch?«

Ja, das sah ich auch so.

Vor mir lag noch ein weiter Weg und ich musste noch vieles lernen, aber bei der Vorstellung, mir Jason und Miss Nichols als Vorbilder zu nehmen, erwachte etwas in mir zum Leben. Wie wäre es, etwas zu tun, das nicht nur meinem Bruder helfen würde, sondern auch den Brüdern und Schwestern, Söhnen und Töchtern von anderen Familien, die in einer ähnlichen Situation waren wie meine?

Wir stiegen in der Nähe der lebensgroßen Krippenszene aus dem Auto, die das Kaufhaus Harveys jeden Dezember aufstellte – einschließlich lebender Tiere, Kamele, Palmen und weißer Lichterketten, die abends eingeschaltet wurden. Das milde Wetter ließ kaum Weihnachtsgefühle aufkommen, aber für einen Tag im Park war es perfekt. Einige Leute schlenderten über den Gehweg, der den Parthenon umgab, und die Wege, die um den See herumführten.

»Das ist wirklich beeindruckend.« Jason betrachtete den Nachbau des berühmten Gebäudes aus Athen. »Die Details sind phänomenal. Schau dir nur die eingemeißelten griechischen Götter über den Säulen an.« Er stieß einen leisen Pfiff aus. »Ich habe vom Parthenon in Nashville gelesen und Bilder gesehen, aber ihn mit eigenen Augen zu sehen, ist etwas ganz anderes.«

Ich lächelte und freute mich über seine Reaktion.

»Kannst du dir vorstellen, was die Menschen 1897 davon hielten?« Er schüttelte den Kopf. »Der Parthenon hier in Nashville, Tennessee!«

»Dad hat erzählt, dass alle Gebäude nur für die Dauer der Expo konzipiert worden waren. Deshalb wurden sie nach dem Ende der Ausstellung wieder abgebaut und teilweise woanders wieder aufgebaut.«

»Bis auf den Parthenon.«

»Ja, aber er musste in den 1920er-Jahren mit beständigeren Baumaterialien neu gebaut werden.«

Wir gingen um das ganze Gebäude herum und kamen uns neben den riesigen Säulen, die die Säulengänge stützten, sehr klein vor.

»Wo stand die Statue der Pallas Athena?«, fragte Jason. »Ich habe irgendwo gelesen, dass sie fast fünfzehn Meter groß war.«

Wir zogen den Lageplan zurate, aber er gab keinen Hinweis auf den Standort der Statue. Allerdings gab er Hinweise auf die Orte, die Miss Nichols während der Hundertjahrfeier besucht hatte.

»Da der Parthenon und der See die einzigen zwei Sehenswürdigkeiten sind, die von der Ausstellung erhalten sind«, sagte ich und ließ meinen Blick über das mit Gras bewachsene Gelände zum See wandern, »sollten wir vielleicht hier anfangen.«

Jason stimmte mir zu und wir brachen auf.

Ein kleines Schild beschrieb die Entstehungsgeschichte des Sees.

»›Der Watauga-See ist ein künstlich angelegter See‹«, las Jason laut vor, »›und wurde für die *Tennessee Centennial Exposition* 1897 gebaut. Er ist nach den ersten Siedlern von Tennessee benannt, die oft als Watauga- oder Cumberland-Siedler bezeichnet wurden.‹«

Jason blickte vom Lageplan auf. »Anscheinend gab es hier irgendwo eine Brücke. Jemand hat die Stelle auf dem Plan eingekreist.«

In meinem Kopf meldete sich eine vage Erinnerung. »Erinnerst du dich an das Plakat in Miss Nichols' Zimmer von dem See, auf dem Gondeln treiben? Darauf ist auch eine Brücke abgebildet.«

»Moment!« Er studierte wieder den Lageplan. »Ich glaube, das war die Rialtobrücke. Die Brücke auf der Postkarte, die der Rialtobrücke in Venedig nachgebildet war.«

Meine Augen weiteten sich. »Peaches – beziehungsweise Miss Nichols – schrieb, dass sie wieder zur Rialtobrücke ging, um für Luca das gleiche Souvenir zu kaufen, das er für sie gekauft hatte. Eine kleine Nachbildung des Parthenon.«

Wir drehten uns beide um und betrachteten das Gebäude hinter uns, das von der Nachmittagssonne beschienen wurde.

»Hierher ist Peaches gekommen«, sagte Jason staunend und fast ehrfürchtig. »Die Rialtobrücke befand sich genau hier.«

Ein seltsames Gefühl befiel mich. Nicht unbedingt ein Déjà-vu, da ich nie viel Zeit im Centennial Park verbracht hatte, aber eine Art Ehrfurcht oder vielleicht Respekt vor den Menschen, die vor so vielen Jahren diese Wege gegangen waren. Menschen, die gelebt und geliebt und geträumt hatten. Ich hatte Miss Nichols immer für schrullig und sonderbar gehalten, aber ich begriff immer mehr, dass sie viel mehr war als die einsame, alte Frau, die ich den größten Teil meines Lebens gekannt hatte.

Besser gesagt, die ich nicht gekannt hatte, wie mir immer klarer wurde.

Sie war eine junge Frau gewesen, die sich gar nicht so sehr von mir unterschieden hatte, möglicherweise war sie verliebt gewesen, falls sie tatsächlich mit Peaches identisch war. Sie war zur Ausstellung gekommen, um Zeit mit ihrer Familie und mit Freunden zu verbringen und um hier unvergessliche Momente zu erleben. Aus dem Album und den Plakaten schloss ich, dass die Expo ein wichtiger Teil ihres Lebens gewesen war.

Wir schlenderten um den See herum, tauschten uns über das aus, was wir über die *Centennial Exposition* wussten, und versuchten, die Lücken zu schließen, nachdem die Gebäude niedergerissen worden waren und der größte Teil des Parkgeländes an Bauunternehmer verkauft worden war. Als wir zu einer freien Bank kamen, setzten wir uns ans Ufer des friedlich daliegenden Sees.

Während Jason den Lageplan studierte, versuchte ich, mir Miss Nichols und Luca vor vierundsechzig Jahren an diesem Ort vorzustellen. Das, was sie damals gesehen, gehört und gerochen hatten, war Welten entfernt von heute. Wir saßen in einem ruhigen Park, in dem das Zwitschern der Vögel und die gelegentliche Stimme eines Kindes die einzigen Geräusche waren, die die Stille durchbrachen. Aber 1897 hatten sich Tausende Menschen auf diesem Gelände gedrängt. Händler hatten die Passanten lautstark auf sich aufmerksam gemacht, um ihre Waren feilzubieten oder Fahrgäste für ihre Attraktionen zu gewinnen. Der Sommerwind hatte das Lachen und die Musik vom Jahrmarkt über das Gelände getragen. Auf jedem Quadratzentimeter des achtzig Hektar großen Parks hatte das Leben pulsiert und die Begeisterung der Hundertjahrfeier war überall zu spüren gewesen.

Aber die Erinnerung an die Zeitungsartikel in Miss Nichols' Album ernüchterte mich. Damals war nicht alles gut gewesen. Etwas Böses hatte im Schatten des Parthenon gelauert.

Waren tatsächlich junge Frauen von der Ausstellung verschwunden und nie wieder aufgetaucht?

Und wenn ja, war Miss Nichols in irgendeiner Weise in diese beunruhigende Geschichte hineingezogen worden?

Diese Fragen konnte ein Spaziergang durch den Park unmöglich beantworten.

»Laut dem Lageplan gab es auf einer Insel ein Restaurant, das ›Blaue Grotte‹ hieß«, sagte Jason. Er deutete auf eine Stelle auf dem Lageplan, an der ein verblasster Kreis mit Tinte zu sehen war, und zeigte dann auf ein Gelände, das uns gegenüberlag. »Irgendwo dort drüben.«

»Schau dir das an.« Ich deutete auf ein X, das ans Seeufer gezeichnet war, ganz in der Nähe der Stelle, an der das pyramidenförmige Memphis-Gebäude gestanden hatte. »Ich wüsste gern, was dieses X bedeutet.«

Jason beugte sich näher vor, um den Lageplan genauer zu studieren. »Ich sehe unter dem X keine Gebäude und keine Markierungen. Vielleicht ist dort etwas vergraben und dieser Lageplan ist eine Schatzkarte.«

Ich schmunzelte. »Ich glaube nicht, dass die Leute, die für den Park verantwortlich sind, begeistert wären, wenn wir die Erde umgraben, um einen verborgenen Schatz zu suchen.«

Er lachte. »Nein, aber wir sollten trotzdem versuchen herauszufinden, wo genau das ist.«

Wir gingen erneut um den See herum und genossen die Kapriolen der Enten, die hier schwammen, obwohl in wenigen Tagen der offizielle Winteranfang war. Als wir die Stelle erreichten, die auf dem Lageplan offenbar mit einem X gekennzeichnet war, waren wir ein wenig enttäuscht.

»Ich kann an dieser Stelle absolut nichts Besonderes sehen.« Jason blickte sich um, als erwarte er, das zu sehen, was Miss Nichols damals gesehen haben musste.

Der Rasen war von mehreren Bäumen überschattet, aber es war schwer zu sagen, ob sie vor vierundsechzig Jahren schon hier gestanden hatten. Ein Spazierweg führte durch die Grünanlagen und ermöglichte Besuchern, den Watauga-See ganz zu umrunden.

»Wo lag der Jahrmarkt von hier aus gesehen?«, fragte ich.

Jason hielt den Lageplan hoch. »In dieser Richtung ist Norden«, sagte er und drehte den Lageplan so, dass die Himmelsrichtungen stimmten. »Er muss westlich von hier gewesen sein.« Er hob den Blick. »In dieser Richtung«, sagte er und deutete mit dem Kinn zu einem Gelände, auf dem jetzt Gebäude standen.

»Miss Nichols hat ein Plakat von einer Riesenwippe in ihrem Zimmer hängen. Klebt in ihrem Album nicht auch eine Postkarte, auf der die Wippe abgebildet ist?« Ich kniff die Augen zusammen und versuchte, mir das riesige Gebilde in der Nähe der Stelle, an der wir standen, vorzustellen. Ich hatte zwar Höhenangst, aber es wäre trotzdem bestimmt aufregend gewesen, in einer der Kabinen in die Höhe gehoben zu werden und die Stadt zu sehen, die sich darunter ausbreitete.

»Ich wüsste gern, ob auf der Rückseite dieser Postkarte auch eine Nachricht von Peaches an Luca steht.«

Jason ließ seinen Blick weiter über das Gelände wandern, aber seine Worte machten mich hellhörig.

Standen auf den übrigen Postkarten auch Nachrichten, die uns mehr Hinweise über die Verfasserin geben könnten? Hatten sie irgendeinen Bezug zu den Zeitungsartikeln über vermisste Frauen? Würden sie Aufschluss geben, warum Luca und Miss Nichols, wenigstens laut Mr Corsini, anscheinend plötzlich verschwunden waren?

Wir spazierten noch ein letztes Mal um den See herum, bevor wir unsere Exkursion beendeten. Wir hatten nichts Neues in Erfahrung gebracht, aber es hatte Spaß gemacht, gemeinsam den Park zu erkunden und uns vorzustellen, wie er in den Tagen der Expo ausgesehen hatte.

Als wir ins Hotel zurückkamen, wartete Dad in der Wohnung auf mich. Ich sah seiner Miene an, dass er schlechte Nachrichten hatte.

»Ich habe einen Anruf aus dem Pflegeheim bekommen. Miss Nichols' Zustand hat sich verschlechtert. Ihr geht es nicht gut.«

Aus Gründen, die ich nicht erklären konnte, schossen mir Tränen in die Augen. »Wird sie …?« Ich konnte meinen Satz nicht beenden.

Dad schüttelte den Kopf. »Das weiß ich nicht, aber ich habe vor, sie morgen zu besuchen. Möchtest du mich begleiten?«

Ich konnte nur nicken, da meine Kehle wie zugeschnürt war.

Als ich später allein in meinem Zimmer war, setzte ich mich mit dem Album aufs Bett. Ich schlug es nicht auf, sondern legte nur mein Kinn darauf und dachte an Miss Nichols, die allein im Pflegeheim lag.

»Es tut mir leid, dass ich nicht freundlicher zu Ihnen war«, flüsterte ich, während mir erneut Tränen in die Augen schossen und über die Wangen liefen. Mein Kinn zitterte vor Schuldgefühlen. »Es tut mir leid, dass ich mir nicht die Zeit genommen habe, Sie so gut kennenzulernen, wie Emmett Sie kennt.«

Mit einem Schniefen schloss ich die Augen. Ich hatte seit Mamas Tod nicht mehr viel gebetet, aber jetzt schien ein guter Zeitpunkt zu sein, um damit anzufangen.

»Gott«, flüsterte ich, während Tränen von meinem Kinn tropften. »Bitte lass Miss Nichols noch nicht sterben.«

Das kurze Gebet war absolut unangemessen und viel zu wortkarg, aber es sagte alles, was mir auf dem Herzen lag.

16

Die Nachmittagssonne näherte sich langsam dem Horizont, aber ich war noch nicht bereit, ins Hotel zurückzukehren. Miss Manns Konzert im Pavillon war herrlich gewesen und ihre schöne Stimme hatte das faszinierte Publikum tief berührt. Luca gestand, dass er so etwas noch nie zuvor gehört hatte, und ich war froh, dass wir geblieben waren, um ihre Darbietung mitzuerleben.

»Es heißt, dass der Park abends zauberhaft aussieht«, erzählte ich, während wir über den Weg schlenderten, der um den Watauga-See herumführte. In den Stunden, die wir allein im Park verbracht hatten, war er der vollendete Gentleman gewesen und ich fühlte mich in seiner Gesellschaft sehr wohl. »Bei Einbruch der Nacht gibt es ein Feuerwerk. Danach werden die Lichter an den Außenseiten der Gebäude eingeschaltet und spiegeln sich wie Diamanten auf dem Wasser.«

»Ich hätte erwartet, dass Sie nach unserem Tag auf dem Jahrmarkt müde sind.« Er grinste. »Ich glaube, wir haben kein Angebot ausgelassen.«

»Doch, eines fehlt uns noch. Im ›Café der Nacht‹ waren wir noch nicht.« Ich zitterte trotz des warmen Tages.

Während wir in der Schlange anstanden, um Einlass zu diesem sonderbar aussehenden Ort zu bekommen, erzählte eine Frau, die ihn schon besichtigt hatte, dass schwarz gekleidete Totengräber und Witwen die Besucher in das Gebäude führten, das wie eine Totengruft aussah, in der Szenen aus Dantes *Inferno* zum Leben erweckt wurden. Skelette mit glühend roten Augen säumten die Wände und die Besucher wurden ins Theater hineingeführt, in dem sich abstoßende Darstellungen des Todes mit Abbildungen von der Hölle abwechselten. Als die Frau dann auch noch erzählte, dass auf Tischen, die aus echten Särgen gebaut waren, Speisen und Getränke serviert wurden, waren Luca und ich uns einig, dass wir von diesem grauenhaften Ort so schnell wie möglich fortkommen wollten. Als wir uns später mit einem Erdnussverkäufer unterhielten, erfuhren wir, dass die Tour in einem Raum mit hellen Lichtern, weißen Satinvorhängen und engelhafter Musik endete, aber keiner von uns hatte das Bedürfnis, noch einmal hinzugehen und sich mit eigenen Augen davon zu überzeugen.

»Möchten Sie sich setzen und sich ein bisschen ausruhen?«, fragte Luca, als wir zu einer freien Parkbank kamen, was wirklich eine Seltenheit war.

Ja, das wollte ich. Ich war es nicht gewohnt, den ganzen Tag auf den Beinen zu sein. »Ich glaube nicht, dass der Schuhmacher, der meine Stiefel angefertigt hat, damit gerechnet hat, dass ich mit Ihnen den ganzen Tag auf der Ausstellung unterwegs bin.«

Luca setzte sich schmunzelnd neben der Bank ins Gras. Das erinnerte mich an unser Picknick mit Gia und Kenton am Mittag.

»Ich hoffe, Gias Knöchel geht es besser. Wir müssen mit ihr unbedingt noch einmal den Jahrmarkt besuchen, wenn sie wieder ohne Schmerzen gehen kann.«

Luca nickte. »Das würde ihr sehr gefallen, *Signorina*. Ich glaube, von den Tiervorführungen wäre sie am meisten fasziniert.«

Wir schwiegen mehrere Minuten und genossen einfach diesen Moment. Paare schlenderten Arm in Arm an uns vorbei. Kinder spielten Fangen, während sich ihre Eltern im Schatten ausruhten.

Vom Wasser drang das leise Lied eines italienischen Gondolieres zu uns, als eines der langen Boote, die den Gondeln in Venedig nachgebaut waren, an uns vorbeiglitt.

»Waren Sie schon einmal in Venedig?«, fragte ich.

Luca schüttelte den Kopf. »Meine Familie stammt aus Süditalien. Ich war ein kleiner Junge, als wir unsere Heimat verließen. Seitdem war ich nie wieder dort.«

»Entschuldigung. Ich sollte nicht so neugierig sein.« Ich kam mir dumm vor, weil ich diese Frage gestellt hatte. Ich erinnerte mich, dass er erst zwei Jahre alt gewesen war, als seine Familie nach Amerika einwanderte.

»Sie brauchen sich nicht zu entschuldigen.« Er blickte wieder zum

See, als eine weitere Gondel vorbeitrieb. Ein Baldachin spendete den Fahrgästen Schatten, die bequem in der Mitte des venezianischen Bootes saßen. »Ich würde gern irgendwann nach Italien fahren, um das Land meiner Vorfahren zu sehen, aber mein Zuhause ist Amerika.«

Während wir zusahen, wie mehrere Boote an uns vorbeifuhren, kam mir eine Idee.

»Hätten Sie Lust zu einer Gondelfahrt?« Ich grinste, als er sich zu mir umdrehte und mich überrascht ansah. »Eine Fahrt über den See könnte doch Spaß machen. Außerdem werde ich bestimmt nie nach Venedig kommen. Dies ist also zweifellos meine einzige Chance, in einer echten venezianischen Gondel zu fahren und mir vorzustellen, ich befände mich auf den Kanälen zwischen den schönen Bauwerken, die ich in Büchern gesehen habe.«

»Wie Sie wünschen, *Signorina*.« Er stand lächelnd auf. »Ich will Sie auf keinen Fall um dieses Vergnügen bringen.«

Wir schlenderten zum Anlegesteg, an dem die Gondeln losfuhren. Während wir auf dem Jahrmarkt waren, hatte Luca – da ich hartnäckig darauf beharrt hatte – endlich nachgegeben und mir erlaubt, unsere Eintrittskarten für die Fahrgeschäfte und Ausstellungen zu zahlen. Immerhin war ich die Tochter seines Auftraggebers. Warum sollte er also sein ganzes Geld für mich ausgeben?

Nachdem wir mehrere Minuten in der Schlange gewartet hatten, reichte ich dem Mann an der Kasse zwei Zehncentstücke und es konnte losgehen.

Das Boot war viel stabiler, als ich erwartet hatte, und ich fühlte mich sicher, als wir unsere Plätze einnahmen. Luca saß neben mir, während der italienische Gondoliere in einem gestreiften Hemd und weißer Hose mit einem großen Hut auf einer kleinen erhöhten Plattform am hinteren Ende des Bootes stand. Er bewegte mit scheinbarer Leichtigkeit ein langes Ruder durchs Wasser und setzte die Gondel in Bewegung.

Wir waren kaum vom Steg losgefahren, als der Mann anfing, auf Italienisch zu singen. Luca und ich sahen uns lächelnd an und genossen die gefühlvolle Melodie.

»Worum geht es in dem Lied, das er singt?«, flüsterte ich und war seltsam erfreut, dass mein Begleiter die schönen Worte verstand, auch wenn ich keine Ahnung hatte, was sie bedeuteten.

»Er singt von der Schönheit Italiens. Von den Bergen und dem Meer, von fruchtbaren Tälern und malerischen Dörfern.«

Ich schloss die Augen und versuchte, mir vorzustellen, ich wäre tatsächlich in Venedig.

Mit Luca.

Bei diesem überraschenden Gedanken schlug ich schnell die Augen auf. Wärme zog an meinem Hals hinauf und ich versteckte mein Gesicht, damit er meine roten Wangen nicht sehen konnte.

Als das Lied zu Ende war, drehte sich Luca um und unterhielt sich mit dem Gondoliere auf Italienisch. Sie führten ein angeregtes Gespräch, bei dem sie beide lachten und nickten.

»Er ist tatsächlich aus Venedig«, sagte Luca, als er sich wieder mir zuwandte. »Er sagt, er und die anderen Gondoliere wurden extra zur Ausstellung aus Italien geholt und bleiben hier, bis sie im Oktober schließt.«

Als wir unter der Rialtobrücke durchfuhren, winkten wir den Leuten zu, die oben auf der Brücke standen. Die Kühle unter der Brücke hielt nur wenige Momente an, bevor wir wieder von der Spätnachmittagssonne beschienen wurden.

Der Gondoliere begann das nächste Lied und dieses Mal stimmte Luca beim Refrain mit ein. Seine Stimme, eine kräftige Baritonstimme, passte sich perfekt der des Gondolieres an. Die Fahrgäste in einer anderen Gondel klatschten, als sie an uns vorbeifuhren.

»Wovon handelte das Lied, das Sie beide gesungen haben?«, fragte ich, als das Lied zu Ende war.

Er zögerte mit seiner Antwort. »Es ist ... ein italienisches Liebeslied, *Signorina*, aber ein trauriges. Es ist wie bei Romeo und Julia. Die Geschichte geht nicht gut aus.«

Als er mich ansah, konnte ich den Blick nicht von seinen dunklen Augen abwenden, die mein Gesicht streichelten. Ich hatte mich noch nie so stark zu einem Mann hingezogen gefühlt. Der Gondoliere, die anderen Leute, die Ausstellung, alles schien in den Hintergrund zu treten, während wir über den Watauga-See glitten.

Als der Gondoliere verkündete, dass wir an unserem Ziel angekommen waren, kehrten wir in die Realität zurück. Genauso wie bei dem Liebespaar in dem Lied würde es nur zu Schwierigkeiten führen, wenn ich mir erlauben sollte, mich in Luca Moretti zu verlieben. Für ihn galt das Gleiche. Wir kamen aus zwei völlig verschiedenen Welten.

Ich riss den Blick von ihm los und stellte fest, dass wir auf der Insel angekommen waren, die wir vom Ufer aus gesehen hatten. Moosbedeckte Felsen, Palmen, Weiden und rosafarbene Wasserlilien begrüßten uns, als wir ausstiegen. Über uns erhob sich eine alt aussehende mittelalterliche Burg mit Turm über den Felsen.

»Kommen Sie«, lud uns ein Führer ein.

Er führte uns zum Eingang einer dunklen Höhle mit einem Schild darüber, auf dem *Theatereingang* stand.

Ich zögerte. »Ich bin nicht sicher, ob ich hier hineingehen will.«

Luca grinste. »Das hier ist ganz anders als das Café der Nacht. In Italien, auf der Insel Capri, gibt es eine Meereshöhle. Durch den Höhleneingang fällt Sonnenlicht und lässt das Wasser tiefblau aussehen. Sie wird *Blaue Grotte* genannt. Kaiser Tiberius soll sie vor langer Zeit als sein persönliches Schwimmbad genutzt haben.«

»Woher wissen Sie das alles?«, fragte ich beeindruckt.

Er zuckte lässig die Achseln. »Mein Vater konnte meisterhaft Geschichten erzählen. Alles, was ich über Italien weiß, habe ich von ihm gelernt.«

Beruhigt, dass uns keine Gespenster überfallen würden, betraten wir die Höhle. In dem kühlen, dunklen Tunnel kam ich mir vor, als befände ich mich tief im Inneren eines Berges. Die Wassergeräusche wurden lauter, während wir uns langsam unseren Weg durch den Felsengang bahnten.

Als wir das Ende der Höhle erreichten, fühlten wir uns in die Bucht von Neapel versetzt. Ich hatte keine Ahnung, wie der Architekt und die Bauleute der Ausstellung es angestellt hatten, ein solches Werk zu schaffen, aber es war ihnen gelungen, die herrliche Schönheit der Natur bei Sonnenuntergang so perfekt nachzuempfinden, dass ich glaubte, ich würde tatsächlich einen goldenen italienischen Himmel vor mir sehen. Das blaue Wasser um uns herum wurde dunkel, als das Sonnenlicht schwächer wurde, aber plötzlich ging der Mond auf und warf sein weißes Licht in die Tiefen, bis ein kräftiges Blau den See färbte.

In der Ferne begann eine angenehme Stimme, begleitet von einer Mandoline, zu singen. Einen Moment später tauchte ein Boot in unserem Blickfeld auf, an dessen Heck eine schöne Frau stand, die ein kunstvolles Kostüm trug. Ihre Stimme hallte in der Höhle wider.

Ich blieb staunend stehen und wollte nicht weitergehen. Luca schien von der Schönheit, die uns umgab, genauso fasziniert zu sein wie ich. Ich war spürbar enttäuscht, als der Mitarbeiter wieder auftauchte und den Zauber beendete.

»Möchten Sie in der Burg speisen?«, fragte er.

Ich schaute Luca an. Da Papa und Mutter auswärts zum Abendessen eingeladen waren, hatte ich überlegt, dass es nett wäre, im Park zu essen. Aber nach Gias Unfall und ihrer frühzeitigen Rückkehr ins Hotel war ich nicht sicher, ob das schicklich wäre. Andererseits hatte ich keine Lust, im Maxwell zu essen und Kenton Gesellschaft zu leisten. Die Dämmerung des zu Ende gehenden Tages und die köstlichen Essensdüfte aus dem Restaurant über uns waren zu verlockend, um diese Gelegenheit nicht zu nutzen.

»Ja«, sagte ich und fühlte mich mutig, was mir sogar gefiel. »Ich glaube schon.«

Ein Lächeln trat in Lucas Augen. »Aber nur, wenn ich Sie einladen darf.«

Ich lachte und wollte diesen Moment nicht durch einen Streit verderben. »Sie haben gewonnen, Mr Moretti.«

Wir folgten dem Mann eine gewundene Treppe hinauf zur Burg, wo uns Musik und eine kühle Brise begrüßten. Der Kellner führte uns zu einem Tisch unter einem offenen Pavillon, der einen herrlichen Blick auf die »Weiße Stadt« bot, die sich unter uns ausbreitete.

Luca bestellte zwei Gläser Chianti, »um Italien zu feiern«, wie er sagte, sowie zwei Teller Spaghetti und einen Laib knuspriges italienisches Brot. Wir unterhielten uns, lachten viel und genossen das schlichte, aber köstliche Essen, während die Sonne hinter den Hügeln unterging, ohne dass wir das überhaupt merkten.

Plötzlich wurde der Himmel von einem strahlenden, bunten Feuerwerk erfüllt. Das Knallen und Zischen entlockte den Zuschauern ein Keuchen und Jubeln und die Kinder kreischten entzückt. Als die Vorführung endete, stimmten wir in den tosenden Applaus ein, der rund um den See herum ertönte. Wie ich vorhergesagt hatte, beleuchteten die elektrischen Lichter am Parthenon, am Shelby-County-Gebäude, am Gebäude für Handel und Wirtschaft und an anderen Gebäuden den gesamten Park.

»Ich bin so froh, dass wir geblieben sind.«

Ich spürte, dass Luca mich aufmerksam ansah. Mein Herz schlug höher. »Ich auch.«

Ich hatte keine Ahnung, was zwischen uns passierte, aber als er den Arm über den Tisch streckte und meine Hand berührte, schob ich meine Finger zwischen seine.

Wir verließen die Blaue Grotte auf demselben Weg, auf dem wir gekommen waren. Ein anderer Gondoliere brachte uns langsam zum Ufer zurück und sang so gefühlvoll, dass sein Lied nur für Liebende gemeint sein konnte. Beim Schaukeln des Bootes berührte Lucas Arm meinen Oberarm, aber keiner von uns bewegte sich.

Viel zu früh waren wir wieder an Land. Obwohl es inzwischen dunkel war, hielten sich noch viele Besucher im Park auf.

»Ich denke, wir sollten zum Hotel zurückfahren«, sagte ich, obwohl ich diesen angenehmen Tag nur ungern beendete, aber ich wusste, dass es sein musste. »Ich sollte im Hotel sein, wenn meine Eltern zurückkommen.«

»Selbstverständlich, *Signorina*.«

Die Lichter von der Rialtobrücke verbreiteten einen goldenen Schein, als wir auf unserem Weg zur Straßenbahnhaltestelle daran vorbeikamen. Wir wollten mit der Straßenbahn zum Maxwell House zurückfahren, statt eine Pferdekutsche zu mieten. Carmelo hatte Lucas Kutsche und Pferd bestimmt schon längst in den Mietstall zurückgebracht.

»Warten Sie bitte einen Moment.« Luca lief plötzlich die Stufen zur Brücke hinauf und verschwand in einem der winzigen Souvenirläden. Ich hatte keine Ahnung, was er im Sinn hatte, aber ich wartete, wie er mich angewiesen hatte. Einige Minuten später kam er mit einem breiten Grinsen zurück. Ich konnte in seinen Händen nichts entdecken.

»Verraten Sie mir, was Sie gemacht haben?«, fragte ich.

»Schließen Sie die Augen«, lächelte er und nickte, als ich seiner Aufforderung nicht sofort nachkam. »Bitte. Machen Sie die Augen zu.«

Ich tat es.

»Jetzt halten Sie Ihre Hand auf.«

Ich lachte. »Wollen Sie mir einen Frosch oder etwas anderes Glitschiges in die Hand legen?«

»Vielleicht. Vielleicht auch nicht.«

Ich zuckte die Achseln und kam seiner Bitte nach.

Einen Moment später legte er mir etwas Kühles in die Hand. »Jetzt können Sie die Augen wieder aufmachen.«

Ich blickte nach unten und sah eine kleine weiße Nachbildung des Parthenon. Wir hatten diese kleinen Souvenirs im ganzen Park gesehen, wo sie von Straßenhändlern und Ladenbesitzern neben unzähligen anderen Andenken verkauft wurden. Ich hatte irgendwann erwähnt, dass sie süß aussehen. Er musste sich das gemerkt haben.

Ich schaute ihn an.

Ein leichtes Lächeln lag auf seinen Lippen. »Damit Sie diesen Moment nie vergessen.« Seine Stimme war so leise, dass ich ihn kaum verstand.

Ich drückte das Andenken an diesen schönen Abend glücklich an meine Brust. »Ich werde es immer in Ehren halten.«

Im Hotel herrschte reger Betrieb, der uns ermöglichte, uns unbemerkt unter die Leute zu mischen.

Am Fuß der Treppe drehte ich mich zu Luca herum. »Danke für den wunderschönen Tag. Ich habe jede Sekunde genossen.«

»Ich auch, *Signorina*.«

»Mr Moretti, nachdem wir den ganzen Tag miteinander verbracht haben, glaube ich, können wir auf das *Signorina* verzichten. Wenigstens dann, wenn niemand dabei ist.«

Meine gewagten Worte hätten ihn eigentlich schockieren müssen, aber er grinste nur. »Vielleicht nenne ich Sie bei dem Namen, den ich Ihnen in meinen Gedanken gegeben habe.«

181

Ich konnte den Blick nicht von seinen Augen losreißen. »Und welcher Name ist das?«

»*Pesche.*« Seine Stimme war leise und nur für meine Ohren bestimmt.

»Was bedeutet das?«

Mit einem Zwinkern trat er zurück und mischte sich unter eine große Menschengruppe, die sich zum Ausgang bewegte. »Peaches«, rief er mit einem Winken.

Ich schaute ihm nach, bis er in der Nacht verschwand. Ein warmes Kribbeln ging durch meinen Körper, während ich langsam die Treppe hinaufstieg und den Lärm aus der Lobby und die Menschen, die das fröhliche Treiben vom Geländer auf der Galerie aus beobachteten, nicht mehr wahrnahm. Ich konnte an nichts anderes denken als an Luca Moretti. An sein Lächeln. Seine Berührung.

Pesche.

Peaches.

Ich wusste, dass nichts mehr so sein würde wie vorher.

17

Dad und ich trafen am Montagmorgen um 10 Uhr im Pflegeheim ein. Die Frau an der Anmeldung verzog keine Miene, als wir sagten, dass wir Miss Nichols besuchen wollten. Sie deutete nur zu einem Flur und beachtete uns nicht weiter.

Ich war noch nie in einem solchen Heim gewesen und war nicht sicher, was mich erwartete. Während ich durch den Flur zu Miss Nichols' Zimmer ging, stellte ich schnell fest, dass es mir hier nicht sonderlich gefiel. Das Heim sah aus wie ein Krankenhaus, hatte kahle Wände und Kachelböden, aber ein unangenehmer, beißender Geruch machte mir bewusst, dass dies kein Ort war, an dem Menschen geheilt wurden. Die Leute, die hierherkamen, kehrten in der Regel nicht wieder nach Hause zurück.

Die Tür zu Zimmer 12 war leicht angelehnt. Dad klopfte, aber niemand antwortete. Ich fühlte mich nicht wohl und fragte mich, ob es ein Fehler gewesen war, ihn zu begleiten.

»Miss Nichols?« Er schob die Tür langsam auf und trat ins Zimmer. Ich blickte mich um, um zu sehen, ob uns jemand aufhalten würde, aber auf dem Flur war außer uns niemand.

Mit zögernden Schritten folgte ich ihm ins Zimmer.

Zwei Krankenhausbetten, zwei Nachttische und ein Plastikstuhl mit einem Riss auf der Sitzfläche waren die ganze Einrichtung des Zimmers. Miss Nichols lag in einem der Betten; das andere war leer. Eine fleckige Porzellanbettpfanne stand zwischen den Betten auf dem Boden.

Dad trat neben Miss Nichols, aber sie schien zu schlafen. Dieses Bild erinnerte mich an den Tag, an dem Jason und ich sie in ihrem Zimmer im Maxwell gefunden hatten. Ich hatte das Schlimmste befürchtet, aber Gott sei Dank war Jason da gewesen und hatte gewusst, was zu tun war.

Ich blieb neben der Tür stehen. Wenn sie schlief, sollten wir sie vielleicht lieber nicht wecken.

Dad sah das jedoch anders. »Miss Nichols?« Er legte die Hand auf ihren nicht zugedeckten Arm. »«Ich bin Dan Whitfield vom Maxwell. Ich bin gekommen, um zu sehen, wie es Ihnen geht.«

Einige Momente vergingen, bevor die durchscheinenden Augenlider zuckten und sich dann öffneten. Sie blinzelte mehrere Male und wirkte verwirrt, als ihr Blick an Dad hängen blieb.

»Hallo, Miss Nichols. Es ist schön, Sie wiederzusehen.«

Sie starrte ihn einen langen Moment an, bevor ihre Augen verrieten, dass sie ihn erkannte. Sie versuchte zu sprechen, aber es klang eher wie ein ersticktes Stöhnen als nach Worten.

Miss Nichols sah völlig anders aus, als ich es gewohnt war. Wenn Dad nicht hier wäre, hätte ich geglaubt, dass ich mich in der Zimmernummer geirrt hätte. Sie hatte auf mich immer alt gewirkt, aber wenn sie in die Lobby oder ins Restaurant gekommen war, war sie immer ordentlich gekleidet gewesen und ihr graues Haar war zu einem Knoten gedreht und hochgesteckt gewesen. Sie war nicht so herzlich und freundlich wie Mrs Ruth gewesen, aber immer höflich und hatte jedes Mal, wenn wir uns begegnet waren, nach Emmett gefragt. Seit Mamas Tod hatte ich bei unseren kurzen Gesprächen beobachtet, dass sie weicher geworden war. Sie hatte mir keine Ratschläge gegeben, wie ich mit dem Verlust umgehen sollte, aber ich hatte den Eindruck gehabt, dass sie wusste, wie ich mich fühlte.

Die zerbrechliche Frau, die an diesem deprimierenden Ort lag, schien ein völlig anderer Mensch zu sein.

Ihr langes Haar hing zerzaust und matt auf dem Kissen und sah aus, als wäre es lange nicht mehr gewaschen worden. Ihre Haut hatte eine ungesunde gelbliche Färbung angenommen, die ich noch nie gesehen hatte. Flecken von Essensresten überzogen die Vorderseite ihres grauweißen Nachthemds, ein Zeichen, dass derjenige, der sie gefüttert hatte, sich nicht die Mühe gemacht hatte, sie nach dem Essen abzuwischen.

»Ich habe Audrey mitgebracht.« Dad winkte mich näher.

Ich trat weiter ins Zimmer hinein und stellte fest, wie kalt die Luft hier drinnen im Vergleich zu draußen auf dem Flur war. Durch das Fenster zog offensichtlich kalte Luft herein.

Ich blieb neben Dad stehen. Als ihr Blick zu mir wanderte, zwang ich mich zu einem Lächeln. »Hallo, Miss Nichols. Es freut mich, Sie zu sehen.«

Ihr Blick wanderte über mein Gesicht, aber ich konnte nicht sagen, ob sie mich erkannte oder nicht. Als ich überlegte, dass ich ihr erklären sollte, wer ich war, verzog sie den Mund zu einem schiefen Lächeln. »Arrry.«

Dad und ich blickten uns überrascht an, bevor er nickte. »Ja, Audrey. Sie wollte Sie auch besuchen.«

Während Dad ein einseitiges Gespräch über das Wetter, die Weihnachtsdekoration im Hotel, Mr Hanovers Hund und alles, was ihm sonst noch einfiel, führte, blieb Miss Nichols' Blick an mir hängen. Ihr Mund hatte sich zu einem friedlichen Lächeln verzogen und ich behielt mein Lächeln auch bei.

Kurze Zeit später erschien eine Schwester an der Tür und winkte Dad, zu ihr auf den Flur zu kommen.

»Ich bin gleich zurück«, sagte er zu Miss Nichols und zu mir.

Jetzt war ich mit ihr allein und wusste nicht, was ich sagen oder tun sollte.

Wieder fühlte ich, dass vom Fenster eiskalte Luft ins Zimmer zog.

»Ist Ihnen kalt, Miss Nichols?«, fragte ich. »Soll ich Ihre Decke hochziehen?«

Sie nickte.

Vorsichtig zog ich die Decke bis unter ihr Kinn. Ihre Augen wichen nicht von meinem Gesicht.

Ich hatte das Gefühl, sie jetzt viel besser zu kennen als in den ganzen Jahren, die sie im Maxwell gewohnt hatte. Ihre Sachen durchzugehen, das Album zu studieren, die Zeitungsartikel über sie zu lesen – das alles half mir, sie mit anderen Augen zu sehen. Sie war nicht die sonderbare Eremitin, wie es äußerlich den Anschein hatte. Sie war eine junge Frau gewesen mit Hoffnungen und Träumen, gar nicht so anders als ich oder andere junge Menschen. Ich begriff, dass ich sie aus Unwissenheit in eine Schublade gesteckt hatte, und war enttäuscht, dass ich dadurch wertvolle Zeit verloren hatte. Ich hätte von ihr persönlich alles erfahren können – über die Ausstellung und Luca und was schließlich zu ihrem Verschwinden geführt hatte, wie es von Mr Corsini beschrieben worden war.

Die Unsicherheit, weil ich mit ihr in diesem Zimmer war, verschwand.

Ich zog langsam den Stuhl an ihr Bett heran. »Dad hat mich gebeten, Ihre Sachen in Kartons zu packen, bis Sie sie wieder brauchen.«

Sie nickte und ein Anflug von Traurigkeit trat in ihre Augen.

»Ich habe Ihr Album gefunden. Das Album, das Sie über die *Tennessee Centennial Exposition* angelegt haben. Erinnern Sie sich daran?«

Sie blinzelte mehrere Male, bevor sie nickte. »Ja.«

»Ich hoffe, es stört Sie nicht, aber ich habe es durchgeblättert. Es ist so schön. Ich wusste nicht viel über die Ausstellung. Es ist interessant, mehr über den Jahrmarkt und den Parthenon zu erfahren.«

Ich dachte, die Erinnerung an das Album würde sie aufmuntern, aber plötzlich standen Tränen in ihren Augen.

»Miss Nichols«, sagte ich besorgt. »Stimmt etwas nicht?«

Sie schniefte und wischte mit der linken Hand die Tränen weg. »Werfen … Sie das Buch … weg.«

Ich verstand sie nicht. Ihr rechter Mundwinkel hing kraftlos nach unten, deshalb kamen ihre Worte langsam und schwerfällig über ihre Lippen.

»Haben Sie gesagt, dass ich das Album wegwerfen soll?«

Sie nickte. »Weg…werfen.«

»Oh, Miss Nichols.« Ich schaute sie an und war mir nicht sicher, ob sie wusste, was sie sagte. »Es ist so schön. Diese Seiten erzählen so viel Geschichte. Es wäre eine Schande, es wegzuwerfen.«

Ich wünschte, sie könnte besser sprechen, damit wir über die Situation diskutieren könnten. Ich würde ihr von Jason erzählen und berichten, dass uns das Album veranlasst hatte, mehr über ihr politisches Engagement zu lesen, und wie uns beide ihr Einsatz für die Rechte von Frauen inspirierte. Ich hätte ihr vielleicht sogar gestanden, dass ich Kindern wie Emmett helfen wollte. Ich war überzeugt, dass sie Emmett liebte, und war sicher, dass sie mich ermutigen würde, diesen Weg einzuschlagen.

Doch bevor ich diesen Gedanken zu Ende denken konnte, ergriff sie meine Hand. Eiskalte, knöchrige Finger legten sich um meine. »Behalten Sie … das Buch. Arrry, bewahren Sie … meine Erinnerungen.«

Ich schnappte nach Luft. »Das kann ich nicht, Miss Nichols. Es ist *Ihr* Album.«

Sie zog an meiner Hand. »Behalten Sie es. Ich … brauche es nicht mehr.«

Sie schien es ernst zu meinen. Deshalb nahm ich ihre Hand in meine beiden Hände. »Danke, Miss Nichols. Ich fühle mich geehrt, ein so schönes Erinnerungsbuch zu haben.«

In diesem Moment kam Dad zurück. Wir blieben noch eine halbe Stunde, bevor wir uns von der alten Frau verabschiedeten. Als ich versprach, sie wieder zu besuchen, antwortete sie mit einem schiefen Lächeln. Auf dem Heimweg erzählte mir Dad, was die Schwester ihm gesagt hatte.

»Sie rechnen nicht damit, dass sie noch lange leben wird.« Er seufzte schwer. »Die Schwester wollte wissen, wen sie informieren sollen, wenn sie stirbt. Ihr Anwalt hat keinen Anruf aus dem Pflegeheim erwidert. Ich habe der Frau meinen Namen und meine Telefonnummer gegeben.«

Bei dieser Nachricht wurde mir schwer ums Herz. »Es ist so traurig, Dad. Sie sollte nicht einfach nur in diesem Zimmer liegen und auf den Tod warten. Können wir denn nichts tun? Sie vielleicht ins Hotel zurückholen?«

»Das geht leider nicht, Liebes. Sie muss rund um die Uhr gepflegt werden. Ich weiß, dass dieses Heim nicht besonders schön ist, aber es ist für sie das Beste.«

Ich sah das anders, aber ich wusste auch nicht, was wir tun konnten.

Betty Ann und Emmett spielten im Foyer Karten, als wir ins Hotel zurückkamen. Sie lächelten beide, als wir zu ihnen traten.

»Wir spielen Quartett. Ich gewinne.« Emmett hielt seine Karten hoch.

»Das freut mich für dich.« Dad strich über Emmetts Haarwirbel, dann wandte er sich an Betty Ann. »Sind irgendwelche Anrufe gekommen, während wir fort waren?«

»Nein, angerufen hat niemand, aber der Küchenchef hat noch Fragen zu den Snacks für den Tanzabend am Freitag. Außerdem ist ein Zimmermädchen krank, deshalb habe ich den Dienstplan der anderen so geändert, dass alle Zimmer geputzt werden.«

Dad lächelte. »Danke, Betty Ann. Es ist mir eine große Hilfe, dass du das alles organisierst.« Er wurde nachdenklich. »Vielleicht kannst du Audrey helfen, Miss Nichols' Sachen fertig einzupacken. Der heutige Besuch bei ihr hat mir verdeutlicht, dass wir diese Arbeit abschließen sollten.« Er warf einen Blick auf Emmett und achtete darauf, nichts zu sagen, was ihn aufwühlen könnte. »Ich weiß, dass ihr Anwalt kein Interesse daran hat, die Sachen aufzuheben, aber ich hätte gern alles organisiert, falls in ihrem Testament Angaben zu Erinnerungsstücken oder Schmuck stehen.«

»Ich kann gerne helfen.« Betty Ann legte ihre Karten weg und stand auf. »Wir müssen später weiterspielen, Emmett. Vielleicht gewinne ich beim nächsten Mal ja auch eine Partie.«

»Ich gewinne immer«, sagte Emmett und spielte ohne sie weiter.

»Danke, dass du heute Morgen auf ihn aufgepasst hast«, sagte ich, während wir zum Fahrstuhl gingen. »Mrs Ruth hat sich nicht gut gefühlt.«

»Das habe ich sehr gerne getan. Es hat Spaß gemacht.«

Ich brachte sie auf den aktuellen Stand, was Miss Nichols' Verfassung anging, ohne jedoch unser Gespräch über das Album zu erwähnen. Ich wollte zuerst Jason meine gute Nachricht mitteilen. Ich hatte nicht einmal Dad davon erzählt.

Als wir in Miss Nichols' altem Zimmer ankamen, befiel mich eine schmerzliche Trauer. »Es war so traurig, sie dort liegen zu sehen. Du müsstest dieses Pflegeheim sehen. Es ist so kalt und hässlich und deprimierend.«

»Es tut mir leid, dass sie dort untergebracht werden musste.« Betty Ann ließ ihren Blick durchs Zimmer schweifen. »Nach dem Tod meiner Mutter war es schwer für mich, mich ohne Hilfe um meinen Vater zu kümmern. Ich habe mir mehrere Pflegeheime angesehen, aber Gott hat ihn heimgeholt, bevor ich diese Entscheidung treffen musste.«

Ich dachte über ihre Worte nach. »Es freut mich, dass du das mit deinem Vater nicht durchmachen musstest, aber trotzdem finde ich das irgendwie nicht fair. Warum hat Gott Miss Nichols nicht davor bewahrt, einen Schlaganfall zu erleiden? Sie hat keine Familie und auch sonst niemanden, der sich um sie kümmern könnte.«

»Gottes Wege sind uns manchmal verborgen.« Sie trat an den Nachttisch, auf dem Miss Nichols' Bibel lag. »Diese Bibel sieht aus, als wäre viel darin gelesen worden«, sagte sie und blätterte in den Seiten. »Sie erinnert mich an die Bibel meiner Mutter.«

»Meine Mutter hatte auch so eine«, sagte ich leise und dachte an die Bibel, die in meiner Kommodenschublade lag, seit Dad sie mir am Tag ihrer Beerdigung gegeben hatte. Ich konnte es nicht ertragen, sie anzusehen, geschweige denn, sie zu lesen. Ihr Tod hatte einfach zu sehr wehgetan.

Sie lächelte mich traurig an. »Tatsache ist, Audrey, dass Tod und Traurigkeit Teil dieser Welt sind. Ich weiß nicht, warum Miss

Nichols von diesem Leiden nicht verschont geblieben ist oder warum mein Mann im Krieg gefallen ist oder warum deine Mutter starb, obwohl ihre Familie sie noch gebraucht hätte.« Sie trat zu mir und reichte mir die Bibel. »Aber ich bin überzeugt, dass der Tod nicht das Ende ist, wenn wir glauben, was die Bibel über Gott sagt, und Jesus Christus als unseren Herrn annehmen. Das ist erst der Anfang von etwas ganz Wunderbarem, das wir nie richtig begreifen werden.«

Ich wusste, dass sie recht hatte, aber manchmal fiel es mir schwer, die Vergänglichkeit des Lebens zu akzeptieren.

»Ich denke, ich bringe sie Miss Nichols«, sagte ich und legte die Bibel aufs Bett. »Sie kann sie vielleicht nicht mehr lesen, aber vielleicht tröstet es sie, sie einfach in der Hand zu halten.«

Die nächsten zwei Stunden verbrachten wir damit, Miss Nichols' letzte Sachen einzupacken. In Kartons, die unter dem Bett standen, lagen Papiere und zig Bündel mit Briefen. Ein kurzer Blick darauf verriet, dass sie im Laufe vieler Jahre von völlig verschiedenen Frauen an Miss Nichols geschrieben worden waren. Die Adresse auf den Umschlägen war jedoch nicht die des Maxwell House Hotels, sondern irgendwo in der Zehnten Straße. Ich kennzeichnete die Kartons mit »Wichtig«, damit sie im Keller so gelagert wurden, dass sie leicht zugänglich waren.

Jason kam rechtzeitig, um uns zu helfen, die gerahmten Plakate abzuhängen, und erklärte, dass er sie Miss Nichols gern abkaufen würde, falls sie bereit war, sich von ihnen zu trennen. Ich konnte es nicht erwarten, ihm von dem Album zu erzählen, aber in Betty Anns Beisein wollte ich nichts sagen.

»Ich glaube, das war alles.« Ich ließ meinen Blick noch ein letztes Mal durchs Zimmer wandern. Es sah jetzt kahl und traurig aus und nicht mehr gemütlich und exzentrisch.

»Was ist das?« Betty Ann stellte sich auf Zehenspitzen und versuchte, etwas zu sehen, das oben in einem hohen Bücherregal stand. »Ich kann es nicht erkennen, aber ich glaube, dort oben ist noch etwas.«

Jason zog den Schreibtischstuhl heran und stieg darauf.

»Siehst du etwas?«, fragte ich.

Als er zu mir herabblickte, lächelte er geheimnisvoll. »Das wirst du nicht glauben.«

»Was? Was ist denn dort?«

Er holte einen kleinen Gegenstand aus dem Regal und reichte ihn mir.

Mein Atem stockte. »Der Parthenon.« Die kleine Nachbildung des berühmten Gebäudes hatte sich im Laufe der Jahrzehnte gelblich verfärbt und war von einer dicken Staubschicht bedeckt, aber ich hielt sie wie einen kostbaren Edelstein in den Händen.

Betty Ann trat näher, um den Gegenstand zu betrachten. »Das sieht ziemlich alt aus.«

Jason stieg vom Stuhl und seine Augen leuchteten aufgeregt. »Wenn es das ist, was wir denken, stammt es von der *Centennial Exposition*. Und wenn dies das Souvenir vom Parthenon ist, das Luca damals Peaches gegeben hat, bedeutet das nichts anderes, als dass …«

Ich beendete seinen Satz.

»… dass Miss Nichols Peaches ist.«

18

Ich lag noch im Bett, obwohl es schon weit nach 9 Uhr war. Das Morgenlicht fiel durch die Vorhänge, aber ich kuschelte mich unter die Decke. Mein Herz war voll und ich ließ meinen Gedanken freien Lauf.

War meine Zeit mit Luca nur ein Traum gewesen? Wenn ja, wollte ich ewig im Bett liegen bleiben und ihn immer und immer wieder neu durchleben. Wie seine dunklen Augen mein Gesicht gestreichelt hatten. Wie sich seine starken Finger um meine gelegt hatten.

»Miss?«

Ich drehte mich um und sah Fanny, Mutters Zofe, die den Kopf ins Zimmer steckte. »Guten Morgen, Fanny. Ich bin noch nicht ganz bereit, den neuen Tag zu begrüßen. Ich gebe Ihnen Bescheid, wenn ich Ihre Hilfe brauche.«

»Wie Sie wünschen, Miss.« Sie machte einen Knicks und schloss die Tür hinter sich.

Das Auftauchen der rothaarigen Zofe, die definitiv irischer Herkunft war, erinnerte mich daran, dass ich Gia besuchen wollte, sobald ich angezogen war. Das arme Mädchen! Vielleicht sollte ich vorher in die Confiserie gehen und ihr etwas Gutes kaufen, um sie aufzumuntern.

Ich dehnte mich, dann stand ich widerwillig auf und tapste zum Fenster. Auf der Straße unter mir herrschte ein reger Betrieb: Kutschen, Reiter auf ihren Pferden und Fußgänger waren unterwegs und schienen es eilig zu haben. Inzwischen hatte Luca Papa wie jeden Tag zum Ausstellungsgelände gefahren. Papa nahm sein Frühstück gern mit seinen Geschäftspartnern im Club ein, während Mutter und ich uns das Frühstück am liebsten aufs Zimmer bringen ließen, um uns gemütlich auf den vor uns liegenden Tag vorzubereiten.

Als ich mich vom Fenster abwandte, fiel mein Blick auf die kleine Nachbildung des Parthenon, die auf dem Ankleidetisch stand.

Mein Herz schlug höher.

Es war kein Traum gewesen.

Ich nahm das kleine Souvenir und stieß ein verträumtes Seufzen aus, obwohl ich so etwas bisher nur in Liebesromanen gelesen hatte.

Ich konnte es nicht erwarten, Luca heute zu sehen. Ich war noch nie verliebt gewesen, aber wenn man sich so dabei fühlte – lebendig und grenzenlos glücklich –, würde es hoffentlich ewig andauern. Ich wusste, dass wir aufpassen mussten, aber unsere Beziehung hatte sich in den herrlichen Stunden, die wir zusammen auf der Ausstellung verbracht hatten, verändert. Ich wusste nicht, wie es zwischen uns weitergehen würde, aber ich weigerte mich, irgendjemandem, auch nicht meinen Eltern, zu erlauben, sich dieser ungeplanten, aber wunderbar angenehmen Entdeckung in den Weg zu stellen.

Ich hatte gerade meine Morgentoilette beendet, als Fanny kam. »Ich habe eine Nachricht für Sie, Miss.« Sie reichte mir einen zusammengefalteten Zettel.

Ich warf einen Blick auf die Handschrift. Es war weder Papas noch Mutters Schrift. Ich ging nicht davon aus, dass Kenton einen Grund hatte, mir eine Nachricht zu schicken, aber ihm war alles zuzutrauen. Ich legte den Zettel beiseite, um ihn später zu lesen.

Als ich einen gemusterten marineblauen Rock und meine korallenfarbene Lieblingsbluse angezogen hatte, ging Fanny daran, mir die Haare zu frisieren und eine passende blaue Schleife durch meine Locken zu flechten. Sie machte ihre Sache zwar gut, aber ihr fehlte Gias außergewöhnliches Geschick.

Mir kam eine Idee.

Ich könnte doch Gia dauerhaft als meine Zofe einstellen? Sie könnte mitkommen, wenn wir am Ende des Monats nach Chattanooga zurückkehrten. Sie war jung, aber es würde sie vielleicht reizen, nur für eine Familie statt in einem Hotel zu arbeiten.

Ein verschmitztes Lächeln zeigte sich in meinem Spiegelbild.

Ihr Bruder würde sie bestimmt öfter besuchen kommen …

Als Fanny das Zimmer verlassen hatte, faltete ich den Zettel, den mir Fanny gebracht hatte, mit wenig Begeisterung auseinander. Mein Blick fiel auf die Unterschrift und ich erwartete, Kentons Namen in schwarzer Tinte zu lesen.

Luca.

Mit angehaltenem Atem las ich die Nachricht, die nur aus einer einzigen Zeile bestand.

Kommen Sie in die Eisdiele.

Mein Blick raste zur Uhr auf dem Nachttisch. Seit Fanny mir die Nachricht gebracht hatte, war fast eine Stunde vergangen. Luca musste denken, ich würde nicht kommen.

Ich eilte aus dem Zimmer und benutzte die Tür, die auf den Flur führte, statt durch den Salon zu gehen. Ich konnte es nicht riskieren, Mutter zu begegnen.

Als ich die Galerie erreichte, war ich außer Atem, aber ich eilte weiter, bis ich die Confiserie im Erdgeschoss fast erreicht hatte.

Luca lehnte an der Wand und hatte die Arme vor der Brust verschränkt. Sein besorgter Blick, mit dem er die Leute beobachtete, die kamen und gingen, wurde von Sorgenfalten auf seiner Stirn unterstrichen.

Als ich ihn erblickte, atmete ich erleichtert auf. »Luca.« Ich eilte zu ihm.

Er richtete sich auf. »Ich dachte, Sie würden nicht kommen.« Er lächelte nicht. War er wütend?

»Ich muss mich entschuldigen. Ich habe länger geschlafen als sonst.«

Er blickte sich um, dann beugte er den Kopf zu mir herab. »Ich muss mit Ihnen sprechen. Es ist dringend. Aber nicht hier.«

Mein Magen zog sich vor Angst zusammen.

Bereute er es, dass er den letzten Abend mit mir verbracht hatte? Tat es ihm leid, dass wir uns unter den funkelnden Lichtern in der Blauen Grotte an den Händen gehalten hatten? Würde er sagen, dass wir uns nicht wiedersehen konnten?

Während wir durch eine Tür traten und einen Flur hinabgingen, den ich noch nie gesehen hatte, breitete sich die Angst in meinem Herzen aus. Am oberen Absatz einer Treppe, die vermutlich in den Keller des Hotels hinabführte, blieben wir stehen.

Mehrere Sekunden verstrichen, bevor er mich anschaute. »Gia ist verschwunden.«

Ich blinzelte. Mit dieser schockierenden Aussage hatte ich absolut nicht gerechnet. »Was meinen Sie mit *verschwunden?*«

»Sie ist gestern nicht ins Hotel zurückgekommen.« Er fuhr mit der Hand durch sein Haar und schaute mich besorgt an. »Mrs Smith, die Frau, die für die Zimmermädchen verantwortlich ist, kam heute Morgen zu mir und war außer sich, weil Gia letzte Nacht nicht in ihrem Bett war.«

Ich starrte ihn verwirrt an. »Aber sie ist doch zum Hotel zurückgefahren. Kenton wollte doch dafür sorgen, dass der Arzt ihren Knöchel untersucht.«

»Ich habe mit dem Arzt gesprochen, der die Gäste im Hotel betreut.« Sein Ton wurde hart. »Er hat nie mit Mr Thornley gesprochen und er hat meine Schwester nie untersucht.«

Mein Verstand arbeitete auf Hochtouren, um einen logischen Grund zu finden, warum Gia nicht in ihrem Zimmer war. »Könnte ein anderer Arzt sie untersucht haben? Vielleicht hat er sie ins Krankenhaus gebracht?«

»Dr. Bergson hat einen Vertrag mit dem Maxwell. Wenn ein Arzt verständigt worden wäre, dann er.«

»Kann sie irgendwo anders hingegangen sein? Zu einer Freundin möglicherweise? Vielleicht weiß Carmelo etwas.«

Er schüttelte den Kopf und seine Gesichtszüge verhärteten sich. »Carmelo hat gesagt, dass er die beiden vor dem Hotel abgesetzt hat. Thornley hat ihr etwas angetan und ich werde herausfinden, wo er sie hingebracht hat.«

»Was wollen Sie damit andeuten, Luca?« Sein zorniger Blick ließ bei mir alle Alarmglocken läuten.

»Er ist die letzte Person, die mit ihr gesehen wurde. Wenn Thornley sie ins Hotel begleitet hat, wo ist sie dann?«

Darauf wusste ich keine Antwort. »Wir suchen Kenton. Er kann uns sagen, wohin er sie gebracht hat, und wir fahren hin und holen sie.«

Er schaute mich mit einem tiefen Schmerz in den Augen an. »Sie ist alles, was ich habe. Wenn ihr etwas zustößt, werde ich mir das nie vergeben.«

Die Worte, die er nicht laut aussprach, hingen zwischen uns in der Luft. Mir würde er das auch nie vergeben.

Wir kehrten in die Lobby zurück und suchten Kenton, jedoch ohne Erfolg. Als ich einen Pagen mit einer Nachricht zu seinem Zimmer schickte, kam er mit meinem ungeöffneten Umschlag zurück. Mr Thornley war nicht in seinem Zimmer.

»Was machen wir jetzt?« Luca ging ruhelos wie die wilden Tiger, die wir bei der Tiervorführung auf dem Jahrmarkt gesehen hatten, im Foyer auf und ab.

»Wir suchen weiter. Er muss ja irgendwo im Hotel sein.« Ich war sicher, dass Kenton heute nicht zur Ausstellung gefahren war, da es ihm gestern dort so wenig gefallen hatte. Wenn wir ihn fanden, würde er uns sagen, wo wir Gia finden konnten, und alles würde gut werden.

Wir suchten im Restaurant, im Herrensalon, im Geschäft für Herrenkleidung und im Zigarrenladen, aber Kenton war nirgends zu finden. Ich fragte den Portier, ob er wisse, wo sich Mr Thornley aufhalte, aber er konnte sich nicht erinnern, dass Kenton an diesem Morgen eine Droschke bestellt oder das Hotel verlassen hatte. Ich dankte ihm und wir setzten unseren Weg fort.

Wir hatten bereits im Billardraum nachgesehen, wo der Zigarrenrauch in einer dicken blauen Wolke unter der Decke hing, aber Luca bestand darauf, noch einmal hinzugehen. Ich blieb vor dem Eingang stehen und fühlte, wie sich in meinem Herzen eine immer größere Hoffnungslosigkeit ausbreitete. Wir durften nicht aufgeben. Kenton war der Einzige, der uns sagen konnte, wo Gia steckte.

»Thornley, was haben Sie mit meiner Schwester gemacht? Tun Sie nicht so, als wäre ich Luft. Ich will eine Antwort.«

Lucas wütende Stimme drang aus dem Billardraum.

Besorgt eilte ich in den Raum, was mir finstere Blicke von den männlichen Gästen einbrachte, denen es eindeutig nicht gefiel, dass ich es wagte, in ihre Männerdomäne einzudringen.

Ich fand Luca und Kenton im hinteren Teil des Raums, wo zum Glück ein Billardtisch zwischen ihnen stand, während sie einander finster ansahen.

Kentons Stirnrunzeln vertiefte sich, als er mich erblickte.

»Priscilla, was machst du hier? Das schickt sich nicht.« Sein finsterer Blick richtete sich wieder auf Luca. »Moretti, Sie haben hier drinnen auch nichts zu suchen. Dieser Raum ist nur für Gentlemen.«

Ich blieb neben Luca stehen, dessen unterdrückte Wut förmlich mit Händen zu greifen war. Er war wie ein Pulverfass, das beim leisesten Funken explodieren würde.

»Kenton«, sagte ich in der Hoffnung, vernünftig mit ihm reden und die angespannte Situation entschärfen zu können. »Wir machen uns Sorgen um Gia. Sie war gestern Nacht nicht in ihrem Zimmer. Weißt du, wo wir sie finden können?«

Der Mann, der gegen Kenton spielte, verfehlte die Billardkugel. »Sie sind dran, Thornley.«

Ich warf dem Fremden einen verärgerten Blick zu. Konnte er denn nicht sehen, dass wir mitten in einem Gespräch waren?

Kenton ging zum Ende des Tisches herum und betrachtete die bunten Kugeln auf dem Tisch, der mit einem grünen Stoff überzogen war. »Ich habe keine Ahnung, wo sie ist. Sie ist deine Zofe.« Er setzte zum Stoß an und traf mit der Spitze seines Queues eine weiße Kugel. Eine rote Kugel wurde von der weißen getroffen und landete geräuschlos im Netz.

»Sie waren der Letzte, der sie gesehen hat«, knurrte Luca, der kurz davorstand, die Geduld zu verlieren. Er ballte die Fäuste, als bereite er sich auf eine Schlägerei vor.

»Kenton, bitte hilf uns«, sagte ich. »Wir machen uns Sorgen um sie. Sag uns einfach, was passiert ist, als ihr gestern ins Hotel zurückgekommen seid. Hast du einen Arzt geholt?«

Kenton schnaubte verächtlich, bedeutete dem anderen Mann, dass das Spiel beendet sei, und legte seinen Queue auf den Tisch. Mit verschränkten Armen drehte er sich zu uns herum. »Als wir ins Hotel kamen, hat sie gesagt, dass sie allein klarkommt. Ich habe angeboten, den Arzt zu verständigen, aber das wollte sie nicht. Sie sagte, dass sie nicht noch mehr Umstände machen will.« Er zuckte die Achseln. »Danach habe ich sie nicht mehr gesehen.«

Diese Antwort wollten weder Luca noch ich hören.

»Das ist eine Lüge«, sagte Luca. »Niemand hat sie gesehen. Sie war nie in ihrem Zimmer.«

Kentons Mund verzog sich zu einem hässlichen hämischen Grinsen. »Vielleicht hat Ihre Schwester ein paar Geheimnisse, Moretti. Sie ist ziemlich hübsch.«

Luca wollte auf ihn losgehen, aber Kenton trat schnell zur Seite und konnte ihm ausweichen.

»Aufhören!«, sagte ich und versuchte, zwischen die beiden zu treten.

»So sprechen Sie nicht von meiner Schwester! Oder ich bestehe darauf, dass wir hinausgehen«, sagte Luca, der seinen Zorn kaum noch zügeln konnte.

Daraus konnte ich ihm keinen Vorwurf machen. Warum sagte Kenton etwas so Abscheuliches über die liebe, unschuldige Gia?

»Was ist hier los?« Der stämmige Mitarbeiter, der an der Tür des Billardraums gestanden hatte, trat zu uns. »Mr Thornley, ist alles in Ordnung?«

Kenton knurrte. »Nein, hier ist nicht alles in Ordnung. Dieser Mann hat mich beleidigt und angegriffen. Ich will, dass er sofort entfernt wird.«

Der Mitarbeiter wandte sich an Luca. Sie hatten ungefähr die gleiche Größe. »Du musst diesen Raum verlassen, Moretti. Du willst dir doch keine Schwierigkeiten einhandeln.«

»Ich gehe erst, wenn er mir sagt, wo meine Schwester ist.«

Der Mann schaute ihn verwirrt an. »Gia? Was hat sie damit zu tun?«

»Sie hat nichts damit zu tun«, rief Kenton und zog mit seiner lauten Stimme die Aufmerksamkeit der anderen Männer im Raum auf sich. »Entweder bringen Sie diesen Mann weg oder ich spreche mit dem Hotelmanager. Dann sind Sie beide Ihren Job los.«

»Luca, gehen wir.« Ich legte meine Hand auf Lucas Arm. »Wir suchen weiter.«

»Luca?«, wiederholte Kenton mit einem hässlichen Blick. »Jetzt verstehe ich, warum du mich mit dem Mädchen ins Hotel zurückgeschickt hast. Vielleicht war sie nicht einmal verletzt und hat nur mitgespielt, damit du mit diesem Mann allein sein konntest.«

Ich fühlte, wie Luca erstarrte, aber ich hielt seinen Arm fest. »Du hast unmissverständlich gesagt, dass du ins Hotel zurückfahren willst, Kenton.« Ich weigerte mich, auf seine anzügliche Anspielung einzugehen. »Du weißt genauso gut wie ich, dass Gia nicht allein gehen konnte. Die Situation ist ernst genug und du solltest sie nicht mit Lügen noch schlimmer machen. Gia könnte etwas Schlimmes passiert sein. Sie ist verschwunden. Wir sollten uns allein darauf konzentrieren, sie zu finden.«

Ich wandte mich ab und wollte zur Tür gehen, aber Luca rührte sich nicht vom Fleck.

»Wenn Sie ihr etwas angetan haben«, sagte er mit tödlichem Ernst und leiser Stimme, »werden Sie das bereuen.«

Kentons Gesicht wurde vor Zorn ganz rot. »Bringen Sie ihn sofort weg!«

Der Hotelmitarbeiter packte Luca am Arm und zerrte ihn aus dem Raum. Ich folgte den beiden eilig, ohne das Murmeln und die neugierigen Blicke der Männer, an denen wir vorbeigingen, zu beachten.

In der Lobby ließ der Mann Luca los. »Du kannst nicht wieder dort hineingehen, Moretti.«

Luca atmete frustriert aus. »Es tut mir leid, dass du in die Sache hineingezogen wurdest, Walsh.«

»Das ist mein Job. Aber was ist mit Gia?« Die Sorge des Mannes wirkte echt, auch wenn er Luca vor wenigen Momenten grob aus dem Raum gezerrt hatte. Offenbar kannte er die Moretti-Geschwister.

»Gia ist Miss Nichols' Zofe«, sagte Luca und deutete auf mich. »Meine Schwester und ich haben sie gestern zur Ausstellung begleitet. Mr Thornley gesellte sich später im Park zu uns. Gia hat sich den Knöchel verletzt und Mr Thornley hat angeboten, mit ihr zum Hotel zurückzufahren. Er wollte nicht länger auf der Ausstellung bleiben und hat versprochen, einen Arzt zu rufen, damit er Gia untersuchen kann.« Er schüttelte den Kopf und verzog wütend das Gesicht. »Ich hätte sie nicht aus den Augen lassen sollen.«

Seine Worte lösten in mir starke Schuldgefühle aus.

»Und jetzt ist sie verschwunden?« Tiefe Sorgenfalten traten auf Mr Walshs Stirn.

»Mrs Smith sagt, dass Gia letzte Nacht nicht in ihrem Bett war. Niemand hat sie gesehen.«

Der andere Mann nickte ernst. »Ich höre mich um. Vielleicht hat irgendjemand etwas bemerkt.«

»Danke, Walsh. Das ist sehr nett von dir.«

Der Mann ging und ließ uns allein.

Luca fuhr mit der Hand durch sein Haar. »Ich kann nicht hierbleiben«, sagte er mit harter Stimme. »Ich muss sie suchen gehen.«

Ich fragte nicht, wo er sie suchen wollte, da ich die gleiche Dringlichkeit fühlte wie er. Wenn nötig, würden wir ganz Nashville absuchen. »Ich frage alle – Zofen, Butler, Pagen –, bis wir sie finden.«

Er wurde still und schaute mich mit einer Intensität an, die mir den Atem raubte. »Ich mache Ihnen keinen Vorwurf.«

Meine Kehle schnürte sich zusammen und Tränen versperrten mir die Sicht. »Wir hätten mit ihr zurückfahren sollen. Es war egoistisch von mir, Sie zu bitten, mit mir im Park zu bleiben.«

»Sie haben mich nicht darum gebeten. Ich wollte bei Ihnen bleiben.«

Wir schauten uns einen langen Moment an. Bedauern und Angst erfüllten den Raum zwischen uns und erstickten die aufblühende Liebe, die ich noch eine Stunde zuvor empfunden hatte.

Dann drehte er sich um und schritt davon.

෴

Ich lag in der Stille der Nacht wach.

Dad und Emmett waren schon vor Stunden schlafen gegangen, aber ich hatte mich nur im Bett gewälzt, seit ich mich hingelegt hatte. Ich konnte einfach nicht einschlafen, obwohl ich völlig erschöpft war, nachdem wir die Kartons mit Miss Nichols' Sachen in den Keller getragen hatten. Das Bild von der alten Frau, die ganz allein in diesem kalten, sterilen Zimmer lag, ließ mich nicht los. Selbst wenn sie nicht mehr lange leben sollte, wie die Schwester Dad gesagt hatte, verdiente sie es, ihre letzten Tage an einem freundlicheren und friedlicheren Ort zu verbringen.

Mit einem Stöhnen schaltete ich die Lampe neben meinem Bett ein. Die kleine Nachbildung des Parthenon ruhte neben dem Album auf meinem Schreibtisch. Jetzt, da ich wusste, dass es sich bei Miss Nichols um Peaches handelte, war ich neugierig, was auf den übrigen Postkarten in dem Buch stand. Würden sie mehr Hinweise dazu geben, was an dem Tag passiert war, an dem Mr Corsini sie und Luca zur Ausstellung gebracht hatte?

Ich schlüpfte in meinen Morgenmantel und tapste zum Schreibtisch. Eine eisige Kälte lag in der Luft. Deshalb nahm ich schnell das Buch und kehrte in mein warmes Bett zurück. Da ich diese schönen Seiten schon so oft durchgeblättert hatte, waren sie mir inzwischen sehr vertraut. Ich wusste genau, wo ich die Postkarten suchen musste.

Das Bild von einem burgähnlichen Gebäude auf einem Hügel erregte meine Aufmerksamkeit. Unter dem Gebäude trieben zwei lange Boote auf einem See und in einem Boot saßen mehrere Frauen in eleganten Kostümen. Hinter ihnen hing an der Seite des Hügels ein Schild über etwas, das wie eine Höhle aussah, auf dem *Theatereingang* stand. Um zu erfahren, was ich hier vor mir sah, müsste ich die Postkarte lösen.

Ich biss mir auf die Unterlippe.

Seit ich das Album entdeckt hatte, hatte ich das unangenehme Gefühl gehabt, in Miss Nichols' Privatsphäre einzudringen, wenn ich die Nachrichten auf den Postkarten las. Obwohl nirgends ihr Name stand und ich auch nicht wusste, wer Luca war, hatte ich trotzdem das Gefühl, dass es nicht ganz richtig war. Es waren persönliche, private Nachrichten von einer Frau, die einen Mann geliebt hatte.

Aber jetzt, da sie mir das Buch geschenkt hatte, überlegte ich, ob es vielleicht überhaupt nicht mehr wichtig war. Vielleicht waren die Nachrichten nach so vielen Jahren einfach bittersüße Erinnerungen an die Liebesgeschichte eines Paares, von denen es während der *Tennessee Centennial Exposition* bestimmt viele gegeben hatte.

Ich tippte mit dem Fingernagel auf die Karte.

Auf der Seite klebten mehrere getrocknete Blumen, von einem blauen Schleifenband umgeben, das im Laufe der Jahre vergilbt war. Eine Seite, die aus einem Notenbuch gerissen war, klebte ebenfalls auf dieser Seite, aber der Text des Liedes war italienisch. Hatten diese Dinge einen Bezug zu dem Bild auf der Postkarte?

Ich dachte an unseren Besuch im Pflegeheim. Miss Nichols hatte ausgesehen, als gebe sie mir dieses Buch sehr gern, nachdem ich gesagt hatte, wie schön es war. Ich war sicher: Wenn sie gewollt hätte, dass es weggeworfen wurde, hätte sie es mir nicht angeboten. Was hatte sie gesagt? Dass ich jetzt ihre Erinnerungen bewahren soll?

Bei diesem Gedanken musste ich lächeln.

Vorsichtig löste ich die Postkarte von der Seite. Gehärteter Klebstoff bildete Punkte in den Ecken, aber ansonsten war die Karte intakt.

Die gleiche Handschrift wie auf den anderen Postkarten füllte die Rückseite. Meine Augen wanderten über die gedruckten Worte unten auf der Karte.

»Restaurant Blaue Grotte. Aufführung schöner italienischer Schmetterlingstänzer auf einem geschmückten Kahn auf dem Watauga-See.«

Meine Neugier war geweckt und ich las die Nachricht auf der Rückseite der Karte.

Mein Liebster,

ich hatte vor, heute in der Blauen Grotte zu Mittag zu essen, aber ich stellte fest, dass ich das nicht kann. Sie erinnert mich zu sehr an dich. Mich quälen starke Schuldgefühle, wenn ich mich an unseren gemeinsamen Abend dort erinnere. An die Musik. Die Lichter. Es war der romantischste Abend meines Lebens. Doch dann begann der Albtraum. Und er hält immer noch an. Mir tut alles so leid, mein Liebster. Ich bereue so sehr, dass ich damals und jetzt so egoistisch war. Ich will die Erinnerung an unsere gemeinsame Zeit im Herzen bewahren, aber wie egois-

tisch muss ich sein, wenn ich mir wünsche, du wärst hier bei mir. Ich weiß, dass du Gia suchen musst, bis sie gefunden und in Sicherheit ist.

Erreichen meine Gebete den Himmel?

Ich glaube nicht.

Peaches

Mein Herz raste.

Albtraum? Egoistisch? Und wer war Gia?

Ich musste die Antworten auf meine Fragen finden.

Ich blätterte schnell weiter, bis ich zu einer weiteren Postkarte kam, auf der ein Foto von der Riesenwippe auf dem Jahrmarkt abgebildet war. In meiner Eile, sie aus dem Album zu lösen, hinterließ ich einen kleinen Riss auf der vergilbten Seite. Ich musste behutsamer vorgehen.

Ich drehte die Karte um und überflog die kurze Nachricht. Peaches erinnerte Luca an die Aussicht von oben in der Riesenwippe – erinnerte er sich, wie sie das Maxwell House Hotel gesehen hatten? –, aber von Gia oder einem Albtraum war nirgends die Rede. Nur Wehmut bei der Erinnerung an die Fahrt mit der Wippe.

Während ich die nächste Postkarte suchte, musste ich gähnen. Wenn ich nicht bald ein bisschen Schlaf bekäme, wäre ich morgen nicht zu gebrauchen. Mit dem alljährlichen Weihnachtstanz am Freitag und dem Weihnachtsdinner am Montag lagen arbeitsreiche Tage vor uns. Die Mitarbeiter waren eingearbeitet und wussten, was sie zu tun hatten, aber Dad bräuchte meine Hilfe, um sicherzustellen, dass für beide Veranstaltungen alles vorbereitet war.

Ich kam zu einer Postkarte mit den Bildern von mehreren Gebäuden – unter anderem ein Gebäude, das wie eine Pyramide geformt war – mit dem Watauga-See im Vordergrund. Ich erkannte, dass es das Memphis-Gebäude war, das einer ägyptischen Pyramide nachempfunden war. Miss Nichols hatte ein Plakat davon in ihrem Zimmer. Besser gesagt, sie hatte es dort gehabt, bis wir alles in den Keller gebracht hatten. Ich durfte nicht vergessen, Dad zu sagen, dass Jason die Plakate gern kaufen würde.

Mit mehr Sorgfalt, als ich bei der letzten Postkarte an den Tag gelegt hatte, ging ich daran, diese Karte von der Seite zu lösen. Als das vergilbte Papier unbeschädigt blieb, jubelte ich innerlich.

Mein liebster Luca,

Präsident McKinley war heute, am Ohio-Tag, auf der Ausstellung. Es waren Unmengen von Menschen da, die frenetisch applaudierten, als er von den Stufen des Cincinnati-Gebäudes winkte. Als Tochter Tennessees hätte ich mich wahrscheinlich geehrt fühlen und aufgeregt sein müssen, aber ich spürte nichts dergleichen. Die zwei Menschen, nach denen ich mich von Herzen sehne, sind nicht hier.

Ich habe beschlossen, nicht mehr in den Ausstellungspark zu gehen. Die Erinnerungen sind angenehm, aber viel zu schmerzlich.

Komm zu mir zurück, mein Liebster. Ich warte auf dich.

Peaches

Ich sah nach, ob es noch mehr Postkarten gab, aber diese Karte war die letzte. Ich ließ enttäuscht die Schultern hängen. Ich hatte gehofft, Antworten auf die Fragen zu finden, die ich zu Peaches und Luca und jetzt auch noch zu Gia hatte, aber die wenigen Sätze stellten mich nur vor ein weiteres Rätsel.

Warum war es für sie schmerzlich, sich an ihre Zeit im Park zu erinnern? Und wenn es sich bei Luca und Gia um diejenigen handelte, die verschwunden waren, warum hatte Mr Corsini dann Miss Nichols so viele Jahre nicht gesehen?

Ich musste wieder gähnen.

Die Antworten auf diese Fragen würde ich heute Nacht nicht mehr finden.

Ich legte das Buch weg und schaltete das Licht aus. Ich drehte mich auf die Seite und sprach in die Dunkelheit hinein, bevor meine Augen zufielen.

»Ich werde nicht aufgeben, Peaches.«

19

Zwei Tage.

Zwei ganze Tage waren vergangen und Gia war immer noch nicht gefunden worden.

Ich hatte Luca nicht mehr gesehen, seit er das Hotel verlassen hatte, um sie zu suchen, und ich wünschte mir so sehr, mit ihm zu sprechen, ihn zu trösten. Ich weinte, betete und fragte alle, die Gia gesehen haben konnten. Ich war völlig erschöpft, aber ich konnte keine Ruhe finden. Zwei Menschen, die ich liebte – ja, *liebte* –, waren in großen Schwierigkeiten.

»Priscilla?«

Mutter streckte den Kopf in mein Zimmer. Sie hatte für das Abendessen ein neues blau-grünes Kostüm angezogen. »Wir gehen. Ich würde mir sehr wünschen, dass du mit uns ins Restaurant gehst.« Sie runzelte die Stirn. »Du siehst wirklich krank aus, Kind. Ich weiß, dass du dir Sorgen um deine Zofe machst, aber du darfst nicht zulassen, dass deine Gesundheit darunter leidet.« Sie warf einen Blick hinter sich, dann trat sie in mein Zimmer und schloss die Tür. »Kenton hat deinem Vater erzählt, dass das Mädchen ziemlich aufdringlich wurde, sobald sie allein waren. Er hat es nicht direkt ausgesprochen, aber er vermutet, dass sie zu den Mädchen gehört, die Geld nehmen für bestimmte ... Dienste.«

Ihre Andeutungen waren widerlich. »Mutter!« Ich schob mich von meinem Bett hoch. »Gia ist ein liebes, unschuldiges Mädchen. Sie ist gerade erst vierzehn. Du hast sie doch selbst gelobt, dass sie eine sehr gute Zofe ist. Wie kannst du da so etwas sagen?«

»Ich habe dir nur Kentons Worte wiedergegeben.« Sie blickte mich empört an. »Also wirklich, Priscilla! Wir wissen über Gia nur, dass sie in diesem Hotel arbeitet. Ich bin ehrlich verärgert, dass uns dieses Mädchen zugeteilt wurde. Von den anderen Frauen in unserer Gruppe ist keine solchen Unannehmlichkeiten ausgesetzt.«

Ich hätte am liebsten laut geschrien. Gia war verschwunden und könnte in größter Gefahr sein. Ihr Bruder war verzweifelt und durchkämmte die ganze Stadt nach seiner einzigen Familienangehörigen. Und meine Mutter konnte an nichts anderes denken als daran, dass ihre Freundinnen tratschen würden.

»Viel Spaß beim Abendessen, Mutter. Wir sehen uns morgen früh.«

Mein knapper Tonfall entging ihr nicht. »Achte darauf, dass du dich nicht zu sehr in diese Sache hineinziehen lässt. Das würde kein gutes Licht auf deinen Vater werfen. Solche Dinge sprechen sich in unseren Kreisen schnell herum, wie du weißt. Wenn Kenton deinem Vater solche Geschichten über das Mädchen erzählt, hat er sie bestimmt auch anderen gegenüber erwähnt.«

»Kenton kann sagen, was er will, es ist und bleibt eine Lüge.« Ich wandte ihr den Rücken zu. »Gute Nacht, Mutter.«

Nach einer kleinen Weile schnaubte sie laut. »Ich warne dich, Priscilla: Wenn diese Sache publik wird, wird dein Vater nicht erfreut sein.«

Sie verließ mein Zimmer und warf die Tür ins Schloss.

Ich drückte die Augen zu, aber trotzdem liefen mir wütende Tränen übers Gesicht.

Wie konnte Kenton es wagen, solche entsetzlichen Lügen über Gia zu verbreiten? Ich weigerte mich, auch nur ein Wort davon zu glauben. Gia war von seiner Aufmerksamkeit geschmeichelt gewesen – das wäre jedes junge, unerfahrene Mädchen –, aber Kenton war reif genug, ein harmloses Flirten von unanständigen Angeboten zu unterscheiden. Ich konnte einfach nicht glauben, dass Gia zu den Dingen fähig war, die er und Mutter andeuteten.

Aber was war die Wahrheit?

Kenton behauptete, er habe Gia an der Rezeption im Maxwell zum letzten Mal gesehen. Obwohl ich Kenton nicht mochte, hatte ich ihn nie für einen Lügner gehalten. Doch warum sah er sich genötigt, über Gia eine so gemeine Geschichte zu verbreiten? War etwas Schlimmes, das ich mir nicht einmal vorstellen wollte, passiert? Etwas, das Kenton zwang zu lügen?

Ein leises Klopfen an der Tür riss mich aus meinen Gedanken. »Ja?«

Fanny trat ein. »Miss.« Auf ihrer Stirn waren tiefe Sorgenfalten zu sehen. »Ein Mann ist da und möchte Sie sprechen. Es ist der Fahrer, Mr Moretti. Ich war nicht sicher, ob ich ihn einlassen soll, da Ihre Eltern nicht hier sind.«

Ich sprang auf die Beine. »Das geht in Ordnung, Fanny. Ich komme zu ihm in den Salon.« Ich lächelte sie beruhigend an und hoffte, dass sie Mutter nichts von Lucas Besuch erzählen würde. »Papa hat bald Geburtstag. Ich dachte, Mr Moretti kann mir helfen, ein Geschenk für ihn zu finden.«

Sie machte einen Knicks, aber ich war nicht sicher, ob sie meiner Geschichte glaubte. Als ich sie gestern wegen Gias Verschwinden gefragt hatte, hatte sie nur das gewusst, was unter den Angestellten kursierte: Gia war die ganze Nacht nicht in ihrem Bett gewesen und niemand wusste, wo sie steckte. Ob Fanny gehört hatte, dass Luca und ich zusammen gewesen waren, als das Mädchen verschwunden war, wusste ich nicht.

Ich folgte Fanny in den Salon. Mir stockte der Atem, als ich Luca gleich neben der Tür mit dem Hut in den Händen stehen sah. Seine Kleidung sah aus, als hätte er darin geschlafen, und sein Haar, als wäre es seit Tagen nicht gekämmt worden, aber es war die tiefe Verzweiflung in seinen Augen, die mein Herz stocken ließ.

Hatte er Neuigkeiten über Gia?

Ich wartete, bis Fanny die Tür hinter sich geschlossen hatte.

»Ich mache mir so große Sorgen.« Mein Flüstern klang in der Stille laut. »Haben Sie sie gefunden?«

Er trat nicht näher. »Nein.« Sein Kinn wurde hart. »Aber ich habe jemanden gefunden, der sie an jenem Tag mit Thornley gesehen hat. Die beiden waren jedoch nicht im Maxwell.«

»Das verstehe ich nicht. Carmelo hat sie zum Hotel gebracht und Kenton hat gesagt, dass er Gia danach nicht mehr gesehen hat.«

»Carmelo hat sie hierhergebracht, aber sie sind nicht hiergeblieben.«

Ich war verwirrt. »Wo hat diese Person die beiden gesehen?«

Er wandte den Blick ab und schüttelte den Kopf. »Ich sollte nicht hier sein. Es ist besser, wenn Sie das alles nicht wissen.«

Meine Angst wuchs. Was hatte er in Erfahrung gebracht? »Sagen Sie es mir, Luca.«

Er schaute mich an und aus seinen Augen sprach eine schmerzliche Traurigkeit. »Ein Mann, den ich kenne, hat sie zusammen in einer gemieteten Kutsche gesehen, und zwar in einer Gegend der Stadt, in der junge Mädchen wie Gia nichts zu suchen haben. Er hat sie erkannt, deshalb ist er ihnen gefolgt.« Er schluckte mühsam. »Es sah nicht so aus, als wäre sie gegen ihren Willen dort.«

Ich drückte die Hände auf meine Brust. Die Gerüchte ... sie waren also wahr?

»Oh, Luca.«

»Ich muss zu Thornley. Ich muss es wissen.«

»Natürlich.«

Welche Rolle Kenton in dieser immer düster werdenden Geschichte spielte, konnte ich mir nicht vorstellen. Er war höchstwahrscheinlich mit seinen und meinen Eltern beim Abendessen, aber eine Konfrontation zwischen den beiden Männern im Restaurant würde uns nicht weiterhelfen. Kenton und einige andere Männer aus unserer Gruppe gingen normalerweise nach dem Abendessen in einen der Herrensalons hinab, um einen Brandy zu trinken. Wenn wir ihn erwischten, bevor er zu viel getrunken hatte, könnten wir vielleicht vernünftig mit ihm reden.

Luca stimmte meinem Plan zu. »Es tut mir leid, dass ich Sie in diese Sache hineinziehe, *Signorina*.«

Es tat weh, dass er mich wieder so formell ansprach, aber ich verstand ihn.

Wir begaben uns in das Foyer. Ich setzte mich in einen der vielen kastanienbraunen Polstersessel, die in der großen Halle verteilt waren, wo ich die große Treppe im Blick hatte. Luca stand ein kurzes Stück entfernt und seine tiefe Traurigkeit war nicht zu übersehen. Ich konnte den Blick nicht von ihm abwenden. Ich betete, dass Kenton uns eine vernünftige Erklärung dafür geben könnte, warum er Gia in einen verrufenen Teil der Stadt gebracht hatte, aber ich konnte weder verstehen, was er mit ihrem Verschwinden zu tun hatte, noch, warum er nicht von Anfang an die Wahrheit gesagt hatte.

Eine gute Stunde später sah ich Kenton die Treppe herabkommen.

»Kenton.« Ich stand auf, um ihn auf mich aufmerksam zu machen.

Er wirkte überrascht, mich zu sehen. »Priscilla, was machst du hier? Deine Mutter hat gesagt, dass du seit einigen Tagen unpässlich bist.«

Es war typisch Mutter, eine Entschuldigung für meine Abwesenheit zu erfinden. »Mir geht es gut, aber wir müssen mit dir sprechen. Es ist wichtig.«

»Wir?«

Luca trat in sein Blickfeld. »Ich will die Wahrheit wissen: Wohin haben Sie Gia gebracht? Sie wurden zusammmen gesehen ...« Er schaute mich an und dann wieder Kenton. »In einem Stadtteil, in dem Gia absolut nichts zu suchen hat. Warum haben Sie sie dorthin gebracht?«

Kentons Verhalten veränderte sich schlagartig. »Wie können Sie es wagen, Moretti! Ziehen Sie mich nicht in Ihre schmutzigen Familienangelegenheiten hinein! Ihre Schwester ist ein Flittchen. Sie hat mir sehr deutlich gezeigt, dass sie für Geld zu allem bereit ist.«

»Sie ist ein Kind!«, rief Luca. »Sie ist unschuldig und hat keine Ahnung von der Verdorbenheit, die Sie ihr anhängen wollen. Es gab nie einen Moment ... nie einen Moment zu glauben ...« Er konnte nicht weitersprechen.

Mein Herz litt mit ihm. Gia war seine kleine Schwester. Natürlich konnte er sich nicht vorstellen, dass sie zu dem fähig wäre, was Kentons hasserfüllte Worte andeuteten. Ich konnte mich auch nicht überwinden, das zu glauben.

»Es ist nicht mein Problem, ob Sie die Wahrheit akzeptieren oder nicht, Moretti.«

Kenton wollte sich abwenden, aber Luca packte ihn am Arm. »Sagen Sie mir, warum Sie Gia in ein Haus in der Achten Straße gebracht haben.«

Kenton riss sich von ihm los. »Ich habe sie nicht dorthin gebracht. Das war ihre Idee.« Er schnaubte verächtlich. »Wenn ich ein Mann wäre, dem so etwas gefällt, wäre ich vielleicht versucht gewesen. Ihre Schwester ist in dem, was sie macht, ziemlich gut.«

Bevor ich es verhindern konnte, landete Lucas Faust an Kentons Kinn.

Eine Frau in unserer Nähe kreischte laut, als Kenton rückwärts taumelte und dabei einen kleinen Tisch umwarf.

»Dafür werden Sie bezahlen!« Blut tropfte aus einer Wunde an seiner Lippe, als er sich auf Luca stürzte.

Die Schlägerei, die ich befürchtet hatte, begann mitten im Foyer. Ich konnte nichts tun, um sie zu verhindern, und keiner der Männer, die stehen blieben und zuschauten, schien gewillt zu sein, die beiden voneinander zu trennen.

Fäuste flogen. Eine Lampe fiel auf den Marmorboden und zerschellte. Plötzlich hallte die schrille Pfeife eines Polizisten in der Halle wider. Zwei uniformierte Männer schoben sich durch die Zuschauer und zogen Luca und Kenton auseinander. Beide hatten Blut in den Gesichtern und an den Fäusten.

»Lassen Sie mich los.« Kenton versuchte erfolglos, dem Polizisten seinen Arm zu entreißen. »Ich bin Kenton Thornley. Mein Vater ist Ambrose Thornley.«

Die Männer kannten diesen Namen offenbar. Sie wechselten einen Blick, den ich nicht deuten konnte, und der Polizist ließ Kentons Arm sofort los. Der andere Mann deutete auf Luca. »Und Sie? Wie heißen Sie?«

»Luca Moretti.«

»Dieser Mann hat mich grundlos angegriffen. Er belästigt mich schon seit Tagen. Ich will, dass er verhaftet wird. Auf der Stelle.« Kenton wischte mit dem Handrücken das Blut weg, das von seiner Nase tropfte.

Der Polizist, der Luca am nächsten stand, riss ihm so brutal den Arm auf den Rücken, dass Luca vor Schmerzen das Gesicht verzog. »Komm mit.«

»Sie müssen zur Polizeiwache kommen und Ihre Aussage machen, Mr Thornley«, sagte der andere Mann. »Aber vorher sollten Sie sich von einem Arzt untersuchen lassen.«

Die Menge, die das Geschehen neugierig verfolgte, teilte sich, als die Polizisten Luca abführten. Er schaute mich kein einziges Mal an.

»Was ist in dich gefahren, Priscilla?«

Ich drehte mich zu Kenton herum. Er stand neben mir und tupfte mit einem Taschentuch das Blut von seiner Wange. Das Publikum löste sich allmählich auf, obwohl mehrere in der Nähe stehen blieben und hinter vorgehaltener Hand tuschelten, während sie Kenton und mich neugierig angafften.

»Wie kannst du so etwas fragen? Meine Zofe ist verschwunden und du verbreitest niederträchtige, hässliche Gerüchte über sie. Jetzt wurde Luca verhaftet und ich habe keine Ahnung, was mit ihm geschehen wird.«

Kenton verzog die Lippen. »Du hast dich also in den ausländischen Pferdekutscher verliebt. Was wird wohl dein Vater sagen, wenn er erfährt, dass du mich, einen angesehenen Ehrenmann, nicht heiraten willst und lieber einem Kerl wie Moretti nachläufst, dem Bruder eines Flittchens?«

Ich starrte ihn angewidert an. »Es gab eine Zeit, in der ich dachte, wir könnten trotz unserer Meinungsverschiedenheiten Freunde sein, aber jetzt ist mir klar, dass dies ein Trugschluss war. Du behandelst andere Menschen, als wären sie völlig wertlos. Als wärst du aufgrund deines Familiennamens und deiner Stellung besser als sie. Aber du bist nicht besser, Kenton. In Wirklichkeit bist du ein armseliger, egoistischer Fiesling und ich will nie wieder etwas mit dir zu tun haben.«

Ich wandte mich ab und schritt davon. Mir war egal, dass mich die Leute anstarrten, als ich an ihnen vorüberging.

Ich hatte nur einen einzigen Gedanken, eine einzige Mission.

Ich musste zu Luca.

Er brauchte mich, ob er das zugab oder nicht.

∞

Trotz Papas Drohungen und Mutters Tränen verließ ich das Hotel und fuhr den dritten Tag in Folge mit der Straßenbahn zum Gefängnis in der Second Avenue. Seit Luca verhaftet worden war, durfte er keinen Besuch empfangen, aber ich gab nicht auf. Ich saß stundenlang vor dem Gefängnisbüro und sah zu, wie alle möglichen zwielichtigen Gestalten auf dem Weg zu ihrer Inhaftierung an mir vorbeigeführt wurden. Betrunkene machten anzügliche Bemerkungen, Frauen in unzüchtiger Kleidung sahen mich verächtlich an. Trotzdem saß ich dort und wartete. Und wartete.

Heute hatte ich einen neuen Plan.

Ich betrat in einem meiner elegantesten Kleider das düstere Gebäude. Ein junger Mann, den ich in den letzten Tagen nicht gesehen hatte, saß am Eingang.

Das traf sich gut.

Als er aufblickte, setzte ich mein freundlichstes Lächeln auf. »Guten Tag, Sir. Ich hoffe, Sie können mir helfen.«

Ein interessierter Blick trat in seine Augen. »Gerne, Ma'am.«

Ich klimperte mit den Wimpern. »Mein Papa, Mr Eldridge Nichols, macht sich Sorgen um einen unserer Angestellten, der leider in eine unglückliche Situation geraten ist und hier in Ihrem schönen Gefängnis gelandet ist. Wir haben noch nicht gehört, was ihm zur Last gelegt und wann er freigelassen wird.« Ich stellte mich betrübt. »Der arme Papa. Er ist nicht in der Verfassung, selbst hierherzukommen. Deshalb bin ich in seinem Namen hier.«

Der junge Mann runzelte die Stirn. »Es tut mir leid, das zu hören, Ma'am. Wenn Sie mir den Namen des Gefangenen nennen, schaue ich gerne für Sie nach.«

»Moretti. Mr Luca Moretti.«

Er fuhr mit dem Finger über eine Namensliste. »Ja, er ist noch inhaftiert.« Er schaute mich an. »Dort unten ist es nicht sehr angenehm, Ma'am. Wollen Sie nicht lieber warten, bis sich Ihr Vater besser fühlt und selbst kommen kann?«

»Papa ist außer sich vor Sorge um Mr Moretti. Er ist ein guter Angestellter und hat ihm nie die geringsten Probleme bereitet. Aber ...« Ich schüttelte verzweifelt den Kopf. »Bei all den Feiern in der Stadt ... Sie wissen ja selbst, wie ein Glas zum nächsten führen kann, und ehe man sich's versieht, steckt man in der Bredouille.«

Er nickte mitfühlend. »Seit der Eröffnung der Ausstellung hatten wir das schon oft.«

»Papa hat mir strenge Anweisungen gegeben, erst zurückzukommen, wenn ich Mr Moretti persönlich gesehen habe.« Ich klimperte erneut mit den Wimpern. »Es ist wirklich sehr reizend von Ihnen, einer Dame so freundlich zu helfen.«

Wenige Minuten später stand ich vor Lucas Zelle. Trotz des hellen

Sonnenscheins draußen war es in dem beengten Raum so dunkel, dass ich einen Moment brauchte, bis sich meine Augen daran gewöhnt hatten. Als ich endlich etwas sehen konnte, rang ich erschrocken nach Luft.

»Luca.«

Er lag auf einer kahlen Pritsche und sein Gesicht war bis zur Unkenntlichkeit angeschwollen. Getrocknetes Blut klebte an seinem Hemd und seiner Hose und ich konnte nicht erkennen, ob er noch atmete.

»Öffnen Sie sofort die Tür!«, befahl ich. Von der sanften Südstaatenschönheit, die sich durch Flirten den Weg in dieses Verlies erschlichen hatte, war nichts mehr zu sehen.

Der erschrockene junge Mann gehorchte sofort.

Ich eilte zu Luca, sobald die Tür quietschend aufging. »Oh, Luca. Was haben sie mit Ihnen gemacht?«

Seine Verletzungen waren viel schlimmer als die paar Schrammen, die er sich bei seiner Schlägerei mit Kenton zugezogen hatte. Er war offensichtlich noch einmal geschlagen worden, nachdem er das Hotel verlassen hatte. Ich beugte mich näher zu ihm nach unten und befürchtete schon das Schlimmste. Gott sei Dank! Er atmete, wenn auch nur ganz schwach.

»Hat ihn ein Arzt untersucht?«, fragte ich den jungen Mann.

»Ich ... ich weiß es nicht, Ma'am.«

»Er muss ins Krankenhaus.« Ich richtete mich auf und war bereit, es mit jedem aufzunehmen, um Luca von hier fortzubringen. »Ich verlange, mit dem Verantwortlichen zu sprechen. Sofort.«

Der junge Polizist eilte aus der Zelle. Falls ihm meine Anwesenheit in der Zelle Schwierigkeiten bei seinem Vorgesetzten einbrachte, konnte ich das jetzt auch nicht ändern. Luca war halb totgeprügelt worden. Ich würde nicht zulassen, dass er in diesem schmutzigen Loch starb.

Kurze Zeit später tauchte ein stämmiger Mann in Uniform auf, dem mehrere uniformierte Männer folgten. »Was soll das? Wer sind Sie und was machen Sie in dieser Zelle?«

Ich nahm meinen ganzen Mut zusammen und schaute die Männer selbstbewusst an. »Ich bin Miss Priscilla Nichols. Mein Vater ist Mr Eldridge Nichols von der *Nashville, Chattanooga und St. Louis Eisen-*

bahn. Dieser Mann ...« Ich deutete auf Luca. »... ist ein vertrauenswürdiger Angestellter unserer Familie. Ich bin gekommen, um in Erfahrung zu bringen, warum er noch nicht freigelassen wurde. Doch dabei musste ich feststellen, dass er halb totgeschlagen wurde. Ich verlange, dass er auf der Stelle in ein Krankenhaus gebracht wird, oder es wird ernste Konsequenzen geben. Mein Vater ist ein guter Freund von Gouverneur Taylor und es wird ihm bestimmt nicht gefallen, wenn ich ihm mitteile, in welche erbärmliche Verfassung unser Angestellter in Ihrem Gefängnis gebracht wurde.«

Die Männer starrten mich an. Ob mit Respekt vor meinem Mut oder mit Sorge um meinen Geisteszustand, wusste ich nicht, aber ich setzte die Farce fort. »Beeilen Sie sich, meine Herren. Das Leben dieses Mannes – und Ihre Arbeitsplätze – stehen auf dem Spiel, während Sie hier stehen und mich anstarren.«

Der Blick des stämmigen Mannes wanderte von mir zu Luca. »Weshalb ist dieser Mann hier?«, fragte er und runzelte die Stirn.

»Er hat im Maxwell eine Schlägerei angefangen, Sir«, sagte einer der Männer hinter ihm. Der junge Polizist, den ich bei meiner Ankunft gesehen hatte, war nicht mehr da.

»Er hat die Schlägerei nicht angefangen. Ich war Zeugin des Geschehens.« Ich stemmte die Fäuste in meine Hüften. »Bei seiner Verhaftung hatte er nur leichte Verletzungen. Das hier ...« Ich deutete auf Luca. »... geschah, nachdem er hier ankam, in *Ihrem* Gefängnis. Ich bezweifle, dass der Gouverneur das gern hören wird.«

Der Mann schaute mich wortlos an, bevor er an Lucas Bett trat und ihn genauer betrachtete.

Er musterte Luca einen langen Moment, obwohl ich keine Besorgnis bei ihm entdecken konnte. Schließich blickte er mich wieder an. »Ich weiß nicht, wann oder wo dieser Mann seine Verletzungen bekommen hat, Miss Nichols, aber ich stimme Ihnen zu, dass er ins Krankenhaus gebracht werden muss.« Dann kniff er die Augen ernst zusammen. »Aber glauben Sie nicht, Ihre Drohungen und die Erwähnung des Gouverneurs hätten meine Entscheidung beeinflusst. Ich war schon Polizist, als Sie noch gar nicht geboren waren. Mir kann keiner etwas vormachen.«

Ich gab meine arrogante Fassade auf. Übrig blieben eine tiefe Demut und Dankbarkeit. »Danke, Sir.«

Dann ging alles ganz schnell. Zwei Männer luden Luca auf eine Trage und brachten ihn aus dem Gefängnis. Jemand teilte mir mit, in welches Krankenhaus er gebracht werden sollte, dann fuhr der Krankenwagen mit Luca los und man ließ mich allein auf dem Gehweg stehen. Ich hatte ihn berühren wollen, mich vergewissern wollen, dass er noch lebte, aber ich konnte nicht einmal seine Wange berühren. Ich war die Tochter seines Arbeitgebers, die nur gekommen war, um sich nach seinem Befinden zu erkundigen. Wenn ich meinen Impulsen nachgäbe, würde ich diese Fremden in mein Herz blicken lassen.

Alles in mir wollte eine Droschke anhalten und ihm folgen, aber ich befürchtete, dass mich jemand erkennen und durchschauen würde, wie ich wirklich zu Luca stand. Ich musste warten und morgen im Krankenhaus nachfragen, wie es ein guter Arbeitgeber machte. Bis dahin würde ich unablässig für Luca beten.

Als ich ins Hotel zurückkehrte, saß Mutter in dem kleinen Salon in unserer Suite. Ihr unglücklicher Blick verriet, dass sich ihr Ärger noch nicht gelegt hatte.

»Ich dachte, du wärst inzwischen im Park.« Ich nahm mein Tuch und meinen Hut ab. »Wolltest du nicht an einem Mittagessen im Damengebäude teilnehmen?«

»Wie kann ich mich dort blicken lassen, wenn meine Tochter ins Gefängnis marschiert, um ihren italienischen Liebhaber zu besuchen? Oh, was für eine Schande! Wie konntest du mir das nur antun, Priscilla?«

Ich zwang mich, trotz ihrer Hysterie ruhig zu bleiben. »Luca ist nicht mein Liebhaber, Mutter. Ich habe mich mit Gia und ihm angefreundet.« Ich wusste, dass das nicht ganz der Wahrheit entsprach, aber sie brauchte nicht zu wissen, dass sich mein Herz für Luca auf eine Weise geöffnet hatte, wie ich das nie zuvor erlebt hatte. »Ich mache mir um die beiden Sorgen. Kentons Rolle bei der ganzen Sache ist meine Schuld. Ich habe die beiden ihm vorgestellt.«

Ihre Augen funkelten aufgebracht. »Kenton ist an dieser abstoßenden Sache mit den Morettis völlig unschuldig. Ich kann nicht glauben, dass du dich in einen Pferdekutscher verliebt hast und deinen Ruf und unseren Ruf aufs Spiel setzt, indem du in ein Gefängnis gehst, um ihn zu besuchen. Was wolltest du damit erreichen?«

»Es wird dich vielleicht überraschen, aber ich habe Mr Moretti heute wahrscheinlich das Leben gerettet.«

Sie runzelte die Stirn. »Was soll das heißen?«

»Er ist noch einmal verprügelt worden, höchstwahrscheinlich nach seiner Verhaftung. Seine Verletzungen waren viel schlimmer als die wenigen Schrammen, die ihm Kenton zugefügt hatte.« Meine Kehle schnürte sich bei der Erinnerung, wie Luca bewusstlos in der feuchten Zelle gelegen hatte, zusammen. »Niemand kam auf die Idee, einen Arzt zu holen oder seine Wunden zu versorgen. Er hat kaum noch geatmet.«

Ein Funken Neugier vermischte sich mit ihrem Stirnrunzeln. »Was hast du gemacht?«

»Ich habe den Gefängniswärter überzeugt, dass er ins Krankenhaus gebracht werden muss.«

Ein schweigender Moment verging, bevor sie ein kleines Zugeständnis machte. »Nun, ich hoffe, er wird wieder gesund.« Mehr Mitgefühl konnte ich von ihr nicht erwarten. »Trotzdem ist dein Verhalten skandalös. Das siehst du doch sicher ein. Die Thornleys sind außer sich. Zum einen weigerst du dich, ihren Sohn zu heiraten. Und jetzt sieht es auch noch so aus, als lehntest du ihn ab wegen ... wegen eines ...« Sie schloss die Augen. »Ich kann es nicht aussprechen. Es ist einfach zu furchtbar.«

Ihre Theatralik konnte ich ertragen, aber ich würde nicht zulassen, dass sie Luca herabsetzte. »Mr Moretti ist ein Gentleman, Mutter.« Sie wandte sich ab, schaute aus dem Fenster und tat, als würde sie mir nicht zuhören. »Er hat mich mit mehr Respekt behandelt, als ich das bei Kenton je erlebt habe.«

Sie fuhr zu mir herum. »Natürlich hat er das, Priscilla! Du bist die einzige Tochter eines sehr reichen Mannes. Jemand wie Mr Moretti könnte eine Frau wie dich leicht ausnutzen.«

»Eine Frau wie mich? Und was für eine Frau bin ich?«

Sie schürzte die Lippen. »Eine Frau, die mit fünfundzwanzig noch unverheiratet ist. Die Töchter aller unserer Freunde sind gut verheiratet und haben Kinder, aber du läufst einem Pferdekutscher nach, der nicht einmal Amerikaner ist. Er hat zweifellos eine Gelegenheit gesehen, eine Frau zu verführen, die höchstwahrscheinlich als alte Jungfer enden wird.«

Ich starrte sie an. Obwohl ich schon eine Weile den Verdacht hegte, dass sie so dachte, tat es trotzdem weh, diese Worte aus ihrem Mund zu hören. »Ist das alles, was ich für dich bin, Mutter? Eine Enttäuschung?«

Ihr schweres Seufzen hallte in der Stille des Zimmers wider. »Werde jetzt nicht melodramatisch, Priscilla.«

»Warum denn nicht? Ich habe das beste Vorbild.« Ich ignorierte ihre aufgebrachte Miene und nahm mein Tuch. »Ich gehe in den Park. Und ich weiß nicht, wann ich zurückkomme.«

»Du willst allein gehen?« Sie schaute mich entsetzt an.

»Ja, Mutter. Ich gehe allein. Meine Zofe ist verschwunden und mein Fahrer liegt im Krankenhaus. Es wird höchste Zeit, dass ich mich wie die exzentrische alte Jungfer verhalte, als die du mich siehst.«

Ich verließ die Suite, ohne mich noch einmal umzusehen.

20

Jason kam ins Restaurant, wo ich auf einer Leiter balancierte und über den Fensterbögen Stechpalmenzweige aufhängte. Die Gäste hatten sich nach dem Mittagessen wieder in ihre Zimmer zurückgezogen und in dem großen, eleganten Raum war es ruhig.

»Kannst du dir eine Stunde freinehmen?« Er wirkte wegen irgendetwas ganz aufgeregt.

Ich war für eine Pause dankbar und stieg von der Leiter. Meine Hände schmerzten von den stacheligen Blättern. »Klar. Was gibt's?«

Er grinste. »Ich habe bei der Zeitungsredaktion angerufen, um zu fragen, ob uns jemand helfen könnte, Informationen aus den alten Zeitungsausschnitten, die wir im Album gefunden haben, auszugraben.«

»Und?«

»Ein Reporter hat mich zurückgerufen. Er heißt Curtis Brown und hat gesagt, wir können in die Redaktion kommen. Dann schaut er, was er für uns tun kann. Er würde auch gern das Album sehen, wenn es dir nichts ausmacht, es ihm zu zeigen.«

Ich war nicht sicher, ob ich ihm das Album zeigen wollte. »Du hast ihm von dem Album erzählt?«

Er zuckte die Achseln. »Ja. Sein Vater sammelt Erinnerungsstücke von der *Centennial Exposition*. Ich dachte, er würde es sich vielleicht gern ansehen.«

»Vermutlich spricht nichts dagegen«, sagte ich. »Immerhin hat mir Miss Nichols das Album geschenkt.«

Wir fuhren zum Redaktionsbüro und fragten nach Mr Brown. Der Reporter war nicht viel älter als Jason. Nachdem Jason uns einander vorgestellt hatte, setzten wir uns, umgeben von anderen Reportern, die auf Schreibmaschinen tippten oder telefonierten, in das lärmerfüllte Großraumbüro vor Mr Browns Schreibtisch.

»Ich bin ein Fan der *Tennessee Centennial Exposition*.« Er lächelte. »Kann ich das Album sehen?«, fragte er mit einem Blick auf das Buch, das auf meinem Schoß lag.

Aus einem unerklärlichen Grund hatte ich plötzlich das Gefühl, es beschützen zu müssen. Jetzt, da wir wussten, dass Miss Nichols tatsächlich Peaches war und dass sie die Nachrichten auf die Postkarten geschrieben hatte, wollte ich ihr Vertrauen nicht missbrauchen. Ich wollte ihre Privatsphäre unbedingt schützen.

»Ja, aber wir haben nicht viel Zeit. Ich muss bald ins Hotel zurück.«

Ich stand auf und legte das Buch auf den Schreibtisch. Wir sprachen über die Dinge, die wir auf den Seiten fanden, und Curtis schien ehrlich fasziniert zu sein. Obwohl ich die Postkarten mit kleinen Fotoecken statt mit Klebstoff wieder an ihren ursprünglichen Platz angebracht hatte, nahm ich sie absichtlich nicht heraus.

»Mann, mein Vater wäre begeistert, wenn er das sehen könnte«, sagte er, als ich das Album zuklappte. »Er hat selbst auch eine stattliche Sammlung.«

»Hat er je gehört, dass junge Frauen vom Ausstellungsgelände entführt und in die Prostitution verkauft wurden?«, fragte Jason und kam ohne Umschweife zu dem unangenehmen Thema, das uns hierhergeführt hatte.

Curtis wurde ernst. »Nach unserem Telefonat habe ich meinen Vater angerufen und gefragt, aber er konnte sich nicht erinnern, je so etwas gehört zu haben. Können Sie mir die Artikel zeigen, die Sie über die Recherchen gefunden haben? Das könnte mir einen Hinweis geben, wo ich suchen muss.«

Ich nahm die Artikel aus dem Album und reichte sie ihm. Er las jeden einzelnen und machte sich auf einem Blatt Notizen. Ich warf einen Blick auf die Uhr. Wir waren seit fast einer Stunde hier. Ich musste ins Hotel zurück und das Restaurant fertig dekorieren, bevor die Gäste zum Abendessen eintrafen.

»Hm. Das ist interessant. Eine anonyme Quelle hat sich gemeldet und Kenton Thornley beschuldigt, an der Entführung einer jungen Einwanderin, die anschließend zur Prostitution gezwungen wurde, beteiligt gewesen zu sein.« Er tippte mit dem Finger auf das Album. »Die Familie Thornley ist immer noch sehr einflussreich. Dass einer ihrer Vorfahren in dunkle Machenschaften verstrickt gewesen sein könnte, ist interessant.« Er gab mir die Zeitungsartikel zurück. »Ich werde schauen, ob ich noch mehr ausgraben kann, aber das dauert eine Weile, da inzwischen alles auf Mikrofilm gespeichert ist.«

Wir dankten ihm für seine Zeit und verließen das Büro.

»Das war nicht so hilfreich, wie ich gehofft hatte.« Jason hielt mir die Beifahrertür seines Autos auf und ich stieg ein.

Als er hinter dem Lenkrad saß, sagte ich: »Ich habe schon damit gerechnet, dass er das Album behalten und seinem Vater zeigen will. Ich bin froh, dass er mich nicht darum gebeten hat, denn ich hätte ihm eine Absage erteilt.«

Er grinste. »Das Album ist dir inzwischen sehr wichtig geworden, nicht wahr?«

Ich überlegte, bevor ich ihm antwortete: »Ich kann es nicht genau erklären, aber dieses Buch hat mir bewusst gemacht, dass ich Miss Nichols nie wirklich gekannt habe. Ich war ein kleines Mädchen, als Dad die Stelle als Manager im Hotel antrat. Sie wohnte damals bereits im Maxwell und ich wuchs damit auf, sie von Zeit zu Zeit zu sehen. Ich hielt sie immer für eine sonderbare alte Frau, aber dieses Buch …« Ich blickte auf das Album auf meinem Schoß hinab. »Es hat mir geholfen, sie mit anderen Augen zu sehen.«

»Ich glaube, ich verstehe, was du meinst. Junge Menschen wie wir vergessen leicht, dass die Älteren auch einmal jung waren.« Er lächelte mich an. »Die letzten Tage haben in mir den Wunsch geweckt, mehr Zeit mit meinen Großeltern zu verbringen. Ich würde gern ihre Lebensgeschichten aufschreiben. Wer weiß, welche Familiengeheimnisse ich womöglich enthülle.«

Zurück im Hotel trennten wir uns. Jason ging nach oben in sein Zimmer, um etwas für sein Studium zu tun, während ich fertig dekorierte. Ich räumte gerade die Leiter in die Abstellkammer neben Dads Büro, als ich seine Stimme hörte. Dann hörte ich eine Frau lachen.

Ich erstarrte und spitzte die Ohren.

Betty Ann war mit Dad in seinem Büro. Sollte ich die beiden darauf aufmerksam machen, dass ich da war? Es war nicht ungewöhnlich, dass sich ein Angestellter in Dads Büro aufhielt. Aber obwohl die Tür offen stand, hatte ich irgendwie ein unbehagliches Gefühl, weil Betty Ann mit ihm allein war.

Ich beschloss, ein wenig Lärm zu machen, um sie auf mich aufmerksam zu machen. Ich ließ die Leiter mit einem lauten Krachen gegen die Wand fallen.

Dad tauchte sofort im Türrahmen auf. »Audrey, hast du dich verletzt?«

»Ich habe nur die Leiter hier abstellen wollen.« Ich kam mir verlogen vor, obwohl es die Wahrheit war.

Betty Ann trat neben ihn. »Ich gehe lieber wieder an die Arbeit. Danke, Dan. Vielleicht befolge ich deinen Rat.«

Auf ihrem Weg zurück in das Foyer lächelte sie mich an.

»Mr Corsini hat angerufen, während du fort warst«, sagte Dad, sobald wir allein waren. »Er hat gesagt, dass ihm etwas eingefallen ist, das du wissen solltest. Ich habe es aufgeschrieben.«

Ich folgte Dad in sein Büro, wo er einen Zettel von seinem chaotischen Schreibtisch nahm. »Es geht um den Tag, an dem Priscilla und Luca verschwanden. Er hat sich erinnert, dass sich das Mädchen den Knöchel verletzt hat, als sie alle auf der Ausstellung waren. Luca bat Mr Corsini, sie und Mr Thornley zum Maxwell zurückzufahren, während Luca und Priscilla auf dem Gelände blieben.«

Ich keuchte. »Kenton Thornley? Der Mann, der in dem Zeitungsartikel erwähnt wird?«

Dad zuckte die Achseln. »Er hat eine Nummer hinterlassen, falls du ihn zurückrufen willst.«

Ich steckte den Zettel ein. Ich wollte erst mit Jason sprechen, bevor ich Mr Corsini anrief.

Ich ging in unsere Wohnung, um mit dem Kochen anzufangen. Dad kam rechtzeitig, um Emmett beim Tischdecken zu helfen, und wir setzten uns zu einem einfachen Essen aus Makkaroni mit Käse und Salat an den Tisch.

Emmett erzählte von der Episode von *Make Room for Daddy*, die er im Fernsehen gesehen hatte, aber ich hörte nur mit halbem Ohr zu. Meine Gedanken wanderten von dem Zeitungsreporter zu dem Album, dann weiter zu Mr Corsini und zu Dad und Betty Ann. Hier blieben sie hängen und lösten ein unangenehmes Gefühl aus.

»Audrey?«

Ich blickte von meinem halb gegessenen Abendessen auf und sah, dass mich Dad fragend anschaute. »Ja?«

»Dein Bruder hat dir eine Frage gestellt, aber du scheinst meilenweit weg zu sein.«

»Oh, entschuldige. Emmett, was hast du gesagt?«

Er wiederholte seine Frage und ich bemühte mich, mich am Gespräch zu beteiligen, aber ich war froh, als wir mit dem Essen fertig waren. Emmett ging in sein Zimmer, während Dad und ich die Küche aufräumten.

»Belastet dich etwas, Audrey?«, fragte er, während er den Topf abtrocknete, den ich gerade abgespült hatte.

Ich zuckte die Achseln. »Nein.«

Er schmunzelte. »Wenn eine Frau so Nein sagt, meint sie eindeutig Ja. Willst du darüber sprechen?«

Ja.

Nein.

Ich wusste selbst nicht genau, warum mich Betty Anns Freundschaft mit Dad so störte. Es war schön, ihn wieder lächeln zu sehen und lachen zu hören, aber Mama war erst knapp über ein

Jahr tot. War es richtig, dass er sich so bald mit einer anderen Frau anfreundete?

»Was hältst du von Betty Ann?«, platzte ich heraus.

Meine Frage schien ihn zu überraschen. »Hat sie etwas getan, das dir nicht gefällt?«

Ich tauchte die Hände in das Seifenwasser und zog den Gummistöpsel heraus. »Nein. Nicht direkt.«

Dad hängte das Geschirrtuch an einen Haken. »Lass uns ins Wohnzimmer gehen und reden.«

Na toll! Jetzt hatte ich es getan. Was sollte ich jetzt sagen? *Ich glaube, sie flirtet mit dir, und das gefällt mir nicht?*

Wir setzten uns aufs Sofa. Ich nahm ein Kissen und drückte es an meine Brust.

»Also, was ist zwischen dir und Betty Ann?«, fragte er mit besorgter Miene.

»Die gleiche Frage wollte ich dir stellen.«

Er zog die Brauen in die Höhe. »Wie meinst du das?«

»Na ja, sie ist viel in deiner Nähe. Sie ist oft in deinem Büro. Es ist einfach … ungewohnt.« Ich kam mir wie ein nörgelndes Kind vor, das seine Spielsachen nicht mit anderen teilen will, aber ich konnte nicht anders. Er hatte gefragt, was los war.

»Sie ist eine neue Angestellte«, sagte er mit dem Tonfall des Hotelmanagers und nicht meines Vaters. »Auch wenn sie schon Hotelerfahrung mitbringt, muss sie einiges lernen und nachfragen. Ich habe nicht den Eindruck, dass ich mehr Zeit mit ihr verbringe als mit anderen neuen Angestellten.«

Ich kam mir lächerlich vor. Seine Antwort klang sinnvoll. »Wahrscheinlich bin ich nur überempfindlich. Ich habe einfach den Eindruck, dass sie sehr *freundlich* zu dir ist. Sie sagt Dan zu dir und so.« Ich zuckte die Achseln, um wie viele junge Leute eine Vielzahl an Gefühlen, Worten und Emotionen zu kommunizieren.

Dad lachte nicht und tadelte mich auch nicht. Im Gegenteil, er wirkte sehr nachdenklich. »Ich verstehe, was du meinst. Ich mag Betty Ann tatsächlich. Es ist nett, jemanden im Personal zu haben, der ungefähr in meinem Alter ist. Deshalb erschien es mir vermutlich auch ganz normal, dass sie mich beim Vornamen anspricht und nicht Mr Whitfield zu mir sagt.«

Er schaute mich ernst an. »Ich vermisse deine Mutter jeden Tag«, sagte er leise. »Ich denke oft an sie.«

»Ich auch.« Ich drückte das Kissen an mich. »Ich würde ihr gern von Miss Nichols und dem Album erzählen. Sie hat immer so gut von Miss Nichols gesprochen.«

Er nickte. »Deine Mutter war eine freundliche und großzügige Frau. Sie hat Menschen so gesehen, wie sie waren: als einmalige Geschöpfe, die nach Gottes Ebenbild geschaffen sind. Das ist in einer Welt, die behauptet, man müsse ein bestimmtes Aussehen haben und sich so oder so verhalten, um akzeptiert zu werden oder als klug zu gelten, ein seltenes Geschenk.«

»Emmett hatte großes Glück, sie zur Mutter zu haben«, sagte ich und wünschte, ich wäre mehr wie sie. War das die Ursache für meine Idee, mit Kindern wie meinem Bruder zu arbeiten? Weil ich so sein wollte wie Mama?

»Das stimmt.« Er atmete tief aus. »Aber ich habe es lange nicht so gesehen wie sie. Wenigstens anfangs nicht. Ich musste so viel lernen, aber sie war eine geduldige Lehrerin.«

»Wie meinst du das?«

Er warf einen Blick durch den Flur zu Emmetts Zimmer. Wir hörten, wie er leise Selbstgespräche führte und seine Abendroutine begann. Alle seine Comicbücher mussten in einer bestimmten Ordnung aufgereiht sein. Das Gleiche machte er mit seinen Schuhen, seinen Bleistiften und allem anderen.

»Ich war in Europa, als dein Bruder geboren wurde.«

»Du hast im Krieg gekämpft.«

»Ja. Ich bekam nicht frei, um zu seiner Geburt nach Hause zu kommen. Deshalb war ich auf die Briefe angewiesen, die mir deine Mutter schickte. Ich war so stolz, einen Sohn und eine Tochter zu haben. Was konnte sich ein Mann mehr wünschen?« Er schaute das Schwarz-Weiß-Bild von Mama auf dem Tisch an. Es war aufgenommen worden, bevor sie und Dad geheiratet hatten. »Aber Irene hat mir nicht geschrieben, dass er … anders ist. Als der Krieg zu Ende war und ich heimkehrte, war ich wie vor den Kopf gestoßen. Ich versuchte, ihn zu lieben. Er ist schließlich mein Sohn. Aber meine Enttäuschung saß tief.«

Ich schaute Dad schweigend an und staunte über sein Geständnis. »Aber jetzt liebst du ihn doch, oder?«

Er lächelte. »Ja, Liebes. Ich liebe ihn. Ich liebe euch beide mit jeder Faser meiner Seele. Aber …« Er wurde wieder ernst. »Ich muss leider zugeben, dass es mehrere Jahre dauerte, bis ich Emmett so sehen konnte, wie deine Mutter ihn sah.«

Ich erinnerte mich an meine früheren beschämenden Gefühle in Bezug auf meinen Bruder. Ich konnte mir kaum vorstellen, dass mein Vater – Emmetts Vater – ähnliche Gefühle gehabt hatte.

»Du wolltest ihn wegschicken«, sagte ich und sah wieder vor mir, wie Mama die Papiere von der Einrichtung gelesen hatte.

»Ja, leider. Als sich deine Mutter – zu Recht, wie ich jetzt weiß – weigerte, stellte ich sie vor ein Ultimatum. Sie konnte Emmett behalten, aber ich würde gehen und dich mitnehmen. Wenn sie dich behalten wollte, müsste Emmett in eine Behinderteneinrichtung.«

Ich keuchte. »Du wolltest, dass sie sich zwischen uns entscheidet?«

Er nickte. »Ja. Das habe ich tatsächlich gemacht, auch wenn ich mich jetzt dafür schäme. Ich habe deine Sachen gepackt, dich ins Auto gesetzt und bin mit dir nach Louisville gefahren. Du und ich wohnten eine Woche bei meinen Eltern. Ich dachte, ich lehre deine Mutter eine Lektion, aber in Wirklichkeit musste ich einiges lernen.«

»Ich kann mich daran nicht erinnern.«

»Das glaube ich gern. Du warst ein kleines Mädchen, das seine Großeltern besuchte.«

»Was ist passiert?«, fragte ich und war von seinem Geständnis immer noch schockiert.

»Na ja, deine Mutter und deine Großmutter fingen an, für mich zu beten. Noch intensiver, als sie im Krieg für mich gebetet hatten, vermute ich. Aber Gott hat dich, mein kleines Mädchen, benutzt, um mir die Augen zu öffnen.«

»Mich?«

Er berührte meine Wange. »›Und ein kleiner Knabe wird sie leiten‹. In diesem Vers geht es um den kommenden Messias. Er steht im Buch Jesaja. Wenn ich an den Tag denke, an dem du mich gelehrt hast, meinen Sohn zu lieben, muss ich unwillkürlich an diesen Vers denken.« Eine Träne lief ihm über die Wange. »Ich hatte am Telefon mit deiner Mutter gestritten und war wütend gewesen, weil sie sich immer noch vehement dagegen wehrte, Emmett wegzuschicken. Ich hatte die Nase voll und sagte, dass ich am nächsten Tag die Scheidung einreichen würde. Ich war so ein ignoranter, arroganter Idiot.« Er schüttelte den Kopf. »Du und Oma habt an dem Tag ein Puzzle gelegt, aber als ihr fast fertig wart, hast du festgestellt, dass ein Teil fehlte. Ihr konntet das Bild nicht fertigstellen. Als ich dich später zu Bett brachte, sagtest du, dass du Mama und Emmett vermisst. Ich versuchte, dir einzureden, dass wir auf einer Abenteuerreise wären, aber ich konnte dir nichts vormachen. Du hast mein Gesicht in deine Hände genommen und ganz ernst gesagt: ›Dad, lass uns nach Hause fahren. Ohne Mama und Emmett sind wir nicht vollständig.‹«

Er zog ein Taschentuch aus seiner Tasche und schnäuzte sich. »Du hattest natürlich recht. Wir waren eine Familie. Wir vier. Am nächsten Tag sind wir nach Nashville zurückgefahren. Als wir durch die Tür traten, hat Emmett mich angestrahlt. Er rief ›Daddy‹ und lief zu mir. Ich schwang ihn auf die Arme und seine kleinen Arme legten sich um meinen Hals. Ich drückte ihn an mich und weinte wie ein Baby.«

»Und Mama? Hat sie dir vergeben?«

Er nickte. »Ja. Wir haben nie wieder darüber gesprochen.«

Nachdem Dad und ich uns eine gute Nacht gewünscht hatten, ging ich in mein Zimmer und meine Gedanken kreisten um die Geschichte meiner Eltern. Ich konnte mir immer noch nicht vorstellen, dass Dad, mein liebevoller, geduldiger Vater, einmal so egoistisch gewesen war und beinahe unsere Familie auseinandergerissen hätte. Was wäre gewesen, wenn er an jenem längst vergangenen Tag eine andere Entscheidung getroffen hätte?

»Und ein kleiner Knabe wird sie leiten.«

Ich schaltete das Licht aus und schlüpfte mit einem tiefen Staunen unter die Decke.

Hatte Gott wirklich ein kleines Kind – mich – benutzt, um meinen Vater zu retten? Um unsere Familie zu retten?

Während ich in der Dunkelheit lag, gingen mir Mamas Worte wieder durch den Kopf.

»Gott hat einen wunderbaren Plan für dich, Audrey«, hatte sie gesagt, als ich sie das letzte Mal gesehen hatte. Wir hatten an der Bushaltestelle gestanden. Um uns herum waren viele lärmende Menschen gewesen. Ich war nach den Sommerferien zum Studium zurückgefahren und hatte es nicht erwarten können, von ihr, von Emmett und von dem Hotel fortzukommen. Mein einziger Wunsch war es gewesen, mir weit weg von Nashville ein eigenes Leben aufzubauen.

Jetzt war ich wieder zu Hause, aber sie war nicht mehr da. Was gäbe ich dafür, wenn ich die Zeit zurückdrehen könnte! Vielleicht nicht bis zum Anfang meines Lebens, aber bis zu jenem Tag. Wenn ich gewusst hätte, dass es das letzte Mal war, dass ich sie lebend sehen würde, hätte ich ihr gesagt, wie sehr ich sie liebte, wie dankbar ich war, ihre Tochter zu sein.

Ich schloss die Augen und dachte an die Geschichte, die Dad erzählt hatte. Mir wurde bewusst, dass wir uns sehr ähnlich gewesen waren. Er war egoistisch gewesen und war für das, was Gott ihm geschenkt hatte, nicht dankbar gewesen. Hatte ich nicht die gleiche Schuld auf mich geladen?

Aber Mama und Emmett waren unsere Lehrer. Noch immer lernten wir von ihnen.

»Danke, dass du uns nicht aufgegeben hast, Mama«, flüsterte ich in die Dunkelheit hinein.

☙

Im Krankenhaus ging es zu wie in einem Bienenkorb, als ich am nächsten Nachmittag ankam. Offenbar hatte der Ansturm an auswärtigen Besuchern in Nashville anlässlich der Hundertjahrfeier dazu geführt, dass viele dieser Besucher auch medizinische Hilfe benötigten. Da die Gänge und Wartebereiche mit Patienten und ihren Angehörigen gefüllt waren, fiel es mir leicht, an der Krankenschwester, die alle Hände voll zu tun hatte, vorbeizuhuschen und Luca zu suchen.

Ich fand ihn in einem großen Zimmer mit einem Dutzend Betten, in denen Männer unterschiedlichen Alters lagen. Ein uniformierter Polizist saß vor der Tür auf dem Gang und las Zeitung, ohne mich zu beachten, als ich an ihm vorbeiging.

Ich betrat mit zur Schau gestellter Selbstsicherheit das Zimmer, damit niemand auf die Idee käme, meine Anwesenheit infrage zu stellen. Einige Männer hatten Besuch und ich nickte einer Frau, die auf der anderen Seite des Mittelgangs neben einem Mann mit einem gebrochenen Bein saß, höflich zu.

Luca lag in einem Bett vor einem der drei Fenster im Zimmer, die alle einen Spaltbreit geöffnet waren, um frische Luft hereinzulassen, die bei dem säuerlichen Geruch von Krankheit und ungewaschenen Körpern, der das ganze Krankenhaus durchzog, sehr angenehm war.

Er hatte die Augen geschlossen, aber Gott sei Dank war die furchtbare Schwellung seines Gesichts zurückgegangen. Seine Haut war von Blutergüssen verfärbt und um seinen Kopf war ein Verband gewickelt, als trüge er eine Krone. Aber Hauptsache er lebte!

Ich warf einen Blick zur offenen Tür. Der Polizist war immer noch in die Zeitung vertieft.

»Luca«, rief ich leise und beugte mich nahe neben sein Ohr vor. »Können Sie mich hören? Luca?«

Offenbar schlief er gar nicht, denn er schlug sofort die Augen auf. Ein verwirrter Blick trat in sein Gesicht. »Priscilla, Sie sollten nicht hier sein.«

Ich fand es ermutigend, dass er nicht *Signorina* sagte. »Ich muss doch nachsehen, wie es unserem besten Angestellten geht.« Obwohl ich nicht übermäßig laut sprach, war uns keine Privatsphäre vergönnt. Falls jemand unser Gespräch belauschte, sollte er nur das hören, was ich wollte.

»Aber Ihre Eltern ...«

»Machen sich ebenfalls Sorgen.« Ich schaute ihn vielsagend an und hoffte, er würde nichts sagen, was mich verraten würde. »Jetzt erzählen Sie bitte, was der Arzt gesagt hat. Haben Sie irgendwelche Knochenbrüche?«

Er schüttelte den Kopf und verzog schmerzhaft das Gesicht. »Nur eine Gehirnerschütterung.«

»Und Sie sind bald wieder gesund?«

»In ein paar Tagen sollte es mir schon wieder besser gehen.«

Ich warf einen vorsichtigen Blick auf die Männer in den Betten neben Luca, aber sie schienen zu schlafen. Wenigstens hoffte ich das. »Was ist im Gefängnis passiert? Wer hat Sie geschlagen?«, flüsterte ich.

»Das kann ich nicht sagen. Sie haben Kapuzen getragen.«

Ich runzelte die Stirn. »Kapuzen?« Vor meinem geistigen Auge tauchte ein Bild auf. Vor mehreren Jahren hatte ich in einer Ausgabe von *Harper's Weekly* eine Zeichnung von zwei Männern in Kutten und weißen Kapuzen, die ihre Gesichter verbargen, gesehen. Ich hatte Mutter danach gefragt, aber sie hatte mir keine klare Antwort gegeben. Doch von unserer Haushälterin Gloria hatte ich die furchtbare Wahrheit erfahren. »Meinen Sie solche Kapuzen, wie sie der Ku-Klux-Klan trägt?«

Er nickte. »Ich habe Thornleys Stimme gehört. Er war dabei.«

Ich fuhr entsetzt zurück. »Sind Sie sicher?«

»Ja.«

Auch wenn ich nicht wahrhaben wollte, dass mein Freund aus Kindertagen Mitglied einer von Hass getriebenen Organisation war, hatte ich keinen Grund zu glauben, dass Luca eine solche Geschichte erfinden würde. Außerdem offenbaren Kentons Worte und sein Verhalten in den letzten Tagen eine tiefere Bösartigkeit, als ich mir noch vor einer Woche hätte vorstellen können. Eine Verbindung zu Männern mit Kapuzen, die Menschen, die sie für minderwertig hielten, bedrohten und schlugen, überraschte mich nun nicht mehr vollends.

Er bewegte langsam den Kopf und warf einen Blick zur Tür. Ich zwang mich, nicht in dieselbe Richtung zu sehen. Falls der Polizist immer noch auf seinem Posten war, würde er womöglich Verdacht schöpfen, wenn wir beide in seine Richtung schauten.

Luca bedeutete mir, mich näher zu ihm vorzubeugen, und senkte die Stimme. »Morgen früh soll ich ins Gefängnis zurückgebracht werden.«

Bei mir läuteten sofort alle Alarmglocken. Wenn Luca wieder ins Gefängnis gebracht werden sollte, bedeutete das, dass man nicht die Absicht hatte, ihn bald freizulassen. Zweifellos steckte Kenton hinter dieser Entscheidung. Wenn Kenton mit seinen verkleideten Kumpanen unbehelligt ins Gefängnis gelangen konnte, um Luca zusammenzuschlagen, hatte er bestimmt auch Verbindungen, die es ihm ermöglichten, Lucas Schicksal zu bestimmen.

Panik kroch in mir hoch.

Ich konnte nicht zulassen, dass sie ihn zurückbrachten, aber ich hatte nicht die geringste Ahnung, wie ich das verhindern könnte. Papa hatte vielleicht einen gewissen Einfluss, aber es war zweifelhaft, dass er ihn einsetzen würde, um Luca zu befreien, besonders da Kenton hinter Lucas Verhaftung steckte.

»Dann müssen wir Sie vorher von hier wegbringen«, flüsterte ich und war von meiner kühnen Erklärung schockiert, aber gleichzeitig ermutigt.

»Wie, *Signorina*? Vor der Tür sitzt Tag und Nacht ein Wachmann.« Er atmete frustriert aus. »Es ist *impossibile*.«

Er hatte natürlich recht. Wie sollten wir es schaffen, ihn unbemerkt an dem Wachmann und den anderen Patienten vorbei durch die Tür zu bringen? Außerdem waren seine Verletzungen zu berücksichtigen. Könnte er überhaupt selbst gehen, falls es uns irgendwie gelingen sollte, ihn aus dem Gebäude zu bringen?

Die Nachmittagssonne warf einen Lichtstrahl auf Lucas Decke. Mein

Blick wanderte aus dem Fenster, aber das Einzige, was ich sehen konnte, war die Backsteinmauer eines anderen Gebäudes, das durch eine schmale Gasse vom Krankenhaus getrennt war.

Wenn es nur eine Möglichkeit ...

Plötzlich kam mir eine Idee.

Völlig lächerlich. Absolut verrückt. Unmöglich, wie Luca gesagt hatte. Und doch ...

»Luca, wo sind Ihr Pferd und Ihre Kutsche?«

Er schaute mich fragend an. »Im Mietstall in der Nähe des Hafens. Warum?«

Ich beugte mich weiter vor und schaute ihm in die Augen. »Vertrauen Sie mir?«, flüsterte ich.

Er schwieg einen Moment lang, doch dann entspannte sich sein Körper und ein schwaches Lächeln trat in sein geschundenes Gesicht.

»Mit meinem Leben.«

21

Unser Plan scheiterte beinahe, noch bevor es überhaupt losging.

Der Mietstallbesitzer weigerte sich, mir Lucas Pferd und Kutsche zu übergeben, obwohl ich ihm eindringlich erklärte, dass ich Lucas Erlaubnis hatte. Als er fragte, was mit Luca los sei, sagte ich ihm die Wahrheit. Mehr oder weniger. Ich erzählte ihm, dass Luca im Krankenhaus war und ich für ihn die Kutsche holen sollte, um ihn nach Hause zu bringen. Den Teil, dass er ein Häftling war, der fliehen wollte, ließ ich aus. Als der Mann anbot, selbst die Kutsche zu fahren, dankte ich ihm herzlich, beharrte aber, dass ich das schon schaffen würde. Bei dem großzügigen Trinkgeld, das ich ihm anbot, gab er schließlich nach und begann, das Pferd einzuspannen, auch wenn er mir dabei immer wieder fragende Blicke von der Seite zuwarf.

Die Kutsche war größer, als ich sie in Erinnerung hatte. Als ich auf den Kutschbock kletterte, wurde mir bewusst, dass es eine Sache war, eine verwöhnte Dame zu sein, die von einem attraktiven Mann durch die Stadt gefahren wurde, und eine ganz andere, selbst die Zügel in der Hand zu halten. Zum Glück war Lucas Pferd ein gutmütiges Tennessee Walking Horse, das mir keine Probleme bereitete, während ich es durch unbekannte Straßen lenkte und versuchte, den Weg vom Mietstall zum Krankenhaus zu finden.

Ich war unterwegs nur ein einziges Mal falsch abgebogen, als wir schließlich in der Gasse hinter dem Krankenhaus ankamen. Ich wartete, ob sich jemand über meine Anwesenheit beschweren würde, aber als ich nach mehreren langen Minuten immer noch allein war, legte ich die Bremse ein und stieg aus.

Bis zum Sonnenuntergang dauerte es nur noch ungefähr eine halbe Stunde. Deshalb musste ich mich unbedingt orientieren, solange die Gasse noch nicht in Dunkelheit getaucht war. Bevor ich Lucas Krankenzimmer verlassen hatte, hatte ich ein Stück Spitze von meinem Taschentuch abgerissen und an einen losen Nagel am Fenstersims befestigt, während ich so getan hatte, als würde ich einen ungewöhnlichen Vogel beobachten.

Als ich die Spitze, die im leichten Südwind flatterte, entdeckte, atmete ich erleichtert auf. Dieses Gefühl verflog jedoch schnell wieder, als ich erkannte, dass der Abstand zwischen dem Fenstersims und der Erde viel größer war, als es von innen den Anschein gehabt hatte. Ich konnte nur vermuten, dass ein Keller unter dem Krankenhaus die Ursache dafür war, aber jetzt fragte ich mich, ob Luca mit seinen Verletzungen einen Sprung aus dieser Höhe verkraften würde. Nachdem ich die Situation genauer durchdacht hatte, kam ich zu dem Ergebnis, dass Luca vom Fenstersims auf den Fahrersitz springen könnte, wenn ich es schaffte, die Kutsche genau unter das Fenster zu steuern.

Ich hielt mich nicht lange unter dem Fenster auf, da ich Angst hatte, jemand von innen könnte mich sehen. Lucas Pferd begrüßte mich mit einem leisen Wiehern, als ich zur Kutsche zurückkehrte.

»Jetzt dauert es nicht mehr lange, mein Junge.« Ich rieb seinen muskulösen Hals. »Dein Herr ist bald in Sicherheit.«

Wenigstens war das mein inständiges Gebet.

Einem Häftling bei der Flucht zu helfen, war etwas, das eine gute Christin normalerweise nicht machte, aber hatten nicht Engel Petrus geholfen, aus dem Gefängnis zu entkommen, als er zu Unrecht eingesperrt worden war? Gott sah doch bestimmt, dass Lucas Haftstrafe ungerecht war, und würde uns Erfolg schenken.

Nachdem ich Luca im Gebet vor Gott gebracht hatte, betete ich für Gia. Wo war sie? Hatte sie an dem Tag, an dem sie sich den Knöchel verletzt hatte, das Hotel freiwillig mit Kenton verlassen? Und wenn ja, warum?

»Bitte beschütze sie«, flüsterte ich.

Bald legte sich die Dunkelheit der Nacht über die Gasse und am Himmel stand nur eine schmale Mondsichel. In diesem Teil der Stadt war alles ruhig, da das Ausstellungsgelände, die Hotels und Restaurants viele Straßen entfernt lagen. Hin und wieder kam ein Wagen oder eine Kutsche am Eingang der Gasse vorbei, aber niemand blieb stehen, um sich zu erkundigen, warum eine Frau allein unter einem Krankenhausfenster stand.

Als in Lucas Zimmer die Lichter ausgingen, schlug mein Herz vor Anspannung höher. Luca musste selbst entscheiden, wann er fliehen wollte, da nur er feststellen konnte, ob die anderen Männer schliefen und ob der Polizist auf dem Gang ebenfalls eingedöst war.

Über eine Stunde war vergangen, als ich am Fenster eine Bewegung bemerkte. Ich kletterte eilig auf den Kutschbock, löste die Bremse, ließ die Zügel schnalzen und vertraute darauf, dass sich Lucas Pferd in der Dunkelheit zurechtfand. Unter dem Fenster brachte ich es zum Stehen.

Im Schatten ragten Lucas Beine in die Luft. Einen Moment später saß er schwer atmend auf dem Fenstersims.

»Können Sie auf den Sitz springen?«, flüsterte ich, während ich versuchte, das Pferd ruhig zu halten.

Er legte den Finger an seine Lippen und warf einen Blick hinter sich, um sich zu vergewissern, dass niemand etwas bemerkte.

Im nächsten Moment stieß er sich vom Fenstersims ab und landete mit einem dumpfen Aufprall neben mir auf dem Kutschbock. Das Pferd erschrak bei der plötzlichen Bewegung und wieherte.

»Wer ist da?«, fragte eine Stimme aus dem Zimmer über uns.

»Fahren Sie!«, forderte mich Luca auf und beugte sich neben mir keuchend vor.

Ich ließ die Zügel schnalzen und trieb das verängstigte Pferd an. Wir rasten aus der Gasse auf die Straße, wo glücklicherweise nur wenige Fahrzeuge und Fußgänger unterwegs waren. Ich wusste nicht, wohin ich fahren sollte, und ließ das Pferd einfach laufen.

»Geben Sie mir die Zügel.« Luca nahm mir die Zügel aus der Hand und hatte das Tier mit einigen beruhigenden italienischen Worten bald besänftigt. In einer dunklen Straße blieben wir schließlich stehen.

»Der Plan hat tatsächlich funktioniert.« Er hielt sich die Rippen.

»Sind Sie verletzt? Schlimmer als vorher, meine ich natürlich.«

Er schüttelte den Kopf. »Ich habe nur Blutergüsse. In ein paar Tagen bin ich wieder fit.« Er schaute mich an. »Sie haben alles riskiert, um mir zu helfen. Wie kann ich Ihnen je dafür danken, *Signorina*?«

Ich grinste. »Indem Sie aufhören, *Signorina* zu mir zu sagen.«

Aber er lächelte nicht über meinen Scherz. Im Gegenteil, er wurde noch ernster. »Ich muss Sie zum Hotel zurückbringen, bevor Ihre Familie Sie vermisst.«

»Nein.« Ich legte meine Hand auf seine. »Ich will Ihnen helfen, Gia zu finden.«

»Ich bin ein entflohener Häftling, *Sig...* Priscilla. Man darf Sie nicht mit mir sehen.«

In diesem Moment machte sich Angst in meinem Herzen breit. Ich wusste, dass das, was wir heute Abend getan hatten, ungesetzlich war, aber ich hatte mir vorher keine Gedanken über die Folgen gemacht. »Was wollen Sie damit sagen? Dass wir uns nie wiedersehen dürfen?«

Ein Ruf aus der Ferne drang an unsere Ohren. Ob er mit Lucas Flucht zu tun hatte, wussten wir nicht genau.

»Ich muss Sie zum Hotel zurückbringen.« Er gab dem Pferd einen Befehl auf Italienisch und ließ die Zügel schnalzen.

Meine Frage hing schwer in der Luft, während wir zum Maxwell House fuhren. Obwohl sich mein Herz danach sehnte, bei ihm zu bleiben, wusste ich, dass ich das nicht konnte. Das war für uns beide zu gefährlich.

»Halten Sie hier an.« Wir waren immer noch einige Häuserblocks vom Hotel entfernt. »Wenn Sie mich bis zum Hoteleingang bringen, könnte jemand aus dem Hotel Sie erkennen.«

»Ich kann Sie nicht von hier aus zu Fuß gehen lassen. Die Straßen sind nachts gefährlich.«

»Es geht nicht anders.« Ich zog an den Zügeln. »Mir passiert schon nichts.« Als die Kutsche stehen blieb, drehte ich mich zu ihm herum. »Ich wünschte, ich könnte mehr tun, um Ihnen zu helfen. Vielleicht könnte Papa mit Kenton sprechen und veranlassen, dass die Vorwürfe gegen Sie fallen gelassen werden.«

»Sehen Sie das denn nicht? Wenn Sie sich für mich einsetzen, wird man erraten, wer mir geholfen hat.« Seine Augen flehten mich an, auf ihn zu hören. »Sie müssen sich ganz normal verhalten. Gehen Sie in den Park. Leisten Sie Ihren Eltern beim Abendessen Gesellschaft. Geben Sie ihnen keinen Anlass zu vermuten, dass irgendetwas nicht stimmen könnte.«

»Wohin gehen Sie?«

»Ich habe einen Freund, dem ich vertrauen kann. Bei ihm kann ich bestimmt auch schlafen. In meiner momentanen Verfassung kann ich Gia nicht helfen.«

Ich konnte nicht zulassen, dass es so endete. »Schicken Sie mir bitte in ein paar Tagen, wenn sich alles beruhigt hat, eine Nachricht und lassen Sie mich wissen, wo ich Sie finden kann. Bitte.«

Ich rechnete schon damit, dass er meine Bitte ausschlagen würde, aber schließlich nickte er.

»In ein paar Tagen.«

Ich kletterte vom Kutschbock und schaute ihm nach, als er davonfuhr. Eine einsame Träne rollte über meine Wange. Ich wusste nicht, ob ich ihn oder Gia je wiedersehen würde.

Erschöpft ging ich in der Second Avenue in Richtung des Maxwell House los. Ich war nie zuvor nachts allein durch die Straßen von Nashville gegangen und stellte fest, dass sich doch eine gewisse Angst in mir regte. Die mit Gas betriebenen Straßenlaternen warfen unheimliche Schatten und nur wenige Fußgänger waren so nahe am Fluss unterwegs.

Als ich zu einem größeren Platz kam, fiel mir auf, dass mehrere junge Frauen vor einem Laden, der Alkohol verkaufte, im Schein einer Straßenlampe herumstanden. Ich konnte mir nicht vorstellen, warum sie sich so spätabends noch draußen aufhielten; andererseits waren während der Hundertjahrfeier deutlich mehr Menschen später als gewöhnlich auf den Straßen unterwegs. Männer gingen in den Laden und kamen wieder heraus, einige blieben stehen, um sich mit den Frauen zu unterhalten, während andere unbeirrt mit den Papiertüten, in denen sie ihre Einkäufe trugen, ihren Weg fortsetzten.

Ich überquerte schnell die Straße und konnte es nicht erwarten, zum Maxwell House zu kommen, aber ich blickte mich immer wieder zu der sonderbaren Szene um und konnte nicht begreifen, was die Frauen dort machten. Sie waren keine Kunden des Spirituosenladens, soweit ich das beurteilen konnte. Sie standen einfach herum, lachten und flirteten mit den Männern.

Bevor ich in die Charlotte Avenue abbog, blickte ich mich ein letztes Mal um.

Mein Atem stockte.

Ein Mann, der ganz genauso wie Kenton aussah, stieg aus einer Pferdekutsche. Die vier Mädchen traten zu ihm und ihre aufgeregten Stimmen drangen bis zu mir, auch wenn ich nicht verstehen konnte, was sie sagten. Ob der Mann tatsächlich Kenton war, wusste ich nicht mit Bestimmtheit, aber einen Moment später stieg er wieder in die Kutsche und zwei der Frauen folgten ihm.

Als das Gefährt an mir vorbeifuhr, trat ich schnell in den Schatten. Es war zu dunkel, um ihre Gesichter erkennen zu können, aber ein ungutes Gefühl jagte mir einen Schauer über den Rücken, während ich der Kutsche nachblickte, die in der dunklen Nacht verschwand.

Ich hatte keine Ahnung, was ich gerade gesehen hatte, aber meine Instinkte sagten mir, dass hier nichts Gutes geschah.

Ich schaute wieder zu den zwei Frauen, die immer noch auf der Straße standen und deren Jugend mich an Gia erinnerte.

Wussten ihre Familien, wo sie heute Nacht waren? Machte sich jemand Sorgen, weil sie nicht zu Hause waren?

Diese Fragen ließen mir keine Ruhe, während ich meinen Weg zum Maxwell House Hotel fortsetzte.

CB

Am Mittwochmorgen stand ich hinter der Rezeption. Betty Ann war mit den Vorbereitungen für die jährliche Tanzveranstaltung am Freitag beschäftigt, deshalb hatte ich angeboten, die Rezeption zu übernehmen.

Der Fahrstuhl meldete klingelnd seine Ankunft.

Kurz darauf traten der alte Mr Hanover und sein Dachshund, Copper, aus dem Fahrstuhl in die Empfangshalle. Das Klicken der Nägel des kleinen Hundes und das Klopfen von Mr Hanovers Stock auf dem karierten Marmorboden entlockten mir ein Lächeln, als die beiden auf den Rezeptionstresen zusteuerten.

»Guten Morgen, Mr Hanover. Wie geht es Copper heute?«

Der grauhaarige Mann grinste. »Er ist fit wie ein Turnschuh und kann es nicht erwarten, mit mir Gassi zu gehen«, sagte er mit einem Augenzwinkern.

Ich erwartete, dass er seinen Weg fortsetzen würde, aber er legte eine Zeitung auf den Tresen und tippte auf die aufgeschlagene Seite. »Das ist ein interessanter Artikel über Sie und Priscillas Album.«

Ich blinzelte. »Wie bitte?«

Er deutete erneut auf die Zeitung. »Hier steht, dass Sie in Priscillas Zimmer ein altes Album über die *Tennessee Centennial Exposition* gefunden haben. Es heißt, dass sie Erinnerungsstücke an die Hundertjahrfeier gesammelt hat. Wirklich schade, dass ich die Ausstellung nie besucht habe, aber damals wohnte ich in Lexington.«

Er begann, mir eine Geschichte aus seiner Kindheit in Kentucky zu erzählen, aber mich interessierte im Moment viel mehr, was in dieser Zeitung stand. Kleine, fett gedruckte Buchstaben verkündeten: »Ein altes Album gibt neue Hinweise auf dunkle Thornley-Vergangenheit«.

Copper winselte, auch wenn ich ihn von meinem Platz hinter dem Tresen, wo mir vor Entsetzen die Kinnlade herunter fiel, nicht sehen konnte.

»Ich bringe Copper lieber hinaus, bevor es noch mitten im Foyer ein Malheur gibt.« Die beiden steuerten auf den Ausgang zu.

Ich schnappte mir die Zeitung und las entsetzt jedes Detail, das Jason und ich Curtis Brown am Vortag über das Album erzählt hatten. Obwohl er Miss Nichols nicht namentlich erwähnte, gab er an, dass sie eine langjährige Bewohnerin des Maxwell war, die vor Kurzem einen Schlaganfall erlitten hatte. Dann ging er ausführlich darauf ein, wie ich das Album gefunden hatte und dass es darin Hinweise auf eine Verbindung zwischen Kenton Thornley und dem unappetitlichen Thema Entführung und Zwangsprostitution gab.

Als ich den letzten Absatz las, hielt ich die Luft an.

Thornley und sein Vater standen in Verdacht, Mitglieder des Ku-Klux-Klans zu sein, auch wenn der Reporter diese Informationen nicht belegen kann. Jedoch ist bekannt, dass der Vater von Thornley senior mehrere Schiffe besaß, die im 19. Jahrhundert Sklaven beförderten.

Mein Herz überschlug sich fast und mir wurde übel.

Was hatten wir getan?

Warum hatte Curtis Brown diesen Artikel veröffentlicht? Wir waren nicht mit einer Story zu ihm gekommen. Wir hatten ihn lediglich um Hilfe gebeten, über die Verbindung zwischen Miss Nichols und den Zeitungsausschnitten in ihrem Album zu recherchieren. Ich hätte nicht im Traum daran gedacht, dass Curtis das drucken würde.

Und die Hinweise auf Thornleys fragwürdige Vergangenheit? Ich hatte keine Gelegenheit gehabt, Mr Corsini zurückzurufen und mich nach Kenton Thornley zu erkundigen. Dafür war es jetzt zu spät. Jetzt wusste die ganze Stadt Bescheid.

Ich schloss stöhnend die Augen.

Was würde mein Vater sagen, wenn er das hörte? Er verabscheute negative Schlagzeilen für das Maxwell House.

Ich musste Jason finden.

Ohne ein Wort über die Bredouille zu verlieren, in der ich steckte, rief ich Lucille an und bat sie, die Rezeption zu übernehmen, da ich kurz etwas erledigen müsste. Gott sei Dank war Mrs Ruth mit Emmett in unserer Wohnung, wo sie für die Hotelbewohner Weihnachtsplätzchen backten. Er war also noch eine Weile beschäftigt.

Ich fuhr mit dem Fahrstuhl in die zweite Etage. Jason hatte geplant, heute hierzubleiben und etwas für sein Studium zu tun; er öffnete mir also sofort die Tür, als ich klopfte.

»Hey.« Er begrüßte mich mit einem Lächeln und einigen

Handtüchern. »Entschuldigung, ich dachte, es wäre das Zimmermädchen.« Er schmunzelte, wurde aber sofort ernst, als er mein Gesicht sah. »Was ist los? Ist etwas mit Miss Nichols?«

Ich drückte die Zeitung gegen die Handtücher. »Ich könnte Curtis Brown den Hals umdrehen.«

Er zog überrascht die Brauen hoch. »Warum? Was hat er gemacht?«

Ich deutete auf die Zeitung. »Lies selbst.«

Er ließ die Handtücher fallen und begann zu lesen. Als er den Artikel zu Ende gelesen hatte, stieß er einen leisen Pfiff aus und schaute mich an. »Oh, Mann.«

»Ja. Oh, Mann.« Meine wütende Stimme hallte durch den Flur. »Wie konnte er das tun? Wir haben ihm nicht erlaubt, irgendetwas von dem, was wir ihm erzählt haben, zu drucken.«

Zwei Türen weiter trat Mr Carlson, ein anderer Bewohner, auf den Flur und schaute uns über seine dickrandige Brille hinweg an. »Ach, Sie sind es, Audrey! Ist alles in Ordnung?«

Ich setzte ein unechtes Lächeln auf. »Ja, Mr Carlson. Entschuldigen Sie bitte, dass ich Sie gestört habe.«

»Kein Problem.« Er drehte sich um, um wieder in sein Zimmer zu gehen, doch dann hielt er inne. »Übrigens, dieser Artikel in der heutigen Zeitung ist der Hammer. Das hätte ich Priscilla nie zugetraut.«

Als er die Tür hinter sich schloss, stöhnte ich. »Das ist schlimm, Jason. Richtig schlimm.«

Er gab mir die Zeitung zurück. »Warte bitte einen Moment. Ich hole nur meinen Mantel, dann gehen wir irgendwohin, wo wir in Ruhe darüber sprechen können.«

Wir stiegen die Treppe hinab. Lucille warf mir einen vielsagenden Blick zu, als ich ihr sagte, dass wir bald zurück seien. Ich hatte keine Zeit, ihr zu erklären, dass dies kein Date war.

Wir bogen um die Ecke und gingen ins Copper-Kettle-Restaurant. Zum Glück waren die Mittagsgäste noch nicht da und wir fanden einen leeren Tisch in der Ecke. Wir bestellten Cheeseburger und Pommes, obwohl mein Magen so zugeschnürt war, dass ich wahrscheinlich keinen Bissen hinunterbrachte.

»Ich fühle mich für diese Sache verantwortlich, da es meine Idee war, zur Zeitung zu gehen.« Jason atmete tief aus. »Ich bin ein lausiger Jurastudent, was? Ich hätte ihm klarmachen müssen, dass alles, was wir ihm erzählen, vertraulich ist.«

»Mama hat immer gesagt, dass Schuldzuweisungen nicht weiterhelfen. Das war nicht deine Schuld. Curtis Brown hat uns ausgenutzt. Können wir denn nichts machen? Zum Beispiel ihn oder die Zeitung verklagen?«

Trotz der ernsten Situation verzog sich Jasons Mund zu einem leichten Grinsen. »Hier geht es nicht um Staatsgeheimnisse. Das Beste, was wir erreichen können, ist ein Widerruf, aber …« Er wurde wieder ernst. »Der Schaden ist bereits angerichtet.«

Ich wusste, dass er recht hatte. »Das macht mich einfach so wütend. Die arme Miss Nichols! Wenn sie wüsste, was ich mit ihren persönlichen Sachen gemacht habe …« Tränen brannten in meinen Augen.

Er beugte sich über den Tisch und berührte meine Hand. »Du hast nichts falsch gemacht. Die Artikel im Album sind der Öffentlichkeit zugänglich; jeder kann sie in der Bibliothek lesen. Und die Informationen über die Thornleys hat Brown selbst ausgegraben. Wir hatten keine Ahnung von der Verbindung dieser Familie zum Ku-Klux-Klan oder zur Sklaverei.«

»Aber dadurch, dass wir in Miss Nichols' Privatleben herumgeschnüffelt haben, haben wir diese Büchse der Pandora geöffnet.«

Er zog seine Hand zurück und lehnte sich an die rote Kunststoffbank. »Das stimmt, aber jetzt können wir nichts mehr dagegen tun.«

»Ich will gar nicht daran denken, was Dad sagt, wenn er davon hört. Er will das Maxwell House und seine Bewohner unbedingt schützen.«

Unser Essen kam, aber wir stocherten beide ohne Appetit darin herum und gaben es schließlich auf. Jason zahlte und wir kehrten zum Hotel zurück. Lucille winkte mich zu sich, als wir eintraten.

»Während du fort warst, hat jemand für dich angerufen, Audrey.«

Ich erwartete, dass sie mir eine Nachricht aushändigen würde, doch stattdessen schaute sie mich nur sonderbar an. »Die Frau hat ihren Namen nicht genannt. Sie hat gefragt, wann du zurück bist, und gesagt, dass sie später wieder anruft.«

»Das ist seltsam.« Mir blieb nichts anderes übrig, als zu warten, bis sich die geheimnisvolle Frau wieder meldete.

Jason ging wieder in sein Zimmer und ich kehrte zu meinem Posten an der Rezeption zurück.

Mir graute davor, Dad von dem Zeitungsartikel zu erzählen, aber lieber sollte er es von mir erfahren als von einem Hotelbewohner. Mr Carlsons Bemerkungen hatten gezeigt, dass die Gerüchte bereits im Umlauf waren. Dad müsste schnell etwas unternehmen, um den Schaden zu begrenzen. Miss Nichols verdiente es nicht, dass ihr guter Name wegen Jasons und meiner Dummheit beschmutzt wurde.

Kurze Zeit später klingelte das Telefon an der Rezeption.

Ich hob den Blick und sah, dass mir Lucille von der Tür ihres kleinen Büros aus zuwinkte. »Es ist die Frau«, rief sie laut durch das Foyer, was ihr eine strenge Rüge von Dad eingebracht hätte, wäre er hier gewesen.

Ich nahm den Hörer ab. »Hallo, hier ist Audrey Whitfield. Was kann ich für Sie tun?«

Am anderen Ende der Leitung war es einen langen Moment still, bevor eine Frau sagte: »Sie können aufhören, Lügen über die Familie Thornley zu verbreiten.« Ihre Aussprache verriet deutlich, dass sie aus den Südstaaten kam. »Außerdem können Sie dieses Album vernichten, wenn Sie wissen, was gut für Sie ist. Sonst muss ich das selbst erledigen.«

Es klickte und die Leitung war tot.

22

Der Kalender verriet, dass seit Lucas Flucht aus dem Krankenhaus drei Tage vergangen waren, aber sie kamen mir wie eine Ewigkeit vor.

Obwohl ich mich bemühte, mich völlig normal zu verhalten, fragte mich Mutter zigmal nach Luca, seit die Nachricht von seiner Flucht am Vortag in der Zeitung gestanden hatte. Ich gab mich schockiert, als sie mir den Artikel vorlas und ihn mit Details ausschmückte, die Kenton von der Polizei erfahren hatte: dass sie den Verdacht hegten, Luca müsse jemanden gehabt haben, der ihm bei der Flucht geholfen hatte. Ein Zeuge hatte in der Gasse eine Kutsche gesehen, aber er konnte nicht sagen, wer diese Kutsche gefahren hatte. Nachdem ich an jenem Abend ins Hotel zurückgekehrt war, hatte mich Mutter in einem der Damensalons gefunden, wo ich einer Gedichtlesung gelauscht hatte. Wir waren gemeinsam in unsere Suite gegangen, womit sie mir, ohne es zu wissen, ein Alibi gab, falls ich irgendwann eines brauchen würde. Laut Kenton glaubte die Polizei, dass Luca und sein Komplize längst aus der Stadt geflohen waren und für die Thornleys und die Öffentlichkeit keine Gefahr mehr darstellten. Trotzdem war ich innerlich sehr angespannt, da ich genau wusste, dass ich die Person war, die die Polizei suchte.

Das Thema wurde heute nach dem Mittagessen leider wieder aktuell, als Mutter fragte, ob ich Lust hätte, mit ihr das Kindergebäude zu besichtigen. Ohne nachzudenken, erwiderte ich, dass ich mir dieses Gebäude schon mit Luca und Gia angesehen hätte.

»Gut, dass wir diese beiden los sind!« Sie wischte einen Krümel von der Spitzendecke auf unserem Tisch in dem Restaurant, das sich auf der Dachterrasse des Damengebäudes befand. Wir hatten am Morgen mit Papa das Gebäude für Handel und Wirtschaft besichtigt, aber unsere Einladung zu einem Garnelen- und Krabbensalat hatte er ausgeschlagen und versprochen, um 15 Uhr wiederzukommen und uns ins Hotel zu begleiten.

»Es ist wirklich entsetzlich, dass diese Morettis in einem edlen Hotel wie dem Maxwell House arbeiten durften«, fuhr Mutter zu meinem Kummer fort. »Vermutlich kann man dem Manager keine allzu großen Vorwürfe machen, da die beiden ihre kriminelle Neigung bestimmt verheimlicht haben. Das Mädchen hat sogar ein falsches Alter angegeben, um eine Stelle zu bekommen. Ich bin mir sicher, dass der Personalchef in Zukunft besser darauf achten wird, wen er einstellt.«

Ich musste mir auf die Zunge beißen, um Lucas und Gias Ruf nicht vehement zu verteidigen. Ich hatte die beiden zwar nur wenige Wochen gekannt, aber ich hatte noch nie ein so fleißiges und fürsorgliches Geschwisterpaar erlebt. Es würde jedoch nichts bringen, das Mutter zu sagen. Ich hoffte nur, Luca würde sich bald bei mir melden und Bescheid geben, wie es ihm ging und ob er Gia gefunden hatte. Das war alles, was zählte.

»Dein Vater freut sich sehr über dein Verhalten in den letzten Tagen.« Mutter schaute mich über den Rand ihrer Porzellantasse hinweg an, nippte einen kleinen Schluck von ihrem Tee und stellte sie dann geräuschlos auf die Untertasse zurück. »Er hofft, das bedeutet, dass du dir Kentons Antrag noch einmal überlegst. Trotz der unerfreulichen Geschehnisse der letzten Tage ist Kenton immer noch bereit, dich zu heiraten.«

Ein warmer Wind mit dem Duft des Blumengartens umwehte uns.

Ich atmete tief den beruhigenden Duft ein. »Mutter, der Tag ist viel zu schön, um zu streiten. Können wir nicht über etwas anderes sprechen?«

Sie wirkte beleidigt. »Ich habe nicht die Absicht zu streiten. Der heutige Tag macht mir besonders bewusst, wie kurz das Leben ist.«

Diese wehmütige Bemerkung verwirrte mich. Dann fiel mir ein, welches Datum heute war. Mein älterer Bruder wäre heute dreißig geworden, wenn er nicht als Kleinkind gestorben wäre. Auch nach so vielen Jahren trauerte Mutter immer noch um den Verlust ihres einzigen Sohnes. Papa verlor nie ein Wort darüber, aber ich vermutete, dass es ihm genauso ging.

»Ich will Enkelkinder, Priscilla.« Ihr Blick wanderte zu einer jungen Mutter, die ein Baby in einem weißen Rüschenkleid auf dem Schoß hielt. »Mehrere.« Ihr Blick kehrte zu mir zurück. »Ich wünsche mir nur, dass du glücklich bist. Das verstehst du doch, oder?«

Der Ernst, mit dem sie diese Worte sagte, traf mich. »Ja, Mutter, aber eine Ehe mit Kenton Thornley würde mich nicht glücklich machen. Ich sehe Dinge an ihm, die ... mich beunruhigen.« In Gedanken kehrte ich zu dem Abend von Lucas Flucht zurück, als ich beobachtet hatte, wie ein Mann, der Kenton gewesen sein könnte, Frauen in seine Kutsche geholt hatte, die ich inzwischen für Prostituierte hielt. Ich war zu dem Schluss gekommen, dass es für die Szene, die ich beobachtet hatte, keine andere Erklärung geben konnte, egal ob der Mann Kenton gewesen war oder nicht. Außerdem wusste ich von Luca, dass Kenton zu den getarnten Angreifern gehört hatte, die ihn im Gefängnis zusammengeschlagen hatten.

Enttäuschung trat in ihr Gesicht. »Es schmerzt mich, das zu sagen, Priscilla, aber wenn du Kentons Antrag nicht annimmst, wirst du vielleicht nie heiraten. Abgesehen davon, dass du dann kinderlos bleibst, müsstest du eine sehr schwere Last tragen, wenn dein Vater aus dieser Welt scheidet. Hast du dir darüber schon einmal Gedanken gemacht? Ohne einen männlichen Erben würden die Verantwortung für sein Vermögen und seine Geschäftsinteressen dir zufallen.« Sie schüttelte den Kopf, als wäre es unvorstellbar, dass eine Frau Finanzgeschäfte tätigte.

Hatte sie bei ihrem Rundgang durch das Damengebäude denn nicht aufgepasst? Das Gebäude war von vorne bis hinten mit Erfindungen, Patenten, Büchern, Kunstwerken und allen möglichen anderen Objekten voll, die allesamt von Frauen stammten. Sogar das Gebäude selbst war von einer Frau entworfen worden. Mrs Sara Ward-Conley hatte es so gestaltet, dass es dem *Hermitage*, dem Haus von Präsident Andrew Jackson, ähnelte.

Trotzdem hatte Mutter mit ihren Worten recht. Ich hatte nicht überlegt, was passieren würde, wenn ich nie heiratete. Ich hatte kein Interesse, Papas Geschäfte zu übernehmen, aber ohne meinen Bruder oder einen Ehemann bliebe mir nichts anderes übrig. Mutters traurige Gewissheit, dass mir ein Leben als alte Jungfer bevorstand, war beunruhigend, aber nicht so schlimm, dass ich bereit gewesen wäre, einen Mann zu heiraten, der völlig ungeeignet war.

Da mir klar war, dass sie dieses Thema nicht so schnell aufgeben würde, drehte ich den Spieß um. »Warum willst du, dass ich Kenton heirate? Was an ihm – nicht an seiner Familie – bringt dich auf die Idee, dass er ein guter Ehemann wäre?«

Sie schaute mich überrascht an. »Wir kennen ihn, seit er ein kleiner Junge war. Ihr seid miteinander aufgewachsen.«

»Ja, und wenn ich mich recht erinnere, hast du ihn für ein verwöhntes, flegelhaftes Kind gehalten.«

Sie schwieg einen Moment, doch dann schmunzelte sie. »Ich glaube, das stimmt.«

»Und du glaubst, diese Eigenschaften hätte er abgelegt?«, fuhr ich fort und wusste, dass sie die Wahrheit nicht leugnen konnte.

»Worauf willst du hinaus, Priscilla? Niemand ist perfekt. Dein Vater hat auch seine Schwächen, genauso wie ich, aber wir führen eine gute Ehe. Das ist alles, was ich für dich will. Und ja, ich glaube, dass du das mit Kenton haben kannst.«

»In diesem Punkt gehen unsere Meinungen auseinander, Mutter. Ich glaube nicht, dass Kenton je der Mann sein könnte, mit dem ich mein Leben verbringen möchte, geschweige denn, den ich als Vater meiner Kinder haben möchte.« Ich dachte an Luca. Sein Lächeln, seine Augen. Seine Liebe zu Gia. Den Respekt, mit dem er mich behandelte. »Ich glaube, dass es irgendwo einen Mann für mich gibt. Und wenn nicht, komme ich auch allein zurecht.« Ich nahm ihre Hände. »Es gibt schlimmere Dinge, als unverheiratet zu sein.«

Sie runzelte die Stirn. »Nenn mir eines.«

Ich stand lachend auf und beendete damit dieses Thema. »Komm, wir warten draußen auf Papa. Ich habe gehört, dass die Gärten fantastisch sein sollen, und ich weiß, wie sehr du Rosen liebst.«

Kurz nach 15 Uhr kehrten wir ins Maxwell House zurück. Mutter und Papa hatten Karten fürs Theater am Abend. Mutter ging deshalb in unsere Suite, um sich ein wenig auszuruhen, während sich Papa in den Herrensalon begab, um sich eine Zigarre anzustecken. Ich schlenderte durch das Foyer und meine Gedanken kreisten um Gia und Luca. Vielleicht sollte ich noch einmal zu Mrs Smith gehen und fragen, ob ihr noch etwas zu dem Tag eingefallen war, an dem Gia verschwunden war. Ich hatte die ältere Frau schon gefragt, nachdem Luca verhaftet worden war, aber ihr hatte meine Einmischung überhaupt nicht gefallen. Sie hatte fälschlich angenommen, ich würde sie in irgendeiner Weise für Gias Verschwinden verantwortlich machen. Obwohl ich ihr versichert hatte, dass ich nur helfen wollte, das Mädchen zu finden, hatte sie die Lippen zusammengekniffen und mich wortlos stehen gelassen.

Da ich nichts für Gia oder Luca tun konnte, beschloss ich, ebenfalls nach oben zu gehen. Doch als ich am Fuß der Treppe ankam, trat ein älterer Mann, der mir vage bekannt vorkam, zu mir.

»Miss Nichols, könnte ich mit Ihnen sprechen?« Seine Augen rasten durch die Empfangshalle und er wirkte ziemlich nervös.

Jetzt erkannte ich ihn: Das war der Mietstallbesitzer. Hatte er eine Nachricht von Luca?

»Selbstverständlich.« Ich deutete zu einigen leeren Sesseln am Rand des Foyers. Dort wären wir ungestört und niemand könnte unser Gespräch belauschen.

Ich setzte mich, aber als ich merkte, dass er nicht die Absicht hatte, Platz zu nehmen, stand ich wieder auf.

»Ich habe eine Nachricht für Sie, Miss.« Er blickte sich erneut vorsichtig um, bevor er mir einen zusammengefalteten Zettel reichte.

Aufgeregt nahm ich den Zettel und steckte ihn in mein Handtäschchen. »Haben Sie unseren Freund gesehen?«, flüsterte ich.

Nach einem kurzen Zögern nickte er. »Ich habe etwas von ihm gekauft.«

Meinte er Lucas Pferd und Kutsche?

»Ich gehe lieber wieder, Miss. Ich will nicht, dass jemand Verdacht schöpft.«

Ich blickte ihm nach. Am liebsten wäre ich ihm nachgelaufen und hätte ihn mit Fragen gelöchert, aber ich blieb stehen, wo ich war, und drückte mein Handtäschchen an mein Herz.

Dann eilte ich die Treppe hinauf. Zu meiner Erleichterung war die Tür zu Mutters Zimmer geschlossen und Fanny war nirgends zu sehen. Ich eilte in mein Zimmer und drehte den Schlüssel im Schloss, um auf keinen Fall gestört zu werden.

Mein Herz hämmerte, als ich die Nachricht aus dem Umschlag zog. Außen stand kein Wort, aber das, was innen geschrieben stand, war alles, was zählte.

Brauche Ihre Hilfe. Auf der Rialto-Brücke bei Sonnenuntergang.

Die kurze Nachricht war nicht das, was ich mir erhofft hatte, trotzdem schlug mein Herz vor Freude höher. Luca war in Sicherheit und er brauchte mich.

Ich warf einen Blick aus dem Fenster. Die Sonne würde erst in einigen Stunden untergehen. Ich war nicht sicher, ob ich still sitzen und warten konnte, da ich mir Sorgen machte, warum Luca Hilfe brauchte. Außerdem wusste ich nicht, was ich Mutter sagen sollte, wenn ich mich später ankleidete, um die Suite zu verlassen. Ich hatte ihr bereits erklärt, dass ich mir das Abendessen aufs Zimmer bringen ließe und lesen wollte, während sie und Papa mit Freunden im Tulane-Hotel speisten und danach ins Theater gingen.

Ich trat an den Schreibtisch. Mutter eine Nachricht zu schreiben, dass ich einen Einkaufsbummel machen wollte, erschien mir die beste Lösung. Um nicht zu lügen, würde ich tatsächlich etwas kaufen, vielleicht in einem der Läden, die die Church Street säumten – ein Geschenk für Mutter, bevor ich mit der Straßenbahn zum Ausstellungsgelände fahren würde.

Nach zwei Versuchen, die richtigen Worte zu finden, beeilte ich mich, mein Haar in Ordnung zu bringen, nahm mein Tuch und meinen Hut und verließ die Suite, bevor Mutter aufwachte oder Papa zurückkehrte, um sich für den Abend fertig zu machen.

Als ich zu der Marmortreppe kam, verlangsamte ich meine Schritte, da ich keine unnötige Aufmerksamkeit auf mich ziehen wollte. Ich betete, dass ich weder Papa noch Kenton begegnen würde, und wandte mich dem Dameneingang zu, sobald ich das Foyer erreichte. Draußen in der Spätnachmittagssonne atmete ich tief ein, um mein rasendes Herz zu beruhigen.

Mit einer äußeren Gelassenheit, mit der ich meine innere Unruhe überspielte, schlenderte ich durch die Church Street, blieb vor Schaufenstern stehen und nickte Frauen oder Kindern, an denen ich vorbeikam, höflich zu. Hier und da betrachtete ich ein schönes Kleid, ein Buch, einen Hut. Alles, was jemandem, der einen Einkaufsbummel machte, ins Auge fallen würde. Ich glaubte nicht, dass mir jemand folgte, aber da ich plante, Luca, einen entflohenen Häftling, zu treffen, konnte ich mich nicht entspannen.

Nachdem ich einen Haarkamm gekauft hatte, der mit roten Glasperlen in der Form einer Blume geschmückt war, ging ich, ohne noch einmal stehen zu bleiben, zur Straßenbahnhaltestelle weiter. Da so viele Leute zur Ausstellung wollten oder vom Gelände in die Stadt zurückkehrten, fuhren die Straßenbahnen fast pausenlos.

Ich stieg ein und fand einen Platz. Um mich herum herrschte ein fröhliches Stimmengeschwirr. Ausstellungsbesucher schwärmten von den Ausstellungsobjekten, dem Jahrmarkt und dem köstlichen Essen, auf das sie sich freuten. Eine starke Wehmut erfasste mich, als ich mich an den glücklichen Tag erinnerte, den ich mit Luca im Park verbracht hatte.

Aber diese Erinnerungen waren bittersüß. Die liebe Gia war mit einem Lächeln im Gesicht von uns weggefahren und danach nie wieder gesehen worden. Und Luca wurde jetzt von der Polizei gesucht.

Im Park angekommen, bezahlte ich meinen Eintritt und betrat das Ausstellungsgelände, war aber unsicher, wohin ich gehen sollte. Bis zum Sonnenuntergang hatte ich noch mindestens zwei Stunden oder mehr. Ich hatte kein Interesse, die Ausstellungsobjekte, die ich noch nicht gesehen hatte, zu besichtigen, und suchte mir lieber eine Bank im Schatten eines Baums in der Nähe der Laube mit den Flaschenkürbissen.

Ich döste in dem warmen Wind fast ein, während ich kleine Jungen und Mädchen beobachtete, die durch den Park liefen und spielten. Sie erinnerten mich an Mutters Wunsch nach Enkelkindern. Ich hoffte, dass auch ich eines Tages mit einem Sohn oder einer Tochter gesegnet wäre, aber das änderte nichts an meinem Entschluss, Kenton nicht zu heiraten. Ich hatte Mutter nicht verraten, aus welchen konkreten Gründen ich ihn ablehnte, da ich keine Beweise für seine Beteiligung an Lucas Misshandlungen oder Gias Verschwinden hatte, aber sie untermauerten meine Entscheidung, seinen Heiratsantrag abzulehnen.

Meine Gedanken wanderten zu Luca.

Ich wusste, dass mein Herz ihm gehörte. Vermutlich gehörte es ihm seit dem Moment, als ich im Foyer des Maxwell House mitbekommen hatte, wie er sich weigerte, sich von Kenton demütigen zu lassen. Aber ich wusste auch, dass eine Beziehung zwischen uns unmöglich war. Welche Zukunft konnte es für uns geben, da Gia vermisst wurde und er ein entflohener Häftling war? An dem Abend, den wir zusammen im Park verbracht hatten, als wir mit der Gondel über den See gefahren waren und Luca leise gesungen hatte, hatte ich mir erlaubt, mir ein Leben mit ihm auszumalen – von einem kleinen, gemütlichen Haus mit Blumen im Garten und glücklichen Kinderstimmen, die durch die offenen Fenster drangen, zu träumen. Wir würden ein einfaches Leben führen ohne elegante Kleider, vornehme Bälle und gesellschaftliche Vergnügungen, aber in jenem Moment hatte ich mir das himmlisch vorgestellt.

Mutters unfreundliche Worte, dass sich Luca nur für das Geld interessiere, das ich einmal erben würde, verdrängten dieses angenehme Bild. Vielleicht war ich in Bezug auf viele weltliche Dinge naiv, aber ich erkannte trotzdem, ob das Interesse eines Mannes echt war oder nicht. Ich hatte in Chattanooga viele Möchtegernverehrer abblitzen lassen, von denen jeder gehofft hatte, Eldridge Nichols' Schwiegersohn zu werden. Die geheuchelte Zuneigung dieser Männer war der einzige Grund, warum ich Kentons Antrag kurz in Erwägung gezogen hatte. Das verriet – wenigstens mir selbst –, wie wichtig es mir war, keinen Mann zu heiraten, der mich nicht liebte.

Die Sonne näherte sich langsam dem Horizont, aber ich blieb auf meiner Bank sitzen, auch als die Besucher im Park immer weniger wurden. Die Zeit zum Abendessen rückte näher und Familien mit kleinen Kindern steuerten auf die Ausgänge zu, während Liebespaare in Richtung der Blauen Grotte oder des Restaurants »Altes Wien« schlenderten. Ich wollte noch eine halbe Stunde hier warten, bevor ich zur Rialtobrücke aufbrach. Von meiner Bank aus konnte ich die Brücke nicht sehen, da mir die Laube mit den Flaschenkürbissen die Sicht versperrte, aber ich wusste, dass ich in nur wenigen Minuten dort wäre.

Ich wollte mich gerade wieder umdrehen, als jemand am anderen Ende der Laube meine Aufmerksamkeit erregte. Lange, dunkle Haare hingen über ihren Rücken und sie trug keinen Hut, aber etwas an ihr kam mir bekannt vor. Sie schien auf jemanden zu warten, denn ihr Blick wanderte hin und her, während die Leute an ihr vorbeigingen.

Ich stand auf und ging auf sie zu. Obwohl ich noch ein ganzes Stück von ihr entfernt war, war meine Neugier geweckt.

Als sie sich in meine Richtung umdrehte, sog ich erschrocken die Luft ein.

Gia!

Ich wusste nicht, ob ich den Namen laut ausgesprochen hatte, aber unsere Blicke begegneten sich. Die Augen der jungen Frau weiteten sich.

»Gia!«, rief ich und winkte, da ich vor Überraschung nicht wusste, was ich sonst tun sollte.

Ich dachte, sie würde sofort zu mir kommen, doch stattdessen stürmte sie in die entgegengesetzten Richtung davon.

»Gia!«

Ich hob den Saum meines Rocks und lief ihr nach, ohne auf die befremdeten Blicke der Passanten zu achten. Als ich in der Laube ankam, war ich außer Atem, aber Gia war nirgends zu sehen. Ich stand keuchend da und Tränen brannten in meinen Augen, während ich sie vergeblich suchte.

Warum war sie weggelaufen? Wo war sie die ganze Zeit gewesen?

Ich fand keinen logischen Grund für das, was soeben passiert war, aber ich musste Luca unbedingt sagen, dass ich Gia gesehen hatte. Dass sie im Park war. Vielleicht könnten wir sie gemeinsam finden.

Ich eilte zur Rialtobrücke. Bis zum Sonnenuntergang dauerte es noch mehrere Minuten, aber ich betete, dass Luca früher kommen würde.

Ich sank vor Erleichterung fast auf die Knie, als ich ihn, unter der Brücke halb versteckt, am Wasserrand sitzen sah. Er trug einen dunklen Hut, den er bis über die Ohren gezogen hatte, und einen langen Mantel, den ich nicht kannte, aber ich wusste, dass er es war.

Als er mich sah, stand er auf.

Mehrere Leute beugten sich über die Brücke und schauten zu, wie eine Gondel vorbeitrieb. Deshalb bedeutete ich ihm, mir zu folgen. Wir gingen in Richtung Parthenon, wo wir im Schatten der riesigen Statue von der Pallas Athena stehen blieben.

»Luca, ich habe Gia gesehen«, platzte ich heraus, bevor er Gelegenheit hatte, etwas zu sagen.

Seine Brauen zogen sich verwirrt nach oben. »Was wollen Sie damit sagen? Wo?«

»Hier. Drüben bei der Laube. Erst vor wenigen Minuten.« Ich nahm seine Hand. »Kommen Sie, wir müssen sie suchen.«

Aber er rührte sich nicht. »Das verstehe ich nicht. Warum sollte sie hier sein, ohne mich wissen zu lassen, dass sie in Sicherheit ist?« Er schaute mich durchdringend an. »Sind Sie sicher, dass es Gia war?«

Ich ließ seine Hand los. »Ja. Sie hat mich direkt angesehen, aber dann ist sie weggelaufen. Ich habe versucht, ihr zu folgen, aber sie ist in der Menge untergetaucht.«

Ein schmerzlicher Ausdruck trat auf sein Gesicht. »Schien es ihr gut zu gehen?«

Erst jetzt begriff ich, dass Gias Anwesenheit hier auf dem Ausstellungsgelände keine gute Nachricht war. Seine Schwester war hier, aber sie versteckte sich vor ihm.

»Sie hat verändert ausgesehen. Ihre Haare hingen offen über ihren Rücken. Ich habe sie immer nur in ihrer Kleidung als Zimmermädchen gesehen, aber heute trug sie ein leuchtend rotes Kleid.«

Sein Stirnrunzeln vertiefte sich. »Sie besitzt kein rotes Kleid.«

Ich wusste wirklich nicht, was ich sagen sollte. Das, was ich gesehen hatte, verwirrte mich genauso sehr wie ihn. »Sollen wir sie suchen?«, fragte ich, obwohl ich wusste, dass es nahezu unmöglich wäre, sie auf dem Ausstellungsgelände zu finden, aber wir mussten etwas unternehmen.

Ein müdes Seufzen kam über seine Lippen und er schüttelte den Kopf. In seinem Gesicht waren immer noch die Spuren seiner Blutergüsse zu sehen, auch wenn sie allmählich blasser wurden, und er sah erschöpft und müde aus.

Ich konnte nicht zulassen, dass er die Hoffnung verlor. »Gia wäre nicht vor mir weggelaufen, wenn ihr nicht jemand gesagt hätte, dass sie sich von allen, die sie kennen, fernhalten soll. Ich glaube nicht, dass sie sich freiwillig so verhält.«

»Aber wenn sie in Gefahr ist, warum ist sie dann nicht zu Ihnen gekommen? Sie weiß, dass sie Ihnen vertrauen kann.«

Ich legte die Hand auf seinen Arm. »Das weiß ich auch nicht, Luca, aber wir dürfen die Hoffnung nicht aufgeben. Sie braucht uns.«

Nach einem langen Moment nickte er. »Ich habe Sie um dieses Treffen gebeten, weil ich etwas über Thornley herausgefunden habe.« Der ominöse Tonfall in seiner gesenkten Stimme jagte mir trotz des warmen Abends einen Schauer über den Rücken. »Normalerweise würde ich über so etwas nie mit einer Dame – und schon gar nicht mit Ihnen – sprechen, aber ich sehe keine andere Möglichkeit. Sie sind die Einzige, die mir helfen kann.«

Ich schluckte, da mir vor dem, was er mir gleich sagen würde, graute.

Er blickte sich um, um sich zu vergewissern, dass uns niemand hörte. »Der Freund, bei dem ich wohne, kennt einen Mann, der häufig Gast von … Häusern mit schlechtem Ruf ist.« Das Unbehagen, mit dem er mir diese Informationen gab, war nicht zu übersehen und ich liebte ihn dafür noch mehr. »Er ist sich sicher, dass ein Mann namens Thornley Geschäftspartner der Betreiberin dieser Häuser ist.«

Meine Kinnlade fiel herunter. »Das ist unmöglich.«

»Er hat das meinem Freund erzählt, nachdem er in der Zeitung von meiner Flucht gelesen hat. In dem Artikel stand, dass ich verhaftet wurde, weil ich Kenton Thornley angegriffen hätte. Dieser Mann hat den Namen erkannt.«

Ich wusste, dass es mich nicht überraschen sollte, eine weitere beunruhigende Entdeckung über Kenton zu machen, aber irgendwie war ich trotzdem wie vor den Kopf geschlagen. Wie konnte der Junge, mit dem ich aufgewachsen war, in so etwas verwickelt sein? Aber die Beweise belegten, dass es leider die Wahrheit war.

»Hat Ihr Freund nach Gia gefragt? Vielleicht hat der Mann sie dort gesehen.«

Luca schüttelte den Kopf. »Mein Freund hat ihn nach ihr gefragt, aber sein Bekannter hat sie nicht gesehen.«

»Was wollen wir jetzt machen? Wenn wir zur Polizei gehen und sagen, was passiert ist, müssen sie diese Häuser nach Gia absuchen.«

Luca stieß ein humorloses Lachen aus. »Bevor oder nachdem sie mich einsperren?«

»Entschuldigung«, sagte ich und kam mir dumm vor. »Ich habe nicht richtig nachgedacht.«

Er lächelte traurig. »Ich muss mich entschuldigen, weil ich Sie in dieses Schlamassel hineingezogen habe, *Signorina*.«

»Sie haben mich nicht hineingezogen. Das war ich selbst. Was wollen wir jetzt machen, da wir nicht zur Polizei gehen können?«

Die Nacht legte sich über den Park und die Lichter an den Gebäuden wurden nach und nach eingeschaltet. Die Musik von einer Kapelle, die im Pavillon auf der anderen Seeseite spielte, tanzte im Abendwind.

»Wir brauchen Beweise, dass Thornley mit der Bordellbetreiberin zusammenarbeitet.« Seine Stimme wurde hoffnungsvoll. »Würde Ihr Vater uns helfen, wenn wir handfeste Beweise hätten?«

Der Gedanke, zu Papa zu gehen, war mir bis jetzt nicht gekommen. »Er ist ein fairer Mann, aber die Beweise müssten sehr überzeugend sein. Er ist mit Kentons Vater befreundet, solange ich zurückdenken kann. Aber wo sollen wir die Beweise, die wir brauchen, finden?«

»Im Maxwell House«, erklärte Luca mit entschlossener Stimme. »In Thornleys Zimmer.«

23

»Das war alles, was sie gesagt hat: Sie können dieses Album vernichten. Sonst muss ich das selbst erledigen.«

Ich stand mit Jason in der Polizeiwache und machte bei dem uniformierten Beamten, der hinter dem Schreibtisch saß, meine Aussage. Hinter ihm saßen mehrere Polizisten an kleineren Schreibtischen; einige von ihnen telefonierten, andere erledigten Papierarbeit.

Ich war noch nie zuvor auf einer Polizeiwache gewesen, aber die Drohung der unbekannten Frau am Telefon hatte mich erschüttert. Ich hatte nicht gewusst, was ich tun sollte, und deshalb Jason gebeten, ins Foyer zu kommen, und ihm alles erzählt. Lucille hatte sich zu uns gesellt, als wir über die Situation gesprochen hatten, und vorgeschlagen, dass ich zur Polizei gehen sollte.

»Es ist illegal, eine solche Drohung am Telefon auszusprechen«, hatte sie erklärt und betrachtete es offensichtlich als persönliche Beleidigung, dass eine Fremde die Telefonzentrale im Maxwell House für so etwas missbrauchte.

Jason stimmte ihr zu. »Die Polizei kann zwar nicht viel machen, da die Frau ihren Namen nicht genannt hat, aber falls sie noch einmal anruft, gibt es wenigstens schon eine Akte.«

Beim Gedanken, dass diese Frau noch einmal anrufen könnte, zog sich mein Magen zusammen.

Was hatte sie mit »Sonst muss ich das selbst erledigen« gemeint? War sie mit der Familie Thornley verwandt? Selbst wenn sie das war, erschien es mir ein wenig extrem, Drohungen gegen einen Menschen auszusprechen, den man nicht kannte, und das alles nur wegen eines Zeitungsartikels.

Der Polizist notierte alles, was ich sagte, und stellte mir dann noch einige Fragen. »Ich bezweifle, dass die Frau wieder anruft«, sagte er am Ende unseres Gesprächs. »Aber falls doch, geben Sie uns bitte Bescheid.«

Wir verließen die Polizeiwache und traten in die kalte Abendluft hinaus. Der Wetterbericht hatte Schnee angekündigt, aber wahrscheinlich würde nicht viel Schnee fallen. Erfahrungsgemäß hatten wir in Nashville vor dem Januar keine nennenswerten Schneefälle.

»Ich muss Dad alles erzählen«, sagte ich, als Jason mir die Beifahrertür seines T-Bird aufhielt und ich mich setzte. »Er wird davon nicht begeistert sein.«

Jason rutschte hinters Lenkrad und fuhr zum Maxwell House zurück. »Ich wäre gern dabei, wenn du es ihm erzählst.« Er warf mir einen Blick von der Seite zu. »Was passiert ist, ist nicht deine Schuld. *Ich* habe bei der Zeitung angerufen, aber die Frau hat *dich* angerufen. Du bist unschuldig.«

Trotz des Ernstes der Lage musste ich grinsen. »Danke, Euer Ehren. Sie werden eines Tages ein großartiger Richter sein.«

Er schmunzelte. »So weit in die Zukunft denke ich noch nicht. Ich bin schon froh, wenn ich nächstes Jahr mein Examen bestehe.«

Wir gingen gemeinsam durch das Foyer zu unserer Wohnung. Dad und Emmett saßen am Tisch und aßen Sandwiches mit Grillkäse, als wir eintraten.

»Wo wart ihr beide?«, fragte er und stand auf. »Jason, möchtest du uns Gesellschaft leisten? Mein Grillkäse ist gar nicht so schlecht.«

»Dad nimmt ganz viel Käse.« Emmett hielt sein halb gegessenes Sandwich hoch, zwischen dessen getoasteten Brotscheiben eine dicke geschmolzene Käsescheibe heraushing.

Jason lächelte. »Das klingt lecker, Emmett.« Er warf mir einen fragenden Blick zu. Offenbar wollte er wissen, ob ich Dad jetzt gleich von dem Telefonanruf erzählen würde oder ob ich bis nach dem Essen damit warten wollte.

Ich hielt es für besser, die Sache hinter mich zu bringen. »Ich muss dir etwas sagen, Dad.«

Er schaute mich an. »Deiner Miene nach zu urteilen, ist es nichts Gutes.«

Ich seufzte schwer. »Gestern waren Jason und ich bei der Zeitung und haben mit einem Reporter namens Curtis Brown über die Zeitungsartikel gesprochen, die wir in Miss Nichols' Album gefunden haben. Wir haben gehofft, wir könnten mehr darüber in Erfahrung bringen. Wir hatten nicht die Absicht, ihm eine Story für einen Artikel zu geben«, sagte ich und warf einen kurzen Blick auf Jason. Er nickte mir ermutigend zu. »Aber Mr Brown hat in der heutigen Zeitung trotzdem einen Artikel darüber veröffentlicht. Darin wird zwar Miss Nichols' Name nicht genannt, aber der Name der Thornleys und eine mögliche Verbindung zum Ku-Klux-Klan und zum Sklavenhandel wird erwähnt. Ich weiß nicht, woher Mr Brown diese Informationen hat.«

Dads Schultern sackten nach unten. »Ach du meine Güte! Ich hatte heute gar keine Zeit, die Zeitung zu lesen. Wird in dem Artikel auch das Maxwell erwähnt?«

Mir gefiel die Antwort, die ich ihm geben musste, überhaupt nicht. »In dem Artikel steht, dass ich im Hotel arbeite und dass ich hier das Album gefunden habe. Zum Glück habe ich Mr Brown nicht verraten, dass ich deine Tochter bin.«

Dads Miene wurde betrübt. »Das spielt keine Rolle. Mr Edwin, der neue Eigentümer, weiß, wer du bist. Er plant, das Maxwell House zu modernisieren. Eine solche Publicity ist für das Geschäft nicht gut.«

Ich erzählte ihm den Rest der Geschichte. »Heute Nachmittag hat eine Frau im Hotel angerufen. Als ich fragte, wie ich ihr helfen könne, sagte sie: ›Sie können aufhören, Lügen über die Familie Thornley zu verbreiten. Und Sie können dieses Album vernichten. Sonst muss ich das selbst erledigen.‹ Dann hat sie aufgelegt.«

»Sie hat dir gedroht?« Dad sank auf seinem Stuhl zurück und interessierte sich nicht mehr für sein Sandwich.

Ich nickte. »Wir hielten es für das Beste, das der Polizei zu melden.«

»Was hat die Polizei dazu gesagt? Wenn die Frau ihren Namen nicht genannt hat, kann die Polizei wahrscheinlich nicht viel machen.«

»Der Polizist hat meine Aussage aufgenommen; falls die Frau noch einmal anruft, gibt es wenigstens schon eine Akte.«

Eine schuldbewusste Miene trat auf Jasons Gesicht. »Das ist meine Schuld, Sir. Ich habe Curtis Brown angerufen und Audrey überredet, mit ihm zu sprechen. Es tut mir leid, dass ich Audrey und Sie in diese Situation gebracht habe.«

»Danke, mein Junge, aber es war nicht falsch, mit dem Reporter zu sprechen. Wenn ihr ihm nicht erlaubt habt, den Artikel zu drucken, hat er falsch gehandelt. Und natürlich diese Frau.« Er stand auf. »Hoffen wir einfach, dass dieser Spuk bald vorbei ist. In fünf Tagen ist Weihnachten. Wir sollten uns das Fest nicht verderben lassen. Aber ich muss nach dem Essen Mr Edwin anrufen und ihn über die Situation informieren.«

Dad machte für uns Sandwiches und Emmett wollte ein zweites haben. Wir sprachen nicht mehr über den Zeitungsartikel und den Anruf, aber Dads besorgte Miene war nicht zu übersehen. Es gefiel mir überhaupt nicht, dass er wegen dieser Sache mit dem neuen Eigentümer Schwierigkeiten bekommen könnte.

Nach dem Essen wünschte uns Jason eine gute Nacht und ging in sein Zimmer. Ich räumte die Küche auf, während Dad Emmett beim Baden half. Das Lachen der beiden entlockte mir nach diesem herausfordernden Tag ein Lächeln. Ich schaltete das Licht aus und nahm das Album mit in mein Zimmer. Ich setzte mich auf mein Bett, blätterte langsam die Seiten um und ließ mich von den farbenfrohen Erinnerungsstücken in die Zeit der *Centennial Exposition* zurückversetzen.

Wer war die Frau, die heute angerufen und mich aufgefordert hatte, das Album zu vernichten? Es war irgendwie sonderbar, dass sich jemand wegen eines so kleinen, unbedeutenden Artikels derartig aufregen konnte. Selbst wenn sie Verbindungen zur Familie Thornley hatte, waren die erwähnten Personen alle längst tot.

Es sei denn …

Ich wusste, dass der Ku-Klux-Klan in einigen Teilen des Landes noch existierte. Es gab immer wieder Berichte, dass der Klan mit allen Mitteln dagegen kämpfte, dass Schwarze die gleichen Rechte bekamen wie Weiße und dass er sich gegen eine Aufhebung der Rassentrennung wehrte. Vielleicht wollte die Frau, die angerufen hatte, verhindern, dass irgendjemand die jetzt lebenden Thornleys mit dieser extremistischen Gruppe in Verbindung brachte.

Als ich das Licht ausgeschaltet hatte, kam mir ein beängstigender Gedanke:

Wenn die Frau so kühn war, hier anzurufen und Drohungen auszusprechen, war sie dann auch so kühn, diese Drohungen in die Tat umzusetzen?

Ich zog die Decke über meinen Kopf.

⁂

Aus fast jedem Fenster des Maxwell House Hotels fiel goldenes Lampenlicht in die dunkle Nacht.

Luca und ich standen an der südöstlichen Ecke der Church Street gegenüber von dem Hotel und beobachteten, wie gut gekleidete Gäste sowohl durch den Herren- als auch durch den Dameneingang das Hotel betraten oder verließen. Im eleganten Restaurant wurde noch das Abendessen serviert, aber ich wusste, dass Mutter und Papa einige Häuser weiter im Tulane-Hotel mit Freunden speisten, bevor sie zum Theater fuhren. Sie kämen erst in mehreren Stunden zurück.

Meine Hauptsorge galt Kenton. Wo war er? Wenn wir sein Zimmer durchsuchen wollten, mussten wir sicher sein, dass er nicht zurückkommen und uns dort finden würde.

»Ich finde, Sie sollten das nicht machen, *Signorina*«, sagte Luca zum dritten Mal. Ihm gefiel der Gedanke nicht, mich in die Sache mit hineinzuziehen. Ich erklärte ihm genauso oft, dass er meine Hilfe brauchte, aber das wollte er nicht gelten lassen. »Warten Sie lieber unten auf mich.«

Ich verschränkte die Arme vor meiner Brust. »Der Plan geht nur auf, wenn wir beide unsere Rollen spielen. Außerdem ist er völlig gefahrlos. Bevor irgendjemand auf die Idee kommt, dass wir in Kentons Zimmer gewesen sein könnten, sind wir längst wieder fort.«

Er runzelte die Stirn. »Wenn wir erwischt werden, weiß jeder, dass Sie die Person waren, die mir geholfen hat, aus dem Krankenhaus zu entkommen. Sie könnten verhaftet werden. Haben Sie sich das überlegt?«

Er ahnte nicht, dass ich seit Tagen kaum an etwas anderes dachte. Dass ich als Komplizin einem Gefangenen zur Flucht verholfen hatte und jetzt plante, in ein fremdes Hotelzimmer einzubrechen, sollte mir eigentlich Sorgen bereiten. Aber die Ungerechtigkeit von Lucas Verhaftung und meine Angst um Gias Sicherheit verrieten, dass mir die beiden wichtiger waren als die Sorge, was gesellschaftlich akzeptabel war. Mutter wäre strikt dagegen, deshalb vertraute ich diesem Gefühl.

»Ich weiß, was passieren könnte, aber ich will vertrauen, dass es nicht dazu kommt.« Ich legte eine Hand auf seinen Arm. »Ich will das für Gia tun. Sie braucht unsere Hilfe. Wenn Kenton irgendetwas mit ihrem Verschwinden zu tun hat, müssen wir das beweisen.«

Wir blickten uns einen Moment ernst in die Augen; schließlich nickte er. »Für Gia.«

»Dann bleiben wir bei unserem Plan?«

»Ja.« Er warf einen Blick zum Hotel. »Ich gehe durch den Dienstboteneingang auf der Rückseite und fahre mit dem Gepäckaufzug ins dritte Stockwerk. Sie betreten die Empfangshalle von der Damenseite aus und sagen dem Portier an der Rezeption, dass Thornley seinen Schlüssel verloren und Sie geschickt hat, um einen Ersatzschlüssel zu holen.«

»Wenn er mir Schwierigkeiten macht, drücke ich auf die Tränendrüse.«

Seine Mundwinkel verzogen sich zu einem leichten Grinsen. »Gegen die Tränen einer Frau ist Mr Bowles machtlos.«

Unser Plan musste einfach aufgehen. »Selbst wenn Kenton im Hotel beim Abendessen sitzt, geht er danach in den Herrensalon, um Brandy zu trinken und Karten zu spielen. Bis er in sein Zimmer kommt, sind wir längst fort und haben hoffentlich Beweise für seine Verbindung zu dem Bordell.«

Luca schaute mich mit einem schwer zu deutenden Ausdruck in den Augen an. »Wie kann ich Ihnen je danken, *Signorina*? Sie riskieren sehr viel, um Gia und mir zu helfen.«

Ich wollte ihm sagen, dass ich ihn liebte und seine Schwester sehr gernhatte, aber dafür war jetzt der falsche Zeitpunkt. »Es ist richtig, das zu machen.«

Wir trennten uns. Luca verschwand in der dunklen Gasse hinter dem Hotel und ich begab mich zum Dameneingang. Wie erwartet, stand Mr Bowles hinter dem langen, polierten Rezeptionstresen und sah mich mit einem freundlichen Lächeln an, das mehr eingeübt als echt war.

»Miss Nichols, wie kann ich Ihnen helfen?«

»Guten Abend, Mr Bowles. Mr Thornley – junior – hat leider seinen Zimmerschlüssel verlegt. Ich habe angeboten, zu Ihnen zu kommen und ihm einen Ersatzschlüssel zu bringen.« Ich lächelte ihn mit meinem unschuldigsten Blick an.

Der Mann runzelte die Stirn. »Oh, das tut mir leid, aber es ist gegen die Politik unseres Hauses, jemand anderem als dem Gast, der das fragliche Zimmer bewohnt, einen Schlüssel auszuhändigen, Miss Nichols. Bitte entschuldigen Sie, aber Mr Thornley muss den Schlüssel schon selbst holen.«

Luca hatte mich vorgewarnt, dass der Portier so reagieren würde, ich war also vorbereitet.

Ich setzte eine, wie ich hoffte, zerknirschte Miene auf, »Bitte, Mr Bowles.« Ich blickte vorsichtig nach links und rechts und tat so, als wollte ich mich vergewissern, dass niemand in der Nähe war. Ich beugte mich weiter über den Tresen und er reagierte in gleicher Weise. »Mr Thornley geht es nicht gut, wenn Sie verstehen, was ich meine, Sir. Er war ein wenig zu lange an der Bar, befürchte ich. Es wäre ihm und seinem Vater, *Mr Thornley senior*, sehr peinlich, wenn er gezwungen wäre, in dieser Verfassung in die Lobby zu kommen.«

Die Augen des Mannes weiteten sich, doch dann nickte er langsam. »Ich verstehe, Miss Nichols.« Er trommelte mit den Fingern auf dem Tresen. »Ich möchte nicht, dass Mr Thornley senior mit unserem Service unzufrieden ist.« Er trommelte unschlüssig noch ein wenig weiter, bevor er in seine Tasche griff und einen kleinen Schlüssel herauszog. Damit sperrte er eine große Holzkommode hinter dem Tresen auf, holte einen Messingschlüssel heraus und reichte ihn mir. »Bitte verlieren Sie niemandem gegenüber ein Wort, Miss Nichols. Dem Hotelmanager würde das überhaupt nicht gefallen.«

Ich nahm den Schlüssel und steckte ihn in mein Handtäschchen. »Sie können versichert sein, Mr Bowles, dass ich keiner Menschenseele etwas verraten werde. Ich bin Ihnen für Ihre Diskretion sehr dankbar.«

Wie lächelten uns höflich an und wünschten einander eine gute Nacht.

Von meinem Erfolg ermutigt, begab ich mich in die Galerie in der ersten Etage. Ein kurzer Blick ins Restaurant brachte keine neuen Erkenntnisse. Ich konnte nur hoffen, dass Kenton unten war und seinen Teil der Geschichte, die ich Mr Bowles aufgetischt hatte, erfüllte.

Als ich in der dritten Etage ankam und den Gang leer vorfand, atmete ich erleichtert auf. Ich ging zum Gepäckaufzug am hinteren Ende des Flurs und klopfte dreimal leise an die Tür.

Luca öffnete sofort. Er schaute mich fragend an.

Als Antwort hielt ich den Schlüssel hoch.

Er schmunzelte. »Ich weiß nicht, ob das ein Kompliment ist, *Signorina*, aber wenn Sie wollen, können Sie sehr erfinderisch sein.«

Wir fanden die Tür zu Kentons Zimmer. Ich steckte den Schlüssel ins Schloss und einen Moment später waren wir drinnen. Eine Lampe auf dem Nachttisch gab genug Licht, dass wir uns in dem Einzelzimmer zurechtfanden. Zum Glück hatte es Kenton abgelehnt, mit seinen Eltern in einer Suite zu wohnen.

»Was suchen wir?«, fragte ich und war nicht sicher, wo ich anfangen sollte.

»Das weiß ich nicht genau. Eine Notiz oder einen Namen. Irgendetwas, was ihn mit Gia oder der Frau, die dieses Haus leitet, in Verbindung bringt.«

Während Luca den Kleiderschrank durchsuchte und die Taschen von Kentons Jacken und Mänteln abtastete, trat ich an den kleinen Schreibtisch neben dem Fenster. Mir fiel nichts Ungewöhnliches auf, deshalb öffnete ich die oberste der zwei Schubladen. Darin befanden sich die üblichen Schreibutensilien, die jedoch unbenutzt aussahen.

Ich zog die zweite Schublade auf und wandte mich mit einem entsetzten Keuchen schnell ab.

»Was ist?« Luca trat neben mich.

Mein Gesicht glühte. »Ich habe von solchen Karten gehört, aber ich habe noch nie eine gesehen.«

Ich blieb mit dem Rücken zu der leicht bekleideten Frau auf dem Bild stehen und war angewidert, dass Kenton solche Dinge in seinem Besitz hatte.

Zu meiner Überraschung nahm Luca eine Karte in die Hand und drehte sie um. »Hier steht: Madame LeBlanc, Nashville, Tennessee.«

»Ist das die Frau auf dem Bild?« Ich wandte immer noch den Blick von dem unanständigen Foto ab.

»Nein.« Er hob eine andere Karte hoch. »Der Name steht auf allen diesen Karten.«

»Könnte das die Frau sein, die Ihr Freund erwähnt hat?«

»Vielleicht. Ich werde ihn fragen.« Er legte die Karten in die Schublade zurück und schob sie wieder zu.

»Ich fürchte, wir finden hier nichts«, sagte ich enttäuscht.

In diesem Moment war auf dem Flur eine bekannte Stimme zu hören. Kenton stand vor der Tür.

»Zur Toilette! Schnell!«, flüsterte Luca und schob mich zu dem winzigen Raum neben dem Schlafzimmer. Er war nicht groß genug für uns beide.

Ich war kaum darin verschwunden, als auch schon die Zimmertür aufging.

»Dann machen wir uns mal einen schönen Abend.« Kentons Worte waren kaum zu verstehen, da er schwer lallte.

Eine Frau kicherte, doch dann kreischte sie laut.

»Was ... was machen Sie hier, Moretti?«, ertönte Kentons wütende Stimme, bevor etwas auf dem Boden zerschellte.

»Sagen Sie mir, wo ich meine Schwester finde, dann sind Sie mich los.« Lucas Stimme klang gefährlich ruhig.

»Wie können Sie es wagen, in mein Zimmer zu kommen!«, schimpfte Kenton, der unüberhörbar betrunken war. »Die Polizei wird sich freu... freuen zu hören, dass Sie noch in Nashville sind. Als ich hörte, dass Sie entkommen sind, war ich wirklich sauer.«

Ich hörte ein Klicken. Hatte jemand eine Waffe gezogen?

»Dieses Mal entkommen Sie bestimmt nicht«, lachte Kenton gackernd. »Im Gegenteil, ich glaube, ich tue allen einen Gefallen, wenn ich Sie ein für alle Mal aus dem Weg schaffe.«

»Mr Thornley, soll ich die Polizei rufen?«, fragte die Frau, deren zittrige Stimme ihre Angst verriet.

Ich konnte keinen Moment länger hier stehen und zuhören, wie Kenton drohte, Luca zu ermorden. Ich öffnete schwungvoll die Toilettentür und hätte mit der Tür beinahe die Frau getroffen, besser gesagt das Mädchen, das erneut laut kreischte.

Kenton drehte sich zu dem Geschrei herum, aber der Alkohol trübte seine Reflexe. Luca machte einen Satz auf ihn zu und warf ihn zu Boden. Die beiden rollten über den Teppich und Luca versuchte, Kenton die kleine Waffe abzunehmen, die dieser in der Hand hielt.

Ich packte das Mädchen am Arm und zog es schnell aus dem Zimmer. »Hören Sie mir gut zu: Mr Thornley ist nicht der Mann, der er vorgibt zu sein. Ich habe Grund zu der Annahme, dass er am Verschwinden einer jungen Frau, die ungefähr in Ihrem Alter ist, beteiligt war.« Ich deutete ins Zimmer, in dem sich die beiden Männer immer noch ein Handgemenge lieferten. »Dieser Mann ist der Bruder der jungen Frau. Wir müssen herausfinden, wohin Mr Thornley sie gebracht hat.«

Das Mädchen starrte mich mit großen, entsetzten Augen an. Ich dachte schon, ich hätte sie überzeugt und sie würde mir zuhören, aber im nächsten Moment drehte sie sich um und stürmte auf dem Gang davon.

»Hilfe! Wir brauchen Hilfe!«, schrie sie, während sie die Treppe hinabstürmte.

Ich wusste, dass uns nicht viel Zeit blieb. Luca und ich mussten schleunigst verschwinden.

Ich hatte gerade die Tür zu Kentons Zimmer erreicht, als ein Schuss fiel.

24

Nein!

Ich raste ins Zimmer und stellte mich darauf ein, Luca tot vorzufinden, aber nicht er, sondern Kenton lag auf dem Boden und aus seinem Mundwinkel lief Blut. Luca rollte von ihm herab und atmete schwer. Ein kleiner Revolver lag auf dem Teppich.

»Luca«, flüsterte ich und war dankbar, dass er unversehrt war. Mein Blick wanderte zu Kentons regungslosem Körper. »Ist er ...?« Ich konnte die schreckliche Frage nicht aussprechen.

Luca stand auf und schüttelte mit blutender Lippe den Kopf. »Nein. Die Kugel hat uns beide verfehlt, aber er hat sich wohl den Kopf am Tisch angeschlagen. Oder er hat das Bewusstsein verloren.«

Aufgeregte Stimmen näherten sich aus dem Treppenhaus.

»Wir müssen sofort verschwinden«, sagte ich. »Das Mädchen hat Hilfe geholt.«

Luca nahm mich an der Hand. Wir rasten durch den Flur in die entgegengesetzte Richtung und um die Ecke zum Gepäckaufzug. Luca hatte kaum die Tür geschlossen, als wir schnelle Schritte hörten, die zu Kentons Zimmer liefen.

Mein Herz hämmerte, während uns der langsam fahrende Aufzug in den Keller brachte. Ich fürchtete, jemand würde auf uns warten, als Luca die Tür öffnete, aber auf dem Flur war es leer.

»Hier entlang.« Er zog mich mit sich, während wir durch einen anderen Gang liefen und durch eine Tür traten, die auf die Gasse hinausführte.

Ohne stehen zu bleiben, liefen wir in der Dunkelheit in die Richtung, die von den Haupteingängen des Hotels wegführte, durch die Gasse. Eine Straße hinab, eine andere hinauf, bis ich irgendwann nicht mehr konnte.

»Ich bekomme keine Luft mehr«, keuchte ich.

Luca rang ebenfalls nach Atem, aber er blickte sich vorsichtig nach allen Seiten um. »Sie sollten zurückgehen«, sagte er keuchend. »Gehen Sie in Ihr Zimmer, damit niemand Verdacht schöpft.«

»Nein.« Ich schüttelte den Kopf, als er weitersprechen wollte. »Noch nicht. So schnell wird mich niemand vermissen.«

»Es ist zu gefährlich. Man wird nach mir suchen.«

Wir waren zu weit gekommen, um jetzt aufzugeben. »Wir müssen mit Madame LeBlanc sprechen, bevor Kenton sie vor Ihnen warnen kann. Er weiß, dass Sie nicht aufgeben, solange Sie Gia nicht gefunden haben. Wenn Gia dort ist, können wir sie vielleicht heute Nacht herausholen.«

Ich sah ihm an, dass er hin- und hergerissen war. »Ich kann Sie nicht mitnehmen.«

»Sie haben keine andere Wahl, Luca. Wenn Sie sich weigern, mich mitzunehmen, folge ich Ihnen trotzdem. Wir müssen gehen. Jetzt sofort.«

Schließlich nickte er.

Wir stiegen in eine Straßenbahn und fuhren mehrere Straßen weiter. Als wir ausstiegen, lief mir trotz der warmen Nachtluft ein eiskalter Schauer über den Rücken. Diese Gegend sah nachts bedrohlich und unheilvoll aus, da nur sehr wenige Gaslampen einen schwachen Lichtschein auf den Gehweg warfen.

»Mein Freund hat gesagt, dass das Haus in der Jackson Street ist.« Er nahm meine Hand und legte seine Finger um meine. »Bleiben Sie nahe bei mir.«

Diese Aufforderung hätte er sich sparen können.

Das Haus, das wir suchten, war nicht schwer zu finden. Licht, Musik und Gelächter drangen durch die Fenster und die offene Tür des zweistöckigen Gebäudes auf die Straße. Mehrere Kutschen und gesattelte Pferde warteten an einer Haltestange und auf der Veranda rauchten zwei leicht bekleidete Frauen Zigaretten und unterhielten sich.

Luca und ich blieben im Schatten auf der anderen Straßenseite, um nicht entdeckt zu werden.

»Soll ich hinübergehen und mit ihnen sprechen?«, flüsterte ich. »Da ich eine Frau bin, sprechen sie vielleicht mit mir.«

Luca schüttelte entschieden den Kopf. »Man darf Sie an diesem Ort nicht sehen. Bleiben Sie hier. Ich gehe.«

Ohne auf meine Antwort zu warten, überquerte er die Straße.

»Guten Abend, die Damen.«

Die zwei Frauen zeigten sofort Interesse. Ich konnte ihre Worte nicht verstehen, als er die Stufen zur Veranda hinaufstieg, aber beide hakten sich bei ihm unter und führten ihn hinein.

Ich drückte mich an einen Baumstamm und hoffte, in seinem Schatten würde mich niemand entdecken. Ich zitterte vor Angst am ganzen Körper, aber ich weigerte mich, der Angst nachzugeben. Wenn Gia in diesem Haus war, hatte sie zweifellos viel mehr Angst als ich.

Eine Pferdekutsche fuhr vor und einen furchtbaren Moment lang glaubte ich, es wäre Kenton. Zum Glück war es ein Mann, den ich nicht kannte. Ich wandte den Blick ab, als eine leicht bekleidete Frau aus der Haustür kam und ihn ähnlich begrüßte, wie die anderen beiden Luca begrüßt hatten. Ich wollte mir gar nicht ausmalen, was sie zu Luca gesagt hatten, da sie ihn für einen attraktiven Kunden halten mussten.

Nach einigen Minuten gab es eine Bewegung an der Tür. Ein riesiger Koloss von einem Mann stürmte aus dem Haus und zerrte jemanden hinter sich her. Beinahe hätte ich laut aufgeschrien, als ich erkannte, dass es Luca war, den der Grobian rücksichtslos die Stufen hinabzerrte.

»Lass dich hier nie wieder blicken! Sonst wirst du es bereuen.« Der Koloss spuckte auf Luca und marschierte wieder ins Haus zurück.

Ich eilte über die Straße, während sich Luca mühsam auf die Beine rappelte. »Luca.« Als ich ihn erreichte, stand er schon wieder auf den Beinen und schüttelte den Kopf, als müsse der erst wieder klar werden.

Ich führte ihn in den Schatten an der Seite des Hauses, wo man uns von der Veranda aus nicht sehen konnte. »Was ist passiert?«

Er rieb sich den Hinterkopf. »Diese Leute mögen es überhaupt nicht, wenn jemand Fragen stellt.«

»Konnten Sie mit Madame LeBlanc sprechen?«

»Ich habe sie gesehen, aber dieses Ungeheuer hat mich nicht in ihre Nähe gelassen.«

Ich fragte nicht, ob er Gia gesehen hatte. Die Antwort war offensichtlich.

»Was sollen wir jetzt machen? Sie können nicht wieder hineingehen.«

Die Zeit arbeitete gegen uns. Die Polizei würde die ganze Stadt nach Luca absuchen. Er musste wieder untertauchen.

»Ich muss hierbleiben, bis ich weiß, ob Gia da drinnen ist oder nicht.« Sein Blick wanderte zu den oberen Fenstern des Hauses, als plante er, über die Veranda hinaufzuklettern.

In diesem Moment öffnete sich auf der Rückseite eine Tür. Eine junge Frau mit goldblondem Haar trat heraus. Das Licht aus einem Fenster fiel auf sie und ihr dünnes Kleid, das viel zu viel verriet. Sie starrte einen langen Moment zu den Sternen hinauf, bevor sie die Hand an ihre Wange hob.

Weinte sie?

Luca und ich blickten einander an. Er deutete mit dem Kopf auf das Mädchen.

Ich nickte.

Mit leisen Schritten trat ich ins Licht. »Miss?«

Sie zuckte zusammen und schaute mich mit vorsichtiger Miene an. »Wer sind Sie und was wollen Sie?«

Ihr irischer Akzent erinnerte mich an Fanny im Hotel. »Ich heiße Priscilla.« Ich lächelte und betete, dass sie nicht ins Haus fliehen würde. »Ich suche eine Freundin und hoffe, Sie können mir helfen, sie zu finden.«

Ihr Blick wanderte über meine Kleidung und ein harter Zug erschien um ihren Mund. »Sie haben hier bestimmt keine Freundin, Lady.«

»Doch. Sie heißt Gia. Dunkles Haar, schönes Gesicht, schlank. Sie ist noch nicht sehr lange hier. Kennen Sie sie?«

Die Miene des Mädchens verriet, dass sie wusste, von wem ich sprach, doch dann wandte sie den Blick ab. »Ich kenne keine mit diesem Namen.« Sie drehte sich zur Tür herum.

»Bitte. Ich habe Geld.« Ich griff nach meinem Handtäschchen. »Ich will nur mit ihr sprechen. Ich werde Ihnen keine Schwierigkeiten machen.«

Sie warf einen interessierten Blick auf meine Handtasche. »Wie viel?«

»Fünf Dollar.« Das war alles, was ich bei mir hatte, aber wenn nötig, würde ich noch mehr holen.

Ihre Augen weiteten sich, doch dann kniff sie sie misstrauisch zusammen. »Ich will das Geld sehen.«

Ich holte die Scheine aus meiner Tasche. Sie wollte nach dem Geld greifen, aber ich zog es zurück. »Erzählen Sie mir von Gia.«

Sie warf einen Blick zur Tür, dann kam sie einen Schritt näher. »Ein Mädchen, auf das Ihre Beschreibung passt, war hier. Wir benutzen hier nicht unseren richtigen Namen. Madame hat ihr den Namen Rosa gegeben.«

»Was soll das heißen: Sie *war* hier? Ist sie jetzt nicht mehr da?«

Sie schüttelte den Kopf. »Der Mann hat sie gestern weggebracht. Sie kommt nicht zurück. Das tun sie nie.«

»Der Mann?«, fragte ich und mein Magen zog sich schmerzhaft zusammen. »Meinen Sie Mr Thornley?«

Als ich Kentons Namen erwähnte, trat eine unverkennbare Angst in das Gesicht des Mädchens. »Woher wissen Sie von ihm?«

Im Gebüsch hinter mir raschelte etwas. Sie sah wie ein verängstigtes Kaninchen aus, als Luca aus dem Schatten auftauchte.

»Miss, Gia ist meine Schwester«, sagte er mit leiser, flehender Stimme. »Bitte helfen Sie mir, sie zu finden.«

Ihr Blick raste von Luca zu mir. »Sie haben mir das Geld versprochen«, zischte sie und wurde unruhig.

»Können Sie uns denn nicht mehr sagen? Wohin hat er sie gebracht? Ist sie in Nashville? Oder in einer anderen Stadt?«

»Keine Ahnung. Ich kann Ihnen nicht helfen. Sie haben mir das Geld versprochen.« Sie hielt mir die Hand hin. Ihr Arm war von Blutergüssen übersät.

»Kommen Sie mit uns«, sagte ich. Meine Worte überraschten nicht nur das Mädchen, sondern auch mich selbst. Aber sie musste genauso gerettet werden wie Gia. »Wir bringen Sie an einen sicheren Ort. Meine Familie kann Ihnen helfen.«

Sie hielt inne und starrte mich an. War das Hoffnung in ihren Augen?

Aus dem Haus ertönte ein lauter Ruf.

Die Angst kehrte in ihr Gesicht zurück. »Geben Sie mir das Geld.«

Als ich ihr widerstrebend die Geldnoten gab, schnappte sie sich das Geld und verschwand im nächsten Moment im Haus.

Luca wollte ihr folgen, aber ich hielt ihn zurück. »Das geht nicht, Luca. Wenn Sie noch einmal hineingehen, wird dieser Mann Sie töten.«

Er starrte mich an und eine tiefe Verzweiflung trat in seine Miene.

»Sie war hier«, sagte er mit schmerzerfüllter Stimme. »Jetzt ist sie fort. Wie soll ich sie finden? Oh, meine Gianetta. Ich habe an dir versagt.«

Ich hatte noch nie einen Mann weinen gesehen und es brach mir das Herz, Luca so leiden zu sehen. Ohne mir Gedanken zu machen, ob sich das schickte oder nicht, legte ich die Arme um ihn und wir weinten gemeinsam.

Eine Kutsche fuhr auf der Straße vorbei und ich wusste, dass wir von hier verschwinden mussten.

Wir gingen schweren Schrittes durch die dunklen Straßen, jeder in seinen Kummer versunken, und wanderten durch eine Stadt, die zu einem Gefängnis geworden war. Schließlich kamen wir unweit des nördlichen Eingangs zum Ausstellungsgelände an. Es war spät und der Park würde bald schließen. Er schien der perfekte Ort zu sein, um das, was wir heute Abend erfahren hatten, und unsere Pläne für den nächsten Tag zu besprechen. Ich konnte nicht ins Hotel zurückkehren und Luca in dieser traurigen Verfassung allein lassen. Er brauchte mich und ich brauchte ihn. Falls meine Abwesenheit im Hotel bemerkt wurde, würde ich mich später mit den Konsequenzen auseinandersetzen.

Die Massen an Besuchern und Mitarbeitern, die zur Haltestelle strömten, um die letzten Straßenbahnen zu erwischen, machten es uns leicht, unbemerkt durchs Tor zu huschen. Ich hielt es für das Beste, die großen Gebäude zu meiden, deren helle Lampen die Nacht erleuchteten, deshalb blieben wir im Schatten und steuerten durch den Park auf die Laube mit den Flaschenkürbissen zu, den letzten Ort, an dem ich Gia gesehen hatte.

Im Inneren des dunklen Tunnels sanken wir auf eine Bank. Eine tiefe Erschöpfung breitete sich in meinem Körper aus, aber mein Kopf war vor Kummer hellwach. »Wir dürfen nicht aufgeben«, sagte ich. Meine Stimme klang in der Stille der Nacht sehr laut. »Wir müssen unsere Suche fortsetzen.«

Luca antwortete nicht.

Ich konnte in dem schwachen Licht des Auditoriums, das durch die Blätter drang, nur Lucas Profil sehen. Er starrte regungslos vor sich hin.

»Du darfst die Hoffnung nicht aufgeben, Luca. Wir werden sie finden.«

»Sie ist fort.« Seine Stimme klang leer. Tot.

»Nein, Luca.« Ich nahm seine Hand und spürte, dass seine Finger trotz der warmen Nachtluft kalt waren. »Sie ist irgendwo da draußen. Es ist wichtig, dass wir weiter nach ihr suchen.«

Er entriss mir seine Hand und sprang auf die Beine. »Wenn ich ihn nur getötet hätte! Ich hätte seinen Revolver nehmen und ihn erschießen sollen!«

Die Vehemenz seiner Worte jagte mir Angst ein. Ich traute ihm nicht zu, dass er das, was er sagte, in die Tat umsetzen würde, aber ich durfte nicht zulassen, dass er ins Hotel zurückkehrte und Kenton suchte. Dann würde man ihn wieder verhaften. Oder etwas noch Schlimmeres mit ihm machen.

»Wenn du Kenton umbringst und ins Gefängnis gesperrt wirst, hilfst du Gia nicht. Damit würdest du nur zum Mörder werden.« Ich ging zu ihm und flehte ihn an, mir zuzuhören. »Kenton ist ein bösartiger Mensch, der schreckliche Dinge tut, aber du bist anders als er. Du bist ein freundlicher, wunderbarer Mann und ... und ich liebe dich.«

Diese Worte kamen aus tiefstem Herzen, ohne dass ich lange darüber nachgedacht hätte, aber er musste es wissen. Er sollte wissen, was ich für ihn empfand.

Er schaute mich an. »Ach, *mie Pesche*.« Seine kühle Hand berührte meine Wange und ich lehnte mich daran. »Du solltest mich nicht lieben. Ich verdiene eine Frau wie dich nicht.«

»Du bist der beste Mann, den ich mir vorstellen kann«, flüsterte ich und legte meine Hand auf seine.

Dann nahm er mich in die Arme. Danach hatte ich mich seit meiner ersten Begegnung mit ihm gesehnt. Ich konnte nicht sagen, wie lang wir so dastanden und uns aneinanderschmiegten. Vielleicht eine Ewigkeit.

Schließlich kehrten wir zu der Bank zurück, hielten uns an den Händen und lehnten unsere Schultern aneinander.

»Wie wird es jetzt weitergehen, Luca?« Ich legte den Kopf an seine Schulter, von dem langen, aufwühlenden Tag völlig erschöpft.

Er antwortete mir nicht sofort, sondern verstärkte nur seinen Griff um meine Finger. »Ich muss weggehen«, sagte er schließlich.

Seine leisen Worte durchbohrten mein Herz und ich hob den Kopf und schaute ihn an. »Nimm mich mit.«

Meine kühnen Worte hätten ihn eigentlich schockieren müssen, aber er lächelte mich nur traurig an.

»Das kann ich nicht, *Pesche*. Du musst mich vergessen.«

»Niemals.« Ich drückte seine Hand an meine Lippen. »Wir können heiraten. Wir gehen in eine andere Stadt und finden einen Pfarrer, der uns traut. Wir können einen anderen Namen annehmen und gemeinsam ein neues Leben beginnen.«

Ich wusste, dass ich albern klang, aber mich trieb die Verzweiflung.

»Ich liebe dich, Luca Moretti.« Tränen liefen mir übers Gesicht. »Ich liebe dich, wie ich noch nie jemanden geliebt habe – und wie ich nie einen anderen Mann lieben werde. Ich kann dich nicht einfach aus meinem Leben gehen lassen.«

Er legte den Arm um mich und zog mich fest an seine Seite, während ich weinte. Er murmelte Worte, die ich nicht verstand, in mein Haar hinein und küsste mich auf den Kopf. Ich schloss die Augen und war fest entschlossen, diesen Moment festzuhalten und ihn tief in meinem Herzen zu versiegeln.

Wir diskutierten nicht weiter. Wir blieben in der Laube, bis die Sterne verschwanden, und hielten uns stundenlang an den Händen und sprachen leise über belanglose Dinge. Die Blumen in der Laube. Die Geräusche der Soldaten, die vorbeigingen und die Ausstellungsgebäude bewachten. Wir lachten leise, weil sie sich nicht die Mühe machten, einen Blick in die dunkle Laube zu werfen.

Die Tore zum Ausstellungsgelände würden bald geöffnet werden. Luca wollte vorher fort sein. Unter dem violett durchzogenen Morgenhimmel gingen wir Hand in Hand durch den Park und blieben ein letztes Mal neben dem Watauga-See mit der Blauen Grotte stehen. Herrliche Erinnerungen an unsere gemeinsame Zeit dort erfüllten meine Seele, aber ich weigerte mich zu weinen.

Ich würde ihn nicht anflehen, mich mitzunehmen. Ich wusste, dass er das nicht konnte. »Du schickst mir eine Nachricht, wenn du Gia gefunden hast?«

»Das mache ich.«

»Schick sie ins Maxwell House.«

Er nickte.

»Du nimmst wahrscheinlich kein Geld von mir?«

Er schüttelte den Kopf und gab die gleiche Antwort wie jedes Mal, wenn ich ihm diese Frage gestellt hatte. »Ich habe das Geld vom Verkauf meines Pferdes und meiner Kutsche. Mr Anderson vom Mietstall hat mir einen fairen Preis gezahlt.«

Wir blickten uns lange in die Augen. Ich wollte etwas – *irgendetwas* – sagen, nur um ihn einen Moment länger bei mir zu halten, aber die Zeit verging zu schnell. Bald kämen die Mitarbeiter der Ausstellung und würden den Park öffnen.

»Ich liebe dich, Priscilla Nichols.« Er nahm mein Gesicht in seine Hände und schaute mir tief in die Augen. »Ich habe versucht, dagegen anzukämpfen, da ich wusste, dass es nur zu einem tiefen Schmerz führen würde. Aber du sollst wissen, dass es mir eine Ehre wäre, dich zur Frau zu haben, wenn die Dinge anders stünden.«

Seine Lippen legten sich sanft und warm auf meine. Der Kuss war nicht voller Leidenschaft wie bei Frischverliebten, aber in ihm lag ein bittersüßes Versprechen: *Wenn doch nur ...!*

Als er zurücktrat, glänzten seine Augen feucht. »Weißt du: Jede Nacht hat ihre Sterne. Zähle die Sterne und nicht die Schatten. Zähle die lächelnden Momente im Leben und nicht die Tränen. *Arrivederci, mie Pesche.*«

Er wandte sich ab und ging über die Brücke, die den Watauga-See von dem kleineren Liliensee trennte. Ich hielt mir die Hand als Schild gegen die helle Morgensonne an die Stirn und schaute ihm nach, bis er nicht mehr zu sehen war.

Würde ich ihn je wiedersehen?

Die Antwort, die ich befürchtete, schnürte mir die Kehle zu.

25

Die Sonntagnachmittage verbrachte ich normalerweise mit Lesen und Ausruhen, aber heute, am Heiligen Abend, musste das ausfallen. Jason war heute Morgen wieder mit uns zum Gottesdienst gegangen. Danach hatte er angeboten, bei Emmett zu bleiben, während Dad, Betty Ann und ich wie fleißige Elfen durchs Hotel liefen, um letzte Details für den morgigen großen Tag zu erledigen.

»Der neue Parkjunge ist krank.« Dad kam ins Restaurant, wo ich die zwei Dutzend Tischgestecke aus roten Rosen, weißen Nelken und Stechpalmenzweigen vorsichtig goss. »Wahrscheinlich hat er nur eine Erkältung, aber ich kann nicht zulassen, dass er morgen Abend unsere Gäste anniest. Damit ist Robert mit dem Parkdienst allein, aber er sagt, sein Bruder ist für die Feiertage vom College zu Hause und könnte vielleicht einspringen.«

»Hoffentlich meldet sich nicht noch jemand krank.« Ich dachte an die tausend kleinen Details, die immer noch berücksichtigt werden mussten, bevor das Hotel voller Gäste war, die in festlicher Weihnachtskleidung die Delikatessen genießen wollten, für die das Maxwell House seit dem 19. Jahrhundert berühmt war. Auch wenn das Hotel heute nicht mehr die vermögenden Gäste beherbergte, die früher hier in Luxussuiten abgestiegen waren, war diese Tradition – das jährliche Weihnachtsdinner – nach wie vor eine gut besuchte Veranstaltung, die von Menschen aus allen Bevölkerungsschichten wahrgenommen wurde.

»Ich habe noch mehr schlechte Nachrichten.« Dads ernste Miene machte mich hellhörig. Er hielt die heutige Ausgabe der Zeitung hoch. »Es gibt einen zweiten Artikel zu dem Album. Leider nennt dieser Artikel Priscilla als Eigentümerin des Albums.«

Mein Herz wurde schwer. »Er kann nicht schlimmer sein als der erste Artikel.«

»Leider doch. Lies selbst.« Er reichte mir die Zeitung.

Ich setzte mich an den Tisch, an dem ich gearbeitet hatte, und las den Artikel, der in der Mitte von Seite zwei abgedruckt war. Der erste Absatz wiederholte, wie ich das Album gefunden hatte und was es enthielt, doch dann beschrieb Brown Miss Nichols' Bezug zu dem Buch.

Priscilla Nichols, Tochter von Eldridge und Cora Nichols aus Chattanooga, war angeblich mit Kenton Thornley verlobt, der diese Verlobung jedoch aus unbekannten Gründen löste. Später heiratete er Carol Ransling, eine vermögende Eisenbahnerin. Miss Nichols erhob, offenbar aus Eifersucht, falsche Anschuldigungen gegen Thornley hinsichtlich des Verschwindens einer jungen italienischen Einwanderin. Allen Berichten zufolge war Kenton Thornley ein ehrbarer Bürger, der verschiedenen wohltätigen Einrichtungen in ganz Tennessee große Summen spendete. Die Familie Thornley gehört seit Langem zu den führenden Familien des Landes. Der Reporter bedauert die irreführenden Aussagen in einem früheren Artikel.

Ich hob den Blick und kochte vor Wut. »Er druckt also einen Widerruf, aber er widerruft das Falsche.«

Dad nickte. »Ich kann mir nicht erklären, warum er so etwas macht, es sei denn, sein Redakteur hatte Bedenken wegen des ersten Artikels.«

»Oder er hat auch einen Drohanruf bekommen.«

Jason stand im Türrahmen und schaltete sich in das Gespräch ein. Er plante, am späten Nachmittag abzureisen, um die Feiertage bei seiner Familie zu verbringen. Mein Kopf sagte mir, dass wir nur Freunde waren und dass seine Abreise keine Rolle spielte, aber mein Herz weigerte sich, dem zuzustimmen.

»Hast du schon gehört, was passiert ist?«, fragte Dad.

Jason trat zu uns. »Ich habe gerade mit Curtis telefoniert. Er hat sich dafür entschuldigt, dass er den ersten Artikel gedruckt hat, ohne uns vorher um Erlaubnis zu fragen. Dann hat er mir erklärt, dass er nach einem anonymen Telefonanruf gezwungen wurde, den zweiten Artikel zu schreiben.«

»Kam der Anruf von derselben Frau, die sich bei mir gemeldet hat?« Ein kalter Schauer lief mir über den Rücken, als ich an den schweren Südstaatenakzent dachte.

»Anscheinend. Er sagt, er hat den Anruf am Samstagabend zu Hause bekommen. Die Frau nannte ihren Namen nicht, aber sie drohte ihm, dafür zu sorgen, dass er nie wieder für eine Zeitung arbeitet, wenn er die Anschuldigungen gegen Kenton Thornley nicht widerruft.«

»Ich finde es ziemlich ungewöhnlich, dass ein Reporter wegen eines anonymen Anrufs so einknickt.« Dad runzelte die Stirn. »Bei allem, was sie heutzutage in der Zeitung schreiben, ist vieles irreführend oder gelogen. Da müssten sie jeden Tag Widerrufe drucken.«

Jason nickte. »Das sehe ich auch so. Deshalb habe ich Curtis gefragt, warum er diesen Anruf so ernst genommen hat.« Die Sorgenfalten auf seiner Stirn vertieften sich. »Er klang ziemlich nervös, als er mir sagte, dass diese Frau persönliche Dinge über ihn, seine Familie und seine frühere Arbeit weiß. Sie hat klargestellt, dass sie die Macht hat, ihm das Leben hier in Nashville sehr schwer zu machen, wenn er ihrer Forderung nicht nachkommt. Ich habe ihm nichts von dem Anruf erzählt, den du bekommen hast«, sagte er zu mir. »Nachdem er die Informationen, die wir ihm vertraulich gegeben haben, für einen Artikel verwendet hat, traue ich ihm nicht mehr und weiß nicht, ob er das für sich behalten würde.«

Wir standen im Restaurant und mussten diese verblüffende Wende der Ereignisse erst verarbeiten. »Wer *ist* diese Frau?«, fragte ich, obwohl ich wusste, dass weder Dad noch Jason diese Frage beantworten konnten.

»Sie scheint eine Frau zu sein, mit der wir nichts zu tun haben wollen.« Die Falten auf Dads Stirn gruben sich noch tiefer ein. »Mr Edwin hat Verständnis gezeigt, als ich ihm die Situation erklärte, aber er will auf keinen Fall eine negative Publicity für das Maxwell House. Ich denke, wir sollten diese Sache nicht unnötig aufbauschen. Morgen ist Weihnachten. Wir müssen alles für das Weihnachtsdinner vorbereiten, das Essen servieren und die Gäste in unserem Hotel begrüßen. Bis Dienstag ist hoffentlich Gras über diese alten Geschichten gewachsen.«

Das hoffte ich auch.

Dad ging wieder und Jason trat zu mir an den Tisch und setzte sich. »Nach meinem Gespräch mit Curtis habe ich einen Anwalt aus der Kanzlei angerufen, in der ich die letzten zwei Wochen gearbeitet habe. Ohne Details zu verraten, habe ich ihn gefragt, ob er die Familie Thornley kennt.«

»Was hat er gesagt? Kennt er sie?«

»Er hatte einige Male mit ihren Anwälten zu tun, hauptsächlich bei Fällen, die die verschiedenen Firmen, die sie besitzen, betreffen, aber trotzdem hat er mir etwas Interessantes gesagt.«

»Mach es nicht so spannend«, sagte ich, als er nicht weitersprach.

»Die Tochter von Kenton Thornley ist aktuell die Matriarchin der Familie. Gladys Thornley Houghton.«

Ich starrte ihn an. War sie die Frau, die mich bedroht hatte?

»Offenbar ist sie eine einflussreiche Frau«, sprach er weiter. »Ihr Mann war viel älter als sie, und als er vor ungefähr zwanzig Jahren starb, wurde sie dank seinem und ihrem Vermögen zu einer der reichsten Frauen im Land.«

Ich stöhnte. »Kein Wunder, dass sie sich über die Zeitungsartikel aufregt.«

»Falls die Anrufe von ihr kamen, ja. Aber es muss noch andere Leute im Umfeld der Familie Thornley geben, denen die Dinge, die Curtis Brown angedeutet hat, überhaupt nicht gefallen dürften.«

Ich dachte an den übereifrigen Reporter. »Ich wünsche ihm nichts Schlimmes, aber ich hoffe, er hat seine Lektion gelernt. Wenn man Informationen ohne Erlaubnis benutzt, bleibt das nicht ohne Folgen.«

Mr Hanover ging an der offenen Tür vorbei und winkte uns auf seinem Weg mit Copper zum Ausgang zu. »Ich freue mich wirklich sehr auf das morgige Weihnachtsdinner«, rief er, als wären Jason und ich genauso schwerhörig wie er.

Ich winkte lächelnd zurück, bevor er seinen Weg fortsetzte.

»Ich muss dir noch etwas sagen.« Jason rutschte unruhig auf seinem Stuhl hin und her und spielte mit einer Ecke des Tischtuchs. Es schien fast so, als sei er nervös. »Ich … ich habe beschlossen, an Weihnachten in Nashville zu bleiben.«

Mein Herz überschlug sich fast. Diese Ankündigung kam völlig unerwartet. »Wirklich? Wird dich deine Familie nicht vermissen?«

»Meine Mutter war von dieser Idee nicht sonderlich begeistert«, sagte er und schaute mich unverwandt an, »aber ich habe ihr erklärt, dass ich hier eine Frau kennengelernt habe. Da ich bis jetzt kaum mit Frauen ausgegangen bin, hat sie sich gefreut.«

Ich kniff die Lippen zusammen, um nicht vor Entzücken laut zu jubeln, aber ich war sicher, dass mich mein Gesichtsausdruck verriet.

»Ich hoffe, das ist für dich in Ordnung.«

Ich konnte mir ein Lächeln nicht verkneifen. »Ja, das ist es.«

Er streckte seine Hände über den Tisch und nahm meine Hände in seine. »Gut.«

In diesem Moment kamen Betty Ann und Emmett. Wir lösten unsere Hände voneinander und standen auf, grinsend wie die Honigkuchenpferde.

»Audrey, schau, was mir Betty Ann geschenkt hat.« Emmett eilte zu mir und hielt ein neues Comicbuch hoch. »Sie hat gesagt, ich darf es auspacken, obwohl noch nicht Weihnachten ist.«

Ich lachte. »Du fragst schon seit dem Frühstück, ob du Geschenke auspacken kannst.« Ich zwinkerte Betty Ann zu. »Ich hoffe, du hast dich bei ihr bedankt.«

»Danke.« Er blätterte in den Seiten, ohne aufzublicken.

»Vielleicht können wir es heute nach dem Abendessen zusammen lesen«, schlug ich vor.

Emmett nickte. »Die Frau wollte dein Buch sehen, aber ich wusste nicht, wo es ist.«

Als ich einen fragenden Blick auf Betty Ann warf, bedeutete sie mir, dass sie keine Ahnung hatte, wovon er sprach.

»Welche Frau, Emmett?«, fragte ich und hob sein Kinn hoch, damit er mich ansah, wie ich es oft bei Mama beobachtet hatte. Sie hatte gesagt, das helfe ihm, sich auf sein Gegenüber zu konzentrieren.

»Die Frau, die zu unserer Wohnung gekommen ist.«

Ich schaute Jason Hilfe suchend an. »Weißt du, von wem er spricht?«

Er schüttelte den Kopf. »Solange ich dort war, kam niemand.«

Emmetts Aufmerksamkeit konzentrierte sich wieder auf das Comicbuch.

»Wann war die Frau da und wollte das Buch sehen, Emmett?«

Er kniff nachdenklich die Augen zusammen. »Vorgestern.«

Heute war Sonntag. »Am Freitag?«

Er nickte. »Sie ist zum Tanz gegangen und hat ganz stark geglitzert.«

Ich dachte an Freitagabend zurück. Dad und ich hatten an dem Abend, an dem wir Gäste begrüßt, Mäntel aufgehängt und überall geholfen hatten, wo Not am Mann gewesen war, abwechselnd immer wieder nach Emmett gesehen. Jason und Betty Ann hatten auch geholfen, aber wir hatten Mrs Ruth nicht so spät belästigen wollen. So hatte es Zeiten gegeben, in denen Emmett allein in der Wohnung gewesen war und ferngesehen hatte.

»Welches Buch wollte sie sehen?«

»Miss Priscillas Buch.«

Ich schaute Jason an. »Du glaubst doch nicht …«

»Hat sie sonst noch etwas gesagt, Emmett?«, fragte Jason.

»Nein. Sie wollte das Buch sehen. Dann ist sie wieder gegangen.« Er grinste Betty Ann an. »Können wir Eis essen?«

Betty Ann nahm seine Hand. »Wir fragen vorher deinen Vater, ob er einverstanden ist.«

Sobald die beiden den Raum verließen, wandte sich Jason mir zu. »Ich finde, das sollten wir der Polizei melden. Wer außer der Frau, die diese Drohungen ausgesprochen hat, sollte das Album sehen wollen?«

Eine tiefe Angst erfasste mich. »Es macht mir Angst, dass eine Fremde zu unserer Wohnung kam, während Emmett allein war.«

»Wir sollten deinen Dad suchen und ihm Bescheid geben, bevor wir zur Polizei gehen.«

Mir graute davor, Dad von dem Vorfall zu erzählen, aber ich wusste, dass uns keine andere Wahl blieb. Wir fanden ihn, Emmett und Betty Ann in Simmons Eisdiele neben dem Hotel.

Als Dad hörte, was passiert war, wurde er ernst. »Wir dürfen Emmett nicht mehr allein lassen.« Er schaute meinen Bruder mit besorgten Augen an. »Falls ihm etwas zustößt …«

Wir fuhren in Jasons Auto zur Polizei, wo wir dem diensthabenden Beamten erzählten, was passiert war. Er wirkte nicht beeindruckt.

»Das war sicher nur ein Gast, der in der Zeitung von dem Album gelesen hat. Ich würde mir deshalb keine Sorgen machen.«

Sein mangelndes Interesse ärgerte mich. Zum Glück sah Jason das genauso wie ich.

»Sir, uns ist bewusst, dass in der Stadt wichtigere Dinge passieren, um die sich die Polizei kümmern muss, aber ich wäre Ihnen sehr dankbar, wenn Sie diese Informationen der Aussage, die wir vor einigen Tagen gemacht haben, beifügen würden.«

Der Polizist seufzte. »Also gut.«

Wir verließen die Polizeiwache, obwohl wir nicht überzeugt waren, dass der Mann uns ernst genommen hatte, und kehrten zum Hotel zurück.

Bing Crosbys »White Christmas« hallte im Foyer wider, als wir eintraten. Dad, Emmett, Betty Ann und Mrs Ruth deckten gerade den Tisch für die kleine Feier, die wir jedes Jahr am Heiligen Abend für die Bewohner veranstalteten. Viele von ihnen lebten weit entfernt von ihren Familien, deshalb hatte Mama diese Tradition vor einigen Jahren begonnen.

Als Dad uns sah, trat er zu uns. »Wie ist es gelaufen?«

»Der Polizist, mit dem wir gesprochen haben, wirkt nicht besorgt«, sagte ich und konnte meinen Ärger nicht verbergen. »Er sagt, diese Frau sei wahrscheinlich einfach nur als Gast beim Tanzabend hier gewesen und hätte in der Zeitung von dem Album gelesen.«

»An diese Möglichkeit habe ich auch schon gedacht«, sagte Dad. »Aber mir gefällt nicht, dass sie zu unserer Wohnung ging, statt einen der Mitarbeiter zu bitten, mich zu holen.«

Ich sah es genauso wie er. Ich hatte mich in den Jahren, die wir in der Dienstwohnung des Hotelmanagers wohnten, immer sicher gefühlt, aber nach dem Anruf und dem Besuch der mysteriösen Frau war ich sehr angespannt.

Wir erklärten Dad, dass Jason zu Weihnachten hierblieb – worauf Dad mit einem verschmitzten Grinsen reagierte –, dann halfen Jason und ich, die Teller mit den Plätzchen zu verteilen, die Mrs Ruth und Emmett gebacken hatten, und holten eine große Schale mit Früchtepunsch. Zu der Feier konnte jeder kommen und gehen, wie er wollte, aber die meisten Gäste blieben mehrere Stunden in der Empfangshalle sitzen und unterhielten sich angeregt. Weihnachtsmusik lief im Hintergrund, während Emmett jeden Gast mit einem Lächeln begrüßte. Einige hatten Geschenke für ihn, was ihn grenzenlos begeisterte.

Ich dachte an die Feier im letzten Jahr. Mama war nur wenige Monate vorher gestorben; deshalb hatten Mrs Ruth und einige der anderen Frauen die Aufgabe übernommen, das Fest auszurichten. Miss Nichols, erinnerte ich mich, war auf mich zugekommen und hatte mir ihr aufrichtiges Beileid ausgedrückt.

»Ihre Mutter war eine wunderbare Frau, innerlich und äußerlich. Wir werden sie sehr vermissen.«

Als die Feier zu Ende war, räumten wir alles auf. Danach begleitete mich Jason zu unserer Wohnung, lehnte aber meine Einladung, zu einer Tasse mit heißer Schokolade hineinzukommen, ab.

»Mrs Ruth hat darauf bestanden, dass ich jede Plätzchensorte probiere«, sagte er mit einem Lachen. »Ich bringe keinen Bissen mehr hinunter.«

Ich konnte Dad und Emmett in der Wohnung hören und wusste, dass Emmett zu aufgedreht war, um schlafen zu gehen.

Ich schaute Jason an und war so glücklich wie lange nicht mehr. »Ich bin froh, dass du in Nashville geblieben bist.«

»Ich auch.«

Ich dachte, er würde mich küssen, aber stattdessen trat er ein paar Schritte zurück. »Dann sehen wir uns morgen früh«, sagte er lächelnd. »Ich hoffe, du warst in diesem Jahr so brav, dass dir der Weihnachtsmann etwas mitbringt.«

Ich lachte. »Das kommt darauf an, was er unter *brav* versteht.«

»Schlaf gut.« Er schaute mir lange in die Augen. »Frohe Weihnachten, Audrey.«

Die leisen Worte gingen runter wie warmer Honig. »Frohe Weihnachten.«

Ich schwebte in mein Zimmer und war sicher, dass ich von Zuckerpflaumen und tanzenden Engelchen träumen würde.

Ich konnte es nicht erwarten, dass Weihnachten kam.

26

Nachdem Luca aus meinem Leben verschwunden war, blieb ich drei Tage im Bett. Nicht einmal die Hysterie meiner Mutter konnte mich unter meiner Bettdecke hervorholen.

»Die Leute fangen schon an zu reden, Priscilla.« Am Morgen des vierten Tages stand sie vor dem Fenster und schaute mit streng gerunzelter Stirn auf die Passanten und Ausstellungsbesucher hinab, die sich auf den Straßen drängten. »Es gibt Gerüchte, dass dein *Kontakt* zu diesen schrecklichen Morettis die Grenzen des Anstands überschritten hätte. Zum Glück verteidigen dich Leute aus unserer Gruppe, aber es wäre wirklich hilfreich, wenn du heute mit uns zum Abendessen ins Hotelrestaurant gehst.« Als sie sich vom Fenster abwandte, erschauerte sie sichtlich. »Ich hätte gute Lust, das Maxwell House zu verklagen, weil sie uns diese italienischen Geschwister aufgehalst haben. Dieser Mann hätte den armen Kenton vielleicht sogar umgebracht, wenn nicht zufällig ein Zimmermädchen vorbeigekommen wäre und gesehen hätte, wie er ihn angegriffen hat.«

Ich lachte humorlos. »Ja, Kenton hatte wirklich Glück, dass sie zufällig da war.«

Mutter blickte mich finster an. »Ich kann dein Verhalten beim besten Willen nicht verstehen. Seit wir von diesem furchtbaren Angriff auf Kenton gehört haben, zeigst du nicht das geringste Mitgefühl.«

Als ich nicht antwortete, warf sie einen Blick zu der geschlossenen Tür und trat dann näher an mein Bett. »Ich bin nicht dumm, Priscilla.«

Ich schaute sie vorsichtig an. »Das heißt?«

»Ich weiß genau, dass du Mr Moretti *mochtest*. Er sah gut aus und konnte einer schönen Frau nette Worte sagen.«

Mein Blut begann zu kochen, aber ich zwang mich, den Mund zu halten.

»Es wäre nicht das erste Mal, dass eine Frau aus unseren Kreisen den

Aufmerksamkeiten eines Mannes aus der Arbeiterschicht erliegt.« Sie setzte sich auf die Bettkante und ließ mir keine Gelegenheit, ihr auszuweichen. »Aber ich weigere mich zu glauben, dass meine Tochter nur wegen alberner romantischer Gefühle für einen Mann, der völlig inakzeptabel ist, fähig wäre, etwas Illegales zu tun. Für einen Mann, der immer noch auf der Flucht vor der Polizei ist.«

Dass Mutter etwas von meinen Gefühlen für Luca ahnte, überraschte mich. Ich hatte gedacht, ich hätte meine Gefühle gut versteckt. »Ich versichere dir, Mutter, dass ich nur wegen alberner romantischer Gefühle nichts tun würde. Ich fühle mich seit ein paar Tagen einfach nicht gut.«

Sie schaute mich mit zusammengekniffenen Augen an. »Ich war auch einmal jung, Priscilla. Vergiss das nicht.« Nachdem einige Sekunden lang nur das Ticken der Uhr auf der Kommode zu hören war, stand sie auf und strich ihren Rock glatt. »Können wir heute beim Abendessen mit dir rechnen?«

Eine Weigerung würde der Gerüchteküche und Mutters Argwohn nur noch mehr Nahrung geben. »Also gut. Ich komme zum Abendessen ins Restaurant.«

Ein zufriedenes Lächeln umspielte ihre Lippen, bevor sie mich allein ließ.

Einige Minuten später erschien Fanny mit Anweisungen von meiner Mutter, ein Bad für mich vorzubereiten und mir beim Ankleiden zu helfen. Obwohl ich lieber im Bett geblieben wäre, wollte ich nicht, dass das Mädchen Schwierigkeiten bekäme, und fügte mich.

Ich genoss das Wasser mit Rosenduft, bis es kalt war, und musste die ganze Zeit an Luca denken.

Wo war er? War er noch in Nashville? Wie wollte er Gia finden?

Nachdem ich aus der Wanne gestiegen war, trocknete Fanny meine Haare und kämmte sie. Ich schaute sie im Spiegel an und fragte mich, ob sie Gia und Luca gut gekannt hatte.

»Wie lange arbeiten Sie schon im Maxwell House?«, fragte ich und tat, als wolle ich mit einem belanglosen Gespräch nur das Schweigen füllen.

»Seit zwei Jahren, Miss. Meine Mutter arbeitet auch hier, in der Küche.«

»Das freut mich für Sie beide. Haben Sie noch mehr Angehörige?«

Sie schüttelte den Kopf. »Mein Vater ist gestorben, als ich noch ein kleines Mädchen war. Und Geschwister habe ich keine.«

Ich nickte und überlegte, wie ich das Thema ansprechen könnte, ohne Verdacht zu erregen. »Das mit Gia ist wirklich schlimm, nicht wahr?«

Ihre grünen Augen sahen mich im Spiegel an, aber in ihnen lag keine Verachtung oder Feindseligkeit. »Gibt es denn Neuigkeiten über sie, Miss?«

»Nein.« Ich wünschte von ganzem Herzen, dass es anders wäre. »Ich habe sie für ein sehr nettes Mädchen gehalten. Aber dass sie plötzlich so verschwindet ... das ist wirklich schlimm.«

Fanny nickte. »Ich habe sie auch gemocht, Miss. Wir haben uns gut verstanden.«

Sie bürstete weiter meine Haare, bis sie in weichen Locken über meine Schultern fielen. Mehrere Momente vergingen, doch dann trat ein beunruhigter Blick in ihre Augen. »Es gab noch andere, Miss.« Die leisen Worte waren kaum zu verstehen.

»Was meinen Sie mit *andere*?«

Sie schaute mich wieder im Spiegel an. »Einige Mädchen geben ihre Arbeit hier im Hotel auf und werden leichte Mädchen.«

Diese Formulierung hatte ich noch nie gehört. »Leichte Mädchen?«

Eine tiefe Röte trat in ihr Gesicht und überdeckte sogar ihre Sommersprossen. »Mädchen, die ... Männer besuchen.«

Noch vor einer Woche hätte ich dieses Gespräch für skandalös gehalten. Über solche Dinge sprach man einfach nicht, auch nicht in der Privatsphäre des eigenen Schlafzimmers. Aber nach allem, was in den letzten Tagen passiert war – Gias Verschwinden und Kentons Kontakte zu einer Bordellbetreiberin –, glaubte ich nicht, dass mich noch irgendetwas schockieren konnte.

»Sind einige Zimmermädchen hier im Maxwell House ›leichte Mädchen‹ geworden?«

Sie nickte und schaute mich traurig an. »Eine Freundin. Sie hat gesagt, dass sie damit viel mehr verdienen kann als hier im Hotel als Zimmermädchen.«

Ich dachte an die junge Frau, die Luca und ich hinter dem Bordell getroffen hatten. Mit ihrem irischen Akzent hatte sie mich an Fanny erinnert. Wir hatten ihr eine Gelegenheit angeboten, aus diesem Leben auszusteigen, aber sie hatte sie nicht ergriffen.

»Das tut mir leid.«

»Meine Mutter hat gehört, dass aus einem anderen Hotel auch ein Zimmermädchen verschwunden ist, genauso wie Gia.«

Ich starrte sie an. »Wann war das?«

»Vor ein paar Tagen, Miss. Meine Mutter hat Angst. Sie lässt mich nicht mehr aus dem Hotel. Ich darf es nicht einmal an meinem freien Tag verlassen. Sie sagt, ich muss entweder in unserem Zimmer sein oder hier bei Ihnen und Mrs Nichols.«

Mein Magen zog sich zusammen, als mir ein schrecklicher Verdacht kam.

Hatte Kenton beim Verschwinden dieser jungen Frau auch die Finger im Spiel gehabt? An dem Abend, an dem Luca und ich sein Zimmer durchsucht hatten, war ein Zimmermädchen bei ihm gewesen. Was hatte er mit ihr vorgehabt?

Diese beunruhigenden Gedanken ließen mir den ganzen übrigen Tag keine Ruhe. Ich verließ das Hotel nicht, sondern schlenderte durchs Haus und betrachtete die weiblichen Angestellten mit völlig neuen Augen. Die meisten waren jung wie Gia. Viele von ihnen waren augenscheinlich Einwanderinnen aus Irland oder Italien, die nach Amerika gekommen waren, um hier ein besseres Leben zu finden, nachdem die Kartoffelfäule in Irland und die Unruhen in Italien den ärmeren Schichten dort ihre Existenz geraubt hatten.

Ich schämte mich, weil ich bis jetzt keinen Blick für diese jungen Frauen gehabt hatte. Ich wusste nicht, wie viel ein Zimmermädchen in einem Hotel verdiente, aber ich konnte mir nicht vorstellen, dass das Leben als »leichtes Mädchen« eine junge Frau reizen konnte, einen anständigen Beruf aufzugeben. Doch bewies Fannys Geschichte von ihrer Freundin nicht, dass ich mich irrte?

Ich bereitete mich ohne große Begeisterung für das Abendessen vor. Papa begleitete Mutter und mich in das hell erleuchtete Restaurant, in dem schon angeregte Gespräche geführt wurden. Die Musik spielte bereits und die Kellner bedienten die Gäste.

Ich war erleichtert, dass die Thornleys heute Abend auswärts aßen. Seit ich Kentons dunkle Geheimnisse kannte, konnte ich es nicht mehr ertragen, neben ihm zu sitzen. Ihre Plätze nahm ein älteres Ehepaar ein, dessen ehrliches Lächeln ich sehr erfrischend fand. Die Frau kam mir irgendwie bekannt vor, obwohl ich nicht glaubte, dass wir uns schon einmal begegnet waren.

»Pastor und Mrs Meyer, darf ich Ihnen unsere Tochter, Priscilla, vorstellen«, stellte uns Papa einander vor. Es war ziemlich überraschend, einen Pastor an unserem Tisch anzutreffen, da hier normalerweise nur wohlhabende Eisenbahninvestoren oder Geschäftsleute und ihre mit teuren Edelsteinen geschmückten Frauen saßen.

»Es ist mir eine Freude, Sie kennenzulernen, Miss Nichols«, begrüßte mich Pastor Meyer mit freundlichen Augen.

»Mrs Meyer ist Cornelius Vanderbilts Cousine«, klärte mich Mutter auf und war offensichtlich erfreut, ein Mitglied dieser angesehenen Familie an unserem Tisch zu haben.

Jetzt begriff ich, warum sie eingeladen worden waren, an unserem Tisch zu sitzen.

Wir setzten uns und ließen uns ein köstliches Menü servieren, aber seit Luca fort war, hatte ich keinen richtigen Appetit mehr. Wie sollte ich Beef Wellington mit Kartoffelkroketten genießen, wenn ich vor Sorge um ihn und Gia ganz krank war? Wenn junge Frauen aus ihrem anständigen Leben fortgelockt wurden, um ein verruchtes Leben zu führen?

»Miss Nichols, gefällt Ihnen die Ausstellung?«

Mrs Meyers Frage riss mich aus meinen Gedanken und holte mich an den Tisch zurück. »Oh ja, Ma'am. Die Ausstellung ist wirklich ein Erlebnis, das einem die Augen öffnet.«

Mutter, die auf der anderen Seite des Tisches saß, kniff die Augen zusammen, da sie meine sonderbare Antwort nicht einordnen konnte.

»In der Tat«, erwiderte Mrs Meyer. »Ich kann Ihnen nur von ganzem Herzen zustimmen. Mein Mann und ich sind mit den Nöten vieler Menschen sehr beschäftigt und hatten noch keine Gelegenheit, uns viel Zeit für die Ausstellung zu nehmen. Aber soweit ich es beurteilen kann, ist es ein wunderbares Zusammentreffen von Nationen und Menschen aus allen Lebensbereichen.«

Ihre Bemerkung faszinierte mich. »Das ist eine sehr schöne Beschreibung. Darf ich fragen, was Sie meinten, als Sie sagten, dass Ihr Mann und Sie mit den Nöten anderer Menschen beschäftigt sind?«

»Mein Mann und ich haben die Ehre, den weniger Glücklichen in unserer schönen Stadt zu helfen. Wir haben eine Suppenküche und einen Schlafsaal im Keller der Kirche, in der mein Mann Pastor ist. Da so viele Besucher zur Expo kommen, haben wir beschlossen, unsere Dienste der breiteren Öffentlichkeit anzubieten. Dazu haben wir einen Stand am Eingang zur Ausstellung.« Ihr Lächeln galt allen an unserem Tisch, bevor sie ihre Aufmerksamkeit wieder mir zuwandte. »Zu sehen, wie ein hungriges Kind zu essen bekommt oder eine junge Frau, die vom Weg abgekommen ist, die Chance zu einem neuen Leben ergreift, ist der größte Lohn für unsere Arbeit.«

Jetzt erinnerte ich mich: Ich hatte das ältere Ehepaar am ersten Tag, an dem Luca, Gia und ich zur Expo gegangen waren, an ihrem Stand gesehen. Eine junge Frau, auf die Mrs Meyers Beschreibung passte, war dort gewesen. Mrs Meyer hatte ihr etwas gegeben, das ich für eine Bibel gehalten hatte. Jetzt, da ich die beiden kennenlernte, wusste ich, dass ich mit dieser Vermutung richtiggelegen hatte.

Jemand stellte dem Pastor eine Frage und ich hatte Zeit, über die Arbeit dieses Ehepaars nachzudenken. Was meinte Mrs Meyer damit, dass sie jungen Frauen eine neue Chance gaben?

Ein Blick in die Runde machte mir jedoch klar, dass sich diese Frage für ein Gespräch am Esstisch nicht eignete. Die erschreckenden Informationen über »leichte Mädchen«, die ich heute von Fanny bekommen hatte, zeigten, dass ich von der Welt außerhalb meines geschützten Raumes keine Ahnung hatte. Ich hoffte, dass ich nach dem Essen eine Gelegenheit bekäme, Mrs Meyer noch einmal auf dieses Thema anzusprechen.

»Ihre Arbeit klingt interessant«, sagte Papa zu Pastor Meyer, obwohl sich sein Tonfall nicht ganz echt anhörte. »Ich kann mir nicht vorstellen, dass es sehr lukrativ ist, aber trotzdem bestimmt interessant.« Er lachte über seinen kleinen Witz, den seine Freunde ebenfalls amüsant fanden.

Nur das ältere Ehepaar und ich stimmten nicht in das Lachen ein.

»Ich möchte Ihren Einsatz für die Armen unterstützen, Herr Pastor«, fuhr Papa fort. Er zückte seine Brieftasche. »Es muss ein ständiger Stachel in Ihrem Fleisch sein, ob Sie genug Geld auftreiben können, um sich dieser elenden Menschen anzunehmen.«

»Danke, Mr Nichols.« Pastor Meyer lächelte ihn geduldig an. »Aber erlauben Sie mir, Ihr Angebot abzulehnen. Wir haben dank des Erbes meiner Frau und dank verschiedener wohltätiger Organisationen, die Lebensmittel und Kleidung spenden, genug Geld.«

»So ist es, Mr Nichols«, schaltete sich jetzt auch Mrs Meyer ein. »In Bezug auf Finanzen sind wir wunderbar gesegnet, aber was wir brauchen, sind Mitarbeiter. Freiwillige, die helfen, in der Suppenküche zu kochen und die Gäste zu bedienen. Die helfen, sich um die Witwen und Waisen zu kümmern, die obdachlos sind. Die bereit sind, die Hände und Füße unseres geliebten Erlösers zu sein.«

Ein unangenehmes Schweigen kehrte am Tisch ein. Papa räusperte sich und steckte seine Brieftasche wieder ein. Mutter rückte ihr Besteck zurecht.

»Also dann«, sagte der Pastor und hob sein Wasserglas. »Trinken wir auf unsere Gesundheit und genießen wir das köstliche Essen.«

Die Gespräche wurden wieder aufgenommen, aber die Arbeit der Meyers wurde nicht mehr angesprochen. Als sich der Abend dem Ende zuneigte, gingen Papa und die anderen Männer zu Zigarren und Brandy nach unten. Pastor Meyer gesellte sich nicht zu ihnen.

»Es war ein schöner Abend, Mrs Nichols«, sagte er zu Mutter, als die anderen Frauen schon das Restaurant verließen. »Wir freuen uns darauf, Ihre Familie am Sonntag beim Gottesdienst zu sehen.«

»Selbstverständlich, Herr Pastor. Gute Nacht«, lächelte Mutter, dann wandte sie sich ab, um sich zu ihren Freundinnen zu gesellen, die über das Geländer in das Foyer hinabblickten.

Ich begleitete das ältere Ehepaar die Marmorstufen hinab. »Ich hoffe, Sie halten mich nicht für neugierig, aber als Sie erwähnten, dass Sie jungen Frauen helfen, habe ich mich gefragt, was genau Sie für diese Frauen tun.«

Pastor Meyer führte uns zu einer freien Sitzgruppe im Foyer, dann bedeutete er seiner Frau, mir ihre Arbeit zu erklären.

»Unsere Kirche«, sagte sie leise, da ihre Worte nur für unsere Ohren bestimmt waren, »ist eine sichere Zuflucht für Frauen geworden, die keine andere Möglichkeit sehen, als ihren Körper zu verkaufen, um zu überleben. Die armen Dinger sind völlig verzweifelt und am Ende, wenn sie zu uns kommen. Wir bemühen uns, eine Wohnung und eine Arbeit für sie zu finden, soweit das möglich ist. Wenn sie eine Familie haben, versuchen wir, sie wieder mit ihnen zusammenzubringen, aber in manchen Fällen wollen oder können die Familien sie nicht bei sich aufnehmen.«

»Darf ich fragen, warum Sie das interessiert, Miss Nichols?« Pastor Meyers freundliche Augen schauten mich direkt an.

Obwohl die beiden fast Fremde waren, hielt ich ihr Mitgefühl für echt. Ich brauchte jemanden, dem ich vertrauen konnte. »Ich habe eine Freundin – nun ja, nicht direkt eine Freundin ... sie war hier im Hotel meine Zofe. Gia. Gia Moretti. Sie ist verschwunden. Ihr Bruder, Luca Moretti, war unser Kutscher und wir haben Grund zu glauben, dass sie in ein Leben, wie Sie es beschrieben haben, gelockt wurde.«

»Ach du meine Güte«, sagte Mrs Meyer mit besorgter Stimme. »Das ist wirklich sehr tragisch.«

»Suchen Sie nach den Mädchen? Ich meine, in den ... Bordellen?«, flüsterte ich und blickte mich schnell um, um mich zu vergewissern, dass niemand hören konnte, über welches skandalöse Thema wir sprachen.

»Leider ist es viel schwerer, eine junge Frau aus einem Bordell zu retten, als man meinen würde.« Pastor Meyer seufzte. »Wir versuchen es trotzdem immer wieder. Die Frauen, die bei uns Hilfe suchen, sind bereit, dieses Leben hinter sich zu lassen. Einige kehren leider dorthin zurück, aber die meisten nicht.«

Ich dachte an das irische Mädchen vor dem Bordell. »Warum tun sie das? Warum gehen sie zurück?«

»Die Gründe sind genauso verschieden wie die Frauen selbst. Angst. Einsamkeit. Selbstzweifel. Zweifel an Gott.« Pastor Meyer zuckte die Achseln. »Wir sind alle Sünder und brauchen einen Erlöser. Unsere Aufgabe besteht einfach darin, diese Frauen zu lieben.«

»Wie schaffen Sie das Tag für Tag? Ich glaube, ich wäre irgendwann entmutigt.«

Ein tiefer Friede trat in Mrs Meyers Gesicht. »Kennen Sie die Geschichte von Hagar in der Bibel? Sie war Saras Magd, aber als Sara keine Kinder bekommen konnte, brachte sie Hagar mit ihrem Mann Abraham zusammen, da sie hoffte, durch sie eine Familie zu bekommen.« Sie schüttelte seufzend den Kopf. »Die arme Hagar! Sobald sie schwanger war, wurde Sara eifersüchtig und behandelte sie mit so viel Verachtung, dass Hagar weglief. Als Hagar allein und weinend auf der Erde saß, sah der Engel des Herrn sie und sprach sie in ihrer Not an. ›Du bist der Gott, der mich sieht‹, sagte sie zu Gott.«

Mrs Meyer legte sanft die Hand auf meinen Arm. »Das ist unser Auftrag, meine Liebe. Menschen zu *sehen*, wie sie unter der Oberfläche ihres Schmerzes und ihrer Schuld wirklich sind. Sie zu sehen, wie Gott sie sieht – als eine schöne Schöpfung, für die er einen guten Plan hat.«

Ich nickte und war von der Wahrheit ihrer Worte berührt.

Sehnten wir uns nicht alle danach? Danach, gesehen zu werden? *Wirklich* gesehen zu werden?

»Wenn wir irgendetwas über Ihre Gia erfahren, sollen wir Ihnen dann hier im Maxwell eine Nachricht zukommen lassen?«

Mrs Meyers Angebot war der erste Lichtstrahl in einer sehr dunklen Situation. »Ja, bitte. Dafür wäre ich sehr dankbar. Und ...« Ich brach ab. »Ich wäre Ihnen auch sehr dankbar, wenn Sie unser Gespräch vertraulich behandeln könnten. Meine Eltern billigen es nicht, dass ich mich für Gia einsetzen will.«

Pastor Meyer legte tröstend eine Hand auf meine Schulter. »Der Herr segne Sie, Miss Nichols.«

Ich blickte dem Ehepaar nach, als es zum Haupteingang des Hotels ging, und in meine Seele kehrte eine unerwartete Hoffnung ein. Gia war immer noch verschwunden und Luca musste sich verstecken, aber die Geschichte von der Opferbereitschaft und Liebe der Meyers für andere zeigte mir, dass es auf dieser Welt gute, mitfühlende Menschen gab.

Männer und Frauen, die die Gaben, die Gott ihnen schenkte, für mehr als nur für egoistische Zwecke einsetzten.

Ich wusste nicht, wie ich ihr Vorbild auf mein eigenes Leben übertragen sollte, aber ich war mir sicher, dass ich das noch erfahren würde.

27

Der Weihnachtsmorgen brach sonnig und kalt an.

Emmetts aufgeregte Stimme drang in meinen Traum ein, in dem die Postkarten in Miss Nichols' Album mit Mrs Ruths Plätzchen herumtollten. »Audrey, komm und schau! Komm und schau!«

Ich schlug langsam die Augen auf und schaute in das lächelnde Gesicht meines Bruders über mir. »Dir auch frohe Weihnachten.«

Er nickte. »Komm und schau!«, rief er und rannte aus meinem Zimmer.

Ich schlüpfte gähnend in meinen Morgenmantel und tapste durch den Flur ins Wohnzimmer. Wir hatten dieses Jahr wieder keinen Baum in unserer Wohnung aufgestellt, aber das lag hauptsächlich daran, dass weder Dad noch ich daran gedacht hatten, einen zu kaufen. Bevor ich gestern Abend schlafen gegangen war, hatte ich meine eingepackten Geschenke neben Dads ordentlichen Stapel auf den Küchentisch gelegt.

Als ich jetzt am Ende des Flurs Lichter an einem kleinen Baum, der mit Lametta und unserem Familienschmuck dekoriert war, leuchten sah, wurden meine Augen ganz feucht.

»Wann hast du das gemacht?«, fragte ich Dad, da ich wusste, dass er zur gleichen Zeit schlafen gegangen war wie ich – wenigstens hatte ich das angenommen.

Er grinste. »Ich hatte ein wenig Hilfe von einer Elfe. Als Betty Ann hörte, dass wir keinen Baum haben, ist sie losgezogen und hat einen gekauft. Ich habe ihr gesagt, wo der Karton mit unserem Weihnachtsschmuck im Keller verstaut ist, und sie hat den Baum in meinem Büro geschmückt. Als ihr beide gestern schlafen gegangen wart, habe ich ihn durch das Foyer geschleppt und in unsere Wohnung gebracht.«

Emmett saß neben dem Baum. Er nahm die eingepackten Geschenke in die Hand und schüttelte sie. »Es ist Weihnachten, Audrey.«

Ich nickte und umarmte Dad. »Ja, es ist wirklich Weihnachten.«

»Ich habe Jason zum Frühstück eingeladen«, teilte mir Dad mit. Als meine Hand zu meinem zerzausten Haar fuhr, schmunzelte er. »Keine Sorge. Du hast genug Zeit, dich hübsch zu machen. Ich habe ihm gesagt, dass wir um acht frühstücken.«

Ich eilte in mein Zimmer, um mich anzuziehen. Ich hatte gerade den leuchtend roten Lippenstift aufgetragen, der perfekt zu meinem Pullover passte, als ich ein Klopfen an der Wohnungstür und Dads Stimme hörte.

Jasons Lächeln bescherte mir Schmetterlinge im Bauch. »Frohe Weihnachten.«

»Frohe Weihnachten.« Seine Augen verrieten, dass ihm meine Bemühungen um mein Aussehen nicht entgingen. »Du siehst schön aus.«

Trotz Emmetts Flehen bestand Dad darauf, dass wir seine berühmten Pfannkuchen mit Schokostreuseln aßen, bevor wir die Geschenke auspackten. Als wir um unseren kleinen Tisch saßen, lachten und uns fröhlich unterhielten, musste ich unwillkürlich an die Traurigkeit im letzten Jahr denken. Mamas unerwarteter Tod hatte uns die Freude an dem Fest geraubt. Abgesehen von einigen Geschenken von Dad für Emmett und mich hatten wir den Tag größtenteils unbeachtet verstreichen lassen.

Nach dem Frühstück machten wir es uns im Wohnzimmer gemütlich und Emmett saß zwischen Jason und mir auf der Couch. Dad saß mit Mamas Bibel auf dem Schoß im Sessel. Er war gestern Abend in mein Zimmer gekommen und hatte gefragt, ob er heute die Weihnachtsgeschichte daraus vorlesen könne. Als ich die Bibel herausgeholt hatte, war von dem Schmerz, der sich bei ihrem Anblick normalerweise in mir regte, nichts zu spüren gewesen. Ich hatte über den abgegriffenen Einband gestrichen, bevor ich sie Dad gereicht hatte.

»Mama würde sich freuen, dass wir nach vorne blicken, nicht wahr?«

Dad hatte genickt, obwohl aus seinen Augen eine gewisse Traurigkeit gesprochen hatte. »Ja, Liebes. Sie würde nicht wollen, dass wir ewig trauern.«

Jetzt schlug er die Bibel beim zweiten Kapitel des Lukasevangeliums auf und las die schöne Geschichte von Jesu Geburt. Nachdem Dad Gott gedankt hatte, dass er uns durch dieses schwere Jahr getragen hatte, packten wir unsere Geschenke aus. Noch mehr Comicbücher für Emmett, dazu eine Baseballkappe von Jason und ein Vergrößerungsglas von mir. Dad freute sich über den Krimi, den ich ihm schenkte, und auch über das Buch über Nashvilles Geschichte von Jason. Beide waren bei *Stockell Books* gekauft worden. Als wir feststellten, dass wir unsere Geschenke im selben Geschäft gleich um die Ecke gekauft hatten, lachten wir. Ohne mein Wissen hatte Dad auch ein Geschenk für Jason – eine gerahmte Fotografie vom Maxwell House Hotel, die Ende des 19. Jahrhunderts aufgenommen worden war.

Als ich an der Reihe war, meine Geschenke auszupacken, hätte ich beinahe geweint. Jedes einzelne Geschenk war mit viel Sorgfalt ausgesucht worden. Von Dad bekam ich eine Perlenkette, die Mama gehört hatte. Von Emmett eines seiner geliebten Comicbücher mit Eselsohren. Und von Jason eine Überraschung: ein nagelneues Album.

»Danke für mein Geschenk«, sagte ich, während sich ein warmes, angenehmes Gefühl in mir breitmachte. »Es tut mir leid, dass ich nichts für dich habe.«

Er grinste. »Das kannst du ja nächstes Jahr nachholen.«

»Ich weiß nicht genau, was ich in mein Album kleben werde.« Ich blätterte die leeren Seiten um und sah sie im Geiste voll mit … etwas.

»Vielleicht können wir an den Orten, die wir besuchen, Dinge sammeln, wie Peaches es getan hat.«

Ich schaute in seine blauen Augen und konnte nur staunen.

»Ich bin wirklich froh, dass du im Maxwell House abgestiegen bist.«

Er warf einen Blick auf Dad, dessen Aufmerksamkeit Emmett und dem Buch galt, dann drückte er unter dem Tisch meine Hand. Unsere Finger schoben sich ineinander. »Ich auch.« Ein verspieltes Grinsen trat in sein Gesicht. »Dass ich jeden Tag eine Tasse des berühmten Maxwell-House-Kaffees genießen kann, ist definitiv der Höhepunkt meines Aufenthalts.«

Ich ließ seine Hand los und tat, als wollte ich ihn schlagen. Als er mir auswich, musste ich lachen.

Der Rest des Tages war von den letzten Vorbereitungen für das große Weihnachtsdinner bestimmt. Betty Ann kam nach dem Mittagessen und packte sofort mit an. Ab 17 Uhr füllte sich das Foyer mit schön gekleideten Frauen, die Schmuck und Handschuhe trugen, und Männern in Smoking und mit Fliege.

Ich zog ein smaragdgrünes ärmelloses Abendkleid an und trug Mamas Perlen um den Hals. Jason kam nach unten, nachdem er sich umgezogen hatte. Er sah in seinem dunklen Anzug sehr attraktiv aus. Lucille und ihr Freund, Earl, setzten sich zum Essen an unseren Tisch im vorderen Teil des Raumes, ebenso wie Betty Ann und Mrs Ruth. Eine Kapelle spielte Weihnachtsmusik, während Kellner im Smoking Platten mit gefülltem Truthahn, Schinken, Lammkeulen, gebratenen Enten und vielen anderen Köstlichkeiten aus den berühmten Maxwell-House-Küchen servierten.

Einen perfekteren Abend konnte ich mir nicht vorstellen.

Gegen 20 Uhr war Emmett müde und wurde unleidlich. Viele Gäste waren schon nach Hause gefahren und die Veranstaltung neigte sich dem Ende entgegen.

»Wir bringen Emmett in die Wohnung«, sagte ich zu Dad.

Ich hatte beobachtet, dass er den ganzen Abend Betty Anns Gesellschaft sehr genossen hatte. Er hatte sich fröhlich mit ihr unterhalten und zur Musik mitgesungen. Zu meinem eigenen Erstaunen stellte ich fest, dass mich das nicht störte. Unser kurzes Gespräch über Mama gestern Abend hatte mir die Gewissheit gegeben, dass das Leben weiterging, auch wenn man einen schmerzlichen Verlust erlitten hatte. Dad hatte meine Mutter geliebt – daran bestand für mich kein Zweifel. Aber sie war jetzt nicht mehr bei uns und genoss ihr zweites Weihnachten in Jesu Gegenwart.

Ich lächelte.

Mama hätte Betty Ann gemocht.

»Danke, Liebes. Ich komme bald nach.« Dad gab Emmett und mir einen Gutenachtkuss.

In der Wohnung half Jason Emmett in seinen Schlafanzug und ins Bett. Mein Bruder schlief sofort ein. Er war so müde gewesen, dass er nicht einmal seine Comicbücher aufgeräumt, sondern sie auf dem Boden verstreut liegen gelassen hatte.

Wir setzten uns aufs Sofa und genossen das warme Licht des Weihnachtsbaums.

»Heute war ein sehr schöner Tag.« Jason legte den Arm um meine Schultern.

Ich lehnte mich an ihn und genoss das Gefühl, neben ihm auf dem Sofa zu sitzen. »Normalerweise gibt es beim Weihnachtsdinner immer irgendeine Katastrophe – der Koch lässt den Truthahn anbrennen oder ein Kellner lässt eine Kiste mit Champagner fallen –, aber heute war alles perfekt.«

»Ob Miss Nichols heute wohl einen schönen Tag hatte?«, überlegte Jason und warf einen Blick auf das Album, das auf dem Wohnzimmertisch lag.

»Ich habe heute auch an sie gedacht. Wir sollten sie morgen besuchen.«

Er lächelte. »Das würde ich sehr gern machen.«

Ich fragte nach den Weihnachtsbräuchen seiner Familie und nach seinen Weihnachtserinnerungen. Er hatte gerade angefangen, eine lustige Geschichte von dem Jahr zu erzählen, als er versucht hatte, den Weihnachtsmann auf frischer Tat zu ertappen, als wir laute Schritte hörten, die verrieten, dass jemand durch den

Flur eilig zu unserer Wohnung lief. Einen Moment später platzte Dad ins Zimmer.

»Es brennt!«, sagte er schwer atmend. »Nehmt Emmett und geht mit ihm ins Noel auf der anderen Straßenseite. Ich habe Lucille aufgetragen, die Bewohner anzurufen und ihnen mitzuteilen, dass sie das Hotel evakuieren müssen.«

Jason und ich standen gleichzeitig auf. »Ist es so schlimm?«

Dad war schon fast wieder bei der Tür. »Keine Ahnung. Aus der dritten Etage kommt viel Rauch. Die Feuerwehr ist schon unterwegs.« Bevor er die Wohnung verließ, drehte er sich noch einmal um. »Audrey, bleib bei Emmett. Er braucht dich.«

»Das mache ich, Dad.« Plötzlich hatte ich große Angst. Ich lief zu ihm und fühlte, wie er die Arme um mich legte. »Sei vorsichtig.«

Er nickte; dann war er fort.

»Ich hole Emmett«, sagte Jason. »Pack ein paar Sachen ein. Mäntel, Erinnerungsstücke, solche Sachen. Aber wir haben nicht viel Zeit.«

Ich stand wie erstarrt da. »Glaubst du, dass sich das Feuer bis zu unserer Wohnung ausbreitet?«, fragte ich, während aus der Ferne das Heulen der Sirenen durch die offene Tür drang.

»Das wissen wir nicht. Wir können nur hoffen, dass die Feuerwehr es schnell unter Kontrolle bringen kann.«

Wir setzten uns eilig in Bewegung. Ich schnappte mir ein paar Einkaufstaschen und begann, unsere Sachen hineinzustopfen. Mamas Bibel, Fotos, einige Kleidungsstücke für jeden von uns. Ich hörte, wie Jason Emmett erzählte, dass wir im Noel-Restaurant ein Eis essen wollten und uns beeilen müssten. Ein verschlafener Emmett tauchte aus seinem Zimmer auf. Er trug noch seinen Pyjama, war aber in einen warmen Mantel gepackt und trug einen Hut. Jason hatte einen Kissenbezug mit Emmetts Sachen in der Hand.

Als ich meinen Blick noch einmal durchs Wohnzimmer wandern ließ, um zu sehen, ob es hier Dinge gab, die nicht ersetzt werden konnten, falls der schlimmste Fall eintreten sollte, fiel mein Blick auf Miss Nichols' Album. Ich wusste nicht warum, aber ich konnte es nicht zurücklassen. Ich stopfte es zu dem Foto von Mama in die Tasche und folgte Emmett und Jason durch die Hintertür, die auf die Gasse hinausführte.

Hier erwartete uns das reinste Chaos.

Feuerwehrautos füllten die Straßen, uniformierte Feuerwehrleute hantierten mit langen Wasserschläuchen. Ein blauer Dunst füllte die Gasse und ein beißender Rauchgeruch lag in der Luft. Ein Feuerwehrauto hupte; Männer schrien. Die Szene war laut und beängstigend.

Emmett blieb wie angewurzelt stehen. »Ich will nach Hause«, sagte er. Aus seinen geweiteten Augen, in denen sich die roten Lichter spiegelten, sprach eine große Angst, während er den Tumult betrachtete.

»Wir können jetzt nicht in unsere Wohnung gehen.« Ich nahm ihn an der Hand und spürte, dass seine Finger in der Nachtluft bereits eiskalt waren. »Dad kommt zu uns ins Noel-Hotel. Erinnerst du dich an das Noel? Du schaust dir dort immer so gern die elektrischen Züge im Fenster an.«

Er nickte.

Mit Jasons Hilfe brachten wir ihn dazu, sich zu bewegen. Es war unmöglich, durch das Chaos auf der Church Street zu kommen. Deshalb steuerten wir durch die Gasse in Richtung Norden zur Fourth Avenue. Das Heulen von noch mehr Sirenen hallte von den hohen Gebäuden wider, während wir unseren Weg eilig fortsetzten. Als wir in der Fourth Avenue ankamen, überquerten wir die Straße und bahnten uns einen Weg durch die vielen Passanten und Schaulustigen, die alle an der Fassade des Maxwell House Hotel hinaufstarrten.

Mein Blick wanderte ebenfalls nach oben.

Ich keuchte entsetzt.

Dicker schwarzer Rauch stieg aus den gewölbten Fenstern im dritten und vierten Stockwerk auf. Feuerwehrleute spritzten Wasserfluten aus dicken Schläuchen, die alle auf die oberen Stockwerke des Gebäudes gerichtet waren.

Ein kaltes Grauen erfasste mich.

»Sind alle Gäste evakuiert?« Ich schaute mich um, aber ich erkannte in der Menge niemanden. »Wo ist Dad?«

Ich geriet in Panik.

Ich durfte Dad nicht verlieren.

»Geh mit Emmett ins Noel.« Jason reichte Emmett den vollgestopften Kissenbezug. »Ich suche euren Dad.«

Bevor ich reagieren konnte, war er fort.

Ich hielt Emmetts Hand fest und wir bahnten uns einen Weg durch die vielen Leute, die das Maxwell House anstarrten, das sich von einem stattlichen alten Hotel in ein armseliges rauchendes und feuerspeiendes Spektakel verwandelt hatte. Ich führte Emmett in das Foyer des Noel, in dem sich besorgte Gäste, Schaulustige und zu meiner Erleichterung auch einige Bewohner des Maxwell befanden.

Mrs Ruth eilte zu uns. »Gott sei Dank, ihr seid in Sicherheit.« Sie nahm Emmett in ihre schwachen Arme. Genauso wie er seinen Schlafanzug anhatte, trug sie unter ihrem Mantel ein Nachthemd.

»Haben Sie meinen Vater gesehen? Wissen Sie, ob alle Gäste evakuiert wurden?«

»Wir sitzen dort drüben zusammen.« Sie führte uns zu den anderen Hotelbewohnern, von denen viele ebenfalls einen Schlafanzug oder ein Nachthemd trugen.

Ich ließ meinen Blick über die Gruppe wandern, in der auch Mr Hanover und Copper waren. Neben Mrs Ruths Füßen stand ein Käfig mit ihren zwei Kanarienvögeln. Andere Bewohner saßen zusammengekauert in ihren Wintermänteln und aus ihren Augen sprachen Sorge und Angst. Ich zählte zweiundvierzig von den sechzig Bewohnern, die wir derzeit hatten. Wo waren die anderen?

»Mrs Ruth, kann ich Emmett bei Ihnen lassen? Ich muss meinen Vater finden.«

»Selbstverständlich, meine Liebe. Wir passen schon auf, dass ihm nichts passiert, nicht wahr?«, sagte sie und die anderen Bewohner nickten bestätigend.

Ich ließ Emmett und unsere Sachen bei ihr und eilte hinaus in die immer beängstigender werdende Nacht. Überall, wohin ich schaute, waren Feuerwehrautos, Feuerwehrleute und Polizisten. Laute Rufe waren zu hören, während sie alles taten, um das Hotel zu retten. Lange, dicke Schläuche zogen sich durch die Straße und sahen in der Dunkelheit aus wie riesige Schlangen, die sich auf dem Boden schlängelten. Um mich herum herrschten eine Hektik und ein Gedränge, die es mir unmöglich machten, zum Hoteleingang durchzukommen. Als im Sommer 1958 ein Feuer im Maxwell House Hotel ausgebrochen war, war ich zu Besuch bei meinen Großeltern in Kentucky gewesen; deshalb war die Szene, die sich mir jetzt bot, neu und beängstigend. Bei jenem Brand war einiger Schaden angerichtet worden, aber das Hotel hatte das Feuer überstanden.

»Bringt noch mehr Schläuche! Wir brauchen drinnen noch mehr Schläuche!«, schrie ein Feuerwehrmann neben mir.

Ich suchte nach Dad, Jason und Leuten aus dem Maxwell, aber ich konnte nichts anderes sehen als die Feuerwehrautos und den Rauch, der von den oberen Stockwerken nach unten wehte. Ich ging in Richtung Church Street weiter und schickte panische, zusammenhanglose Gebete zum Himmel, dass alle unversehrt bleiben würden.

Ich hatte keine Ahnung, wie viel Zeit verging – ein Moment, eine Ewigkeit –, während ich die Gesichter absuchte. Immer mehr Passanten drängten sich auf den Gehwegen und starrten ungläubig zu dem rauchenden Hotel hinauf. Wie konnte eine solche Tragödie passieren? Das Maxwell konnte doch nicht wirklich brennen! Das durfte einfach nicht sein.

»Audrey!«

Das war Dads Stimme. Ich drehte mich im Kreis und hoffte inständig, ihn zu sehen. Er winkte mir von der Ecke der Church

Street und der Fourth Avenue zu. Wie ein kleines Mädchen, das sich verirrt hatte, lief ich zu ihm und fiel ihm mit tränenüberströmtem Gesicht in die Arme.

»Es ist okay, Liebes. Mir geht es gut.« Als er seine Arme von mir nahm, fragte er: »Ist Emmett in Sicherheit?«

Ich schniefte. »Er ist bei Mrs Ruth und einigen anderen im Noel.« Ich schaute hinter mich, wo mehrere Hotelbewohner mit Betty Ann, Lucille und ihrem Freund vor dem Gebäude der Third National Bank standen und genauso hilflos wirkten, wie ich mich fühlte. Jason war nicht bei ihnen.

Mich packte sofort eine neue Angst. »Hast du Jason gesehen? Er wollte dich suchen.«

»Ja. Ich habe ihn losgeschickt, um für den Feuerwehrhauptmann die Maxwell-Bewohner im Noel zu zählen. Du musst ihn knapp verpasst haben.«

Vor Erleichterung wurden meine Knie ganz weich.

Wir waren alle in Sicherheit.

Dad führte unsere Gruppe durch den Eingang an der Church Street ins Noel, um der Hektik auf der Fourth Street zu entfliehen. Als wir im Foyer ankamen, begrüßten die Maxwell-Bewohner einander mit Umarmungen und Tränen, als wären Tage und nicht nur eine oder zwei Stunden vergangen, seit sie sich beim Weihnachtsdinner gesehen hatten.

Jason fand mich. Sein Gesicht war rußverschmiert. »Bist du verletzt?«, fragte ich und musterte ihn besorgt.

»Mir geht es gut.«

»Er ist ins Hotel zurückgegangen und hat einigen von uns geholfen, sich in Sicherheit zu bringen.« Mr Goad, der neben uns stand, klopfte Jason auf den Rücken. »Einen tapferen jungen Mann haben Sie da.«

Jason zuckte unsicher die Schultern, als der ältere Mann wegging.

»Konnten alle rechtzeitig gerettet werden?«, fragte ich. Ich hatte selbst nicht gezählt, aber es sah so aus, als wären alle da.

Doch Jason nickte nicht bestätigend, wie ich gehofft hatte. Er beugte sich zu meinem Ohr herab. »Laut Mrs Ruth fehlt ein Bewohner.« Er flüsterte den Namen des Mannes. »Dein Vater will nicht, dass es jetzt schon alle wissen. Wir hoffen, dass er auftaucht, wenn sich alles ein wenig beruhigt hat.«

Ich betete stumm, dass der Mann noch lebte.

Wir ließen Dad und die anderen im Foyer zurück und gingen wieder hinaus. Seit das Feuer bemerkt worden war, war über eine Stunde vergangen, aber es sah nicht so aus, als kämen die Feuerwehrleute mit ihren Bemühungen, den Brand zu löschen, voran. Allem Anschein nach war jedes Feuerwehrauto der ganzen Stadt vor Ort. Es waren sogar einige aus angrenzenden Bezirken gekommen.

Ich erschauerte. Jason nahm mich in die Arme, während wir zusammen mit zig anderen hier standen und zusehen mussten, wie das schöne alte Hotel brannte.

Ich war gegen die Tränen, die mir übers Gesicht liefen, machtlos. Das Maxwell House Hotel war seit meiner Kindheit mein Zuhause gewesen. Bis auf die wenigen Sachen, die ich eilig eingepackt hatte, und Mamas Perlenkette, die ich um den Hals trug, befand sich alles, was wir besaßen, in unserer Wohnung. Ich war dankbar, dass wir alle in Sicherheit waren, aber ich wusste, dass ich die Erinnerungsstücke, die in Flammen aufgingen, während wir machtlos zusehen mussten, vermissen würde.

Irgendwann trat Dad zu uns. Wir schauten schweigend zu, wie die Feuerwehrleute heldenhaft kämpften, um das Hotel zu retten, aber als etwas explodierte und vom Dach zwanzig Meter hohe Flammen in die Höhe schossen, wussten wir, dass das historische Gebäude nicht mehr zu retten war.

Bald darauf trat der Einsatzleiter zu meinem Vater.

»Wir können das Hotel nicht retten, Sir.« Er schaute ihn bedauernd an. »Wir haben Befehl, uns zurückzuziehen. Wir müssen es abbrennen lassen.«

Dad dankte dem Mann ernst und stimmte ihm zu, dass die Sicherheit der Feuerwehrleute oberste Priorität hatte. Der Einsatzleiter ging davon aus, dass die Feuerschutzwände des Maxwell standhalten und verhindern würden, dass das Feuer auf andere Gebäude übersprang, aber sie würden die ganze Nacht bleiben, um auf Nummer sicher zu gehen. Der Brandinspektor würde am Morgen beurteilen, was von dem Gebäude noch übrig war, aber seiner Meinung nach sah es nach einem Totalverlust aus.

Als der Mann wieder gegangen war, stand Dad stumm da und schaute mit tränennassen Wangen das Hotel an.

Ich löste mich aus Jasons Armen und umarmte ihn.

Die Trauer hatte uns wieder eingeholt.

28

Die fett gedruckte Schlagzeile auf der Titelseite der Zeitung am folgenden Morgen sagte alles: »Maxwell House niedergebrannt«.

Ein Bild von dem brennenden Gebäude füllte die Seite neben einem kleineren Bild von Mrs Ruth und Mrs Garrison, die in ihren Nachthemden und Mänteln die Treppe herabeilten. Die Frauen hatten sich geweigert, dem Reporter ihre Namen zu nennen, aber ihr Bild war trotzdem abgedruckt worden.

»Hier steht, dass das Feuer um 20:45 Uhr im dritten Stockwerk ausgebrochen ist.«

Ich schaute Jason an, der mir im Noel-Restaurant gegenübersaß und den Artikel las. »Dad spricht gerade mit dem Brandinspektor, aber da der Schaden so groß ist, hat er Dad bereits gewarnt, dass es schwer sein wird, die Brandursache zu finden.«

Ich warf wieder einen Blick durch das Fenster auf die rauchende Ruine des ehemals majestätischen Hotels. Die Sonne war aufgegangen und das Morgenlicht zeigte, was in der Dunkelheit verborgen gewesen war. Durch die glaslosen Fenster in der vierten Etage konnte man den blauen Himmel sehen, was bedeutete, dass das Dach völlig eingebrochen war. Feuerwehrleute mit starken Löschschläuchen spritzten immer noch Wasser auf die oberen Mauern des Hotels. Von dort lief es in die Tiefen des Gebäudes hinab, wo immer noch Brandherde waren.

Jason faltete die Zeitung zusammen und legte sie beiseite. Er nippte an seinem Kaffee und verzog das Gesicht. »Das ist kein Maxwell-House-Kaffee, so viel steht fest.«

Ich lächelte halbherzig über seinen Versuch, einen Scherz zu machen. »Das ist nur eines von den unzähligen Dingen, die wir vermissen werden.«

Ich weigerte mich, wieder zu weinen. Wahrscheinlich hatte ich sowieso keine Tränen mehr.

Nachdem wir stundenlang zugesehen hatten, wie das Hotel brannte, hatte uns Dad gegen Mitternacht aufgefordert, in den Zimmern, die uns der Manager des Noel großzügig zur Verfügung stellte, schlafen zu gehen. Viele unserer sechzig Bewohner, die ihr Zuhause verloren hatten und nirgendwo anders wohnen konnten, hatten ebenfalls Zimmer bekommen. Einige hatten Angehörige, die sie abgeholt hatten, während andere bei Freunden unterkamen. Der Verlust unseres ganzen Besitzes war verglichen mit dem Verlust des freundlichen älteren Mannes aus Zimmer 508, der in dem Feuer sein Leben gelassen hatte, nicht wichtig. Dinge konnten ersetzt werden; Menschenleben nicht.

Die Menge an Schaulustigen hatte über Nacht abgenommen. Trotzdem gingen immer noch gelegentlich Leute vor den Restaurantfenstern vorbei und blickten zu der rauchenden, ausgebrannten Ruine des früher einmal so stolzen Maxwell House Hotels hinauf. Ein junger Mann stand mit einer 8-mm-Kamera in den Händen auf der abgesperrten Straße.

»Es ist seltsam, dass Menschen so etwas fasziniert«, sagte ich. Ich machte den Leuten, die neugierig gafften, keinen Vorwurf. Einen solchen Anblick hatten die Bewohner von Nashville noch nie zuvor gesehen. Solange wir lebten, hatte es das Maxwell House immer gegeben. Viele der älteren Menschen, die ich gestern Nacht in der Menge gesehen hatte, hatten mit Tränen in den Augen zugesehen, wie die Flammen aus den Fenstern geschossen waren. So viel Geschichte – die Geschichte des Hotels und der Bürger, die es geliebt hatten – war für immer verloren. Alles, was wir jetzt hatten, waren unsere Erinnerungen.

Dad und Emmett kamen kurze Zeit später zu uns. Emmett wollte einen Schokoeisbecher, obwohl er schon gefrühstückt hatte. Wir bestellten ihm einen, da wir wussten, dass die Verwirrung und die neue Umgebung für meinen Bruder schwer waren. Wir waren für alles dankbar, was ihm half, ruhig zu bleiben.

»Was hat der Brandinspektor gesagt?«, fragte ich, als die Kellnerin wieder fort war.

»Das Gleiche, was er vor der Inspektion gesagt hat.« Er seufzte. »Der oberste Bauinspektor der Stadt ist auch hier. Er geht davon aus, dass Mr Edwin das Hotel niederreißen und von Grund auf neu bauen lassen muss.«

Diese Information war ernüchternd.

Wir sprachen leise über das Hotel, das Feuer und die Zukunft. Ein Freund von Dad hatte ein kleines Haus, das derzeit leer stand, und er bot uns großzügig an, dass wir für ein Jahr dort wohnen konnten, ohne Miete zu zahlen.

»Die Frauen aus der Kirche sammeln Kleidung und andere Sachen für uns und die Hotelbewohner«, sagte ich. »Mrs Ruth hat mir erzählt, dass sie allen, die durch das Feuer ihre Wohnung verloren haben, eine warme Mahlzeit anbieten.«

Dad nickte. »Es ist schön zu sehen, dass sich die Menschen in schweren Zeiten umeinander kümmern.«

Emmetts Schokobecher kam. Während er ihn genoss, sagte Dad: »Ich bin froh, dass ihr seine Comicbücher retten konntet.«

»Das verdanken wir Jasons schneller Reaktion«, sagte ich. »Ich wusste nicht, was ich einpacken sollte. Ich bin nicht einmal sicher, warum ich beschloss, Miss Nichols' Album zu retten statt noch etwas von uns.«

»Ich bin froh, dass du es gerettet hast, Liebes«, sagte Dad. »Von ihren ganzen Sachen ist jetzt auch nichts mehr übrig.«

Daran hatte ich nicht gedacht.

»Vielleicht kann die Frau das Buch jetzt anschauen.«

Wir drehten uns alle zu Emmett herum. Spuren von Schokoeis klebten an seinem Mund.

»Wie meinst du das, Emmett?«, fragte Dad.

Emmett schob sich den nächsten Löffel voll Eis in den Mund. »Die Frau in dem Pelzmantel.«

»War die Frau wieder in der Wohnung?«, fragte ich besorgt.

Emmett schüttelte den Kopf. »Sie war beim Essen.«

»Bei welchem Essen, Emmett?«

»Bei der Weihnachtsfeier. Mit der Musik und dem Kuchen.«

Dad, Jason und ich wechselten besorgte Blicke.

»Emmett.« Ich hob sein Kinn, damit er mir in die Augen sehen musste. »War die Frau, die zur Wohnung gekommen ist, gestern Abend beim Weihnachtsdinner?«

Er nickte.

Ich schaute Dad verblüfft über den Tisch hinweg an. »Du glaubst aber nicht, dass sie das ...«

Der Gedanke war zu beängstigend, um ihn laut auszusprechen.

»Ich gebe diese Information am besten an die Polizei und den Brandinspektor weiter. Vielleicht wollen sie einige der Gäste, die beim Weihnachtsdinner waren, befragen.« Dad stand auf und verließ das Restaurant.

Emmett aß seinen Eisbecher leer. Seine Augen wanderten zu dem Bild vor dem Fenster. »Ich will jetzt nach Hause, Audrey.«

Ich schob meinen Stuhl näher, damit ich den Arm um seine breiten Schultern legen konnte. »Ich auch, Emmett, aber das können wir nicht. Du, ich und Dad, wir sind zusammen, und das ist das Wichtigste.«

Er lehnte seinen Kopf an meine Schulter, doch dann hob er ihn schnell wieder. »Und Jason.«

Jason und ich grinsten uns an.

»Ja, Emmett. Und Jason.«

Als sich am Nachmittag die Aufregung ein wenig gelegt hatte und die meisten Feuerwehrautos abgezogen waren, fanden Jason und ich eine ruhige Sitzecke im Foyer des Noel.

»Du solltest nach oben gehen und dich ausruhen«, sagte er und schaute mich mit müden Augen an.

»Du auch.«

Als wir trotzdem beide sitzen blieben, wo wir waren, mussten wir schmunzeln.

»Ich habe meine Eltern angerufen.« Sein Blick wanderte über den polierten Marmorboden zu den Fenstern. Von hier aus konnte man die unteren Stockwerke des Maxwell sehen, die fast normal erschienen, obwohl die oberen drei Stockwerke völlig zerstört waren.

»Hatten sie von dem Brand gehört?«

»Ja, aber sie kamen telefonisch nicht durch. Mom war enttäuscht, als ich ihr sagte, dass ich noch nicht sofort nach Hause komme, aber sie versteht, dass ich bei dir und deiner Familie bleiben will. Wenigstens noch ein paar Tage.«

Ich wusste nicht, womit ich diesen Mann verdient hatte, aber ich war dankbar, dass er in mein Leben gekommen war.

Wir unterhielten uns über die Geschichte des Maxwell, als eine schöne ältere Frau auf uns zutrat. Viele Leute aus den umliegenden Geschäften waren gekommen, um ihr Mitgefühl auszudrücken und ihre Hilfe anzubieten, deshalb hielt ich sie für eine weitere freundliche Nachbarin.

Die Frau lächelte mich zögernd an. »Entschuldigen Sie. Sind Sie Audrey Whitfield?« Ein leichter Akzent lag in ihren Worten.

Ich stand auf. »Ja«, sagte ich und versuchte, mich zu erinnern, wer sie sein könnte.

»Entschuldigen Sie bitte die Störung«, sagte sie ernst. »Ich weiß, dass es eine schwere Zeit für Sie ist.«

Ich nickte.

»Ich suche eine Bewohnerin des Maxwell und man hat mir gesagt, dass Sie mir helfen können.«

»Selbstverständlich«, antwortete ich. »Wen suchen Sie?«

»Priscilla Nichols.«

Ich warf einen überraschten Blick auf Jason, der ebenfalls aufgestanden war.

»Sind Sie eine Freundin von Miss Nichols?«, fragte er.

»Ich bin Grace Moore.« Sie reichte mir die Hand. »Priscillas Tochter.«

C03

Papa traf Vorkehrungen, damit wir am Sonntagnachmittag mit dem Zug von Nashville abreisen könnten.

»Es wird Zeit, nach Hause zu fahren und wieder in unser normales Leben zurückzukehren«, verkündete er beim Abendessen.

Mehrere seiner Geschäftspartner stimmten ihm zu und erklärten, dass sie die Stadt ebenfalls bald verlassen würden. Andere sprachen davon, dass sie im Oktober wiederkommen wollten, wenn das Wetter kühler war. Am 30. Oktober sollte eine große Feier stattfinden, bei der die *Centennial Exposition* eindrucksvoll abgeschlossen werden sollte.

Ich behielt meine Gedanken für mich, während Papa, Mutter und ihre Freunde über ihre Reisepläne sprachen. Nach meinem Gespräch mit den Meyers letzte Woche war in mir ein Plan herangereift, aber ich musste mich erst noch selbst davon überzeugen, dass ich in der Lage war, ihn in die Tat umzusetzen.

Was wäre, wenn ich in Nashville bliebe?

Diese Frage ließ mir keine Ruhe.

Ich hatte keine Lust, zu meinem Leben in Chattanooga zurückzukehren. Es gab keine Hochzeitsvorbereitungen, mit denen sich meine Mutter beschäftigen könnte. Keine Enkelkinder, die sie sich erhoffen konnte. Sie hatte endlich unter vielen Tränen akzeptiert, dass ich Kenton nicht heiraten wollte. Zum Glück waren die Thornleys bereits aus Nashville abgereist, da sie es nicht hatten erwarten können, den Gerüchten zu entfliehen, die kursierten, nachdem Kenton betrunken und zusammengeprügelt in seinem Zimmer gefunden worden war.

»Er ist nicht der Mann, für den du ihn hältst, Mutter«, hatte ich erklärt, nachdem ich mir ihre Lobeshymnen auf Kenton zu oft angehört hatte. »Ich kann dir nicht sagen, woher ich das weiß, aber du musst mir glauben, wenn ich dir sage, dass ich diesen Mann nie heiraten werde.«

Später entschuldigte ich mich dafür, dass ich ihr gegenüber die Stimme erhoben hatte, aber das änderte nichts am Inhalt meiner Worte. Sie hatte Papa diese Information weitergegeben und er akzeptierte meine Entscheidung. »Wir werden nie wieder darüber sprechen.«

Mein Schicksal, nie zu heiraten, war besiegelt.

Das Abendessen ging zu Ende. Mutter zog sich in ihr Zimmer zurück, während Papa sich zu den Männern in den Billardsalon gesellte. Auf mich allein gestellt, schlenderte ich eine Weile durch das Foyer und beschloss dann, dass mir ein wenig frische Luft guttun würde. Da die Tage wärmer wurden, waren die Abende herrlich angenehm.

Draußen waren die Gehwege nicht so überfüllt wie an den ersten Tagen der Ausstellung. Viele Familien waren nach Hause zurückgekehrt, obwohl ich gehört hatte, dass das Hotel immer noch nahezu komplett ausgebucht war und die meisten der zweihundertvierzig Zimmer belegt waren.

Ich ging die Cherry Street hinauf. Die Geschäfte waren zwar schon geschlossen, aber die Auslagen waren beleuchtet und zeigten schöne Kleider, Bücher und Uhren.

Ich setzte meinen Weg ohne ein bestimmtes Ziel fort. Doch als ich auf dem Marktplatz ankam, wusste ich, warum ich diese Richtung eingeschlagen hatte.

Der Spirituosenladen sah genauso aus wie an dem Abend, an dem ich Luca geholfen hatte, aus dem Krankenhaus zu fliehen. Der Lichtschein einer Straßenlaterne, die mit Gas betrieben wurde, warf einen gelben Kreis auf den leeren Gehweg.

Meine Schultern sackten enttäuscht nach unten.

Ich wusste nicht, was ich erwartet hatte oder was ich gemacht hätte, wenn jemand hier gewesen wäre. Ich wusste nur, dass mein Herz mich aus einem bestimmten Grund hierhergeführt hatte.

Vor meinem geistigen Auge sah ich wieder die jungen Frauen, die an der Ecke gestanden hatten. Waren sie in das Prostitutionsgewerbe verstrickt, das den Frauen ihre Seele raubte? Ich hatte sie nur aus der Ferne gesehen, aber sie hatten sehr jung gewirkt. Wie Gia. Wo waren sie jetzt?

Es war schon spät und ich wusste, dass ich ins Hotel zurückkehren sollte. Es war nicht ratsam, als Frau nachts allein auf der Straße zu sein, aber daran müsste ich mich vielleicht gewöhnen, da ich mich entschieden hatte, nicht zu heiraten.

Ich drehte mich um und trat den Rückweg zum Maxwell an, das zwei Häuserblöcke entfernt war. Doch dann erregte das Klappern von Pferdehufen meine Aufmerksamkeit. Ich beobachtete, wie eine Kutsche aus der

Richtung des Flusses kam und vor dem Laden stehen blieb. Ich wusste, dass es nicht Kenton sein konnte, da er gedemütigt nach Chattanooga zurückgekehrt war.

Eine junge Frau stieg aus der Kutsche. Als sie sich umdrehte, um etwas zu dem Fahrer zu sagen, warf er ihr etwas hin, bevor er die Zügel schnalzen ließ und davonfuhr. Er kam nicht an mir vorbei, deshalb bestand kein Grund, mich zu verstecken.

Die Frau bückte sich, um das, was der Mann auf den Boden geworfen hatte – Münzen, wie ich vermutete – aufzuheben. Als sie alles eingesammelt hatte, warf sie einen Blick in beide Richtungen, aber ich konnte keine anderen Kutschen in der Nähe sehen. Mit müden Schritten, wie ich fand, ging sie zu der Ecke und lehnte sich an den Laternenpfahl.

Mein Herz hämmerte.

Würde ich das schaffen?

Ich hatte bereits einem Mädchen meine Hilfe angeboten, aus der dunklen Welt auszubrechen, in der sie gefangen war, aber sie hatte nur mein Geld genommen und war dann in die Dunkelheit zurückgekehrt.

Würde dieses Mädchen genauso reagieren, falls ich den Mut aufbrachte, auf es zuzugehen?

Ich atmete tief ein und wieder aus.

Falls ich sie ansprechen wollte, müsste ich mich beeilen, bevor die nächste Kutsche kam und sie wieder mitnahm.

Ich trat auf die Straße und ging auf sie zu. Ich wusste sofort, wann sie mich bemerkte. Sie stieß sich von dem Laternenpfahl ab und beobachtete mich mit zusammengekniffenen Augen.

»Guten Abend.« Ich achtete darauf, mich ihr nicht zu schnell zu nähern. Ich wollte ihr keine Angst einjagen, bevor ich Gelegenheit hatte, mit ihr zu sprechen. Als ich am äußeren Rand des Lichtkegels ankam, sah ich, dass die Frau – besser gesagt das Mädchen – nicht älter als fünfzehn oder sechzehn sein konnte.

»Ich wollte fragen, ob Sie mir helfen können.« Ich schaute sie mit einem, wie ich hoffte, freundlichen Lächeln an. »Können Sie mir sagen, wie ich ins Maxwell House Hotel komme?«

Ihr Blick wanderte über mein Kleid und meinen Hut, bevor er zu meinem Gesicht zurückkehrte. Nach einem Moment deutete sie in die Richtung, aus der ich gekommen war. »Diese Straße hinab bis zur Church Street. Dann noch einen Häuserblock weiter.«

Ihre Stimme war leise, fast kindlich, und mein Herz litt mit ihr.

»Ich heiße Priscilla. Und Sie?«

Sie runzelte die Stirn und zögerte mit ihrer Antwort. »Man nennt mich Claudia«, sagte sie schließlich.

Ich erinnerte mich an das, was uns die junge Frau vor dem Bordell erzählt hatte: Die Betreiberin hatte Gia einen anderen Namen gegeben. So wie dieses Mädchen seine Antwort formulierte, vermutete ich, dass es bei ihm genauso gelaufen war.

»Danke für Ihre Hilfe, Claudia.« Ich schmunzelte. »Ich verlaufe mich irgendwann noch in meiner eigenen Wohnung.«

Ein schwaches Lächeln trat auf ihre Lippen.

»Kann ich Sie nach Hause begleiten? Eine junge Frau sollte nachts nicht allein auf der Straße sein.«

Ihr Lächeln verschwand. »Nein. Ich komme schon klar.«

Durch das verschmierte Fenster des Spirituosenladens schaute ein Mann zu uns heraus. Sein Stirnrunzeln zeigte, dass ihm meine Anwesenheit an seiner Ecke nicht gefiel. Ich musste mich beeilen, wenn ich Claudia mitnehmen wollte.

»Darf ich Sie etwas fragen?«

Sie sah mich mit vorsichtigen Augen an.

»Ich kenne einen Ort, an dem Sie sicher wären und von guten Menschen versorgt würden. Ich würde Sie gern zu ihnen bringen. Wollen Sie mitkommen?«

Claudia warf einen Blick hinter sich zu dem Laden, aber der Mann stand nicht mehr am Fenster.

»Sie müssen verschwinden, Miss«, zischte sie. »Wenn Frank Sie hört, wird ihm das nicht gefallen.«

Ich war zu weit gekommen, um jetzt aufzugeben. »Ist Frank der Mann, der Sie an Männer verkauft?«

Sie zuckte zusammen und legte ihre dünnen Arme um ihren Bauch. Die Schamesröte trat ihr ins Gesicht.

»Sie können mir vertrauen, Claudia. Ich bin nur hier, um Ihnen zu helfen.« Ich trat noch einen Schritt näher und senkte die Stimme. »Kommen Sie jetzt mit mir mit. Ihnen wird nichts passieren. Sie müssen Frank nie wiedersehen und auch sonst niemanden, der Sie verletzt.«

Ihr Brustkorb hob und senkte sich schwer wie bei einem Kind, das Angst vor einem Albtraum hat, der nicht aufhört. »Ich kann nicht, Miss.« Tränen traten in ihre Augen. »Ich schulde der Madame Geld. Für das Kleid und mein Essen. Sie sagt, dass ich bleiben muss, bis ich alles zurückgezahlt habe.«

»Madame LeBlanc?«

Ihre Augen weiteten sich, doch dann nickte sie.

In mir erwachte ein starker Zorn, aber ich blieb äußerlich ruhig. »Wenn Sie mit mir kommen, kann Madame LeBlanc Ihnen nichts mehr anhaben. Das verspreche ich Ihnen.«

Ich sprach diese Worte mit einem unerwarteten Selbstvertrauen aus. Für mich bestand kein Zweifel, dass ich alles in meiner Macht Stehende tun würde, um Claudia in die liebende Fürsorge der Meyers zu bringen.

Claudia schluckte schwer und biss sich unentschlossen auf die Unterlippe. »Frank wird ihr sagen, dass ich fort bin. Das ist seine Aufgabe. Er soll uns im Auge behalten.«

Das Klappern einer näher kommenden Kutsche hallte durch die Straße.

»Wir müssen gehen, Claudia.« Ich hielt ihr die Hand hin. »Jetzt.«

Als sie meine Hand nicht sofort ergriff, glaubte ich, sie würde meine Einladung ablehnen und in den Spirituosenladen laufen. Aber eine Sekunde später hielt ich ihre kleine, zitternde Hand in meiner.

»Wir müssen uns beeilen«, flüsterte ich.

Wir liefen in Richtung Maxwell House los. Ich würde sie nicht mit ins Hotel nehmen, da ich befürchtete, dass Papa oder jemand, der mich kannte, uns zusammen sehen würde, aber wir könnten dort in eine Droschke steigen und uns zur Kirche der Meyers bringen lassen.

Als wir um die Ecke bogen, schrie jemand hinter uns, aber wir blieben nicht stehen.

Keine Stunde später standen wir vor der Tür eines kleinen Hauses neben einer Kirche mit weißem Turm. Ich klopfte leise und betete, dass das Ehepaar noch nicht schlafen gegangen war.

Als Pastor Meyer die Tür öffnete, wirkte er nicht überrascht, uns zu sehen.

»Kommen Sie herein«, sagte er, noch bevor ich die Situation erklären konnte.

Wir traten in das gemütliche Wohnzimmer, in dem es nach frisch gebackenem Brot roch. Mrs Meyer kam aus einem hinteren Zimmer. Sie trug eine Nachthaube und einen Morgenmantel.

»Das ist Claudia«, sagte ich und hatte den Arm um die zitternden Schultern des Mädchens gelegt. »Sie braucht unsere Hilfe.«

Mrs Meyer lächelte Claudia an und gab ihr die Hand. »Willkommen, Kind. Wir freuen uns sehr, dass du hier bist.«

Während Pastor Meyer mit väterlicher Stimme mit Claudia sprach, wandte sich Mrs Meyer an mich.

»Ich wusste, dass Sie kommen würden«, flüsterte sie mit glänzenden Augen. »›Das ist unsere neue Mitarbeiterin‹, habe ich zu meinem Mann gesagt, als wir nach dem Gespräch mit Ihnen das Maxwell verließen. ›Die Ernte ist groß, aber es gibt nur wenige Arbeiter.‹«

Sie berührte meine Wange und lächelte. »Willkommen in der Erntearbeit des Herrn, Priscilla.«

29

Grace Moore saß neben mir auf einem kleinen Sofa im Foyer des Noel-Hotels. Dad und Jason hatten in zwei Sesseln Platz genommen. Ich konnte gar nicht aufhören, sie anzustarren, da ich so verblüfft war, dass Miss Nichols eine Tochter hatte.

»Entschuldigen Sie, dass wir Sie wegen des Brandes nicht informiert haben, Mrs Moore. Ich wusste nicht, dass Priscilla eine Tochter hat.« Dad wirkte genauso überrascht wie ich. »Sie hat Sie leider nie erwähnt.«

Diese Information schien Grace nicht zu stören. »Sie ist eine Frau, der ihre Privatsphäre sehr wichtig ist, genauso wie mir. Ich machte mir erst Sorgen, als ich an Weihnachten nichts von ihr hörte. Ich versuchte, gestern Abend anzurufen, aber ich bekam keine Verbindung. Heute Morgen hat mein Sohn in unserer Lokalzeitung den Artikel über den Brand gelesen und wir haben uns sofort ins Auto gesetzt und sind hierhergefahren. Er ist Feuerwehrmann in Atlanta. Sie können sich also vorstellen, wie beunruhigt er war.«

Sie warf einen Blick durch die Fenster im vorderen Bereich des Foyers auf das, was vom Maxwell auf der anderen Straßenseite übrig geblieben war. »Es ist einfach furchtbar.« Sie wandte sich ab und wirkte, als könnte sie es nicht ertragen, die ausgebrannte Ruine des Maxwell zu sehen.

»Ja, wir stehen immer noch ein wenig unter Schock«, sagte Dad.

Während er ihr die Details zu Miss Nichols' Schlaganfall, ihren Umzug ins Pflegeheim und dem Brand erzählte, versuchte ich, die Frau unauffällig zu mustern. Sie war modisch gekleidet und hatte nicht die geringste Ähnlichkeit mit Miss Nichols. Der Teint der beiden Frauen könnte nicht unterschiedlicher sein, und

obwohl ich wusste, dass Kinder oft nur das Aussehen eines El-
ternteils erbten, passte etwas nicht. Mrs Moore wirkte zu alt, um
Priscillas Tochter zu sein. Andererseits musste ich zugeben, dass
ich keine Ahnung hatte, wie alt beide Frauen waren. Wenn Miss
Nichols als Jugendliche ein uneheliches Kind bekommen hatte,
könnte dies sowohl den Altersunterschied als auch ihr Schweigen
erklären.

»In der Anwaltskanzlei, die mit den Angelegenheiten meiner
Mutter betraut ist, gab es vor Kurzem einige Umstrukturierun-
gen«, erklärte Mrs Moore. Ihr Stirnrunzeln zeigte, was sie davon
hielt. »Man hätte mich informieren müssen, als sie ins Krankenhaus kam. Sie können mir glauben, dass ich mein Missfallen über
den Umgang mit dieser Situation deutlich zum Ausdruck bringen werde.«

Während Dad erklärte, dass Miss Nichols' Sachen im Feuer
verbrannt waren und dass sie Ansprüche an die Versicherung
stellen konnte, nahm ich das Album, das Dad mit ins Foyer gebracht hatte.

»Das ist alles, was übrig geblieben ist.« Ich hielt es ihr hin. »Sie
hat es mir geschenkt, aber Sie können es gerne behalten.«

Sie nahm es und schaute es überrascht an. »Wie wunderbar,
dass Sie es retten konnten.«

»Es ist ein Album von der Ausstellung anlässlich der Hundertjahrfeier von Tennessee«, erklärte ich.

Sie erstarrte plötzlich. »Von der *Centennial Exposition*?« Sie
ließ das Buch los, als hätte sie sich die Finger daran verbrannt. Es
fiel zwischen uns aufs Sofa.

Ich warf einen fragenden Blick auf Dad, der mir zu verstehen
gab, dass er ihre Reaktion auch nicht verstand.

Ich hob das Buch wieder auf, und obwohl Grace den Blick
nicht davon abwandte, berührte sie es nicht.

»Sie können es sicher nicht erwarten, Ihre Mutter zu sehen«,
wechselte Dad das Thema. Da Grace das Album immer noch unverwandt anstarrte, sprach er jedoch nicht weiter.

»Es überrascht mich, dass sie es behalten hat«, murmelte sie schließlich mehr zu sich selbst als zu uns.

Nach einem langen Moment nahm sie das Album vorsichtig in die Hand. Sie atmete tief ein, als müsse sie sich wappnen – aber ich hatte keine Ahnung wovor –, und schlug die erste Seite auf.

Der mittlerweile vergilbte Prospekt mit einem Bild vom Parthenon und den Engeln, die ein Spruchband hielten, kündigte die Eröffnung der Ausstellung vor vierundsechzig Jahren an.

Grace legte die Hand an ihren Hals. »Unglaublich«, rief sie leise aus. »Ich habe diese Werbung seit damals, als ich als junge Frau im Maxwell House Hotel gearbeitet habe, nicht mehr gesehen.«

Dad, Jason und ich schauten uns verwirrt an.

»Sie haben im Maxwell gearbeitet?«, fragte ich und hoffte, ihr mehr Informationen zu entlocken.

Sie nickte und schloss die Augen. Als sie die Augen wieder aufschlug, lächelte sie zitternd. »Entschuldigen Sie. Ich wusste, dass eine Rückkehr nach Nashville Erinnerungen wecken würde, an die ich lieber nicht denke, aber damit hatte ich nicht gerechnet.« Sie deutete auf das Album, das auf ihrem Schoß lag.

»Mrs Moore, ich finde, Sie sollten uns lieber sagen, was los ist«, forderte Dad sie freundlich auf, aber seine Stimme verriet, dass auch er seine Zweifel an Grace Moores Geschichte hatte.

Eine einsame Träne lief über ihre Wange, aber sie wischte sie nicht weg. Sie wandte sich mir zu. »Ja, ich habe im Maxwell House Hotel gearbeitet. Als Zimmermädchen, aber als die Ausstellung eröffnet wurde, wurde ich als Zofe eingeteilt und sollte die feinen Damen, die im Hotel absteigen würden, bedienen.«

Sie berührte den Prospekt und strich mit den Fingern über die Worte *Tennessee Centennial Exposition*. »Zwei Tage vor der Eröffnung stieg die Familie Nichols im Maxwell House ab. Ich wurde Priscilla als Zofe zugeteilt.«

Ich sog überrascht die Luft ein.

»Wollen Sie damit sagen, dass Sie gar nicht ihre Tochter sind?«, fragte Dad mit verwirrter Miene. Jason schien ihre Aussagen auch nicht einordnen zu können.

Grace' Lippen verzogen sich zu einem traurigen Lächeln. »Ich bin nicht ihre leibliche Tochter, nein. Aber als ich keinen Menschen mehr hatte, nahm sie mich auf.«

Mein Verstand arbeitete auf Hochtouren. Wenn Grace nicht Priscillas Tochter war, wer war sie dann?

Die Worte auf einer Postkarte von Miss Nichols gingen mir durch den Kopf. Etwas von einem vermissten Mädchen und Peaches' Angst um die Sicherheit des Mädchens.

»Sind Sie … Gia?«

Ihre dunklen Augen schauten mich überrascht an. »Woher kennen Sie meinen Namen?«

Ich grinste und musste fast lachen, als ich Dads und Jasons verblüffte Gesichter sah.

Ich deutete auf das Buch. »Das weiß ich aus dem Album.«

☳

Grace – Gia – blätterte langsam das Album durch und staunte über die Bilder. Als sie zu der Seite mit der Postkarte vom Parthenon kam, nahm sie die Karte vorsichtig heraus und las die Worte, die Peaches vor vierundsechzig Jahren geschrieben hatte.

»Mein Luca«, flüsterte sie. »Ich vermisse dich so sehr.«

Ich wusste, dass es Dad lieber wäre, wenn ich Grace wie einen Gast behandeln würde und sie nicht neugierig nach ihrem Privatleben ausfragte. Aber ich hatte eine Flut an Fragen, die nach Antworten verlangten. »Wer war Luca?«

Sie hob den Kopf und lächelte mich mit Tränen in den Augen an. »Mein Bruder. Der große, gut aussehende, herzensgute Luca Moretti. Er war zwölf Jahre älter als ich. Als unsere Eltern starben, zog er mich auf.« Sie seufzte. »Wir wohnten in New York City, als er von den Plänen für eine Ausstellung in Nashville erfuhr. Ein Cousin redete ihm ein, dass er ein Vermögen damit machen könnte, während der sechsmonatigen Ausstellung die Besucher durch die Stadt zu fahren. Er gab alles, was er hatte, für Zugfahrkarten und den Kauf eines Pferdes und einer Kutsche aus.«

»Wie alt waren Sie damals?«

Ihr Blick wanderte durch das Foyer zum Maxwell House Hotel hinüber. »Ich war kaum vierzehn, als ich mich als Zimmermädchen bewarb. Ich hatte beim Einstellungsgespräch natürlich gelogen und erzählt, ich wäre siebzehn. Es war eine anstrengende Arbeit, deshalb freute ich mich, als ich zur Zofe aufstieg.« Sie lachte leise. »Ich träumte davon, eines Tages einen eigenen Haarsalon zu eröffnen, wie es eine Frau in New York gemacht hatte. Ich mochte Priscilla auf Anhieb. Sie war anders, freundlicher als ihre Mutter und viele der anderen weiblichen Gäste. Sie behandelte mich und die anderen Dienstmädchen mit Respekt, statt uns herumzukommandieren, als wären sie wegen ihrer schönen Kleider und reichen Ehemänner etwas Besseres.«

Ich warf einen Blick auf Jason, denn ich wusste, dass er sich freute, das über Priscilla zu hören. Er fühlte sich ihr verbunden, seit er von ihrem politischem Engagement gelesen hatte. Ich nahm mir vor, Grace die alten Zeitungsartikel zu zeigen.

»Auf einer dieser Postkarten steht, dass Sie gefunden werden mussten, als wären Sie verschollen oder in Gefahr«, sagte ich und versuchte, mich zu erinnern, auf welcher Karte ich das gelesen hatte.

Ein Schatten zog über ihr Gesicht. »Kann ich die Karte sehen?«

Wir suchten, bis ich die Postkarte von der Blauen Grotte fand. Grace löste sie von der Seite und las die kurzen Worte.

»Arme Peaches«, sagte sie und sprach den Spitznamen traurig aus. »Sie muss das geschrieben haben, das alles gesammelt haben …« Sie deutete auf das Album. »… während Luca mich noch suchte.« Sie seufzte laut. »Priscilla hatte so starke Schuldgefühle wegen jenes Tages, aber es war meine Schuld. Ich wusste, was ich tat, als ich mit Kenton Thornley wegfuhr – wenigstens dachte ich das. Er hatte seit Tagen mit mir geflirtet und mir aufregende

Dinge ins Ohr geflüstert. Dinge, die mein Bruder nicht geduldet hätte, deshalb behielt ich sie für mich.

Ich habe mir an jenem Tag tatsächlich den Knöchel verletzt, aber nicht so schlimm, wie ich vorgab. Als Kenton anbot, mich zum Hotel zurück zu begleiten und Luca und Priscilla auf der Ausstellung zu lassen, spielte ich mit. Ich hatte schon lange vermutet, dass mein Bruder in sie verliebt war und umgekehrt. Ich war eine naive, verträumte Jugendliche und dachte, wenn ich die beiden allein lasse, würden sie merken, wie gut sie zueinanderpassten.«

Ihr Lächeln verblasste. »Aber wenn ich gewusst hätte, wie schnell mein Leben danach außer Kontrolle geraten würde, wäre ich nie mit Kenton Thornley in die Kutsche gestiegen.«

Dad bedeutete mir mit einem Kopfschütteln, ihr keine weiteren Fragen zu stellen. Ich wusste im Grunde, dass er recht hatte. Diese Erinnerungen waren offenbar sehr schmerzlich für sie.

»Warum unterschreibt Priscilla mit Peaches?«, fragte Jason.

Grace lächelte. »Diesen Spitznamen hat ihr Luca gegeben. Sie hat gern in der Confiserie im Foyer des Maxwell House Pfirsiche mit Sahne gegessen. Sie hat mir einmal erzählt, dass die sie an den Pfirsichgarten ihrer Großeltern in Georgia erinnerten.« Sie schmunzelte. »Ich erinnere mich gut an meinen ersten Besuch in diesem Pfirsichgarten nach meinem Umzug nach Atlanta. Genauso wie Priscilla vor mir aß ich Pfirsiche, bis ich Bauchschmerzen bekam.«

»Mrs Moore«, sagte Dad mit ernster Miene, »wenn ich Sie das fragen darf: Warum haben Sie sich als Priscillas Tochter und nicht als ihre Freundin vorgestellt?«

»Weil ich vor dem Gesetz ihre Tochter bin.« Sie schien in Erinnerungen zu versinken. »Als ich sechzehn war, hat mich Priscilla adoptiert. Sie wollte, dass ich bei ihr hier in Nashville wohnte, wo sie arbeitete, aber ich konnte nicht in diese Stadt zurückkommen. Sie war mit zu vielen düsteren Erinnerungen verbunden. Ich brauchte einen Neuanfang, deshalb brachte sie mich zu ihren Verwandten in Atlanta.«

»Haben Sie deshalb Ihren Namen geändert?«, fragte ich.

»Ja. Ich hieß ... ich heiße Gianetta Moretti. Gianetta bedeutet ›Gott ist gnädig‹. Priscilla schlug Grace vor und Moore erinnert ein wenig an Moretti. Der Name Grace Moore gab mir das Gefühl, immer noch ich selbst zu sein, auch wenn ich ein neues Leben anfing. Als ich heiratete, hieß ich eine Weile Grace Moore Chamberlain, aber mein Mann starb bald nach der Geburt unseres Sohnes.« Sie zuckte die Achseln. »Da wollte ich wieder Grace Moore sein.«

Sie runzelte nachdenklich die Stirn. »Aber mir ist bewusst, dass ich Priscilla mein Leben verdanke, egal, welchen Namen ich trage – Gia oder Grace.« Sie strich mit der Hand über das Album auf ihrem Schoß. »Viele andere Frauen würden das Gleiche sagen. Sie hat viele Dankbriefe von Frauen bekommen, denen sie ein neues Leben ermöglicht hat. Priscilla Nichols hat Hunderte Frauen gerettet. Wussten Sie, dass ihr das *Peach House für Frauen* in der Zehnten Straße gehört?« Bei unseren verblüfften Blicken nickte sie bestätigend. »Hinter dem Haus gibt es einen kleinen Pfirsichgarten. Sie hat dieses Haus viele Jahre lang geleitet, bis sie die Leitung aus gesundheitlichen Gründen abgeben musste. Auch heute noch kommen Frauen aus ganz Tennessee und finden in diesem Haus und hinter den schützenden Mauern Hilfe. Verzweifelte, innerlich kaputte Frauen – ganz ähnlich wie die junge Frau, die ich einmal war.«

Dad, Jason und ich hörten ihr wie gebannt zu.

»Ich bin jetzt achtundsiebzig und habe die meisten Jahre meines Lebens in Angst gelebt. Ich hatte Angst, dass jemand meine Vergangenheit entdecken würde. Ich hatte Angst vor Vergeltungsmaßnahmen, wenn ich etwas gegen die Menschen, die mir unrecht getan haben, sage. Ich hatte Angst, dass mein Mann oder mein Sohn sich meinetwegen schämen müssten.«

Ihr Blick wanderte wieder zu der ausgebrannten Ruine des Maxwell House Hotels und sie schien weit in die Ferne zu blicken. »Peaches hat oft gesagt, das Leben ist zu kurz, um es mit

Bedauern zu vergeuden. Vergib anderen und vergib dir selbst, hat sie immer gesagt. Es mag seltsam klingen, aber ich konnte den Menschen, die mich ausgebeutet haben, leichter vergeben als mir selbst.

Meine Dummheit«, sagte sie mit zitternder Stimme, »hat mich – uns – alles gekostet.«

30

»Willkommen in der Erntearbeit des Herrn.«

Die Worte, die Mrs Meyer an dem Abend, an dem ich Claudia zur Freiheit verholfen hatte, zu mir sagte, wurden zum Leitspruch in meinem Herzen. Den herrlichen Moment, als ich das erste Mal dazu beitrug, dass ein Leben aus der Finsternis befreit wurde und ins Licht kam, würde ich nie vergessen. Ich wusste: Ich hatte meine Berufung gefunden. Um Papa und Mutter davon zu überzeugen, müsste ich jedoch meinen ganzen Mut zusammennehmen.

Die Erinnerungen an Pastor Meyers Predigt an diesem Morgen zauberte ein Lächeln auf meine Lippen, während ich die Toilettenartikel auf dem Frisiertisch neben dem Fenster einpackte. Ohne das Wissen meiner Eltern hatte ich im Maxwell House ein Einzelzimmer gemietet. Die Suite wäre für eine einzelne Person viel zu groß und zu teuer. Mutter und Papa gingen davon aus, dass ich am Nachmittag mit ihnen in den Zug nach Chattanooga steigen würde; die Zeit für mein Geständnis rückte also schnell näher.

Die Predigt über den barmherzigen Samariter hatte mein Selbstvertrauen gestärkt. Beim Hören dieser bekannten Geschichte hatte ich mich erinnert, dass das, was ich vorhatte, richtig und gut war, auch wenn andere das vielleicht nicht verstanden. Am meisten graute mir vor Mutters Reaktion. Ihre ganzen Hoffnungen und Träume von Enkelkindern und einer glücklichen Zukunft waren mit mir, ihrem einzigen lebenden Kind, verbunden.

Mich quälten Gewissensbisse, aber tief in meinem Herzen war ich sicher, dass das, was ich vorhatte, genau das war, was ich tun sollte. Vielleicht hatte Gott nie die Absicht gehabt, dass ich heiratete und Kinder bekam. Ich konnte nicht sagen, was die Zukunft für mich bereithielt, aber im Moment war dies der Weg, für den ich mich entschieden hatte.

Wie so oft wanderten meine Gedanken zu Luca.

Würde ich ihn je wiedersehen?

Ich ließ nicht zu, dass meine Gedanken diese Richtung weiterverfolgten. Ich wäre schon dankbar, wenn ich wüsste, dass er und Gia in Sicherheit waren.

Fanny war in unserer Suite damit beschäftigt, Papas und Mutters Sachen einzupacken. Truhen, Koffer und Taschen wurden auf einen Rollwagen geladen und zum Gepäckaufzug am Ende des Flurs gebracht. Als ein Gepäckträger kam, um meine Sachen zu holen, gab ich ihm unauffällig meine neue Zimmernummer und ein stattliches Trinkgeld, damit er diese Informationen für sich behielt.

Als wir drei allein waren und uns noch einmal umsahen, ob wir vielleicht etwas vergessen hatten, holte ich tief Luft. Der Moment, meinen Eltern meine Pläne zu gestehen, war gekommen.

»Papa, Mutter, ich muss mit euch sprechen, bevor wir nach unten gehen.«

Mutter zog eine Schublade an dem kleinen Schreibtisch auf und kramte in den Sachen, die sie nicht mit nach Chattanooga nehmen würde. »Kann das nicht warten, Priscilla? Wir kommen sonst womöglich zu spät zum Zug.«

Papa schaute mich von der anderen Seite des Zimmers mit zusammengekniffenen Augen an. Er hatte mich schon immer besser durchschaut als Mutter. »Der Zug fährt ohne uns nicht ab, Cora. Komm, hören wir uns an, was uns unsere Tochter zu sagen hat.«

Ich sah Papa dankbar an, obwohl ich wusste, dass keiner von ihnen begeistert wäre, sobald sie die kleine Rede, die ich im Geiste vorbereitet hatte, hören würden.

Mutter trat zum Sofa und nahm auf dem mit Samt bezogenen Polster Platz. Papa setzte sich neben sie. Ich blieb stehen, da ich zu nervös war, um sitzen zu können. »Ihr wisst, dass ich euch beide sehr liebe«, begann ich und meine Stimme bebte vor Gefühlsregung. Ich hatte noch nie ohne sie gelebt und die Folgen meiner Entscheidung standen mir plötzlich sehr real vor Augen.

»Wir lieben dich auch, Priscilla, aber sag uns, was du auf dem Herzen hast.« Papas Miene wurde ernst.

Ich atmete tief ein. »Ich fahre nicht mit euch nach Chattanooga zurück.«

Mutter runzelte die Stirn. »Was soll das heißen, du fährst nicht mit uns zurück? Wir reisen heute ab. Deine Sachen werden in dieser Minute in den Zug geladen.«

»Nein, Mutter, das werden sie nicht.« Ich sank auf die Sesselkante und hatte ein schlechtes Gewissen, aber gleichzeitig war ich von meiner Entscheidung überzeugt. »Ich bleibe in Nashville. Ich habe mir hier im Maxwell House ein Zimmer genommen, ihr braucht euch also nicht um meine Sicherheit zu sorgen.« Ich schluckte und setzte zum endgültigen Schlag an. »Pastor und Mrs Meyer haben mich eingeladen, sie bei ihrer Arbeit hier in der Stadt zu unterstützen ... und ich habe ihre Einladung angenommen.«

Mutters verwirrter Blick wanderte von mir zu Papa. »Eldridge, wovon spricht sie? Wusstest du davon?«

Papa schüttelte den Kopf, aber meine Ankündigung schien ihn überhaupt nicht zu überraschen. »Ich wusste bis zu diesem Moment nichts davon, aber ...«

»Aber was?« Mutters schrille Stimme hallte durchs Zimmer.

»Aber ich wusste, dass der Tag kommen würde, an dem unsere Tochter ihre Flügel ausbreitet und von uns wegfliegt.«

Papas poetische Worte erfüllten mich mit Dankbarkeit, aber Mutter reagierte wie vom Schlag getroffen. »Ihre Flügel ausbreiten? Wegfliegen? Das ist doch lächerlich.« Ihr wütender Blick richtete sich wieder auf mich. »Ich weiß nicht, was du zu beweisen versuchst, Priscilla, aber du wirst nicht mit den Meyers ... das tun, was sie machen. Das schickt sich nicht. Sie geben sich mit dem Abschaum der Gesellschaft ab. Mit Mädchen aus der Gosse. Ich lasse nicht zu, dass sich meine Tochter auf so etwas einlässt. Nicht einmal Mrs Meyers Vanderbilt-Verwandte können mich in diesem Punkt umstimmen.«

»Ich habe schon mit ihnen gearbeitet, Mutter«, sagte ich leise. Ich wollte nicht streiten oder schwierig sein, aber sie musste verstehen – was Papa überraschenderweise bereits tat –, dass meine Entscheidung feststand. »Ich habe vor einigen Abenden einer jungen Frau geholfen. Sie war verzweifelt und allein, als eine skrupellose Frau sie überredete, für sie ... in einem Bordell zu arbeiten.«

Mutter keuchte und hielt sich das Taschentuch vor den Mund.

»Wo hast du dieses Mädchen gefunden?«, wollte Papa wissen. »Hier im Maxwell House?«

»Nein. Ich ging abends spazieren und traf sie zufällig auf der Straße.« Das war zwar eine äußerst verkürzte Version der Wahrheit, aber ich hielt es nicht für nötig, ihnen von dem Spirituosenladen zu erzählen oder dass ich dort schon in der Nacht, in der ich Luca zur Flucht aus dem Krankenhaus verholfen hatte, junge Frauen gesehen hatte.

»Das ist doch lächerlich!« Mutter stand auf. Ihr wütender Blick richtete sich zuerst auf Papa und dann auf mich. »Ich höre mir das nicht länger an. Du kommst heute mit uns nach Hause, junge Frau, und sprichst nie wieder von so einem Unsinn. Wenn irgendjemand herausfinden sollte, dass du Kontakt zu Frauen hast, die ...« Sie erschauerte und schüttelte den Kopf. »Nein. Wir werden nicht wieder davon sprechen. Jetzt ...«, sie trat zur Tür, »... lass uns nach Hause fahren.«

Ich schaute Papa flehend an. »Du verstehst mich, nicht wahr, Papa? Ich will euch nicht enttäuschen, keinen von euch, aber ich muss das tun, was mein Herz für richtig hält. Pastor Meyers Predigt heute Morgen hat mir erneut bewusst gemacht, dass Gott für jeden Menschen eine Aufgabe hat. Ich glaube, das ist meine Aufgabe.«

»Das ist allein die Schuld der Meyers.« Mutter stemmte die Hände in die Hüften und schritt aufgebracht auf und ab. »Ich habe an dem Abend, an dem sie mit uns gegessen haben, gesehen, wie ihr miteinander geflüstert und Heimlichkeiten ausgetauscht habt.«

Sie musste mich von der Galerie aus beobachtet haben, als ich dem mitfühlenden Ehepaar Gias Geschichte erzählt hatte. Aber es war keine Schande, anderen helfen zu wollen.

»Sie sind gute Menschen, Mutter. Freundlich und mitfühlend. Als ich Claudia zu ihnen brachte, haben sie das Mädchen, ohne zu zögern, in ihrer Wohnung aufgenommen.«

»Was wird jetzt aus dem Mädchen?«, fragte Papa.

Dass er sich nach Claudias Schicksal erkundigte, füllte mein Herz mit

Liebe zu ihm. Wir standen uns nicht so nahe, wie ich es gern gehabt hätte, da ich nicht der Sohn war, den er sich immer gewünscht hatte, aber ich wusste, dass er mich liebte.

»Die Meyers haben bereits eine Stelle als Kindermädchen bei einer Familie in Memphis für sie gefunden.«

»Weiß die Familie, dass sie eine besudelte Frau ist?« Mutters harter Tonfall machte mich traurig.

»Claudia ist fünfzehn. Ihre Mutter hat sie ausgesetzt und ihren Vater hat sie nie gekannt. Verdient sie nicht eine Chance auf ein gutes Leben?«

Ihre schmalen Lippen bewegten sich nicht, aber die Härte in ihren Augen verschwand.

»Und ja, die Familie weiß von Claudias Vergangenheit. Die Meyers sind mit den Arbeitgebern, mit denen sie zusammenarbeiten, immer ehrlich.«

Wir saßen eine lange Minute schweigend zusammen, bis Papa schließlich aufstand. »Nun, ich glaube, das war alles, was es zu sagen gab.«

Mutter öffnete den Mund, um ihm zu widersprechen, aber er hob die Hand, um sie daran zu hindern. »Unsere Tochter ist eine fünfundzwanzig Jahre alte Frau, Cora. Es wird höchste Zeit, dass wir aufhören, sie wie ein Kind zu behandeln.«

Er wandte sich mir zu. »Ich werde nicht so tun, als wäre ich über deine Entscheidung glücklich, Priscilla. Ich fürchte, du wirst deshalb in Zukunft viel Ablehnung erfahren und viele verschlossene Türen erleben. Aber ich sehe, dass dein Herz für diese Aufgabe schlägt, und das ist etwas, das ich sehr bewundere. Wir werden dich vermissen, denn du bist unser einziges Kind, aber wir werden für dich beten.«

Ich sank in seine Arme und Tränen liefen mir übers Gesicht. »Danke, Papa«, flüsterte ich.

Er nickte. »Ich werde dafür sorgen, dass dein Konto bei der Bank ausreichend gedeckt ist. Mein Anwalt, Henry Green, hat hier in Nashville eine Niederlassung. Melde dich bei ihm, falls es Schwierigkeiten gibt oder du in irgendeiner Weise Hilfe brauchst.«

»Das werde ich, Papa.« Ich wandte mich an Mutter, die mich mit steinerner Miene ansah. »Es tut mir leid, Mama«, sagte ich und benutzte den Namen, mit dem ich sie nicht mehr angesprochen hatte, seit ich ein kleines Mädchen gewesen war. »Ich weiß, dass ich dich wieder enttäuscht habe.«

Ich erwartete, dass sie sich abwenden und aus dem Zimmer rauschen würde, aber das tat sie nicht. Nach mehreren schweigenden Momenten kam sie mit Tränen in den Augen zu mir.

»Du hattest immer einen starken eigenen Willen«, flüsterte sie und legte eine Hand auf meine Wange.

Mein Kinn zitterte und ich lächelte. »Ich hatte die beste Lehrerin.«

Sie schmunzelte und nickte dann. »Das kann gut sein.« Ihr schweres Seufzen verriet mir, wie schwer diese Situation für sie war. »Ich verstehe das alles nicht, aber du sollst wissen, dass du keine Enttäuschung bist, Priscilla. Du bist schön und stark und du wirst immer meine geliebte Tochter sein.«

Sie nahm mich in die Arme. Ich konnte mich nicht erinnern, wann Mutter mich das letzte Mal umarmt hatte, und genoss dieses Gefühl. »Ich liebe dich, Mutter.«

»Ich liebe dich auch.«

Nach dieser Umarmung wusste ich, dass sich in unserer Beziehung etwas zum Guten verändert hatte.

Ich begleitete meine Eltern die Treppe hinab. Mutter küsste mich zum Abschied und stieg mit tränennassen Augen in die Kutsche. Papa nahm mich noch einmal in die Arme, bevor er sich zu Mutter setzte. Ich winkte, bis ihre Kutsche nicht mehr zu sehen war. Ich hatte erwartet, dass mich Einsamkeit und Bedauern überkommen würden, wenn mir die Folgen meiner Entscheidung bewusst wurden, aber das geschah nicht. Stattdessen empfand ich eine aufgeregte Vorfreude auf die Möglichkeiten, die die Zukunft bringen würde.

Ich stand lange auf dem Gehweg und blickte mich um. Menschen eilten an mir vorbei. Kutschen blieben stehen und fuhren wieder ab. Das Maxwell House wurde von strahlendem Sonnenschein beschienen und das Leben von Nashville pulsierte um mich herum.

Ich grinste, als mir eine neue Tatsache bewusst wurde:

Ich war zu Hause.

☙

Grace Moore und ihr Sohn, Adam, leisteten uns beim Abendessen im Noel Gesellschaft. Sie hatten sich Zimmer hier im Hotel genommen und wir planten, Miss Nichols am nächsten Morgen zu besuchen.

Ich war irgendwie enttäuscht, als wir uns nach dem Essen eine gute Nacht wünschten. Ich hatte gehofft, Grace würde uns noch mehr über Priscilla und Luca und das, was sie – Gia – erlebt hatte, erzählen, aber sie hatte kein Wort mehr darüber verloren. Die Gespräche über die Vergangenheit hatten sie emotional aufgewühlt und ihr Sohn hatte vorgeschlagen, dass sie lieber schlafen gehen sollte.

»Ich komme auch bald nach«, sagte ich zu Dad, während wir auf den Fahrstuhl warteten, der uns zu unseren Zimmern hinaufbringen würde. Emmett gähnte und selbst Jason sah erschöpft aus. Im Gegensatz zu ihnen war ich völlig aufgekratzt. »Ich kann noch nicht schlafen. Ich denke, ich trinke noch eine heiße Schokolade im Café.«

Die Fahrstuhltüren öffneten sich. Emmett trat hinein und begann, die Knöpfe zu drücken.

»Bleib nicht zu lange auf«, sagte Dad und folgte Emmett.

Jason hielt mit einer Hand die Türen auf. »Soll ich bei dir bleiben?«

»Nein, das ist nicht nötig«, lächelte ich und war für seine Fürsorge dankbar. »Bis morgen früh!«

Er nickte und zog die Hand zurück, damit sich die Türen schließen konnten.

Gleich neben dem Foyer des Hotels befand sich ein kleines Café. Es war ungewohnt, hier zu sein. Bevor das Maxwell House ein Hotel mit Dauergästen geworden war, waren die beiden Hotels jahrzehntelang Konkurrenten gewesen. Ich konnte mich nicht erinnern, wann ich das letzte Mal im Noel-Restaurant gegessen oder mich im Foyer aufgehalten hatte.

Ich beobachtete, wie immer noch Leute am ausgebrannten

Maxwell House vorbeifuhren oder vorbeigingen und die traurige Ruine angafften. Das riesige, elektrisch beleuchtete, rot-weiße Schild am Hotel – das in großen weißen vertikalen Buchstaben *Maxwell* und in kleineren, horizontalen Buchstaben *House* verkündete –, das die Ecke der Church Street und der Fourth Avenue jahrzehntelang beleuchtet hatte, war gespenstisch dunkel.

Ich setzte mich an einen kleinen Tisch und bestellte eine heiße Schokolade. Seit dem Ausbruch des Feuers standen wir unter Schock, aber allmählich begann ich zu begreifen, dass das Hotel tatsächlich verloren war. Alles, was wir besessen hatten, war in Flammen aufgegangen oder durch das Löschwasser und den Rauch vernichtet worden. Der Brandinspektor hatte Dad gesagt, dass wir in ein paar Tagen die Brandruine betreten könnten, aber ich hatte keine Hoffnung, dass noch etwas zu retten war.

Die Kellnerin brachte mein Getränk und überließ mich meinen Gedanken.

Ich trank gerade den ersten Schluck meiner köstlichen heißen Schokolade, als Grace mit dem Album in der Hand eintrat. Als sie mich entdeckte, deutete sie auf meine Tasse.

»Sie werden es nicht glauben, aber das Gleiche hatte ich auch gerade vor.«

Ich lächelte und deutete zu dem leeren Stuhl an meinem Tisch. »Sie können sich gern zu mir setzen.«

Sie nahm Platz und legte das Album auf den Tisch. Die Kellnerin brachte ihr ebenfalls eine Tasse heiße Schokolade.

»Entschuldigen Sie, dass ich so früh in mein Zimmer gegangen bin.« Sie rührte langsam in der heißen Flüssigkeit. »Adam will mich immer beschützen, besonders jetzt, da ich alt bin.« Sie schmunzelte. »Er ist der Mann im Haus, seit er ein kleiner Junge war, aber ich bin dankbar, dass ich ihn habe.«

Ich nickte verstehend.

Ihr Blick fiel auf das Album. »Es ist komisch«, sagte sie, tief in Gedanken versunken. »Ich habe so viele Jahre lang versucht, die Ausstellung und die Erinnerungen an jenen Sommer zu vergessen, aber Peaches hat alles getan, um diese Erinnerungen zu bewahren.«

»Hat sie Ihnen das Album denn nie gezeigt, wenn Sie zu Besuch kamen?«

»Das ist es ja gerade.« Sie trank einen kleinen Schluck, bevor sie ihre Tasse wieder abstellte. »Ich habe sie nie besucht.«

Bei meinem überraschten Blick nickte sie. »Es stimmt. Ich bin nicht stolz darauf, aber ich wollte Nashville nie wiedersehen. Nach meinem Umzug nach Atlanta hat sie mich mehrmals im Jahr besucht. Sie war bei meiner Hochzeit und bei Adams Taufe. Sie kam zu Thanksgiving und Weihnachten, aber ich weigerte mich, nach Nashville zu fahren.«

Jetzt wusste ich, warum Miss Nichols nie Besuch bekommen hatte.

Grace kniff die Augen zusammen, als erinnere sie sich an etwas. »Mein Bruder hatte einen Lieblingsspruch. Ich glaube, es ist ein altes italienisches Sprichwort. Es lautet sinngemäß: *Jede Nacht hat ihre Sterne. Zähle die Sterne der Nacht und nicht die Schatten. Zähle die lächelnden Momente im Leben und nicht die Tränen.*« Sie grinste. »Er war ein unverbesserlicher Romantiker. Aber ... dieses Sprichwort ist gar nicht so verkehrt – es ermutigt, das eigene Leben mit einer positiven Einstellung anzupacken, statt mit Bedauern in die Vergangenheit zurückzublicken. *Wenn doch nur ...* – das sind so ziemlich die traurigsten Worte, die man sagen kann.«

»Was wurde aus Luca?«, fragte ich leise.

»Der liebe, liebe Luca«, seufzte sie und blickte auf das Album. »An dem Tag, an dem ich mit Kenton Thornley vom Ausstellungsgelände fuhr, glaubte ich, er wäre in mich verliebt. Er sagte, dass er mich an seiner Seite haben wolle, dass wir uns zusammen die Welt ansehen würden. Ich war jung, hatte den Kopf voll alberner Ideen und war so dumm, ihm zu glauben.« Sie rührte ihre Schokolade um und schüttelte den Kopf. »Er hatte eine Bekannte, eine Frau, die uns ein Zimmer gab, damit wir zusammen sein konnten. Madame LeBlanc.«

Sie schloss die Augen und ich sah, dass dieser Name bittere Erinnerungen weckte.

Ich kaute auf meiner Lippe. Vielleicht hatte Adam recht. Ich sollte keine Fragen zu schmerzlichen Dingen stellen und die Vergangenheit auf sich beruhen lassen.

Als sie wieder aufblickte, zuckte sie die Achseln. »Ich hätte wissen müssen, was für eine Frau sie war, aber ich hatte nur Augen für Kenton. Madame gab uns ein Zimmer in ihrem Haus – angeblich war es eine Pension – und ich gab Kenton meine Unschuld. Ich glaubte, wir wären in unseren Flitterwochen. Wir gingen zur Ausstellung; wir aßen in Restaurants; er kaufte mir Geschenke.«

Ihre Miene wurde hart. »Aber Luca wusste, dass mir etwas Furchtbares zugestoßen war, noch bevor ich das selbst erkannte. Er hatte Kenton im Verdacht dahinterzustecken. Als er Kenton zur Rede stellen wollte, kam es zu einer Schlägerei, die damit endete, dass Luca im Gefängnis landete. Ich wusste damals nichts davon, aber Kenton hatte Luca im Gefängnis brutal zusammenschlagen lassen. Unsere liebe Peaches hat auch Luca das Leben gerettet.«

»Wie?«, fragte ich und war von ihrer Geschichte völlig fasziniert.

»Sie brachte die Wachleute dazu, sie ins Gefängnis zu lassen. Als sie sah, wie schlimm er zugerichtet war, verlangte sie, dass man ihn ins Krankenhaus brachte … und dann verhalf sie ihm zur Flucht.«

Meine Kinnlade fiel herunter. »Miss Nichols?«

»Ja.« Sie schmunzelte, wurde aber schnell wieder ernst. »Danach veränderte sich Kentons Verhalten mir gegenüber. Er wurde gemein und sagte grausame Dinge über meine italienische Herkunft. Als ich ins Maxwell House zurückkehren wollte, sagte er, dass er meinem Bruder und Priscilla erzählen würde, was ich getan hatte. Er drohte mir sogar, mich öffentlich bloßzustellen, wenn ich mich seinen Wünschen nicht fügte.« Sie legte eine Hand auf das Album. »Eines Tages sah ich Priscilla auf der Ausstellung, aber ich lief vor ihr weg. Jetzt ist mir bewusst, dass sie mir auch zur Flucht verholfen hätte, wenn ich ihr genauso vertraut hätte wie Luca.

Als Kenton das Interesse an mir verlor, erklärte Madame Le-Blanc, dass ich ihr für Kost und Logis Geld schuldete, und der einzige Weg, ihr dieses Geld zurückzuzahlen, bestünde darin, das zu werden, was ich bereits war: eine Prostituierte.«

Grace schwieg einen langen Moment, bevor sie weitersprach. »Luca war fest entschlossen, mich zu finden, aber ich wollte nicht gefunden werden. Ich schämte mich für das, was ich geworden war. Als die Ausstellung zu Ende war, verlegte Madame ihr Geschäft nach New York City und ich kam mit ihr. Mein Bruder suchte alle Bordelle von Tennessee bis New York ab, bis er mich ein Jahr später endlich fand. Leider sind Bordelle Brutstätten aller möglichen Krankheiten, unter anderem Tuberkulose.«

Eine Träne lief über ihre Wange. »Als Luca mich fand, war er sehr krank. Ich wusste nicht, was ich tun sollte, wo ich Hilfe suchen sollte. Der Bruder einer italienischen Hure war in meiner Welt für niemanden wichtig.«

»Was haben Sie gemacht?«, fragte ich und litt mit der jungen, verängstigten Frau, die sie damals gewesen war.

Ein sanftes Lächeln umspielte ihre Lippen, als sie mich anschaute. »Ich habe das Einzige getan, was einen Sinn ergab: Ich schickte ein Telegramm ins Maxwell House Hotel und betete, dass Priscilla es bekommen würde.«

31

»Guten Tag, Miss Nichols.«

Mr Bowles stand hinter dem Rezeptionstresen des Maxwell House Hotels und schaute mich über den Rand seiner Drahtbrille hinweg an, als ich an ihm vorbeiging.

Diese Begrüßung überraschte mich. Im ganzen letzten Jahr hatte der Mann außer einem steifen *Danke* und *Bitte*, wenn ich jeden Monat meine Rechnung beglichen hatte, kein Wort mit mir gewechselt. Anfangs hatte ich vermutet, er würde es mir immer noch übel nehmen, dass ich ihn unter einem Vorwand überredet hatte, mir Kentons Zimmerschlüssel auszuhändigen. Aber kurz nachdem ich mir ein eigenes Zimmer im Hotel genommen hatte, hatte ich von Fanny erfahren, dass es Mr Bowles skandalös fand, wie ich, eine unverheiratete Frau, es wagen konnte, ohne angemessene Anstandsbegleitung in *seinem* Hotel zu wohnen.

»Ich wünsche Ihnen auch einen guten Tag, Mr Bowles«, sagte ich und ging weiter.

Doch er folgte mir auf der anderen Seite des Tresens. »Könnte ich kurz mit Ihnen sprechen, Miss Nichols?«

Bei dieser ungewöhnlichen Bitte blieb ich stehen. »Selbstverständlich.«

Er kehrte zu seinem Platz genau in der Mitte des langen Tresens zurück und erwartete, dass ich ebenfalls kehrtmachte. Als ich vor ihm stand, griff er unter den Tresen und holte ein gefaltetes Papier hervor.

»Das ist heute für Sie gekommen.« Er räusperte sich und schaute über seine dünne Nase auf mich herab. »Sie waren nicht in Ihrem Zimmer, als der Page es Ihnen bringen wollte. Vermutlich waren Sie zu einer Ihrer *Missionen* unterwegs.«

Obwohl ich den Grund für meine Entscheidung, ohne meine Eltern in Nashville zu bleiben, gern diskret behandelt hätte, hatte es sich bald sowohl unter dem Personal als auch unter den Gästen herumgesprochen, dass ich mit den Meyers zusammenarbeitete. Fanny hatte das Gerede unabsichtlich in Umlauf gebracht, als sie ihrer Mutter erzählt hatte, dass ich geholfen hatte, Claudia zu retten. Ihre Mutter war so schockiert gewesen, dass eine Dame wie ich so etwas machte, dass sie es jemandem erzählt hatte, der es wieder jemand anderem erzählt hatte, bis es schließlich alle wussten.

Ich versteckte ein Lächeln hinter meiner Hand und räusperte mich. »Genau genommen, Mr Bowles, habe ich Mrs Meyer geholfen. Sie erinnern sich an Mrs Meyer, die Cousine von Cornelius Vanderbilt? Ja, natürlich erinnern Sie sich an sie. Jedenfalls habe ich Mrs Meyer geholfen, einer Familie, die durch ein Feuer ihr Zuhause verloren hat, Suppe zu bringen. Wir sammeln Kleidung und Möbel für sie. Vielleicht möchten Sie auch einen Beitrag leisten? Der Vater hat ungefähr Ihre Größe.«

Er kniff die Lippen zu einer schmalen Linie zusammen. »Ich muss arbeiten und habe keine Zeit, Miss Nichols.« Er reichte mir den Zettel. »Guten Tag.«

Ich schmunzelte, als er zum anderen Ende des Tresens eilte und so tat, als suche er in dem großen Gästeordner etwas. Ich setzte meinen Weg zur großen Treppe fort in der Absicht, mich umzuziehen, bevor ich mich mit den Meyers und einigen anderen ehrenamtlichen Mitarbeitern zum Abendessen treffen würde.

Ein kurzer Blick auf den Zettel ließ mich jedoch innehalten.

Es war ein Telegramm.

Ich zog mich in eine stille Ecke des Foyers zurück. Seit die Ausstellung im vergangenen Oktober zu Ende gegangen war, herrschte im Hotel bei Weitem nicht mehr so viel Betrieb und man konnte in der Empfangshalle durchaus ruhige Momente genießen.

Die kurze Nachricht hätte mich beinahe zu Boden sinken lassen.

Luca krank. Sofort kommen. Gia.

Meine Hände zitterten und Tränen raubten mir eine klare Sicht.

Konnte das wahr sein?

Gelobt sei Gott!

Luca hatte Gia gefunden. Er hatte versprochen, dass er sie finden würde. Aber jetzt war er krank und brauchte mich. Unter der Nachricht stand eine Adresse in New York City.

Ich merkte erst, dass ich weinte, als mir eine Frau, die an mir vorbeiging, ein Taschentuch anbot.

Mein Verstand arbeitete auf Hochtouren, während ich überlegte, was ich alles tun musste. Allein konnte ich nicht nach New York City reisen. Es gab nur einen einzigen Menschen, den ich bitten konnte, mich zu begleiten.

»Selbstverständlich«, sagte Mrs Meyer, als ich in ihre Arme sank und ihr schluchzend die ganze Geschichte erzählte. Pastor Meyer traf die nötigen Vorkehrungen für unsere Reise, während ich zum Hotel zurückeilte, um ein paar Sachen in eine Reisetasche zu werfen.

»Luca hat Gia gefunden«, erzählte ich Fanny. Mit Tränen in den Augen umarmten wir uns und führten einen Freudentanz auf. Fanny und ihre Mutter engagierten sich inzwischen auch ehrenamtlich in der Suppenküche der Meyers, deshalb wusste sie, dass es einem Wunder gleichkam, dass er Gia gefunden hatte.

Mrs Meyer und ich fuhren noch in derselben Nacht mit dem Zug nach New York City. Die Fahrt dauerte drei Tage, da wir auf der Strecke viele Stunden in Bahnhöfen vergeudeten, und als wir in New York ankamen, waren wir ausgelaugt und erschöpft. Wir ließen uns von einer Droschke direkt zu der Adresse bringen, die Gia angegeben hatte, ohne daran zu denken, uns vorher ein Zimmer in einem Hotel zu nehmen. Auf den Schmutz und Gestank in dem völlig überfüllten Wohnviertel war ich absolut nicht vorbereitet.

»Das ist Little Italy«, brummte der Kutscher verächtlich. »Ich habe keine Ahnung, warum Damen wie Sie sich hier die Schuhe schmutzig machen wollen.«

Er ließ uns mitten auf der belebten Straße aussteigen, auf der sich Handkarren, Pferdewagen und Händler drängten, die von Obst und Brot bis hin zu toten Hühnern, die noch nicht einmal gerupft waren, alles verkauften, was man sich nur vorstellen konnte. Gebäude, die höher waren als das Maxwell House, standen dicht an dicht und an Leinen, die von einem Fenster zum anderen über die Gassen gespannt waren, hing

Wäsche. Kinder kreischten, streunende Hunde bellten und Rufe in einer Sprache, die ich nicht verstand, erfüllten die Straße.

Gott sei Dank ließ sich Mrs Meyer von dem ganzen Chaos nicht beirren. In ihrer gewohnt pragmatischen Art hielt sie einen Jungen an, der an uns vorbeilaufen wollte, und fragte ihn nach dem Weg zu Gias Adresse. Der Junge deutete zu einem grauen Gebäude weiter unten die Straße entlang und lief dann schnell weiter.

Bei dem Gestank, der uns entgegenschlug, als wir das Gebäude betraten, musste ich mich fast übergeben.

»Das muss ein Irrtum sein«, flüsterte ich Mrs Meyer zu, als sie die schmutzverschmierten Türen nach der Nummer absuchte, die in der Adresse im Telegramm stand. »Luca und Gia können unmöglich hier wohnen.«

Sie bedachte mich mit einem nachsichtigen Lächeln. Dieses Lächeln hatte ich im Laufe des letzten Jahres wiederholt geerntet, wenn ich wieder einmal gezeigt hatte, wie wenig ich von der Welt außerhalb des Schutzes und Luxus im Haus meiner Eltern wusste.

Als wir schließlich die richtige Tür fanden, hörten wir auf der anderen Seite ein Baby weinen. Ich klopfte an die Tür, aber das Weinen des Babys übertönte mein Klopfen. Ich versuchte es noch einmal. Dieses Mal rief jemand etwas auf Italienisch.

Bei meinem fragenden Blick zuckte Mrs Meyer die Achseln und legte die Hand auf den Türgriff.

Das schwach beleuchtete Zimmer war kleiner als mein Einzelzimmer im Maxwell House. Decken, Kleidung und Geschirr mit getrockneten Essensresten füllten den Raum. Ich konnte keine Möbel finden, obwohl unter dem Chaos vielleicht ein Stuhl oder Hocker vergraben war.

Ein unerträglicher Uringeruch lag in der Luft.

Aus dem Nebenzimmer ertönte das Weinen eines Babys.

»Das kann nicht die richtige Adresse sein.« Ich wich auf den Flur zurück und mein Herz hämmerte. »Wir sind hier falsch, Mrs Meyer. Gehen wir wieder.«

Ich wandte mich schon zum Gehen, als ich eine bekannte Stimme hörte und stehen blieb.

»Miss Nichols?«

Ich blickte über meine Schulter. Eine Frau tauchte aus dem anderen Zimmer auf – viel zu dünn, mit strähnigem Haar und blasser Haut und einem Baby auf den Armen. Ich wollte meinen Augen nicht trauen.

»Gia?«

Ihre knöchrigen Schultern bebten und ihre Lippen zitterten. »Sie sind gekommen.«

Bevor ich Luft holen konnte, lag sie mitsamt dem Baby in meinen Armen. Sie schluchzte genauso heftig wie das Kind und ich weinte mit ihnen. Irgendwie gelang es Mrs Meyer, Gia das Baby abzunehmen, und wir hielten uns lange fest.

Als wir uns schließlich voneinander lösten, schob ich das zerzauste Haar aus ihrem Gesicht. Große, dunkle Augen schauten mich an. »Gia, du bist es tatsächlich.«

Sie nickte. »Danke, dass Sie gekommen sind. Ich wusste mir nicht anders zu helfen.«

»Luca?«

Ihr Gesicht gab mir die Antwort, noch bevor sie etwas sagte. »Er wird sterben, Miss Nichols.« Ihr schmerzerfülltes Flüstern versetzte mir einen Stich ins Herz.

Ich atmete scharf ein und wieder aus. »Wo ist er?«

Sie führte mich ins angrenzende Zimmer. Im Gegensatz zum ersten Zimmer stand hier ein Bett, ansonsten war nicht viel zu sehen. Luca lag in dem Bett und schlief. Eine Decke war fast bis zu seinem bärtigen Kinn hochgezogen. Seine Wangen waren eingefallen und seine Haut hatte die Farbe des Todes angenommen. Bei jedem schwachen Atemzug kam ein besorgniserregendes Rasseln aus seiner Brust.

Ich trat neben ihn und blickte auf den Mann, den ich liebte, hinab. »Luca.«

Seine Augenlider zuckten und öffneten sich langsam. Als er mich sah, wirkte er verwirrt.

»Ich hätte nie gedacht, dass ich dich wiedersehen werde«, flüsterte ich und nahm seine Hand. Seine Finger waren eiskalt.

»Pesche?«

Ich lächelte mit Tränen in den Augen. »Ja, Luca. Ich bin es. Deine *Pesche*.«

»Wie hast du mich gefunden?«

Ich warf einen Blick auf Gia. »Deine Schwester hat mir ein Telegramm geschickt und ich bin sofort gekommen.«

Sein Blick wanderte zu Gia und ein tiefer Frieden trat in seine Augen. »Ich habe sie gefunden. Ich habe meine Gianetta gefunden.«

»Ja, das hast du.« Ich drückte seine Hand.

In diesem Moment bekam er einen Hustenanfall und löste seine Hand aus meiner. Gia trat um mich herum, nahm ein Tuch und hielt es an seinen Mund. Als sie es zurückzog und ich das Blut darauf sah, keuchte ich entsetzt.

Als sein Hustenanfall vorbei war, schloss er die Augen und sank auf das schmuddelige Kissen zurück.

»Er bleibt nie lange wach«, sagte Gia mit leiser, trauriger Stimme. Sie warf das Tuch zu anderen, ähnlich fleckigen Tüchern in einen Eimer. »Es ist bald so weit, dass ich ihm etwas Brühe gebe. Wenn Sie möchten, können Sie bleiben und helfen.«

Mir schossen zig Fragen durch den Kopf. »Gia, was machst du hier in New York City? Wann hat Luca dich gefunden?«

Das Weinen des Babys tönte aus dem anderen Zimmer und mir fiel ein, dass Mrs Meyer Gia das Kind abgenommen hatte. »Ist das Baby dein Kind?«

»Nein.« Sie führte mich ins andere Zimmer zurück. Mrs Meyer hatte das Baby auf eine der Decken gelegt und angefangen, das chaotische Zimmer aufzuräumen.

»Gia, das ist Mrs Meyer. Sie hat mich aus Nashville hierher begleitet.«

Die zwei Frauen begrüßten einander; dann erklärte mir Gia ihre Situation. »Mit uns wohnen noch sechs andere Personen in dieser Wohnung.« Sie deutete auf das Essen und das Bett. »Evelina ist die Tochter von einer der anderen Frauen.«

Da ich die Meyers seit über einem Jahr bei ihrer Arbeit unterstützte, dachte ich, ich hätte jede Art von Armut und Verzweiflung, die Menschen erleiden konnten, gesehen. Aber diese schmutzige, winzige Wohnung in einem verwahrlosten Mietsblock in Little Italy strahlte eine Verzweiflung aus, die ich mir nie hätte vorstellen können.

»Gia«, sagte ich und konzentrierte mich auf den wichtigsten Punkt. »Wir müssen Luca ins Krankenhaus bringen.«

Sie begann zu weinen. »Ich habe kein Geld. Ich musste dem Vermieter alles geben, damit Luca das Bett haben kann.«

Ich wischte ihre Tränen weg. »Das hast du gut gemacht, liebes Mädchen. Jetzt lass mich ihm helfen.«

Sie nickte. »Ich wusste, dass es richtig ist, Ihnen das Telegramm zu schicken.«

Wir wurden sofort aktiv.

Gia brachte das Baby zu einer Nachbarin, während ich eine Tasche mit Lucas mageren Habseligkeiten einpackte. Ich wusste nicht, wie Mrs Meyer es anstellte, aber sie verließ die Wohnung und kehrte mit einem Krankenwagen zurück. Die Sanitäter legten Luca auf eine Trage und brachten ihn aus der dreckigen Wohnung in den warmen Sonnenschein. Ein sanftes Lächeln legte sich um seine Lippen, bevor sie mit ihm wegfuhren.

Im Krankenhaus kam uns Mrs Meyer erneut zu Hilfe. Als die diensthabende Krankenschwester Lucas Nachnamen hörte, war es mit ihrer freundlichen Miene schlagartig vorbei. Ein Bett, das noch vor wenigen Minuten frei gewesen war, war plötzlich angeblich nicht mehr frei. Da tat Mrs Meyer etwas, das ich in der ganzen Zeit, die ich sie und Pastor Meyer kannte, noch nie erlebt hatte.

Sie schaute die Schwester hochnäsig an. »Meinen Cousin, Cornelius Vanderbilt II., wird es sehr interessieren, dass ein Krankenhaus, für das er große Summen spendet, einem schwer kranken Patienten die nötige medizinische Pflege verweigert. Wie heißen Sie, meine Liebe, damit ich ihm Ihren Namen nennen kann?«

Die Augen der Schwester weiteten sich, bevor sie eilig ein freies Bett für Luca suchte.

Während wir der Trage folgten, beugte ich mich zu Mrs Meyer hinüber und flüsterte: »Hat Ihr Cousin diesem Krankenhaus tatsächlich Geld gespendet?«

Mrs Meyer zwinkerte. »Es gibt bestimmt irgendwo in dieser Stadt ein Krankenhaus, dem Cornelius Geld gespendet hat und das einem Patienten irgendwann die medizinische Versorgung verweigert hat. Ob es *dieses* Krankenhaus ist, kann ich nicht sagen.«

Sie brachten Luca auf eine Station, die nur für Patienten mit Tuberkulose bestimmt war. Wir wurden gewarnt, dass wir Gefahr liefen, uns selbst mit der hoch ansteckenden Krankheit zu infizieren, aber ich wusste, dass ich Luca nicht verlassen konnte. Und Gia auch nicht.

»Sie sollten nach Nashville zurückfahren.« Ich stand mit Mrs Meyer auf dem Gang vor der Station, während die Krankenschwestern Luca mit Gias Hilfe in ein Bett legten. »Ich weiß nicht, wie lange ich hier sein werde, aber ich will bis zu seinem letzten Atemzug bei ihm bleiben.«

Ein tiefes Mitgefühl sprach aus ihren Augen. »Das tut mir so furchtbar leid, Priscilla. Ich weiß, dass Sie gehofft hatten, Ihre und Lucas Geschichte würde anders enden.«

Tränen raubten mir eine klare Sicht. »Ja, aber wenigstens habe ich ihn wieder in meinem Leben. Wenn auch nur für kurze Zeit.«

Sie umarmte Gia und mich mütterlich. »Ich werde für euch alle beten.«

Gia und ich saßen bei Luca, bis die Schwestern uns aus dem Zimmer schickten. Die Besuchszeiten waren von 10 bis 17 Uhr, und es wurden keine Ausnahmen gemacht. Luca lächelte uns schwach an, als wir ihm eine gute Nacht wünschten.

»Meine Gianetta und meine *Pesche*. Ich bin wirklich ein gesegneter Mann.«

Ich fuhr mit Gia in ein Hotel in der Nähe des Krankenhauses und wir mieteten uns eine Suite. »Du gehst nicht in diese Wohnung zurück.« Ich bestellte für jede von uns ein Bad und ein Tablett mit Essen. »Morgen kaufen wir dir etwas zum Anziehen.«

Als wir sauber und satt waren, gähnte ich müde.

»Gute Nacht, Gia.« Ich wollte in mein Zimmer gehen.

»Miss Nichols?«

»Ja?«

Tränen traten in ihre dunklen Augen. »Es tut mir so leid, dass ich

Ihnen und Luca solche Probleme gemacht habe. Wenn ich doch nur nicht ...«

»Nein, Gia«, unterbrach ich sie. »Dich trifft keine Schuld. Eines Tages kannst du mir erzählen, was passiert ist, als du mit Kenton weggefahren bist. Aber egal, was du getan hast, es war nicht deine Schuld. Du warst ein unschuldiges Mädchen. Menschen mit bösen Absichten haben deine Unschuld schamlos ausgenutzt.« Ich nahm ihre Hand und drückte sie herzlich. »Die Vergangenheit ist vorbei. Morgen ist ein neuer Tag.«

Sie schniefte, dann nickte sie langsam. »Gute Nacht, Miss Nichols.«

Ich schmunzelte. »Wenn dein Bruder *Pesche* zu mir sagt, kannst du mich auch Priscilla nennen.«

Sie lächelte mich mit Tränen in den Augen an. »Gute Nacht, Priscilla.«

☙

Unsere Tage nahmen eine schmerzlich traurige Routine an. Auf der Tuberkulose-Station gab es keine Hoffnung. Man lebte damit, dass jeder Patient langsam starb.

Gia und ich kamen jeden Morgen um Punkt 10 Uhr ins Krankenhaus und blieben, bis wir um 17 Uhr nach Hause geschickt wurden. Im Laufe des Tages ließen wir einander immer wieder Zeit allein mit Luca, da wir wussten, dass Dinge gesagt werden mussten, die sonst niemand hören sollte.

Bei einer dieser Gelegenheiten waren Luca und ich allein. Gia hatte erklärt, dass sie sich die Beine vertreten wolle, hatte aber versprochen, in dem kleinen Park neben dem Krankenhaus zu bleiben. In ihrem neuen Kleid und mit ihren sauber gewaschenen und ordentlich frisierten dichten Haaren würde niemand ahnen, welche schlimme Zeit sie im letzten Jahr durchgemacht hatte. Nur Luca und ich sahen die Veränderungen an ihr und die Trauer und das Bedauern in ihren Augen.

»Sie sieht gut aus. Gesund. Ganz anders als an dem Tag, an dem ich sie gefunden habe.« Sein trauriger Blick wanderte wieder zu mir. »Ich habe sie kaum wiedererkannt.«

Er hatte mir ausführlich erzählt, wie er ein Bordell nach dem anderen abgesucht hatte. Er hatte sich geweigert, die Suche nach Gia aufzuge-

345

ben, obwohl es wie die Suche nach einer Nadel im Heuhaufen gewesen war. Irgendwann hatte er befürchtet, sie wäre nach San Francisco gegangen, doch dann hatte ihm jemand erzählt, dass Madame LeBlanc in New York City war. Seine mühsame Suche war belohnt worden, aber jetzt sah es so aus, als würde er diesen Erfolg mit seinem Leben bezahlen.

»Gott hat meine Gebete erhört«, sprach er weiter und die Sorge wich aus seinem Gesicht. »Sie ist in Sicherheit.«

Ich war zwar dankbar, dass er in dem Wissen, dass seine Schwester nicht länger in Gefahr war, Frieden fand, aber ich konnte trotzdem nicht verstehen, warum Gott das alles zugelassen hatte.

»Was ist, *Pesche*? Ich sehe dir an, dass dich etwas beunruhigt.«

Ich schaute ihn an. Sollte ich ehrlich sein? »Wäre es nicht besser gewesen, wenn Gott Kenton gehindert hätte, ihr das anzutun? Wenn er sie in Nashville beschützt hätte, würdest du jetzt nicht mit dieser furchtbaren Krankheit hier liegen.«

Er schloss die Augen und ich fürchtete schon, dass ich zu viel gesagt hatte. Aber als er mich wieder anschaute, wurde seine Miene weich. »Wer sind wir, dass wir Gott vorschreiben wollen, was er tun soll und was nicht? Ich wünschte auch, dass es anders gekommen wäre, aber wir dürfen nicht ständig bedauern, was geschehen ist. Es wurden Entscheidungen getroffen, die nicht rückgängig gemacht werden können. Du musst Gia helfen. Ich fürchte, sie wird sich selbst nie vergeben, auch wenn ich ihr noch so oft sage, dass ich sie liebe.«

Ich strich eine Haarlocke aus seiner fiebrigen Stirn. »Du hast aus Liebe zu deiner Schwester alles geopfert.«

»Versprich mir«, begann er, aber ein Hustenanfall hinderte ihn daran weiterzusprechen. Ich war dankbar, dass es keiner seiner schlimmen Anfälle war – die sich anhörten, als würde seine kranke Lunge aus seinem Leib geschleudert – und dass er schließlich weitersprechen konnte. »Versprich mir, dass du dich um sie kümmerst. Nimm sie mit dir nach Chattanooga oder nach Nashville, wo auch immer du wohnst. Ich will, dass sie heiratet und ein gutes Leben führt, aber ich fürchte, sie wird sich nicht erlauben, glücklich zu sein. Sie hat so starke Schuldgefühle.«

»Das verspreche ich dir, Luca. Ich nehme sie mit zu mir.« Ich lächelte.

346

Es wurde Zeit, ihm meine Überraschung zu erzählen. »Was würdest du dazu sagen, wenn ich Gia adoptiere?«

Er runzelte die Stirn. »Warum solltest du das machen?«

Ich beugte mich näher vor, damit die anderen im Zimmer mich nicht hören konnten. Wahrscheinlich war das gar nicht nötig, da die Patienten und ihre Besucher die anderen im Raum kaum beachteten, denn jeder wusste, dass die Zeit mit ihren geliebten Menschen kostbar und endlich war.

»Ich weiß, dass ich nie heiraten werde«, erklärte ich, worauf er die Stirn runzelte und den Kopf schüttelte.

»Sag so etwas nicht.«

»Hör mir zu, mein Liebling.« Ich strich über seine Stirn, bis das Runzeln verschwand. »Ich weiß in meinem Herzen, dass ich nie einen anderen Mann so lieben werde wie dich. Ich könnte mich nie mit weniger zufrieden geben. Meine Arbeit mit den Meyers füllt mich aus und ich habe ein gewisses Maß an Glück gefunden. Aber Gia ...« Ich brach ab. »Sie braucht einen Neuanfang in ihrem Leben. Diesen Neuanfang will ich ihr ermöglichen. Ich bin die Alleinerbin meines Vaters, Luca. Wenn ich Gia adoptiere, wird sie eines Tages mich beerben.«

Er schaute mich mit erstaunten Augen an. »*Pesche*, das würdest du für meine Gianetta tun?«

»Ja, mein Liebster. Das würde ich für *unsere* Gianetta tun.«

»Aber wie?«

Ich holte einen Umschlag aus meiner Tasche. »Ich habe am Tag nach meiner Ankunft in New York meinem Anwalt in Nashville ein Telegramm geschickt und ihn nach den rechtlichen Voraussetzungen für eine Adoption gefragt. Ich habe ihm nichts Konkretes verraten, aber ich wollte wissen, ob es irgendwelche Bedingungen gibt.«

»Und?«

»Es gibt keine. Da Gias Eltern tot sind, ist sie die Einzige, die der Adoption zustimmen muss.«

Tränen liefen über sein Gesicht und auf sein Kissen. Er nahm meine Hand. »Ich weiß, dass es dumm war, aber während ich Gia suchte, habe ich davon geträumt, dass du und ich heiraten und eine Familie gründen würden, wenn ich sie gefunden habe.« Er lächelte. »Ich wollte mit dir nach Italien fahren und dir meine Heimat zeigen.«

»Das wäre herrlich gewesen, mein Liebling.« Man hatte uns gesagt, dass wir wegen der hohen Ansteckungsgefahr keinen körperlichen Kontakt zu den Patienten haben durften, aber ich konnte nicht anders und drückte ihm einen zärtlichen Kuss auf die Lippen. »Vielleicht fahren Gia und ich irgendwann nach Italien.«

Als Gia zurückkam, unterhielten wir uns einige Minuten über andere Themen, bevor ich mich räusperte. »Ich will dich etwas fragen, Gia.«

Ich bat Luca mit meinem Blick um seine Erlaubnis. Er nickte und aus seinen dunklen Augen sprach ein tiefer Frieden.

»Worum geht es?«, sagte Gia und schaute uns beide fragend an.

»Es geht um Familie.« Ich nahm Lucas Hand in meine, dann hielt ich ihr über das Bett meine andere Hand hin. Sie ergriff meine Hand und ihre Augen, die so viel Ähnlichkeit mit Lucas Augen hatten, schauten mich neugierig an.

»Wir sind eine Familie.« Ich blickte auf Luca hinab. »Es war nicht Gottes Plan, dass wir durch eine Ehe miteinander verbunden werden«, sagte ich leise, dann schaute ich Gia an. »Aber wir können durch eine Adoption verbunden werden.«

Sie war verwirrt. »Das verstehe ich nicht.«

»Gianetta Moretti, würdest du mir die Ehre erweisen, meine Tochter zu werden?«

Den Moment, in dem sie verstand, was ich damit meinte, werde ich nie vergessen. Ihre Lippen zitterten und sie schlug beide Hände vors Gesicht. Ich stand auf und nahm sie in meine Arme. Dieses mutterlose Mädchen, das den einzigen Menschen auf der Welt verlor, der ihr Fels, ihr Beschützer, ihr Held war. Ich wusste, dass ich Luca nie würde ersetzen können, aber ich wollte mein Möglichstes tun, um ihr eine Schwester, eine Mutter, eine Freundin zu sein.

Sie klammerte sich schluchzend an mich und sagte, sie sei unrein und verdiene es nicht, geliebt zu werden. »*Du weißt nicht, was ich getan habe*«, sagte sie immer wieder, als würde dieses Wissen etwas an meiner Liebe zu ihr ändern. Als würde ich ihr den Rücken zukehren, wie es zweifellos schon viele Menschen gemacht hatten. Es brach mir das Herz, sie so zu sehen, aber ich wusste, dass nur die Zeit und ein barmherziger Gott sie wirklich heilen konnten.

Als sie sich endlich beruhigte, nahm ich ihr Gesicht in meine Hände und küsste ihre tränennassen Wangen.

»Gott vergibt unsere Sünden, wenn wir ihn darum bitten, Gia. Dein Bruder und ich vergeben dir auch. Jetzt, liebes Mädchen«, sagte ich und mein Herz schlug mit der Liebe einer Mutter zu ihrem Kind, »wird es Zeit, dass du dir selbst vergibst.«

32

Miss Nichols lächelte schief, als Grace das kleine Zimmer im Pflegeheim betrat. »Gia! Mein Mädchen.«

»Ich habe dich so vermisst.« Grace beugte sich über das Bett und küsste Miss Nichols' faltige Wange.

Adam, Dad und ich blieben zögernd an der Tür stehen, da wir ihr Wiedersehen nicht stören wollten. Jason hatte angeboten, bei Emmett zu bleiben, und die beiden hatten vor, mittags zu Harveys zu gehen und Schokostreuselkekse mit heißem Kakao zu genießen.

Adam trat neben seine Mutter und beugte sich ebenfalls nach unten, um seiner Großmutter einen Kuss zu geben.

Miss Nichols entdeckte uns und winkte uns ins Zimmer. »Wie haben Sie mein Mädchen gefunden?«

Ich lächelte und fand es süß, eine Achtundsiebzigjährige als *Mädchen* zu bezeichnen.

»Als ich an Weihnachten nichts von dir hörte, machte ich mir Sorgen.« Grace zog einen Stuhl neben das Bett und setzte sich. »Ich musste mich vergewissern, dass meine *Mamma* brav ist.« Ihr starker italienischer Akzent, der normalerweise kaum zu hören war, entlockte Miss Nichols' ein Grinsen.

Es tat gut zu sehen, dass sich Miss Nichols' Zustand besserte. Sie hatte immer noch Probleme beim Sprechen, aber ich fand, sie klang viel klarer als bei unserem letzten Besuch.

»Ich habe leider schlechte Nachrichten«, sagte Dad. Er hatte mit Grace darüber gesprochen und sie waren sich einig, dass Miss Nichols wissen musste, was mit dem Maxwell House passiert war.

Als Dad ihr von dem Brand erzählte, war Miss Nichols zuerst erstaunt und dann wurde ihre Miene traurig.

»Das Hotel ist leider nicht zu retten.« Dads Stimme zitterte. Der Schock wegen des Brandes war bei uns allen einer tiefen Traurigkeit gewichen. »Wir haben Ihre Sachen in den Keller gebracht. Es besteht also die Möglichkeit, dass etwas davon den Brand überlebt haben könnte.«

»So viele Erinnerungen.« Miss Nichols' Blick wanderte in die Ferne.

»Aber ich habe Ihr Album gerettet«, sagte ich. »Ich wollte es Grace geben, aber sie hat gesagt, dass ich es behalten soll.«

Miss Nichols schaute mich an. »Ja, bewahren Sie jetzt meine Erinnerungen.«

Grace beugte sich vor und nahm Miss Nichols' Hand. »Was hältst du davon, zu mir nach Atlanta zu ziehen, Peaches? Dein altes Zimmer wartet auf dich.«

»Atlanta?« Miss Nichols' Augen weiteten sich.

Grace küsste ihre Finger. »Sag Ja. Genauso wie ich damals vor vielen Jahren, als du gefragt hast, ob du mich adoptieren darfst. Jetzt bin ich an der Reihe, Peaches. Jetzt will ich mich um dich kümmern.«

Tränen traten in Miss Nichols' Augen. »Meine Familie.«

»Ja, wir sind deine Familie«, sagte Grace.

»Und Luca.« Sie seufzte und schloss die Augen. »Ich sehe ihn … in meinen Träumen. Er hat uns nicht bleiben lassen, Gia. Warum nicht?«

Sie wurde still und ihr gleichmäßiger Atem verriet, dass sie eingeschlafen war.

»Sie hatte vor zwanzig Jahren ihren ersten Schlaganfall«, sagte Grace leise und lehnte sich auf ihrem Stuhl zurück. »Sie war so sehr mit ihrer Missionsarbeit und dem Kampf für ihre Anliegen beschäftigt, dass sie keine Rücksicht auf ihre Gesundheit genommen hat. Der Arzt hat gesagt, wenn sie nicht kürzertritt, bekäme sie garantiert einen weiteren Schlaganfall, von dem sie sich vielleicht nicht mehr erholen würde.«

Mein Blick wanderte zu Miss Nichols. »War das damals, als sie ins Maxwell House gezogen ist?«

»Sie hat dieses alte Hotel geliebt«, sagte Grace mit einem wehmütigen Lächeln. »Bei mir weckte es schmerzliche Erinnerungen, aber für sie war es ihr Zuhause. Dort haben Sie und Luca sich ineinander verliebt.«

»Was hat sie gemeint, als sie sagte: ›Er hat uns nicht bleiben lassen‹?«, fragte Dad. Als ich ihn überrascht anschaute, zuckte er leicht die Achseln. Offenbar hatte ihn Miss Nichols' Lebensgeschichte inzwischen auch in ihren Bann gezogen.

Ein Schatten zog über Graces Gesicht. »Als mich Luca in New York City fand, war er bereits todkrank. Er hatte sich mit Tuberkulose angesteckt. Damals gab es noch kein Heilmittel. Bevor eine Behandlungsmöglichkeit entdeckt wurde, starben mehr Menschen an der Schwindsucht als an irgendetwas anderem. Leider kam die Entdeckung des Heilmittels für meinen Bruder viel zu spät.

Ich hatte so starke Schuldgefühle. Wir wissen es nicht mit Bestimmtheit, aber wahrscheinlich hat er sich mit der Krankheit angesteckt, als er die Bordelle nach mir absuchte. Als ich ihn sah, meinen großen, starken Bruder, der jetzt so blass und krank war, war ich am Boden zerstört. Als ich Priscilla ein Telegramm schickte, kam sie sofort. Sie ließ ihn ins Krankenhaus bringen und wir besuchten ihn jeden Tag. Sie pflegte ihn mit ihrer ganzen Liebe. Wenn die Schwestern keine Zeit hatten, badete sie sein Gesicht und seine Arme. Sie machte ihn sauber, wenn er sich übergeben musste, las ihm aus einer Bibel vor, die sie gekauft hatte. Obwohl sie nicht verheiratet waren, war sie in jenen letzten Tagen seine Frau, die ihn liebte, bis die grausame Hand des Todes die beiden auseinanderriss.«

Ihr Blick wanderte zu Miss Nichols, die friedlich schlief. »Dann kam der Tag, der sein letzter auf Erden sein würde.«

Sie wurde still und der Schmerz jenes längst vergangenen Tages stand in ihren Augen geschrieben.

»Lucas Weg ging zu Ende, aber Priscillas Weg begann gerade erst.«

∽

»Guten Morgen.«

Ich begrüßte die Schwester wie gewohnt, als Gia und ich auf der Station eintrafen, um den Tag mit Luca zu verbringen. Die Frau – die Luca vor zwei Monaten kein Bett hatte geben wollen – sprudelte immer noch nicht vor Freundlichkeit über, aber sie behandelte uns mit reserviertem Respekt.

Wir gingen durch die vertrauten Flure und nickten den Ärzten, Schwestern und Patienten, die wir inzwischen kannten, zu. Es hatte sich schnell herumgesprochen, dass Cornelius Vanderbilt ein Freund von uns war, und auch wenn diese Geschichte nicht stimmte, korrigierte ich sie nicht. Wenn Luca dadurch eine bessere Behandlung zuteilwurde, war mir das recht.

»Guten Morgen, Miss Nichols, Gia.« Die junge Schwester auf Lucas Station begrüßte uns nicht mit ihrem gewohnten Lächeln. Etwas in ihren Augen ließ mich innehalten.

Mein Blick raste zu Lucas Bett und ich war erleichtert, als ich ihn darin entdeckte.

Aber er sah nicht gut aus.

Mein Kopf wusste es, auch wenn mein Herz es nicht akzeptieren wollte.

»Sein Zustand hat sich in der Nacht verschlechtert.« Die Schwester sagte diese grauenhaften Worte mit einem aufrichtigen Mitgefühl.

Wir traten an sein Bett. Gia klammerte sich an meine Hand und ich mich an ihre, während wir auf unseren Luca hinabblickten.

Wir hatten dies schon dreimal auf dieser Station gesehen, seit Luca hier eingeliefert worden war. Es waren immer die gleichen Zeichen. Seine Haut war furchtbar grau und ein entsetzliches Geräusch kam aus seiner Brust, da seine Lunge von der Krankheit brutal gequält wurde.

Gias Schultern zitterten und sie schluchzte stumm. Ich nahm sie in die Arme und tröstete sie.

»Wir müssen für ihn stark sein.« Ich kämpfte die Tränen zurück, die mir in die Augen zu schießen drohten. »Er muss wissen, dass wir über den Abschied von ihm hinwegkommen werden, damit sein Übergang von diesem Leben in das nächste fröhlich und nicht traurig ist.«

»Ich kann mich nicht freuen.« Sie weinte jetzt noch mehr. »Er ist mein Bruder und ich habe ihm das angetan.«

Ich verstärkte meinen Griff um sie. »Du hast das nicht getan, Gia. Jedem von uns ist eine Zeit bestimmt, zu der unser Leben auf der Erde endet. Heute ist Lucas Zeit. Aber auch wenn sein Körper nicht mehr da sein wird, wird sein Geist in der Gegenwart unseres Herrn weiterleben. Das ist ein Grund, uns zu freuen.«

Wir hielten uns lange in den Armen, bevor wir uns der traurigen Situation stellten. Als Luca für kurze Zeit aufwachte, fiel sein Blick auf Gia.

»Ich liebe dich, meine Gianetta«, keuchte er und war zu schwach, um sich aufzusetzen, als er einen Hustenanfall bekam.

Blut lief aus seinem Mundwinkel und ich wischte es sanft weg. Das Ende war nicht mehr weit.

Als sein Blick zu mir wanderte, zwang ich mich zu einem Lächeln. »Ich werde in der Nacht die Sterne zählen und nicht die Schatten. Und ich werde die lächelnden Momente im Leben zählen und nicht die Tränen.«

Gias Schluchzen erfüllte den Raum. Sie sank neben dem Bett auf die Knie und vergrub das Gesicht in ihren Händen.

»Nimm sie und geh.« Lucas Augen flehten mich an. »Lass sie es nicht sehen.«

Ich wusste, was er meinte. Die letzten Stunden, wenn der Tod seine Messer wetzte, waren beängstigend. Er wollte nicht, dass seine Schwester diese Bilder in Erinnerung behalten würde.

Aber wie konnte ich ihn verlassen?

»Ich habe Frieden, *Pesche*. Die Engel sind nahe.«

Mit langsamen Bewegungen holte er etwas unter seiner Decke hervor. Es war die kleine Nachbildung des Parthenon, die ich ihm an dem Tag, an dem wir ihn ins Krankenhaus gebracht hatten, geschenkt hatte. Ich hatte sie gekauft, als ich keine Hoffnung gehabt hatte, ihn je wiederzusehen.

»*Arrivederci, mie Pesche*«, flüsterte er und legte mir das kleine Souvenir in die Hand. »Mein Herz bleibt hier bei dir.«

Die Tränenflut, die ich mühsam zurückgehalten hatte, brach sich Bahn und ich küsste ihn mit der ganzen Liebe, die ich nie für einen anderen Mann empfinden würde.

Ich nahm Gia in die Arme und nachdem jede von uns Luca einen Kuss auf die Stirn gedrückt und ihm zugeflüstert hatte, dass wir uns eines Tages wiedersehen würden, drehten wir uns um und verließen zum letzten Mal die Station.

℣

Als wir ins Hotel zurückkamen, gab ich Gia ein Schlafmittel und brachte sie ins Bett, obwohl noch nicht einmal Mittag war. Ich hingegen fühlte mich wie ein Tier in einem Käfig. Wut, Traurigkeit und Bedauern tobten in mir. Ich erlaubte meinen Gedanken nicht, zum Krankenhaus zurückzukehren, aber mein Körper fand keine Ruhe, da ich genau wusste, was dort passierte.

Ich vergewisserte mich, dass Gia tief schlief, bevor ich aus unserem Zimmer huschte und ihr eine Nachricht auf den Schreibtisch legte, falls sie aufwachte, bevor ich zurück war. In der Stadt herrschte ein reges Treiben, als ich in den Sonnenschein hinaustrat. Ich blickte zum wolkenlosen blauen Himmel hinauf und stellte mir vor, wie Engel Luca nach Hause begleiteten.

Ich hatte im Krankenhaus Anweisungen für seine Beerdigung hinterlegt, aber er wollte keinen Trauergottesdienst.

»Ich werde nicht da sein, *Pesche*«, hatte er vor zwei Tagen mit Verwunderung in seinen trüben Augen gesagt. »Ich werde im Paradies sein und auf dich warten.«

Eine Pferdekutsche näherte sich mir und der Akzent des Fahrers erinnerte mich an den Mann, den ich liebte.

»Eine Fahrt, *Signorina*?«

Ich schüttelte den Kopf. »Nein danke. Ich gehe zu Fuß.«

Er tippte an seinen Hut und fuhr weiter.

Meine Füße trugen mich über Gehwege und Straßen, aber ich hatte keine Ahnung, wo ich war und wohin ich ging. Ich sah vor meinem geistigen Auge nur Lucas Gesicht. Den glücklichen, lächelnden, attraktiven Luca.

Diese Stadt war einmal Lucas Zuhause gewesen und es tröstete mich, durch die Straßen zu gehen, auf denen er vielleicht auch gegangen war.

In den letzten zwei Monaten hatten wir oft über meine Arbeit mit den Meyers gesprochen. Als ich ihm von Claudia erzählt hatte, hatte er gelächelt und seine Augen waren zu Gia gewandert, die am Fenster gestanden hatte.

»Es gibt so viele.« Er wurde ernst. »Alle sind noch so jung. Sie brauchen dich. Sie brauchen jemanden, dem es nicht egal ist, ob sie leben oder sterben.«

Als Gia nicht im Zimmer gewesen war, hatte er mir von den Bordellen erzählt, in denen er sie gesucht hatte. Einige waren schrecklich und schmutzig und andere waren Paläste der Ausschweifung gewesen. Alle voll mit jungen Frauen wie Gia.

»Ich bin stolz auf dich, *mie Pesche*.«

Die süße Erinnerung an seine Worte hallte in meinem Herzen wider, als ich in die nächste Straße einbog. Ich wusste nicht, wo ich war oder wie weit ich gegangen war, aber die körperliche Anstrengung ließ meinen Kopf klarer werden. Fremde eilten an mir vorbei. Niemand kannte mich oder interessierte sich dafür, dass ich gerade den Menschen verloren hatte, den ich von ganzem Herzen geliebt hatte. Uns hielt hier nichts mehr.

Es wurde Zeit, nach Nashville zurückzukehren.

Ich suchte eine Droschke, die mich zum Hotel bringen würde, aber ich konnte nirgends eine finden. Da ich nicht wusste, in welche Richtung ich gehen musste, blickte ich mich nach jemandem um, der mir den Weg zeigen könnte.

Dabei fiel mein Blick auf eine junge Frau auf der anderen Straßenseite. Ihr tiefer Ausschnitt und ihr bemaltes Gesicht erzählten ihre Geschichte. Aber selbst aus dieser Entfernung sah ich, dass sie fast noch ein Kind war.

Ich schaute mehrere Minuten zu, wie sie Männer ansprach, die an ihr vorbeigingen, sie anlächelte und ihren Arm berührte. Die meisten Männer rissen sich los und setzten ihren Weg fort, einige gaben sich eine Weile interessiert, bevor sie das Mädchen stehen ließen. Dass sich eine solche Szene im hellen Tageslicht abspielte, war in dieser Stadt nicht ungewöhnlich, hatte ich gehört.

Ich musste eine Entscheidung treffen.

Ich konnte mich abwenden und so tun, als hätte ich sie nicht gesehen, wie es die meisten Passanten machten. Ich hatte gerade die Liebe meines Lebens verloren und ich musste mich um Gia kümmern. Niemand würde mir einen Vorwurf machen, wenn ich heute keine Energie hatte, um anderen zu helfen.

Lucas Worte gingen mir durch den Kopf.

»Sie brauchen jemanden, dem es nicht egal ist, ob sie leben oder sterben.«
Mein Entschluss stand fest und ich trat vom Gehweg und überquerte die Straße. Als sie mich kommen sah, wurde ihre Haltung steif und sie kniff die Augen zusammen. Sie bereitete sich zweifellos darauf vor, eine harsche Zurechtweisung oder wüste Beschimpfungen zu hören. Im letzten Jahr hatte ich oft erlebt, wie sich Leute, die es gut meinten – und andere, die es nicht so gut meinten –, jungen Frauen wie Gia gegenüber herzlos benahmen. Die Haltung dieses Mädchens verriet, dass sie auch schon oft genug zur Zielscheibe solcher Menschen geworden war.

»Hallo.« Ich lächelte und blieb einige Schritte entfernt von ihr stehen. »Ich heiße Priscilla Nichols. Ich wollte fragen, ob du mir erlaubst, dir etwas zu trinken zu kaufen. Es ist ziemlich warm geworden.«

Sie starrte mich an, als hätte ich den Verstand verloren. »Machen Sie Scherze? Warum sollten Sie mich zu einem Getränk einladen?«

»Das erzähle ich dir, wenn du mit mir ins Café gehst.« Ich deutete zu einem Café weiter die Straße entlang.

Das Mädchen hielt mich definitiv für geisteskrank. »Nein danke.« Sie wandte sich ab und wollte weggehen.

»Bitte«, versuchte ich, noch einmal ihre Aufmerksamkeit zu erregen. »Ich verspreche, dass du von mir nichts zu befürchten hast.«

Mit einem vorsichtigen Blick musterte sie mich von Kopf bis Fuß und kam wieder näher, bevor sie schließlich mit ihren dünnen Schultern zuckte. »Also gut. Etwas zu trinken wäre nicht schlecht.«

Ich verkniff mir ein Grinsen. »Wie heißt du?«, fragte ich, während wir zum Café gingen.

Sie zögerte, bevor sie mir antwortete. »Rosemary.«

»Es freut mich sehr, dich kennenzulernen, Rosemary«, sagte ich und fühlte tief in meiner Seele, dass mich Luca lobend anlächelte. »Es freut mich wirklich sehr.«

33

Der Neujahrstag war mit vielen Neuanfängen verbunden.

Ich stand, in meinen Mantel gehüllt, auf der Veranda des kleinen Hauses, das uns Dads Freund überlassen hatte, und betrachtete den Sonnenaufgang, obwohl ich mit Jason bis nach Mitternacht aufgeblieben war. Er hatte mit Dad, Emmett und mir das neue Jahr eingeläutet, auch wenn Dad und Emmett schon lange, bevor das neue Jahr angebrochen war, auf ihren Matratzen eingeschlafen waren. Wir hatten die letzten Tage des Jahres 1961 damit verbracht, Kartons mit gespendetem Geschirr, Töpfen, Pfannen und Kleidung auszupacken und zu sortieren, und versuchten, dieses unbekannte Haus in ein Zuhause zu verwandeln. Wir brauchten immer noch sehr viel – zum Beispiel Betten, da unsere Matratzen direkt auf dem Boden lagen –, aber ich war zuversichtlich, dass dieses Haus bald warm und einladend sein würde.

»Ein gutes neues Jahr!«

Ich drehte mich zu Dad um, der im Türrahmen stand und eine Tasse mit dampfendem Kaffee in der Hand hielt. Das Kaffee-Unternehmen Maxwell House hatte uns Kaffee für ein ganzes Jahr gespendet und uns versichert, dass wir jeden Morgen die Augen schließen und so tun könnten, als wären wir im Hotelrestaurant und würden eine Tasse bis zum allerletzten Tropfen genießen.

»Ich wünsche dir auch ein gutes neues Jahr.«

Als wir wieder ins Haus gingen, setzten wir uns aufs Sofa, das bis jetzt das einzige Möbelstück im Wohnzimmer war.

»Was glaubst du – was wird 1962 bringen?«, sinnierte er und ließ seinen Blick über das Chaos, das uns umgab, wandern.

»Ich will lieber keine Spekulationen anstellen.« Unsere Familie hatte in den letzten zwei Jahren zwei große Verluste erlitten. Ich hoffte auf bessere Zeiten.

»Eines wissen wir mit Sicherheit«, sagte Dad zuversichtlich. »Gott hat auch für dieses neue Jahr einen Plan.«

Über diese Worte dachte ich eine Weile nach. »Aber warum hat er Mama sterben und das Hotel abbrennen lassen? Gehörte das auch zu seinem Plan?«

»Als ich aus dem Krieg heimkehrte, habe ich mir diese Frage auch gestellt. Ich hatte furchtbare Dinge gesehen. Millionen unschuldige Menschen waren in den Lagern, in ihren Häusern und auf den Schlachtfeldern getötet worden. Dann kam ich nach Hause und musste feststellen, dass der Sohn, auf den ich so große Hoffnungen gesetzt hatte, immer ein Kind bleiben würde und sich nie selbst versorgen könnte.« Er nickte und war tief in Gedanken versunken. »Ja, diese Frage habe ich oft gestellt.«

»Gibt es darauf eine Antwort?«

Dad drehte sich mit einem leichten Lächeln auf den Lippen zu mir um. »Keine, die wir gern hören. Im Buch Jesaja steht, dass Gottes Wege nicht unsere Wege sind, dass seine Wege höher sind als unsere. Ich denke, damit ist gemeint, dass wir nicht den Grund für alles verstehen müssen. Wir sollen einfach auf Gott vertrauen, der alles versteht.«

Wir saßen in der Stille des Morgens und fragten uns, wie dieses Vertrauen im neuen Jahr aussehen würde.

»Ich habe nachgedacht«, sagte Dad mit ernster Miene. »Du solltest wieder ans College gehen.«

Seine Worte überraschten mich. »Aber wenn du eine neue Arbeit findest, brauchst du Hilfe bei Emmett.«

»Das ist es ja gerade. Ich glaube nicht, dass ich mir eine neue Arbeit suche. Jedenfalls jetzt noch nicht.« Er blickte durch den Flur zu dem Zimmer, in dem er mit Emmett schlief. Im Haus gab es nur zwei Schlafzimmer und er bezeichnete ihr gemeinsames Zimmer scherzhaft als Jungenzimmer. »Mr Edwin hat mir eine sehr großzügige Abfindung gezahlt. Außerdem habe ich einiges gespart. Ich denke, ich möchte ein paar Jahre einfach nur Vater sein. Der Tod deiner Mutter und jetzt der Verlust des Maxwell

House haben mich gezwungen, meine Prioritäten neu zu überdenken.«

Dads unerwartete Ankündigung passte perfekt zur Stimmung dieses ersten Tages in einem neuen Jahr. »Ich habe auch nachgedacht«, sagte ich und mein Herz schlug vor Aufregung höher. Ich erzählte ihm von der Idee, über die ich schon seit Wochen nachdachte: dass ich mit Kindern wie Emmett arbeiten wollte.

»Deine Mutter wäre sehr stolz auf dich, Audrey.« Seine Wangen wurden feucht. »Sie hat von einem Tag geträumt, an dem Emmett wie andere Kinder zur Schule gehen und lernen kann, aber das System war für ihn noch nicht bereit. Vielleicht kannst du Teil der nächsten Lehrergeneration werden, die für die Emmetts dieser Welt einen Platz in staatlichen Schulen schafft.«

Gegen Mittag kamen Jason und Betty Ann und brachten Körbe mit gebratenem Hähnchen, Konservendosen und Gebäck und ein neues Comicbuch für Emmett.

»Ein gesegnetes neues Jahr«, sagte Jason mit leiser Stimme, während die anderen in der Küche das Essen auspackten.

Bei der Liebe, die aus seinen Augen sprach, lief mir ein angenehmer Schauer über den Rücken. Er hatte mich um Mitternacht geküsst. Unser erster Kuss von hoffentlich vielen Küssen, die noch kommen würden. Es gefiel mir gar nicht, dass er morgen nach Charleston zurückfuhr, aber er hatte versprochen, mir zu schreiben und oft anzurufen.

Als Jason fragte, was die Untersuchungen der Brandursache ergeben hatten, hielt Dad nur enttäuschende Nachrichten bereit. »Es ist immer noch unklar, wie das Feuer ausgebrochen ist. Die Polizei glaubt nicht, dass die Frau, die Emmett gesehen hat, etwas damit zu tun hatte. Ihrer Einschätzung nach war die Frau ein Gast und das Feuer war ein Unfall.« Sein Blick wanderte zu dem Album, das auf dem Boden lag. »Wir sollten aber lieber niemanden wissen lassen, dass das Album das Feuer überlebt hat.«

Ich gab ihm von ganzem Herzen recht.

Wir waren gerade mit dem Essen fertig, als Grace mit einem großen Blumentopf, der mit einer Schleife geschmückt war, kam.

»Ich wollte Ihnen noch einmal danken, dass Sie sich die ganzen Jahre so gut um Priscilla gekümmert haben.«

Dad lud sie ein, sich zu uns zu setzen. Jason, Emmett und ich saßen auf dem Boden, während sich Grace zu Betty Ann aufs Sofa setzte. Dad saß neben Betty Ann auf der Armlehne des Sofas und erwiderte ihr Lächeln.

»Ich wünschte, ich hätte Miss Nichols besser kennengelernt«, sagte ich und war traurig, dass ich mir nie die Zeit genommen hatte, die alte Frau besser kennenzulernen. Die Geschichten, die Grace über sie erzählte, zeigten, dass Miss Nichols eine bemerkenswerte Frau war. Nachdem sie Grace bei ihrem Cousin in Atlanta untergebracht hatte, hatte Miss Nichols Kenton Thornley vor Gericht bringen wollen, aber Grace hatte sie davon abgehalten. Das war das einzige Mal, dass sie sich gestritten hatten, erzählte Grace. Sie hatte zu große Angst gehabt, dass er ihr etwas antun könnte, und sie hätte die öffentliche Schmach nicht ertragen, wenn die Geschichte ans Licht gekommen wäre. Schließlich hatte sich Miss Nichols Grace' Wunsch gefügt, aber sie hatte Kenton oft wissen lassen, dass sie ihn beobachtete. Einige Jahre später war er an einem Herzinfarkt gestorben.

»Sie haben jetzt das Album«, sagte Grace mit einem Augenzwinkern. »Und die Legenden, die damit verbunden sind. Ich bin sicher, dass ich auch in Priscillas Namen spreche, wenn ich sage, dass wir uns sehr freuen würden, wenn Sie uns bald in Atlanta besuchen kommen.« Sie hatte Dad bereits erzählt, dass ein Krankenwagen Miss Nichols am nächsten Tag nach Georgia bringen sollte und dass sich die alte Frau schon sehr darauf freute.

Der Nachmittag verging mit herzhaftem Lachen, angeregten Gesprächen und den Keksen, die Betty Ann gebacken hatte. Zu unserer Überraschung besuchte uns auch noch Mr Corsini.

»Ich habe mir um meine neuen Freunde Sorgen gemacht«,

sagte er, als Dad ihm die Tür öffnete. »Der Manager des Noel hat mir gesagt, wo ich Sie finden kann.«

Jason und ich wechselten einen besorgten Blick und schauten dann Grace an. Sie und Betty Ann unterhielten sich gerade über Backrezepte, als Dad Mr Corsini ins Haus einlud.

Als ich Dad anschaute, verriet mir seine Miene, dass er auch nicht sicher war, wie er mit diesem unerwarteten Besuch umgehen sollte.

»Meine Damen, das ist unser Freund Carmelo Corsini«, sagte er und schloss beide Frauen in die Vorstellung ein.

Sie nickten beide höflich, doch als Mr Corsini einen italienischen Begriff in seine Begrüßung einfließen ließ, blickte ihn Grace überrascht an.

»Sie sprechen Italienisch?«, fragte sie und sagte dann etwas in dieser Sprache.

Mr Corsini strahlte und antwortete ebenfalls auf Italienisch.

So ging es eine Weile hin und her, doch dann schaute Grace uns an. »Wo sind nur meine Manieren? Entschuldigen Sie bitte. Es ist nur so wunderbar, mit jemandem in meiner Muttersprache zu sprechen.«

»Sie brauchen sich dafür nicht zu entschuldigen«, sagte Dad.

Mr Corsinis Blick wanderte zu dem Album, das neben Grace lag. »Und wie geht es Priscilla? Sie war sicher traurig, als sie vom Schicksal des Hotels hörte. Es war für sie mit vielen Erinnerungen verbunden.«

Grace zog die Brauen hoch. »Sie kennen Priscilla?«

Jetzt war es an Mr Corsini, sie überrascht anzusehen. »Ja, ich kenne sie seit den Tagen der *Centennial Exposition*. Ich war ihr Kutscher.«

Ich hielt den Atem an, als sich Grace' Augen weiteten und sie begriff, wer er war.

»Carmelo?«

Mr Corsini musterte Grace durch seine dicken Brillengläser und rief schließlich aus: »*Mamma mia!* Sie sind Lucas Schwester, *sì?*«

»*Sì*. Gia Moretti.«

Sie schauten einander einen kurzen Moment sprachlos an, dann erfüllte ein italienischer Wortschwall unser winziges Haus. Betty Ann bot Mr Corsini ihren Platz an, damit er neben Grace auf dem Sofa sitzen konnte, und wir schauten mit einem verblüfften Grinsen zu, wie die zwei alten Menschen redeten und redeten und dann das Album durchblätterten und die Bilder darin kommentierten. Ich konnte ihre Worte nicht verstehen, aber ihr Lachen und das Lächeln in ihren Gesichtern bestätigten, dass sich das Album erneut als kostbarer Schatz erwies.

»Du musst Priscilla besuchen kommen«, sagte Grace, als ihr Mr Corsini eine Stunde später in ihren Mantel half. »Sie unterhält sich bestimmt sehr gern mit dir, ihrem Freund.«

Mr Corsini nahm Grace' Hand und hielt sie mit beiden Händen fest. »Ich komme auf jeden Fall.«

Als die beiden und Betty Ann gegangen waren, mussten Dad, Jason und ich lachen und konnten über das, was wir soeben erlebt hatten, nur staunen.

»Ist Gott nicht gut?«, sagte Dad und wischte sich die Feuchtigkeit aus den Augenwinkeln. »Selbst die kleinsten Details unseres Lebens sind ihm wichtig. Mr Corsinis Besuch war genau das, was Grace brauchte.«

Dieser Gedanke machte mich glücklich.

Ich hatte sie und Miss Nichols ins Herz geschlossen. Ich freute mich darauf, die beiden wiederzusehen, wenn wir im Frühling nach Atlanta fuhren, um Miss Nichols' Geburtstag zu feiern. Jason versprach, sein Möglichstes zu tun, um ebenfalls zu kommen, und ich wollte ihn an dieses Versprechen auf jeden Fall erinnern.

Als er aufbrechen musste, verabschiedeten sich Dad und Emmett von ihm und gingen in ihr Zimmer, um uns einige ungestörte Minuten zu gönnen.

»Ich habe etwas für dich.« Er holte eine große Einkaufstasche, die er hinter einigen Kartons versteckt hatte. Auf der Tüte stand *Stockell Books*.

»Was ist das?« Ich konnte meine Überraschung nicht verbergen.

»Das wirst du gleich sehen.«

Ich steckte die Hand in die Tasche und holte ein neues Album heraus, das genauso aussah wie jenes, das er mir zu Weihnachten geschenkt hatte. Es war wie alles andere dem Feuer zum Opfer gefallen.

»Danke.« Ich drückte es an meine Brust und mein Herz floss vor Freude über.

»Ich will mit dir unvergessliche Momente erleben, Audrey Whitfield.« Er schob eine Haarsträhne hinter mein Ohr und jagte mir dabei einen angenehmen Schauer über den Rücken. »Momente, an die wir uns ein Leben lang erinnern.«

»Damit hast du schon angefangen«, flüsterte ich, bevor er mich küsste.

Diesen Moment würde ich bestimmt nie vergessen.

Anmerkungen
der Autorin

Menschenhandel ist ein weltweites Verbrechen, das laut den Daten des Büros der Vereinten Nationen für Drogen- und Verbrechensbekämpfung jeden Tag in jedem Land der Welt geschieht. Wahrscheinlich geschieht es dort, wo Sie leben, ob Sie in einer Großstadt wohnen oder in einer ländlichen Gemeinde. Menschenhandel ist uralt und leider ist kein Ende in Sicht. Das erhöhte Bewusstsein der Öffentlichkeit in den letzten Jahren für dieses brutale Verbrechen bringt Tausenden Opfern neue Hoffnung. Private Organisationen, Regierungen und Bürger setzen sich gleichermaßen dafür ein, schutzbedürftige Menschen zu retten, die in der gefährlichen Falle des Menschenhandels gefangen sind, aber es muss noch viel mehr geschehen – mehr Gesetze, mehr Spenden und mehr Menschen, die sich deutlich dagegen aussprechen und sich engagieren. Wenn jeder von uns seinen Teil beiträgt, können wir das Leben von Menschen verändern.

Für diesen Roman habe ich mich auf das Thema »Zwangsprostitution Ende der 1890er-Jahre« konzentriert. Bei meinen Recherchen musste ich traurig feststellen, wie wenig in jenen Tagen getan wurde, um sie zu verhindern und einzudämmen. Die Gesetze waren mangelhaft und es gab sogar Gesetze, die die Prostitution regulierten. Die betroffenen Frauen wurden von der Polizei mit Verachtung behandelt und oft gezwungen, sich demütigenden medizinischen Untersuchungen zu unterziehen, um ihre männlichen Kunden vor Krankheiten zu schützen. Besonders Einwanderinnen wurden zu Opfern skrupelloser Menschen.

Doch in diese Dunkelheit hinein schien Licht – durch Frauen

wie Josephine Butler, Rose Livingston und Harriet Burton Laidlaw, um nur einige zu nennen, die ihr Leben dafür einsetzten, Opfern von Menschenhandel auf der ganzen Welt zu helfen. Besonders Josephine Butler hat mich zu Priscilla Nichols in diesem Roman inspiriert. Beide kamen aus gut situierten Familien, waren gebildet und hatten ursprünglich nicht die Absicht, politisch und diakonisch aktiv zu werden. Aber genauso wie Josephine Butler konnte sich Priscilla nicht einfach abwenden, als sie erfuhr, welche schrecklichen Verbrechen im Verborgenen geschahen.

Drei einfache Worte unterstreichen das Hauptthema dieses Romans: **Ich sehe dich.** Jede der Hauptfiguren – Priscilla, Audrey und Jason – nahm bewusst Menschen wahr, die am Rand der Gesellschaft standen oder von ihr ignoriert wurden, und jede wurde auf ihre Art aktiv. Für Priscilla bedeutete das, Frauen wie Gia einen Ausweg aus der Prostitution zu ermöglichen. In Audreys Leben wurde der Wunsch, Menschen mit besonderen Bedürfnissen zu helfen, von ihrer Mutter gesät. Und Jasons Wunsch, sich der Bürgerrechtsbewegung anzuschließen, ist damals – und auch heute noch – entscheidend, um allen Bürgern eine bessere Zukunft zu ermöglichen. 1961 war es noch ein weiter Weg zu diesem Ziel, und auch heute ist noch viel zu tun.

Die andere »Hauptfigur« in der Geschichte ist das Maxwell House Hotel. Als ich das erste Mal etwas über dieses Hotel las, wusste ich, dass ich es zum Schauplatz eines Romans machen musste. Colonel John Overton junior begann 1859 mit den Bauarbeiten und nannte es nach seiner Frau, Harriet Maxwell Overton. Das Hotel war so riesig, dass viele in Nashville es als »Overtons Wahnsinn« verspotteten. Aber trotz des wenig schmeichelhaften Spitznamens wurde das Hotel bald zu *der* Adresse in Nashville und das Weihnachtsdinner war immer der Höhepunkt des Jahres.

Leider war das Hotel 1961 alt und abgewohnt. Es hatte seinen Platz als Grande Dame von Nashville verloren und beherbergte ungefähr sechzig Dauergäste, die seit Jahren hier wohnten. Obwohl das Hotel zum Zeitpunkt des Brandes tatsächlich einen Manager hatte, habe ich die Familie Whitfield – fiktive Personen, die meiner Fantasie entstammen – in der Dienstwohnung des Managers untergebracht. Edwin B. Raskin hatte das Maxwell House Hotel ein Jahr vorher gekauft und war zum Zeitpunkt des Brandes der Eigentümer, aber ich habe für diese Geschichte seinen Namen etwas abgeändert.

Die traurigen Ereignisse am Weihnachtsabend 1961 waren so, wie sie in diesem Buch beschrieben werden. Aus dem dritten Stockwerk stieg um 20:45 Uhr Rauch auf. Die Brandursache wurde nie gefunden und das Hotel war nicht zu retten. Tragischerweise verlor ein Gast bei dem Brand sein Leben, aber aus Respekt vor ihm und seiner Familie habe ich seinen Namen in diesem Buch nicht genannt.

Zuletzt hoffe ich, dass Sie den Besuch der *Tennessee Centennial and International Exposition* genauso genossen haben wie ich. Ähnlich wie die Personen in diesem Buch schlendere ich manchmal durch den Centennial Park und male mir aus, wie er in den aufregenden Tagen der Ausstellung ausgesehen haben könnte. Meine Recherchen haben mich zu dem Buch *Tennessee Centennial: Nashville 1897* von Bobby Lawrence geführt, das ich Ihnen wärmstens empfehle, falls Sie mehr darüber erfahren möchten. Falls Sie irgendwann nach Nashville kommen, sollten Sie unbedingt den Parthenon-Tempel besuchen. Er ist beeindruckend.

Danke, dass Sie mit mir diese Reise unternommen haben. Es ist mir eine große Ehre, meine Leidenschaft für Geschichte und Geschichtenerzählen mit Ihnen zu teilen.

Dank

Der Mann einer Autorin, deren Abgabetermin immer näher rückt, verdient eine Krone aus massivem Gold. Mein Mann hat dafür gesorgt, dass ich gegessen und geschlafen habe und saubere Kleidung hatte, während ich dieses Buch schrieb, umschrieb und überarbeitete. Brian, du bist mein Schatz, mein bester Freund, mein größter Fan und der Held jedes Romans, den ich schreibe. Danke, dass du mich liebst und dich mit meinen ganzen verrückten Ideen abfindest. So Gott will, liegen noch viele weitere Abenteuer vor uns.

Herzlichen Dank meiner geliebten Familie und meinen Freunden für eure unablässige Liebe, eure Gebete und eure Unterstützung. Es ist euch vielleicht nicht bewusst, aber auf den Seiten meiner Romane steckt immer auch ein Stück von euch.

Danke *Ihnen*, liebe Leser, dass Sie meine Bücher weiterempfehlen, sie Buchclubs vorschlagen und sich die Zeit für Rezensionen, Bewertungen und Kommentare nehmen. Ihre Mails und freundlichen Worte zaubern immer wieder ein Lächeln auf mein Gesicht und erfreuen mein Herz. Ich hoffe, wir werden diese gemeinsame Reise noch viele Jahre fortsetzen.

In Psalm 139,15-16 steht, dass Gott uns schon kannte, lange bevor wir geboren wurden, und alle unsere Tage in sein Buch geschrieben hat, bevor wir unseren ersten Atemzug machten. Er kennt die Pläne und Absichten, die er für jeden von uns hat, und ich danke ihm demütig, dass er in seinen Plänen für mich vorgesehen hat, dass ich Bücher für ihn schreibe. Ich hoffe und bete von ganzem Herzen, dass unser vollkommener Gott durch das unvollkommene Werk meiner Hände gelobt und erhöht wird. *Soli Deo gloria.*